懒人的春天

陈品高　　主编

人民出版社

目 录

◎史书趣笔

◎人世行走

◎闲情偶记

◎读书时光

◎书游天下

史书趣笔

观历代帝王庙有感

◎何兆武

前些天媒体上报道北京阜成门内的历代帝王庙已经重新修缮完毕，即将开放。遂与中国社科院历史研究所冯佐哲先生同往参观。小时候，我家就住在帝王庙北边第二条胡同口，每次出门去西四牌楼必经过帝王庙，总想入内看个究竟，然而始终未能如愿。因为当时它是幼稚师范学校的所在，不能入内参观，后来又改为北京市女三中。不意这次去参观，想能一偿夙愿，却仍然被拒之于门外，说是要待到五一节才正式开放。我们只好向管理人员疏通，幸得帝王庙管理处主任吉小平先生看在历史学同行的分上，慷慨地网开一面，又承蒙他亲自引导着我们参观了全部建筑。

历代帝王庙始建于明嘉靖九年（1530）。明太祖建都南京时，曾在南京修建有帝王庙，对以往历代帝王的祭祀典礼均在南京的帝王庙内举行。明成祖迁都北京以后，祭典有时候是在南京有时候是在北京举行。直到嘉靖御位，才在北京修建了这座历代帝王庙。按皇家的首都建制，应该是：前朝后寝、左祖右社，另有天、地、日、月、社稷各坛以及崇拜稼穑的先农坛，分布在京城的南北西东四方。除了祭祀本朝祖先的太庙而外，还应该有祭祀以前历代帝王的帝王庙。又由于嘉靖本人笃信道教（权相严嵩就是由于善作青词而得以擅权的），所以又在紫禁城的西北方修建了一座最大的皇家专用的道观，即大高玄殿。直到二十世纪五十年代之初，这座道观前面那片美妙绝伦的牌坊（“先天明镜”、“太极仙林”、“孔绥皇祚”、“弘佑天民”）还岿然屹立在大道上。后来成为了商业区的北京南城，也是嘉靖时期扩建的。此后的北京城建制，直迄二十世纪中叶，基本上规模未变。明世宗嘉靖皇帝本是个不称职的皇帝，谈到他的政绩实在是无可称道。然而正是在他御位期间，却完成了完整的首都建制这样一桩大业。（又，今天列为联合国世界文化遗产的昆曲艺术，也是在嘉靖时期定型的，尽管与嘉靖本人无关）又，据吉主任说，目前此次重修帝王庙的工程，单是拆迁庙内的后代建筑，就花费了两个亿以上。然则当年皇都建筑又消费了多少人力物力？对此，我们今人又应该怎么看待和评价呢？是应该谴责他榨取民脂民膏，挥霍人力物力？还是应该肯定乃至赞美他为世界留下了一片不朽的民族文化的瑰宝？古埃及的金字塔、巴比伦的空中花园、古希腊的帕特侬神庙（Parthenon）、中国古代的长城等等、等等，——这些在后人前来凭吊古迹之余，恐怕都会引起人们无尽的遐思和惆怅吧！

但最令我感兴趣的，却是庙中祭祀的究竟都是哪些古代帝王以及他们的哪些文臣武将；而又有哪些是被排摒在外了的？庙中所祭祀的历代帝王以三皇五帝为首，尽管三皇五帝都是蒙昧无稽的传说，不过这一点或许反映了我们民族长期积淀的那种崇古乃至炫古的情结。此下夏商周三代的世系则排列分明。但是周以后却直接就是汉，而统一宇内的秦代竟然被一笔勾销了。帝王庙里最初只供奉大一统的开国皇帝共十六人，后来不断地增多。康熙临终前曾有谕旨：凡曾在位，除无道、被弑、亡国之主而外，尽宜进庙崇祀。所以到了雍正朝，入祀的历代帝王已达一百六十四人，从祀的贤臣共七十九人。到了乾隆时期，入祀的帝王增至一百八十八人，而从祀的文臣武将仍为七十九人。秦始皇是中国大一统的第一个皇帝，之所以被开除出局而未能入祀的原因，想来应该是因为他是个公认的无道暴君（何况他又是“以吕易嬴”的一个私生子）。而秦二世则是个荒淫无道的亡国之君，所以秦代虽然是中国历史上第一个大一统的王朝，且对以后各朝各代有着巨大的影响，但却不能在帝王庙中有一席它本来应有的合法地位。

在东汉的诸帝之中并没有最后的那个献帝的位置，想来大概也因为他是个亡国之君，把皇位拱手让给了曹丕的缘故。在接踵而来的三国时期之中，只有一个皇帝是入祀的，那就是蜀汉的昭烈帝(刘备)。此外不但没有曹魏诸帝，没有吴大帝，甚至也没有接踵继统的西晋司马氏诸帝。这一点想来是由于传统往往都是以蜀汉为正统的这一偏见所致。魏与吴固然不是大一统，但后世的辽与金也都并非是大一统，而辽金的帝王却都又入祀帝王庙，不知是否由于辽、金与满清在种族上有血缘关系的缘故，故而取得了合法的身份。至于大一统的西晋诸帝之所以未能入祀，猜想或许是由于历来都认为司马氏是篡夺王位（“狐媚以取天下”）的缘故。不过，又有哪个王朝真正是吊民伐罪而取天下的呢？连杰出的英主唐太宗，不是也弑兄杀弟吗？亡国之君一般是不能入祀的，如北宋的徽、钦二帝，元代的顺帝。然而明末的那个亡国之君明思宗（崇祯皇帝）却又是入祀的。满清入关对于明思宗的政权表现出一副优渥的姿态，这或许是出于政策上的一种需要。至于在北京紫禁城内武英殿登基的大顺皇帝李自成，大概是在位的时间太短了，不然委之以年的话，是否在庙中也有他的一席地位呢？但若果真如此的话，岂不是又无法论证“自古以来得天下之正未有如本朝（清朝）者”的命题了么？谚语有“成者王侯败者贼”的说法，太史公也有“窃钩者诛，窃国者侯。侯之门，仁义存；非虚言也”的说法。无论如何，历史终究是由胜利者而不是由失败者所写的。

在从祀的功臣之中，也有不少颇为耐人寻味的问题。像李斯这样一个重量级的开国宰相就未能入祀，那自然是由于秦始皇、秦二世、孺子婴都没有资格入祀的缘故。汉高祖埋所当然是应该入祀的。汉初三杰萧何、韩信、张良，萧何、张良两人是入祀的，而韩信则被撤销了资格，那大概是由于他背上了叛国谋反的罪名的缘故。两千多年以后的今天，回过头来看未央宫演出的那一幕，似乎没有必要再妄加什么褒贬了。双方都必须遵循权力运动的游戏规则，尽管韩信觉悟得晚了一些，但总还没有至死不悟。任何游戏，总归是有胜有负，胜者也不必就盛气凌人，败者也不必就怨天尤人。胜负本来是兵家常事。帝王庙把韩信排斥出局外，正是遵守游戏的规则。什么大树特树，说穿了无非是树自己。任何帝王都不例外。树古代的帝王将相，也无非就是树今上统治的权威。居功自傲乃至功高震主，无疑只能是自取灭亡。功则归上、过则归己，本来是身为妇妾、事人以颜色理应遵循之道。

三国时期的名臣，只收入了三个人，均属于蜀汉。诸葛亮自然是不成问题的，他是一位难得的纯臣，鞠躬尽瘁、死而后已，名垂宇宙、万古云霄。关羽在历史上不过是一员战将，后来却被尊之为帝，到处都建有关帝庙。他不仅是人世间的“关圣帝君”，而且成为“三界伏魔大帝”。所以帝王庙中专门为他修建了一座庙，以示不能等同于其他入祀的功臣。何以一员武将竟至被奉为神明？这或许与满清政权的勃兴有关。满族本来是文化比较落后的，这一点可以从他们只是在入关之前不久才创制文字就可以想见。也像北方许多游牧民族一样，他们尚武，因此要崇拜一个战神。于是三国演义的故事就成了他们的史诗兼教科书。他们从那里面学到了军事学和作战方略（用反间计谋杀袁崇焕即是一例）。这或许就是关羽被神化的由来。这或许也可以解释，何以三国魏晋时期唯有另一员武将得以入祀帝王庙。那就是赵云。赵云的忠心和英勇具见长坂坡单骑救主的故事。它是那么地深入人心和满清统治者之心，乃至使得赵云在那个历史时代的诸员战将之中能脱颖而出，独自享有入祀帝王庙的光荣。

整个魏晋南北朝的三百多年期间，并无一个功臣得以入祀帝王庙，尽管这一漫长的历史时期共有二十一个帝王入祀，占了入祀帝王总数的百分之九。南宋入祀的名臣之中有岳飞和文天祥，一个是抗金的民族英雄，一个是抗元的民族英雄。可见满清的统治者并不忌讳汉族抗敌的英雄人物。不过明末的史可法却未能入祀，不知其故安在？从多尔衮致史可法书中即可以想见史可法在抗清中的重要性。或许是出于名额有限的缘故吧。帝王庙中虽然供奉了一百八十八个皇帝，而分配给名臣的席位却仅有七十九个。

一座帝王庙似乎又把过去的历史带到了观者的心目之前。过去的历史并没有消逝，它仍然活在现代当前的历史之中，正如我们老祖宗的遗传基因就活在我们灵魂的极底，就活在我们的内心深处。我们的身上和我们的心底就载负着古代的基因。后王为先王排座次，正是为自己保特权。大树特树什么人，说穿了无非是为了树自己。道统和法统的统一，从来都是专制主义在意识形态上的基础。后世统治者着意捧出来传统的圣君贤相，亦即乾隆御旨所谓的"中华统绪，不绝如线"，无非是要论证自己的绝对权威的正当性与合法性。历史本身也具有其两重性，它既是过去的重演，又不单纯地只是过去的重演。而人们对历史意识的自觉和警惕，则是使自己不再重蹈前人思想奴役之窠臼的保证。当然，彻底砸烂一切旧文化，在理论上是错误的，在实践上是行不通的。因为新文化正是在旧文化的基础之上发展出来的。我们高出于前人，乃是由于我们站在了前人的肩膀之上才获得的。没有前人创造的一切，我们的一切就都要从零开始。正因为有了前人的基础，我们才得以超胜于前人。我们看到了旧时代的辉煌，也要看到旧时代的黑暗。文化上的虚无主义毕竟不可以简单地就代之以全盘的复古主义。善于利用前人的遗产而精进不息，这正是我们优越性的所在。我们既要珍视并好好保护我们的历史文化遗产，也要正视其中所曾付出的沉痛的代价。帝王专制的时代已经一去不复返了；很好地理解那个已经过去了的时代，却是我们今天创制民主时代的必要条件。法国巴黎有一座先贤祠（1e Pantheon），入祀的都是法国历史上对法国文化做出了杰出贡献的名人（最后一个去年入祀先贤祠的先贤是大仲马 Dumas pére），但是在法国并没有听说有一座历代帝王庙。中国有帝王庙，却没有先贤祠。这或许也表明中国悠久的文化传统乃是政治挂帅或权力崇拜吧。

（2004 年第六期）

战国时期有才华但短视的仕人

——谈谈《战国策选评》的编选

◎田兆元

《战国策》是战国时期策士及其各类人士纵论国事与时势的言论辑录，反映出战国时期特有的社会风貌，是研究战国社会文化的重要史料。

《战国策》一书原名很多，有《国策》《国事》《短长》《事语》《长书》和《修书》之称，且篇次错乱混杂。西汉时刘向校图书，将其加以整理，因其国别，略按时序以编次，去其重复，得三十三篇，计十二国策。刘向认为，战国时期，游士辅所用之国，为之策谋，宜名《战国策》，遂定其新名。所以《战国策》的名称是刘向取的，不是一开始就叫的书名。东汉时高诱为之作注时已只剩二十卷，书已残缺不全。至北宋，高诱注本已只有十一篇，原文和注释均散失不少。曾巩遍访士大夫之家，尽求诸本，据说三十三篇又全部搜集齐备了，于是校补成为一个较为完备的新本子。到了南宋，在曾巩本的基础上，出现了两个新的《战国策》本子，一为姚宏续注本，所谓姚本；一为鲍彪重新定次的新注本，所谓鲍本。前者是一个集注本，在高诱注本以外，还有孙固、孙觉、钱藻、曾巩、刘敞、苏颂、集贤院和晁以道诸本的内容加以集校，自己再续注于后。后者则不依高诱而自为注解，并将“西周策”调整到“东周策”之前。元代则有吴师道在鲍本基础上的补注本，简称鲍吴本。1973 年，长沙马王堆出土的汉帛书中有大量的《战国策》文献残篇，其中有今本所无者，证明古本《战国策》实际上是十分丰富的。文物出版社将其整理为《战国纵横家书》出版，其命名较好地反映了该书的内容特征。今人缪文远等人对《战国策》有较深入的研究。上海古籍出版社以姚本为基础的整理本是较好的一种通行本。

《战国策》分为东周、西周、秦、齐、楚、赵、魏、韩、燕、宋、卫和中山十二国策，史家将其与《国语》一道称为国别体史书，是研究战国社会的基本材料之一。《战国策》主要反映三家分晋以后至秦统一前的这段历史的特有的社会风貌，那就是策士作为社会的主角登上了历史舞台。翻开《战国策》，我们就可以发现，是策士出面解决社会与政治危机的。他们从容不迫，游说各诸侯国国王或封君之主，带兵将领，三寸不烂之舌能敌百万大军，实非虚谈。那么这些过去在君王看来不足与言谈，此后又沦为附庸的文士为什么在战国时期获得如此辉煌的地位与成就呢？

这确实是值得研究的历史谜案。文人士子无论是在此前还是此后，大都对政治保有热情，希望通过自己的努力，去说服君王接受自己的主张以影响社会。但是，像孔子孟子等都是不成功的。孔子周游列国，辛辛苦苦，最后无功而返。孟子对梁惠王可以说是循循善诱，努力启发他去实现王道仁政。但这些想法还是落空了。孔孟的主张不能说不高明，我们从汉以后国家将其奉为基本国策和治国之道即可证明。然而，战国七雄，没有哪一个诸侯国是实施儒家孔孟之道的。那么，他们的主张何以被时政所拒绝呢？这其间原因很多，其中，稳定一统的周代国家政权衰微是儒学不得其用的根本原因。儒学的基本政治组织背景是周代礼制国家，它是对周代礼制的恢复建设努力过程中形成的学派。它的实施，需要一个稳定的相对一统的政治形势。儒家的礼义仁政是一种治国长策，不是一朝一夕能够见效的，而诸侯各国相互攻伐，需要的是及时有效的解危救亡之术，迅速的富国强兵之策。如果说春秋时期还有霸王扶持天子，全天下还有一个主题：尊王攘夷，那末战国时候就不再尊王了。诸侯国所要做的只有两件事：一个是自己怎么去做号令诸王的霸主，一个则是自己怎么在危机中保存自己。儒生周游列国没有实现调动侯王的目的，此时策士们做到了，文士们第一次尝到了调动驱使侯王的快乐。

春秋时诸侯争霸，主要依赖实力和威望，必须是一个无可挑剔的大国，方有称霸天下的可能。小国不可以争霸，宋国争霸，大家都认为不行。而战国时期不一样，每个国家都感到自己可以当一次头，带领大家去把谁讨伐一把。春秋霸王有准天子色彩，盟会以后，霸主有保护诸国的责任；而战国时期的盟会是建立一个临时利益共同体，领头的是召集人。这样的头，赵国作过，楚国作过，秦国也作过，连中山这样的小国也想作。这些小的侯国通过这种方式一是自保，另外，当一次合纵长或者召集人也是一种价值实现。战国的召集人与春秋不同，春秋是霸王一声令下，其他诸侯唯命是从。而战国时要调动其他诸侯，需要使者去游说，能说通就行，说不通事情则办不成。那么，事情的成败就与游说息息相关了。策士就这样应运而生了。他们是战国时期，诸侯各国生存和发展急需的一个社会角色。不管是弱国还是强国，策士都为政治生活所必需。由于关系到生存与发展，策士由边缘走向了中心。

各国这时表现出前所未有的开放与开明，大多虚位待贤，厚待策士。各国的相位是开放的，不管来自于哪个诸侯国，不管出身于哪个阶层，真正是唯才是举。策士不仅仅是充当说客，一旦国王被说动，马上就会得到卿相之位，获荣华富贵，参与诸侯国家事务的决策，或者主宰诸侯国的命运。苏秦和张仪都出身贫寒，然而他们或在赵，或在秦，都是地位高崇，并为其他诸侯国所器重。各国国王大都很谦虚，都称寡人无知，先生教我，愿以国从等。这些说法，有的是客套，是当时特有的谦词，但不少还真是真心的。因为这时的诸侯国有危机感，弄不好土地就被削走了，甚至就被人灭国了。这在春秋，尤其是在春秋早期和中期，是不大可能的。那时，灭国不是一件道德的事。大国不是灭掉小国，而是要保护小国。所以，有人做霸主对小国来说是件好事。战国就完全不一样，一战过后，如果被灭，便成为大国的郡县，祭祖的机会都没有了。所以，诸侯国的危机是空前的，他们急于招集各类人才为王国服务，机遇就这样降到策士们的头上。

策士们与诸侯国王讨论的主要是各国之间的关系问题。合纵与连横是两种基本形态。所以，策士中最耀眼的主角是苏秦和张仪，同时还有一大批富有才华的策士群体。苏秦合纵，联合东方各国对付秦国的东侵；张仪连横，以秦为主，联合数国对付其他。但是，诸侯国之间也远远不只是这两种形态。东方诸侯的联合也有针对东方大国的。策士有两种基本游说倾向，一种是吹，说对方怎么怎么厉害，多么多么强大，只要联合谁谁谁，就会称霸天下云云；一种是吓，说对方怎么怎么渺小，多么多么脆弱，假如不联合谁谁谁，就会亡国灭种云云。除此以外，也还有许多较为客观的分析，但大多急功近利，有强烈的针对性。在错综复杂的时局面前，要解决现实危机，非有出乎寻常的智慧不可。所以，策士的游说是建立在现实基础上的分析，大多想象大胆，设计缜密，引古鉴今，发人深省。在面对现实问题的方案设计方面，策士们表现出一流的智慧。他们的游说技能及其不循常规的问题解决思路，是民族智慧的结晶。他们面临危急时的自我解救，以及穷厄时刻的奋起，不畏艰难百折不挠奋勇前进的精神，给人们以巨大鼓励。如苏秦的悬梁刺股，成为勤奋的典范，世世代代都在鼓励着人们去为理想而奋斗。策士们给后世留下了许多正面的有价值的遗产。

对多数策士来说，他们的个人利益诉求很高，取卿相富贵是其行为的根本目的，他们的社会价值是在个人价值实现过程中连带出现的。他们不顾及传统的价值规范，朝秦暮楚，翻手为云，覆手为雨，成为势利之士，这似乎走向了另一个极端。但是，这也并非所有策士的写照。一些策士也十分努力维护自我人格的尊严，如鲁仲连提出的为人排患、释难、解纷乱而无所取的最高原则，几千年来一直受人尊崇。所以，策士成分是多元的，这不仅仅表现在价值取向，而且表现在服务对象以及服务的方式上。他们有的在周天子的蕞尔土地上奔忙，有的在强大的诸侯国国王面前游说，有的为封君出谋划策，有的则为卿相将领排厄解困。游说是他们的主要行为手段，但他们不仅仅只有口头功夫，有的能够杀身成仁，谋刺暴君，有的则习计会，为封君管家理财，甚至鸡鸣狗盗，身怀各种绝技。总之，策士是那个时代一批最有才华，影响最大的阶层。

那个时代有太多太多的魅力，也留给后人太多太多的感慨。那是一个没有长策的时代，也是缺少道德规范，诚信失落的时代，那时，欺诈与武力是胜利的法宝。这对国家和社会来说不是件好事。所以，后来秦王朝依赖诈力夺取了天下，可仅仅存活十余年，他们在战国时期的价值选择，对王朝建立以后的命运是有深远影响的。而对于策士，他们有那样的绝世才华，而命运却掌握在他人手中，只能选择依附他人才能实现其价值。苏秦、张仪，为诸侯国的贡献不可谓不大，但最终命运悲惨。秦王朝的儒生更是被坑埋于地而成为千古奇冤！一个没有独立性的阶层，它的出路在哪里呢？他们多数是强权价值的鼓吹者，是不是他们参与掀起的浊浪最终也把自己吞没了呢？战国策士们的智慧值得欣赏，他们的命运更值得反思。对此，刘向编撰《战国策》时有篇书录写得非常好，本书录于卷前，请读者参看。

由于《战国策》是以策士游说为中心的一部史书，所以，本书的编选便打破了原书以国别分类的编纂形式，直接以策士为中心重新编辑，以体现该书的本质特征。这也是在众多的《战国策》选本中的一项新的尝试。事实上，原书以国别编撰，由于必须以策士为核心，所以一国之策也往往有多国之事，所编不尽科学。我们这样重新编排，读者不仅可以把握《战国策》所表现的中心，也能对战国社会的重要角色——策士群体有较为全面的了解，成为一部真正的战国纵横家书。

本书所选策士大致以出场时间为序，又注重不同事类的相对集中。其首篇选严率，不仅因为他是《战国策》第一篇第一个出场的策士，更因为他直接面对的是周君的传国九鼎被秦人索取，清楚地表现了战国时期，天子权威彻底瓦解的现实，而解除周君暂时危机的不是武官悍将，而是策士。接着编排合纵和连横两大派系的策士。据有的专家考证，可能在历史上张仪先苏秦出，但《战国策》不仅将二者并为同一时代，而且将张仪表现为成功后于苏秦者，我们还是尊重《战国策》的这种选择，先苏氏兄弟，次张仪，并一批相秦者；继而编排六国策士为国内政外交的策划。其中，我们把封君的门客作为策士之一类穿插其间，以见战国策士的丰富层面。最后以荆轲作结尾，不仅是时代相对晚近，也因为此时策士的游说已经进入尾声，由于七雄较量，秦国逐渐浮出水面，完全可以用武力短时解决问题；策士言论也无关紧要，策士由说客变为侠客，荆轲悲壮的死去正象征着策士时代的终结。

本书的编撰方式是一种探索，是否合理，诚请专家和读者批评指正。

(2005年第十一期)

真是“讨欢心学”失灵了吗？
——读《史记·韩非传》

◎李若愚

韩非眼见他的祖国贫弱难支，他认为这是韩王不积极修明法制，不善于运用策略、方法、手段去统率各级官吏，不为富国强兵广求人才所造成的。相反，韩王用了一批虚夸无能的人压在真才实干者头上，结果就出现文人用文乱法，武人用武犯禁的怪现象。形势缓和时候只任用名士，形势紧急了再求诸武夫。总之，所养的不是有用的，有用的不是所养的。廉洁正直者往往被奸邪谄谀者所排挤。韩非几次上书韩王都没能引起重视。为了实现他的政治抱负，他博采道、儒、墨各家思想，批判地吸收了商鞅的法治、申不害的术治和慎到的势治思想，并在此基础上创立以法为中心，法术势三者结合的政治统治理论体系，写下许多重要著作。他主张统治国家，不能靠德，而要靠法；要实行重赏重罚政策，而且赏罚必信；法律必须形成文字，公之于众；刑罚不宽恕大臣，赏赐不遗漏匹夫，……对后世产生了很大的影响。他的著作，世所传诵。尤其是他所精心撰写的“讨欢心学”——《说难》，受到司马迁的特别重视，把它全文引入《韩非传》，并说：“韩非知说之难，为《说难》书甚具，终死于秦，不能自脱。”如此说来，“讨欢心学”压根就没有价值，它在韩非身上就已经彻底失败了，事情果真是这样的么？

在《说难》中，韩非指出，游说的最大困难在于准确地把握住被游说者（君主）的心理趋向，不然就不能投其所好，取得成效，就不能避免“牛头不对马嘴”，徒劳无功。比如：对追求高名的人说以厚利，或者对追求厚利的人说以高名，结果都会碰壁，说人者也会因此自贬身价。韩非还特别提醒千万不能触动封建君主最害怕的隐私问题，千万不能伤害封建君主的自尊心。在君主面前，既不能自恃才高而显倨傲；又不能拘谨过分而现怯懦。其他如瓜田李下之事，也大意不得。总之，要游说人君的困难实在太多了，战战兢兢，提心吊胆，即使挖空心思，也没有必胜的把握。在常人看来，这是一条布满艰难险阻的道路，不敢轻易问津。然而韩非却有入虎穴、探虎崽的胆略，在他探明了游说人君航道上的暗礁以后，他就树起了一连串的航标灯塔，为他自己，也为了别人指出航向。他明确指出，游说成败的关键是要美化、扩大人君所自豪自得的心理亮点，同时竭力掩盖以致消灭人君自丑自怍的心理暗点。具体做法是：当人君急于谋求私利的时候，说人者要用合乎公义的理由替他打圆场；当人君意念卑下而不能自制的时候，说人者要把卑下的意念拔高起来，而且要表现出唯恐人君不实践他的这种意念；当人君有高尚的意念，但脱离实际，无法实现的时候，说人者要找出这种意念的种种不足之处，并赞扬人君不去实行这种意念的正确性。当人君在夸耀他的智能的时候，说人者要若无其事地多举类似的事例，以增强人君这方面的智能，又不暴露说人者在献殷勤；要赞扬与人君有相同言行的君主，以间接赞扬要说的人君，又无阿谀逢迎的迹象；要规划设计人君正在规划设计的某种方案，以间接协助人君完善他的规划设计，又要避免才过其主的危险；假如人君的规划设计失败了，就要找出类似的先例，以说明这不是人君的失误；当人君正在夸耀他的能力的时候，千万不要提出实际存在的困难去难为他；当人君十分武断的时候，千万不要纠正他；当人君以为他智谋过人的时候，千万不要指出他曾经有过的失算，而使他受窘……只有这样越过重重困难之后，被说的人君与说人者之间才能产生默契，二者之间才能亲近不疑，而说人者才得以充分表现他的才能和智慧。到此，韩非还不能放心，他援引了几段历史传说故事，说明同样正确的话，出于不同人的口中，它的效果就不同。正确的意见在错误的时间、地点说了，会招杀身之祸；随着人君爱憎的变化无常，香花也可变成毒草，善心也可说成恶意……总之，警惕性一刻也放松不得。

韩非把这套游说人君的过程看做“玩龙游戏”。他说，龙不过是一条虫罢了，人有时可以骑在龙背上。但龙的咽喉下面有大片逆鳞，千万不可摸它，否则龙就会杀人。人君也有逆鳞，游说者能自觉地不去触动它，事情就好办了。

可以说《说难》的精髓在于“曲意逢迎（人君），讨人欢心，但问目的，不择手段”。这些封建市侩的政治哲学，是那种时代、那种社会的上层建筑，有过强大的魅力和威力，只要运用自如，是不会失灵的。韩非纵观历史得失，横看列国纷争，针对时势需要，煞费苦心，写下了这部“讨欢心学”——《说难》，作为叩开人君大门的“敲门砖”，力图首先接近人君，取得信任，然后竭心尽力，匡时济世。遗憾的是他初出茅庐，没有来得及实践（至少是没有充分实践）他的理论，他就被李斯、姚贾所暗害，“出师未捷身先死”，常使志士泪沾襟！韩非的悲剧不在于“讨欢心学”的失败，而在于他信奉“圣人之游世也，无害人之心；无害人之心，则必无人害；无人害则不备人”（《韩子·解老》）。因此，他没有研究普通的人际关系学，他的两只眼睛只死死地盯住人君一个人。在韩非的著作中，屡见他为人君的安危着想，殚精竭虑，无微不至，他把人君周围的人看成定时炸弹一样的危险可怕，惟独忽视了他自己身边的诸色人等。最明显的是，当韩非在秦国时，正值姚贾以出色的外交活动，拆散了燕赵吴楚四国军事联盟，解了秦国之危，化干戈为玉帛，赢得秦王的高度赞赏，贾封千户，擢为上卿，炙手可热。而韩非竟不审时度势地说，姚贾用秦王的权、秦国的宝，私通诸侯；还把姚贾出身低微、历史污点等等抖搂出来（见《战国策》），结怨太深了。连他的师兄（弟）李斯，在秦王面前已非等闲的人物，他也不曾留意。本来韩非与李斯都是荀卿的学生，李斯承认他的才华不及韩非。当韩非以外交官身分到秦国时，李斯就在秦王面前说了许多不利于韩非的话，暗示韩非是个间谍，表面上是为韩国的利益服务，实际是要乘机抬高他自己的身价。劝秦王不要“淫非之辩而听其盗心”（《韩子·存韩》），就是说不要听韩非的花言巧语，不要中他的奸计，在对韩非早已“遥闻声而相思”的秦王的热情上泼了几瓢冷水。结果就是秦王见到韩非，“悦之，未信用”（《史记·韩非传》）。这不能不说与李斯的嚼舌有关系。紧接着李斯就与姚贾合谋，对秦王说，韩非始终只会为韩国服务，而不会为秦国效劳。现在留他在秦国又不用他，将来再放他回国，准是个后患，不如找个借口把他杀了。秦王果然把韩非下狱，李斯迫不及待地送毒药给他，逼他自杀，等到秦王醒悟过来时，韩非早已死了。如此看来，即使没有姚贾，就一个李斯也足以成为韩非前进道路上不可逾越的障碍。

司马迁“独悲韩子为《说难》而不能自脱”，可说是悲的不是地方，倒是应验了韩非所说“是智法之士与当途之人不可两存之仇也”（《韩子·孤愤》）这句话了。假如韩非也有商鞅初期那样的际遇，碰上颇有耐心的人君秦孝公，又有景监那样的宠臣引荐，谁能肯定韩非就不会打动秦王而干出一番轰轰烈烈的事业？

（1992年第九期）

不走运的马谡

◎**黄朴民**

马谡在历史上算不上是大人物，可是知名度却很高，一部《三国演义》的小说，一出《空城计》的戏曲，使得他以纸上谈兵、胶柱鼓瑟的形象定格在历史的天幕上，植根在人们的心目中。整个儿眼高手低、夸夸其谈的滑稽角色，就和当年那位一手葬送赵国四十五万大军的纨绔子弟赵括一个模样。俗话说："时来天地共努力，运去英雄不自由。"马谡可真够倒霉的。

其实，马谡虽说不是什么英雄，可至少也是一位了不起的人才。史称他"才器过人，好论军计"（《三国志·蜀书·马良传附马谡传》），这决不是不着边际的胡吹瞎捧。诸葛亮刚刚接手蜀汉的军政大权，就遇上了南中地区大闹武装叛乱，焦头烂额，急火攻心，其中的滋味自然可想而知。这时候，是马谡的二十一字真经——"夫用兵之道，攻心为上，攻城为下；心战为上，兵战为下"，使得诸葛亮茅塞顿开，对孟获七擒七纵，终于点化顽石、收服其心，顺利平定南中地区，而且没有一丝半毫的后遗症："故终亮之世，南方不敢复反。"从根本上稳固了蜀汉政权的战略大后方，为日后六出祁山、北伐中原创造了充分的条件。仅凭这一条，马谡已是功在社稷、勋高天下了。这一点，是后代修史者也不敢否定的，如奉曹魏为正统的习凿齿，就称道马谡为"俊杰"，认为诸葛亮因街亭之败而杀马谡，是大大的错误，说街亭之败，责任主要不在马谡，而在诸葛亮本身，是他私心偏爱、“任人唯亲”，才“不量才节任，随器付业”，结果让马谡为缺乏经验（我看，主要还是运气）而付出代价。

不过，街亭之败毕竟是马谡人生的一大败笔，说来说去，还是马谡不够走运：三十九岁第一次荣膺方面大任，独当一面，便遇上了最强劲的对手，号称曹魏“五虎大将”之一的张郃，如同当年赵括不幸地去和“战神”白起对垒似的。“姜是老的辣”，张郃他既老谋深算，诡计多端；又骁勇善战，指挥若定，这番光景马谡何曾见识过？棋逊一着，缩手缩脚，这一仗马谡胜算的几率实在是微乎其微！

更为糟糕的是，马谡读过《孙子兵法》，岂止是读过，而且是读得滚瓜烂熟、倒背如流。兵法上所教的战术原则，马谡是“小葱拌豆腐”，一清二楚。所以，当面临与劲敌一决生死的紧要关头，他便免不了心动手痒，跃跃欲试，总想尽平生之所学，同对手周旋一番。这本来是属于习惯性思维的驱使，心理学上叫做下意识的反应，合乎逻辑，无可厚非，可这么一来也注定了马谡的霉运当头，灾星高照。

一朝权在手，便把令来行，现在马谡终于凡事由自己来拍板定夺了。他的招数其实也挺简单，就是把主力部队统统集中起来，开进到街亭一侧的山头上安营扎寨，以逸待劳，就等着敌人送上门来挨揍。马谡的想法比较单纯，兵法上不是说“凭高视下，势如劈竹”嘛，好得很，咱们便“依样画葫芦”就是了，到时候居高临下，呼啸进攻，杀他张郃一个片甲不回，一了百了。

兵法是死的，可人是活的，战场形势瞬息万变，兵法运用自然也应当是不拘一格，高明的指挥员之所以高明，就在于他“不以法为守，而以法为用，常能缘法而生法，若大离法而合法”。即能根据敌情、我情的不同，灵活机动，出奇制胜，“兵无常势，水无常形，能因敌变化而取胜者，谓之神”（《孙子·虚实篇》）。马谡毕竟是初出茅庐，少不更事，对自己的军事素养过于自信，以致“守一定之书，而应无穷之敌”（《何博士备论·霍去病论》）。这样，岂不是正中了张郃将军的下怀。

仗当然是打得稀松平常，一点悬念也没有。曹魏大军蜂拥而至，张郃挥舞帅旗，一声令下，三下五去二，便把马谡屯兵的土山给围成铁桶一般，水泄不通，再把水源一切断，这一下，马谡便什么招都玩完了，不但没有出现他所预期的“凭高视下，势如劈竹”的场面，反而是自己一方阵脚大乱，溃不成军。张郃于是乎“恭敬不如从命”，轻松愉快地占领了战略要地街亭。诸葛亮“进无所据”，无可奈何，只好“退军还汉中”，他惨淡经营许多年才好不容易搞起来的第一次北伐，就这样虎头蛇尾、无疾而终了。当然，等着马谡本人的，也不会是好果子，他失魂落魄、灰头土脸逃回大营，便让诸葛亮给砍了脑壳，正了军法，也算是对打败仗作出一个交代。

不过，这么一来，马谡在历史上便永远不得咸鱼翻身。而更不幸的是，马谡还成了一个箭靶子，代天底下所有读书人受过。中国自古以来便有反智的传统，用老子的话讲，便是“绝学无忧”。大伙儿表面上口口声声尊重知识，尊重人才，但骨子里对知识究竟有多少看重，却是值得大大打上一个问号的。所以，汉武帝奉劝霍去病好好学兵法，霍去病却大摇其头，不以为然，“顾其方略耳”，学那些劳什子兵法做甚！（毕竟是武将，粗人一个，直来直去，实话实说）。对读书人，大家心里其实并不感冒，所谓“十有九人堪白眼，百无一用是书生”，就是实际情况的写照。可见，读书越多越蠢笨，知识越多越反动的口号（“文革”之时最为流行），在我们这个国度里，是有悠久传统的。

平日里，文弱书生不招谁惹谁，别人也找不出什么茬子，只好忍着满心的厌恶，站在一边冷眼旁观，等着瞧笑话呢，“但将冷眼看螃蟹，看你横行到几时”；只要你一朝有什么闪失，那么你尽管放心吧，我担保什么样的石头都会朝着井里扔，一直把你砸扁压烂为止，还要再踩上一只脚，让你永生永世不得翻身。

马谡很可怜，浑浑噩噩，稀里糊涂，一失足摔到这口黑咕隆咚的大井里去了。他在街亭这么一败，害得自己赔上了小命不打紧，牵累了天下读书人跟着他一起倒霉才是大问题！这下子，诸位看客们可算是逮着读书人的狐狸尾巴了：马谡他不是熟读兵书吗？不是“好论军计”吗？不是知识渊博、学富五车，大有“如欲平治天下，舍我其谁”的架势气概吗？可你瞧瞧，真让他去办点实事，不就全露怯了，非砸了锅不可。志大才疏，言不及义，满腹经纶，花拳绣腿，可不都是那些读书人的通病，光有理论顶个屁用，关键是要能实干，会办事。所以，读书人应当守自己的本分，去做专家学者，而不该这山望着那山高，幻想“挥斥方遒”，去充当什么领导，免得邯郸学步，到最后只好爬着回去。可见，马谡的落魄，的确害得天下读书人丢人现眼，长时间里说话都缺了中气。

可是，再往深处想一想，似乎又觉得事情有些不大对劲。兵书读得多而最终误了大事的，历史上好像并不太多见，你掐着指头数了又数，不也只能举出赵括、马谡等寥寥几个吗。相反的情况是，知识越多越聪明，好像更在理：读兵书多而成就大事者不乏其人，读书人统兵御敌而建功立业者也比比皆是。袁崇焕不是正儿八经的文进士出身吗，可就是他当年把宁远保卫战打得有声有色，让不可一世的后金八旗雄师栽了跟斗，叫苦不迭！曾国藩、左宗棠、李鸿章不也是原汁原味的读书人吗，可又有谁敢说，他们的军事指挥能力欠火候，否则，怎么能把占有东南半壁江山的太平天国给灭了呢！即便是“赳赳武夫”出身的吕蒙，还不是听了孙权的劝告，潜心问学，熟读兵书，方才“学问开益，筹略奇至”的，在日后收复荆州的战争中，“出其不意，攻其无备”，杀得号称“万人敌”的关羽没有半点脾气，只好乖乖地束手就擒！

所以，如果你拿出赵括、马谡的例子，来证明读书人迂腐疏阔，不堪大用；那么，我就可引用袁崇焕、曾国藩的故事，来证明读书人担当统帅才是理想的选择。这笔墨官司永远也扯不清楚。我不讳言，读书人当中是有像马谡这样做事教条的人，但是他们只是异数，只是极其个别的特例。拿少之又少的个案来给读书人画脸谱，定角色，那是地地道道的“以偏概全”，根本经不起任何推敲。时至今日，这种习惯性思维是得改一改了。不然，读书人没有活动手脚的空间，自早到晚枯坐在书斋当中，缺乏站到前台操盘演示的机会，这恐怕不能不说是属于一种人才资源的浪费，而日积月累，长此以往，即使原本有本事的读书人，也会“忍将万字平戎策，换得东家种树书”，优哉游哉打发日子，“渐磨圭角入中年”，变成光滑滑、圆溜溜的皮球，到那个时候，他们可真的是名副其实的纸上谈兵、百无一用了！

（2004 年第八期）

陶渊明与三个 P

◎**顾农**

王元化先生的《清园书简》（湖北教育出版社，2003 年版）是一本很好看的书：其中包含了不少思想文化界的掌故，将来写文化史的人肯定会从中取材；又多有见道之言，发人深省。例如在致刘凌的第四封信中谈到人类情欲问题，介绍了一种三 P 说：power（权）、property（钱）、presting（名），然后议论道：

> 三个 P 中，最后一个 presting 恐怕是最难渡过的关口。不少人对于权和钱的追求，并不怎么热衷，这大概是受到儒家传统思想影响的缘故吧。但在 presting 问题上，就不能这么说了。我们从小就受到“扬名声显父母”、“君子疾没世而名不彰”等等这类格言的影响。为了名而不敢去做坏事，这也是事实。保持自己名节是好的。但追求名声，却往往使人变得虚伪可憎。在过去的士大夫和今天的知识分子中间，都可以找到利欲熏心、追求功名的人。很多读书人直到今天还在热衷当官。虽然由此获得的名声只限于眼前的荣耀，从真正的荣誉来看却并不光彩。（《清园书简》，第 59 ~ 60 页）

此论大有道理。按 presting 又可以分为生前身后两种，王先生这里讲的是生前之名，近视者更仅仅着眼于眼前；而古人则更重视身后之名——最佳状态则如辛弃疾词中所说，“了却君王天下事，赢得生前身后名”。从某种意义上来说，愿意抛弃身后之名更加不容易。

明确表示要抛弃生前身后名的有大隐士大诗人陶渊明。他的《怨诗楚调示庞主簿邓治中》写道：

> 天道悠且远，鬼神茫昧然。结发念善事，黾勉六九年。
> 弱冠逢世阻，始室丧其偏。炎火屡焚如，螟蜮恣中田。
> 风雨纵横至，收敛不盈廛。夏日常抱饥，寒夜无被眠。
> 造夕思鸡鸣，及晨愿乌迁。在己何怨天，离忧悽目前。
> 吁嗟身后名，于我若浮烟。慷慨独悲歌，锺期信为贤。

按庞、邓二人都是基层政权机构的僚佐，大约是陶渊明认识颇久可以谈谈的朋友。庞主簿名遵，字通之，《宋书·隐逸传·陶渊明传》曾经提到此人，说是“江州刺史王弘欲识之，不能致也。潜尝往庐山，（王）弘令潜故人庞通之赍酒具，于半道栗里要之”。后来刘宋王朝的江州刺史王弘欲与陶渊明来往须通过庞为中介，由此可以推知陶渊明认识庞通之当在晋宋易代之前，而且关系比较好，这才成其为“故人”。陶渊明写此诗时庞氏应已在江州充当主簿，与邓治中为同僚。陶渊明自己不愿意继续当官，不要权和钱（那时官俸比较优厚）而归隐了，但他并不厌弃尚在官场中的老朋友，他为人通达，一点也不偏激，不矫情。

陶渊明在诗中大诉其苦，历数自己的不幸，所说都属实。例如第一任夫人的去世、遭遇火灾，自然灾害严重影响收成等等，都可以在他的其他作品和史传材料中得到印证。此诗的言外大约有一点向庞、邓二人求援之意——诗末提到“锺（子）期”，以对方为知音，似乎是风雅地传递了这样一种信息。但此诗的主要内容并非求援，而是总结自己的一生，向友人倾诉，阐明自己的人生态度。

时贤解析此诗，我以为是袁行霈先生在《陶渊明集笺注》中讲得最好。他说：

> 从结发时说起，结发如何，弱冠如何，始室如何，目前如

何，颇有总结平生之意。种种贫困饥寒之状，如“造夕思鸡鸣，及晨愿乌迁”，非亲历者不能道也。虽曰一生之坎坷全在自己，而题取《怨诗》，一种不平之情藏在字里行间，足见天道之不足信，善事之不足为也。“吁嗟身后名，于我如浮烟。”此二句与前后似不衔接，本来叙述自己之饥寒，何以忽然说起身后名耶？盖古之贫士，多有以安贫留名者，渊明欲表自己之安贫，非以此邀名也。(《陶渊明集笺注》，中华书局，2003 年版，第 114 ~ 115 页)

一般来说，知识分子不为利比较容易，不为名则难，现在如此，于古为烈。陶渊明把人生看得很透，他认为人一死就完全结束，“身后名”根本没有意思。这是他相当彻底的旷达处。我们记得先前的陶渊明并不是这样的。他曾经同古代一般士人那样“病奇名之不立”(《感士不遇赋》)，感慨过“四十无闻，斯不足畏”（《荣木》)；而现在他对这些都觉得无所谓了。归隐是陶渊明一生中的大转折，此时他已充分认识到只有退出官场、抛弃 power（权）和 property（钱）才能获得自由；到晚年他思想上又有一番转折进步，又进而认识到只有抛弃 presting（名）包括“身后名”才能真正获得自由。从这个意义上来说，《怨诗楚调示庞主簿邓治中》是陶渊明一生中继《归去来兮辞》之后又一篇具有里程碑意义的作品。

当然，世界上也有三个 P 全要而单是不考虑身后名的人，那是最可怕的流氓；这同陶渊明式的彻底旷达完全是两回事，这里不必去谈那种人了。

鲁迅先生遗嘱中有三条道：“赶快收敛，埋掉，拉倒”；“不要做任何关于纪念的事情”；“忘记我，管自己生活”（《且介亭杂文末编·死》)。他也是不要身后名的。三个 P 统统不要，连身后名亦即真正的荣誉也不要，鲁迅和陶渊明由此获得了最充分的心灵自由——而后人也没有忘记他们。

(2008 年第十二期)

三个成吉思汗？
——不同文化价值下的历史文本

◎**杨风华**

伊斯兰文化、蒙古文化、儒家文化是东方历史上影响深远的三大文化，对当今人类文明的形成和发展发挥了极其重要的作用，在世界文明史上占有重要的地位。因此也备受古今中外学者的重视。蒙古文化从大的方面讲是中国儒家文化的一支，但从其内涵来说，它与中国儒家文化有着根本的区别，同样一个成吉思汗，在伊斯兰文化、蒙古文化、儒家文化中，呈现出颇为异趣的三种不同的历史形象。

一、《史集》里的真主之剑

成吉思汗的孙子旭烈兀于1256年灭掉木剌夷国，征服了伊朗全境，接着，又于1258年攻陷巴格达，灭掉了伊斯兰教哈里发阿拔斯朝，在以伊朗为主的西亚地区建立了蒙古大帝国版图内的伊利汗国。在伊利汗国建立将近半个世纪时，旭烈兀的曾孙、第七代伊利汗和赞，为了让以成吉思汗家族为首的蒙古统治阶级的历史传诸后人，于伊斯兰教历700年（公元1300年9月15日—1301年9月5日）下诏让他的宰相拉施特编纂一部详细的蒙古史——《史集》。这是一部内容丰富、篇幅浩瀚的历史巨著，它包含有研究中世纪各国、各民族的历史，尤其是研究蒙古史、我国古代北方少数民族史的大量有价值的资料。

拉施特与侍奉蒙古罕的许多伊朗官员一样，是个速菲派伊斯兰教教徒，他的《史集》里多次出现“真主”、“安拉”、“最高真理”等赞美成吉思汗的字样。在伊斯兰文化中，《古兰经》作为伊斯兰教法的基础，确立了法自真主意志而出的神圣立法思想，确立了真主的最高意志。统治阶级的言行作为真主的启示而为信仰者所必须接受，“凡属启示皆为必须遵行的主命”。因此，在他看来，真主就是神，真主的一言一行，无论善恶，都是神的“启示”，都是为他们这些教徒的幸福做出的。在《史集》第一部序言中，拉施特特别讲到由于亚伯拉罕遵照安拉在梦中的启示，决心将爱子杀掉献祭于安拉，安拉为了奖赏亚伯拉罕的诚心，便降福于他，让他的后裔繁衍出许多先知、圣贤、君主，以此来说明人们应该毫不动摇地相信神，只有这样子孙后代才能兴旺发达。

拉施特在其著作《史集》中用大量华丽词藻，不断地为以成吉思汗及其后裔为首的蒙古贵族大唱宗教赞歌，称成吉思汗是伊利汗国的“真主”、“最高真理”的执行者。他认为成吉思汗的所作所为都是真主意志的体现。“由于他身份的高贵，［内在］本性的精微，他像是一堆宝石中罕有的真珠，他高出于所有各民族之上，（使他们）置于（自己的）支配下和最高统治者的掌握之中”。同时，他认为成吉思汗所遇到的逆境是真主为了磨练他而特地设下的。“成吉思汗多次陷入逆境……而最高真理却（从这些逆境中）拯救了他，由于最高的主的意志早就安排下了要让成吉思汗成为世界的君主，便让他一点点发达起来，让他受尽千辛万苦，磨练他胜任重任的能力。”另一方面，他又用纪实的手法，把成吉思汗等人的所有行为毫无顾忌地记述下来。在这部史书里面，拉施特多次提到成吉思汗的军事行为及政策。

成吉思汗在围攻一个城市时，只要这个城市稍有抵抗，便会遭到成吉思汗的报复。成吉思汗在进攻不花剌城时遭到了抵抗，结果

（突厥）里康人活下来的只有靠运气。男子被杀死了三万多人，妇人和孩子当了奴隶。当成吉思汗攻下花剌子模城后，恼于城内人顽强的抵抗，便将居民一下子全部驱到野外，从他们中间将数十万名左右的工匠分出来，押送到东方去。青年妇女和孩子们也被纳入了俘虏队，剩下的人则分配给军队屠杀。据史料显示，五万多蒙古兵每人分到了二十四人。在这种政策面前，守城者只有立即投降才能给以宽恕，而实际上这也远非都是如此。当成吉思汗屯兵巴里黑城下时，当地领导人物来到他那里请降，献上了各种食品、礼物。接着，成吉思汗的部队就以点数（人口）为借口，将巴里黑居民全部驱逐到野外，照例分配给士兵全部杀死。然后，他们破坏了城前的斜坡和城墙，放火烧掉房屋和街区，将巴里黑城完全毁掉了。在这里，成吉思汗是一个典型的草莽英雄形象。但拉施特并不这样认为，他认为成吉思汗的征伐战争是“在准备这一屋宇的栋梁并加固这一建筑上表现了无限的努力和非凡的魄力，他清扫了成为毁灭的灾祸的逐鹿场所的国土，清除了歹徒们的秽行劣迹及魔鬼造下的罪孽，他举起钢剑一击，砍去了时代面容上一切恶徒逆贼们叛乱的尘垢”。由此可见，在伊斯兰文化中，对不信真主的魔鬼实行惩罚，符合真主的意志，是正义之剑对恶的惩罚。基于这一原则，他毫不顾忌成吉思汗行为的野蛮性而采取了一种纪实的手法把成吉思汗的所有行为毫不保留地记载了下来。

二、《蒙古秘史》里的强者

《蒙古秘史》原名《忙豁仑·纽察·脱卜察安》，是十三世纪大蒙古帝国真实记录蒙古国事的独一无二的历史巨著。主要是依据蒙文记载的宫廷秘史“脱卜赤延”。《秘史》记载了蒙古各民族部落的源头、成吉思汗的祖先谱系和本人生平，窝阔台汗统治前期的部分活动，是研究蒙古国建立前后的社会组织、政治军事、经济生活、部落战争等各方面的最重要史料。在《秘史》中，除了对成吉思汗为建立统一国家而进行的活动外，对成吉思汗的各种行为也毫不隐瞒，把当时一切情况都记述了下来。

游牧民族长期同大自然搏斗，生活在艰苦的环境之中，具有充分的冒险精神和勇敢进取的民族性格。但由于他们的文明开化程度不高，所以他们很少有其他文明的道德观念与伦理观。作为游牧民族，在资源与需求空前紧张的环境下，在残酷的生存竞争中，只有残酷的强力者才能成功地活下去，也只有这种“强力”行为才最有利于生存。因此他们崇尚“自然”，而“自然”是优胜劣汰，适者生存，此种观念也可称为是游牧民族的“猎物观念”。在这种观念的支配下，成吉思汗的行为在蒙古人看来就变成了一种正当的、值得称颂的行为。所以他们在记述自己先人的历史时，就会无拘束地、相当客观地记述那些事实。不但如此，他们甚至把对失败者的残酷对待也视为是理所当然的，甚至视为英雄行为来加以颂扬。就像如果他们是失败者，胜利者对他们也会那样做一样。所以他们以强者的逻辑作为最高标准也就有其自身的历史合理性了，这就使“强力”本身在蒙古文化中有了值得歌颂的正面的积极的价值。

在这种观念的支配下，在《秘史》里面，拉施特《史集》里记载的成吉思汗的屠城行为也多次出现。不仅如此，《秘史》也通过一些私人事件把成吉思汗的残暴行为记录了下来。书中记载从成吉思汗的对手主儿勤投降而来的不里孛阔与成吉思汗的兄弟别勒古台摔跤一事就是最好的例子。

成吉思合罕，一日，命不里孛阔，别勒古台二人相搏。不里孛阔之在主儿勤也，不里孛阔能以只手执别勒古台，以只足拨倒，压而不令其动之者也。……兹命别勒古台，不里孛阔，二人相搏也。不里孛阔本不可胜者，故为之倒，别勒古台力不能制，抗其肩，上其臀，返顾成吉思合罕，见合罕啮其下唇，别勒古台会意，遂跨其身上，交其二领扼其喉，以膝按其腰，力扯而折之，不里孛阔被折其腰曰：我本非败于别勒古台者，唯畏合罕……言讫而死。

成吉思汗一次与部下的谈话，最能证明他典型的“草原英雄”本质。

成吉思汗一日问那颜不儿古赤，人生何者最乐？他答曰：春日骑骏马，拳鹰鹘出猎，见其搏取，斯为最乐。汗以此问历询不儿古勒等诸将，诸将所答与不儿古赤同。汗曰：不然，人生最大之乐，即在胜敌。逐敌，夺其所有，见其最亲之人以泪洗面，乘其马，纳其妻女也。

也许，“崇尚天力”、“敬重强者”正是成吉思汗成为蒙古英雄的动力所在。而正是这种对“强者”的崇拜，对“超人”的敬仰，使我们能够见到一个栩栩如生的成吉思汗形象。

三、《元史》中的圣王

《元史》，二十四史之一。它是比较系统地记载元朝兴亡的纪传体史书。明初官修，当时的儒士宋濂、王炜任总裁。“《元史》纪、志，主要取材于《元十三朝实录》和《经世大典》……其修纂方法多是对原材料的直接摘抄，不作认真的熔铸和润色，而且仓促成就，讹误脱漏百出。因此，不少人认为它是二十四史中编的最荒芜的一部。”但由于《元史》作者不对原始材料做任何改动，反而使原始材料的面貌得到较多的保存。所以，《元史》的可靠性和史料价值仍然较高，是其他史籍无法替代的。由于中国史书的编纂大部分都是由带有浓厚的儒家思想的儒士完成的，所以中国的史书大都在一定程度上体现了儒家思想。这就决定了《元史》与《蒙古秘史》、《史集》在记载成吉思汗的主要事迹时有许多不同之处，而这些不同之处恰恰体现出了儒家文化的特点。

在《蒙古秘史》和《史集》里面，虽对这个“一代枭雄”的征伐战争大加颂扬，但对他那野蛮行为却丝毫不加隐瞒，都真实地记录了下来。令人惊奇的是，在儒家文化的环境里面，关于成吉思汗的残暴行为的史料被过滤掉了许多。所以在儒家的官方记载中，成吉思汗已不再是一个草原英雄，甚至已不再是一个世俗的人了，他已承担着“敬天法祖”的功能，成为一个“道统”承担者。

在《史集》和《蒙古秘史》中，成吉思汗通过一系列的征战，迫使其他小的部落向他臣服，而在《元史》里，则成了“时帝功德日盛，泰赤乌诸部多苦其主非法，见帝宽仁，时赐以裘马，心悦之。若赤老温，若哲别，若失力哥也不干诸人，若朵郎吉，若札刺儿，若忙兀诸部，皆慕义来降。”在这里，成吉思汗不是靠武力征服各部落，而是靠其“仁义道德”和“雄才大略”。

儒家文化一直都很强调“文以载道”，“从道不从君”，“道统高于皇统”，将道德意识无限扩张，最终将其他各种文化表现，统统变为服务于道德和表达道德的工具。《元史》也不例外，它在《成吉思汗本纪》里就要借助成吉思汗的英雄形象，阐发一定的道德教育功能。

在中国古代社会，一个王朝在建立之初总是千方百计寻找一个合法性的东西来支撑它的统治，这个合法性的东西来源于儒家知识分子对它的解释。而在儒家文化里面，道统是中国古代儒家知识分子的最高目标，强调“道统独立于政统”，同时它也是儒家文化的立身之本。由于道统独立于政统，所以，身为中国传统文化传承者的知识分子为了给元朝一个合法性的地位，同时也为了借助于成吉思汗这个开国皇帝的英雄形象教育以后的皇帝要做一个“开明圣君”，就本着“从道不从君”的原则，将成吉思汗儒家化。同时在儒家文化里，统治者需要史家为其提供意识形态的神话，从而为其统治的合法性提供一个神话的资源。明朝虽然推翻了元朝的统治，但元朝在中国儒家文化里面毕竟是一个不能割裂的文化传统，因此生活在明朝的儒家知识分子为了给元朝的统治找到一个合法性的基础，在编史书的时候就要把元朝统治的合法性的来源梳理清楚，即使没有，也要“捏造”出来一个，因此儒家的史官就把元朝统治的合法性的来源落在了成吉思汗身上。在这个过程中史官就要把成吉思汗身上“草原英雄”的形象过滤得一干二净。经过处理后，成吉思汗就成了一个“圣君”。于是儒家文化赋予成吉思汗“敬天法祖”的功能也就实现了。

从对这三种文化里成吉思汗形象的分析中，我们可以看出，在不同文化背景下，政治权力的意识形态基础不一样，君王的形象也会因而不同。一个成吉思汗，还是三个成吉思汗？没有绝对客观的历史，只有不同文化价值诠释下的历史文本。

（2004 年第一期）

赵钱孙李　周吴郑王

——读《中国姓氏的文化解析》

◎**萧放**

“赵钱孙李、周吴郑王”，《百家姓》的破题之言，几乎每一个中国人都会吟诵。《百家姓》是古代幼儿的启蒙读物，入学伊始，五六岁的幼童就捧着《百家姓》咿呀诵读，当时识字的起点，确实高于时下，它是否合乎教学法则，另当别论。但有一点却是肯定的，在以后碰到难读的姓名时，大概不会像今人那般犹豫。

传统社会是家族的社会，家族最显眼的标记就是姓氏，姓氏对于中国人来说，是一种符号，更是一种代代相传的文化徽章。无论千里万里，同姓之人相见，即刻就会产生一种天然的亲切感，“三百年前是一家”的俗语，像一条无形的纽带联系着同一姓氏的人们。人们珍重姓氏，除非万不得已，绝不会更改。中国有着发达的家族文化，也就有着丰富的姓氏文化。

近年来，出现了寻根的文化热，有关姓氏的知识读物日渐增多，姓名学作为一种新兴的人文学科，在中国正茁壮成长。《中国姓氏的文化解析》就是姓名学研究与普及中的一部力作。它的最大特点是融学术于趣味之中，将学院式的高头讲章化解为国民津津乐道的知识读物，这样的学术贡献并不是一般学者能够容易实现的。

王泉根教授在出版本书的同时，还推出了它的姊妹篇《中国人名文化》，这同样是一部令人回味、情趣盎然的姓名学著作。限于篇幅，本文集中讨论《中国姓氏的文化解析》，因为本人觉得姓氏文化比人名文化更能体现传统中国文化的特色。

姓氏与家族在传统社会有着突出的地位，如果排列传统文化门类的话，姓氏文化必然在其中占据较显要的位置。

古代典章文物制度中，对于姓氏相当重视，姓氏是家族出身与社会等级的标志，“赐姓命氏，因彰德功”（《潜夫论》卷九）。姓与氏原本是分立的两个概念，在上古时期有姓无氏，西周时随着宗法制、分封制的推行，为了适应宗族支系标识的需要，根据宗族支系的爵位、官职、封国地望等“命氏”。因此周代出现众多的与姓不同的“氏”。姓与氏的区别在后人看来是很难理清的文化旧案，本书作者以人类学的眼光对古籍记载的文化资料进行了缜密的考察，提出了正确的理解：姓是大宗（广义的大宗）的族号；旧有的族号，始祖的族号，木本水源之根的族号；而氏是大宗（姓）分出去的支系——小宗的族号，后起的族号，始迁祖的族号，分居地始祖的族号。“姓者，统其阻考之所自出。氏者，别其子孙之所自分。”（《通鉴·外纪》）这是就宗法的角度而言，姓为宗统，氏为分派，说明姓与氏相联系的一面，要而言之，姓表血统而示女系，氏表功勋而示男系。从社会角度看，姓是血亲关系的标记，氏又是社会地位高低贵贱的象征。

春秋战国时期，随着宗法制的动摇、分解，宗族支派——氏逐渐向姓转化，最终在秦汉时期实现了姓氏合一。姓氏的合一，是生物意义的“姓”与社会意义的“氏”之间的结合，秦汉以后的姓氏与先秦的姓与氏有了显著的区别，姓氏只有基本的家族出身意义，它与个人社会地位没有必然联系。虽然在封建社会实行皇权的家族垄断，但它对社会的控制是通过异姓百官层级管理实现的，与古代的宗法制度有了根本的不同。姓氏在秦汉成为一般平民的家族标记，现代中华姓氏大多定型于这一时期，中华民族源远流长的姓氏文化由此奠定了基础。

姓氏脱离了宗法制度，成为平民出身标记，一般不再有明显的高低贵贱的社会区别，但它作为宗族的标识，很难摆脱宗法因素的影响。在传统社会，姓氏是家族的徽号，人生而得姓，此后人的一生跟族姓荣辱与共。家族荣誉、家族利益有着突出的位置。一人成名，是一族的骄傲；一人犯奸，是一姓的耻辱。在中国姓氏文化中，族姓永远摆在第一位。历史上秦姓与岳姓的传说，就是中国姓氏文化特色的鲜明体现。在家族社会，对犯有过失的族人除处死外，最重的处罚就是族谱除名，将其逐出族姓。被逐出族姓的人，不仅生时灰头土脸，即使死去也回不了祖宗的墓地。

族姓不仅是家族的标记，同时也是人们在家族社会安身立命的“护照”。与此相应的是古代社会攀附名人，认祖联宗的文化习性。本书引用的下面这则传说，就是对此种情形的生动写照：传说江南有个小镇，镇上住着朱、项两大姓，这两大家族常常争强斗胜，互不相让。有一次朱姓盖了座祠堂，想显示一下本族的威风。项姓立刻发动族人，也盖了一座。朱家祠堂在揭祠那天，贴出了这样一副对联，“两朝天子；一代圣人。”上联言朱姓历史上曾出过两位皇帝，一是五代后梁太祖朱温，一是明朝开国皇帝朱元璋；下联指南宋著名理学家朱熹。朱氏先祖如此荣耀，使项姓颇觉憋气，在本族人苦无对策的情况下，他们暗地以重赏向外界征求楹联，一位三家村的老学究应征来了，他向项氏族人讲述了两个故事：一个是春秋时代的故事，孔子曾拜在项橐的门下，向他学习礼仪。另一个是秦末的故事，项羽在抓到刘邦的父亲之后，欲大鼎将他煮死。第二天，项姓祠堂上，挂出了一副大对联，“烹天子父；为圣人师。”这副对联与朱家对联针锋相对，凌顶压势占了上风。朱姓族人见了无不目瞪口呆。

这种攀附历史名人为自家先祖的风气在古代很是流行，不仅家族势力的较量中要动用这些象征性的家族历史资源，即使是在族内活动中，人们也盲目地认定历史先人，以显示家族历史的遥远与家族出身的高贵。这种做法在家谱编修中最为常见。李姓追溯到老子李耳，周姓追祖后稷，吴姓始祖泰伯，姜姓则祖姜太公，袁姓则祖袁绍。有祠必有谱，有谱必载世系，世系邈远不清，于是编造世系成为古代习气之一。宋人郑樵对此已有警觉，他在《通志·氏族序》中告诫人们："氏族之家言多诞，博雅君子不可不审。"由于宗族势力的扩展，明清时期，伪造世系、家谱的风气更盛，出现了专业的造假者："谱匠"。谱匠预制一套可通用的道具，多托始于南宋，如名人序跋、远祖遗像、朱子题字等，不论张姓李姓，但将名姓一改，即觉天衣无缝。同一衣冠袍笏须髯如戟之人，既可作张家的远祖，也可作李姓的儿孙。由于家谱世系的东拉西扯，其历史价值往往被大打折扣。这也是人们在历史研究中不大重视家谱资料的原因。

虚构家史，不足为训，但为什么虚构，虚构的意义何在？却大有文章。正是这种虚构反映了民众心理的真实。在家族政治的时代，人们参与社会活动往往不是个人的选择，其背后有相直的家族力量支撑。出身并不显赫的家族为了在社会上争得有利位置，就攀附圣贤，自高门第家世。古代姓氏文化中认圣贤功臣为祖的作法，对家族与社会来说有两个积极效用：一是扩大了家族范围，取得了更多的家族互助的机会，增强了社会的凝聚力。历史上的几位圣贤被众多的后世家族共同奉为祖先，这就给本来无甚瓜葛的族姓提供了联宗的机会，根本的归一，体现了文化的认同，民族文化的凝聚力由此生发。从当代海外华人的寻亲热潮中可以真切地感受到这一点。二是重视远祖的文化名位与历史声望，给家族文化树立敬仰的精神偶像，有助于培养家族成员的荣誉意识，提升他们的道德水平，不给祖宗脸上抹黑，不要辱没先人，成为一般家族的民俗心理。在这种文化价值观的作用下，人们有了更强的使命感与责任感，从而有利于社会的和谐与进步。从这一角度来说，攀附圣贤的文化意义远远高于其虚构历史的消极作用。

姓氏文化作为家族文化的重要组成部分，在中国历史上有着丰富的表现。本书作者以睿智的眼光，审视了中国姓氏文化的起源、演进、变迁的历史过程，并对其中的几个关键处予以了特别关注：第一，原始图腾崇拜与姓氏起源的关系；第二，秦汉时期与中华姓氏习俗的确立；第三，魏晋六朝门阀制度对姓氏文化的影响；第四，民族文化的交融对于姓氏文化构成的影响；第五，寻根祭祖与当代民族文化认同。作者以流畅的文字表达自己的理性分析，将抽象的观念具体化为一串串文化事象的描述，体现了作者较高的学术智慧，从而为姓氏文化理论知识的大众化开辟了新路。

悠悠的历史已成为漆黑的天幕，让我们每个人还能直接“看到”历史的，不正是像活化石一般积淀下来的姓氏，与像繁星一般闪烁在夜幕中的历史人物的名字吗?

(2001 年第二期)

女人的指标："四德""七出"及其他

◎半夏

子曰："唯女子与小人为难养也"，其实孔子并非意在诽谤，君子恶称人之恶者，上述论断或许只是抒发他的无奈。君子知无不言，言无不尽，起码他说的是作为一个男人和君子——他自我定位的社会角色——的感受，偏颇或许是有的，但如果不许他说，或者说了就被声讨，未必不是一种性别和意识的暴力强权。

当然，孔圣人并非只下结论，他还有分析阐释：之所以女子和小人难养，是因为"近之则不孙，远之则怨"。意思是说，和他们亲近了，他们会没规矩；疏远了，又会怨恨。这话起码在小人的那一半没有说错，至于另外一半，就像那句著名的譬喻，如同穿鞋子，只看个人的感受了。

不过，关于女人，圣人只是说了难养，揣摩起那潜伏的意思，难养未必是不养呢。圣人还说过："吾未见好德如好色者也。"所谓未见，自然也包括了他老人家自己。圣人终归是圣人，他老人家立论的时候，并不怎么考虑自己的老脸，甚至他并不以此为羞，也只是有些无奈。如果说对待小人，圣人还能够将自己孤悬起来，洁身自好，实施合理规避，不予豢养的话，女子却不可以照单办理。因为拒绝小人只是品行操守方面的执着，只要你足够坚持原则，撑持一阵子不是没有可能。可论到女人，却有些不大方便。男人之于女人，有"人之大欲存焉"——生理方面之需求。生理的冲动或许属于动物性层面，说不大出口，但却是最根本的属性——本性。本性不似品行能长期作假，那样是会出问题的。

然而，仅仅满足于生理需要，又不是君子之境界。“君子之德风，小人之德草，草上之风必偃。”当动物性的生理冲动得到满足之后——这在相关礼法方面早已做下了妥帖的安排——从容优游下来的君子们，依然要在品行方面对小人之邻居的女人，实施细节挑剔。这便是文题上说的“指标”。

最著名的女人指标，当然是“四德”了。所谓“德言容功”就是关于女人在德行言谈容貌女功方面的四项基本要求。

把德行排在第一，这是典型的君子标准。按照著名的曹大家班昭所制订的《女诫》之规定，卑弱是女人的第一要义。重要的不是出色，而是平庸下的屈从。所谓“生男如狼，犹恐其尪；生女如鼠，犹恐其虎。”由此推导，则“妇德不必才明绝异也；妇言不必辩口利辞也；妇容不必颜色美丽也；妇功不必工巧过人也。”

当然，作为品行，曹大家要对四德进行细致的阐释：“清闲贞静，守节整齐，行己有耻，动静有法，是谓妇德。择辞而说，不道恶语，时然后言，不厌于人，是谓妇言。盥浣尘秽，服饰鲜絜，沐浴以时，身不垢辱，是谓妇容。专心纺绩，不好戏笑，絜齐酒食，以奉宾客，是谓妇功”；阐释之后曹大家指出，这四项基本要求，是女人的大德行，不可缺失，而做起来又很容易，关键是在于存心。

班昭十四岁嫁人，老公曹世叔早卒，写《女诫》时，她五十四五岁的样子，是个守寡几十年的老女人了。尽管她在序言里说，写《女诫》是“但伤诸女方当适人，而不渐训诲，不闻妇礼，惧失容他门，取耻宗族”，所以才惆怅写作本诫，但正如研究者所说，那不过是一种言不由衷的好听话，她的本意在于为妇女的一生行为，立下她所以为是的准则。如果有好事者从所谓材料出发，以为该诫描绘的正是当时生活的实况，便着了这寡妇的道。

而且，检讨该寡妇的行径，本传里说她博学高才，不但替兄长完成《汉书》的八表和《天文志》，还在邓太后临朝时期，担任其老师——即所谓大家（按照小学家所训，此“大家”之“家”，读音如姑），经常与闻政事，甚至因为她出入之勤，儿子还被封为关内侯，官至齐相。这样一位寡妇，在中国的妇女史上绝对是卓尔不群的，如果说她谦恭、卑弱，如果用她所制订的德不必才明绝异、言不必辩口利辞之类的戒律来比照，无疑是非常出格的。可见，如果严格执行该寡妇的戒，基本等于判了无期徒刑。所以，她信誓旦旦的“为之甚易”云云，不过宣传罢了。平心而论，该诫的主张，很有些守寡积年所导致的变态。

不过，贤惠顾家，容貌俏丽，上得厅堂，下得厨房，外带一手针线绝活儿，至今依然是上至君子下至小人都无法拒绝的好媳妇，所以曹寡妇的四德，还是很有广大群众基础的。有趣的是四德的排序。德行、言语、容颜、女功，是一个考虑周全的排列。不过，至今未有根本改变，原本基于家庭生活中性别分工——男耕女织——的女功，却被搁置在末尾，颇有些令人费解。

同样让人费解的还有将容颜放在第三。而且依据曹寡妇的条款，妇容的要求，主要在于保持室内清洁、按时洗澡、穿着光鲜等等，并没有关于身高、三围等系数标准。然而，越是强调，或者越想压抑的，其实也正是大家最惦记的。《诗经》里劈头第一篇就宣称：窈窕淑女，君子好逑。不论淑女是结构多么紧密的一个固定词组，从接受顺序而言，窈窕是最先冲击大家视觉的，等于不由自主地亮出了真诚告白：漂亮才是最让人招架不住拒绝不得的。

东晋时候在人事部门当官的许允，娶了一个奇丑的媳妇，许大人拒绝进入洞房。一位来贺喜的朋友劝道：她家既然嫁了丑女给你，必定有其中的道理，你还是去瞧瞧。许大人听得人劝，只好进去。尽管有了充分的思想准备，见到老婆，许大人依然惊得掉头就走。丑和美，同样具有震撼力呢。

新媳妇倒不忸怩惭愧，料定他这一去再无返回的可能，便伸手拽住了逃跑的老公。许大人是早有声名的才子，质询道：“妇有四德，卿有其几？”孰料新太座不是省油的灯，马上回口道：“新妇所乏唯容尔。然士有百行，君有几?”许大人梗着脖子说：全都具备。太座问：百行里面，以德为首。可郎君好色不好德，怎么敢说全都具备呢?

这一番伶牙俐齿的应对，果然见出些人家将丑女给他做太太的道理。许大人听了羞惭，从此对太座十分敬重。后来许大人遭到监禁，还是听了太太的嘱咐才免了罪，再后来许大人做了将军，被上边寻个由头杀掉，太太从容不迫面对危难，吩咐儿子如此如此，方逃过灭门之祸。

这样的故事，的确证明女人的容貌不是旺夫立家的根本。然而，许太太这样的终究是难得一遇的人才，就算还有无盐钟离小姐、梁鸿媳妇孟光以及诸葛孔明夫人等可以归作一类，可咱凡人娶下的，只是与咱般配的平凡女人，到哪里去修炼这样的机辩和智慧，又到哪里去运用这样的机辩和智慧?喜欢丑自然有喜欢的道理，可喜欢不丑却不需要任何道理。所以，史书言之凿凿也无法抑制芸芸众生对美貌的执著追索。

和许大人同时代的一位叫荀粲的，娶了将军曹洪的漂亮女儿。美貌当前，小荀喜欢得无法无天。老婆冬天发烧，他便光着身子到院子里，快冻僵的时候跑回来抱紧老婆，对其实施物理降温。然而如此痴情也没有感动了天，老婆还是病死了。小荀黯然神伤，痛悼不已，过年也相跟着死掉了。一桩如此哀婉动人的故事，居然遭到了当时舆论界的一片嘲讽。小荀生前一向主张妇人的才智德行不足称道，只该以色为主，这本是极其男权的主张，但在该主张的指导下，却谱写出了那么生死相依的动人篇章，好赚得多少芳心的歆羡和叹息。

一向都说以色事人，色衰爱弛，想来小荀太太病榻之上，高烧之余，容颜难免憔悴，却依然赢得了没有丝毫动摇松懈的爱，令人再次怀疑曹寡妇有关戒条。也可见男人对女人容颜的追索自有道理，而且女人也未必会受伤，甚至还可以双赢。想想看，圣人在美色面前都能原谅自己，凭谁，又有什么理由去苛求咱们呢。

和四德相对的便是“七出”，就是老公开缺老婆时的七大理由，其实也就是女人的七种缺陷：无子，淫泆，不事舅姑，口舌，盗窃，妒忌，恶疾。只要老婆犯了其中之一，老公就可以单方面予以断绝关系，有关方面理当提供支持。

该顺序应该是按照女子缺陷的性质恶劣程度排的，有“不孝有三，无后为大”为证。子嗣意义深重，血脉香烟关乎种族延续，家族兴旺。而且，从生物学角度而言，动物交配的意义，原本在于繁衍后代。婚姻之存在，也许还有其他意义，但取得合法交配权利从而生育后代，当为其首要和根本。

不过，有关礼法又指出，天子、诸侯之妻无子不出，唯有六出耳。也就是说，天子以及诸侯的老婆，如果犯了位列第一的大过失，依然是可以豁免的。这里面当然有王侯犯法与庶民不得同罪的理念，但其中的真正理由，恐怕还是在于天子、诸侯们的老婆是个开放的庞大体系，当然不止一个。老婆某无子未必老婆某某也无子，广种应当博收。因此天子、诸侯们的老婆，作为生育工具的基本任务反而有所减轻。如此看来，这些老婆们的存在更具有象征意义。

现代医学已经证明，有子无子，或者生男生女，并非能由女人全权负责，但在施行“七出”的时代，虽有华佗孙思邈李时珍之类的活神仙，无子的责任还是归咎于负责具体完成生产工序的女人们。

位居第二的淫泆，当然是指女人放纵自己的性欲望。肉体的放纵，应该包括两个层面，一是性欲旺盛，一是对法定性对象不忠。后者即令现在，仍多指控为淫泆。所以潘金莲大嫂尽管被后现代文人推举为争取女人权利的先锋，被侮辱与被损害的尤物，但仍然被广大人民群众所不齿。法律对于现代潘金莲们，也会视其耽于肉体享乐对别人造成伤害性后果的严重程度，予以惩处。

有意思的是前者，本来属于天赋异禀，是从骨子里爆发的原始生命力，但在男权强势的时代，女人性能力的强大，便是对主导性别的公然挑战，除了则天皇帝那样的霸道女主，其他就算高级官员的老婆们也不行，否则连自己的性命家族的性命，都得成为刀俎之间横陈的鱼肉。如此想来，倒是草莱秕糠中挣命的匹夫草民的老婆们比较幸运，休便休了；怕的是还没容得休，老公便缠绵不起，一命呜呼，剩下小娘子一个，孤盏寒衾，寂寞难挨，只好几十个铜钱泼洒出去，黑灯瞎火里摸铜钱耍子，以消磨长夜。

孝顺公婆，至今还是社会提倡的传统美德。但美德所以需要提倡，足见该美德从来就是寻常做不到的难得。婆媳“天敌”该是不争的事实存在，如果让“天敌”变成共生乃至依存的关系，不是没有可能，只是罕见如同遗传变异。好在，今天的女人可以不理会这种理由支配下的法律诉讼。

口舌，针对的是四大美德第二的妇言。曹大家所谓的妇言，是择辞而说，不道恶语，时然后言，不厌于人。这样的苛刻规范，连资深外交官也未必能够从容达标，居家过日子的女人拿来律己，的确太过沉重。至于张宽李窄，蜚短流长，传闲话，挑是非，本是七大姑八大姨们排遣镇日愁闷的日常功课，擘来当作休弃老婆的口实，着实有些夸张。但相关礼法之解释以为，以口舌理由驱逐老婆的根本原因，主要在于口舌离间亲人。的确，老婆虽然外姓，却能在与夫君衾枕之间，耳鬓厮磨之际，瓦解原则。由此体味曹寡妇所谓择辞而说、不道恶语，确实是煞费苦心的金玉良言。

盗窃之恶，人所共知，就算女人为家庭生存计，动了以非正当手段占有他人资产的心思，可再想想一旦败露，定逃不脱被遗弃的下场，八成也就灰了心，穷难受，被“出”了更难受。如此防患于未然，阻止犯罪于萌芽状态，绝对是智慧。

都说妒忌的产生，主要根源于妒忌者的爱。悍妒的故事，几乎和文明一样源远流长，仔细检讨起来，恐怕其中的很多不能说是从缠绵爱意生发出来的，而极可能是霸道暴戾的性情所致。

北魏的刘辉娶了皇帝的二姐兰陵长公主，这位刘驸马窝边啃嫩草，把公主的贴身丫环偷偷变身自己的通房丫环，还揣上了身孕。公主因妒而怒，将丫环乱棒打杀，还剖出胎儿把草塞进丫环肚子里，再让夫君来看裸尸。这样的悍妒，等同于暴行，看不出丝毫的爱意存焉。

笔记小说里讲，晋朝的一位小刘，摇头尾巴晃的吟诵完七步才子曹植的《洛神赋》，兴奋之余，对老婆慨叹道：若是娶了这样的女人做老婆，人生就再没什么遗憾的了。不料这酸疯话被太太当了真，气愤不可遏制，第一时间跑到最近的渡口，投水自杀。后来，但凡女人从此过河，必须撕破衣裳抹脏脸蛋，才能渡得过，否则便立马兴风作浪。该渡口因此得以妒妇命名。这位太太性子够烈，只是那洛神不是丫环，寻常人杀她不得，不得已采取了自绝于夫君的手法，等到和洛神一样做了鬼神，才展开攻击性姿态。

史书上记载，刘宋朝的公主们悍妒成风，宋明帝深恨，奈何公主是自家女子，不忍心下手，便拿大臣们的老婆出气，亲自下令赐死了某臣老婆，还命人著《妒妇记》，以儆效尤。前贤说，害贤为嫉，害色为妒，将妒忌上升到谋害贤良的路线高度，足见“妒”之罪大恶极。

女人的妒忌还被斥为后嗣衰微甚至断绝的重要原因。夫家渴望人丁兴旺，生育机器自然多多益善，若夫人善妒，不许纳妾，孕育子孙后代的地方少，就不能保证子子孙孙无穷匮也，将其列入“七出”，之条，再正确不过。

位列“七出”最末的恶疾，原理同第一的无子，根本原因在于影响种族延续和优化。作为生产工具的老婆，如果不具备宜男的基本要素，其存在意义必然大打折扣。

七出之外，另有“三不去”，展现礼教其实也有人情处，譬如《公羊传·庄公二十有七年》注释曰：“尝更三年丧不去，不忘恩也；贱娶贵不去，不背德也；有所受无所归不去，不穷穷也。”

曾为公婆守过三年丧的媳妇不能休弃，好不容易熬出头呀。贫贱时候的糟糠，富贵后不能休弃，再娶小的另作别论。无家可归的老婆不能休弃，上天有好生之德。如此看来，规避遗弃的法门可以有两个：取法乎上，则是循规蹈矩地遵照曹寡妇制订的四大戒律，杜绝犯规，起码让休弃无法得逞；取法乎下，则务必将自己划入三不去之范畴，以德治德，从而立于不败之地。然三年的热丧，不是个轻松好受的差事；期望老公富贵之后依然严格要求自己，很不牢靠；似乎只有让自己的娘家成为绝户，方能成为因为没有退路而不能被休弃讨厌鬼。

三不去之后，还有所谓五不娶：丧妇长女不娶，无教戒也；世有恶疾不娶，弃于天也；世有刑人不娶，弃于人也；乱家女不娶，类不正也；逆家女不娶，废人伦也。

这纪律却有些道理，譬如乱家女逆家女的不能娶，防微杜渐门当户对马虎不得。但寡妇家的长女不能娶，先就是对天下寡妇含辛茹苦持志守节的侮辱和否定，而且有数据显示，长女往往识大体早当家，正该是做媳妇的首选才是，却被归入有人生无人教的行列，实乃大谬。前边提到的曹寡妇，恁般了得，恁般富贵，难道她家的大闺女也缺管教娶不得？

当然，丧妇一词，可以有不同解释，称寡妇也可，男人断弦也可。所谓无教戒，父亲果然养不教，女儿的训导由娘亲负担也正常不过，所以《女诫》才由曹大家来主持。可是，真要是当爹的断了弦索，有了填房续弦，而晚娘的拳头又是狼牙棒一般的重武器，则不论长女与否，怙恃全失也未可知呢。

所谓刑人，就是遭到刑事惩罚的人，内中最著名的，有位司马迁，自称刑余之人，算得上是正宗的弃于人者，他家的后代，正在不娶之列，可想来争做他外家的，未必没有。世有恶疾不娶，正和七出的结末呼应，而且阐释得十分君子，不提祖宗香烟，而偏说是弃于天，天都不要，正所谓天谴，不娶，便是顺应天意，否则，悖天不祥啊。

“四德”“七出”当然是性别歧视，是传统社会男性压迫妇女的工具，但是，只要看看曹大家如此这般认真起劲地操作这些条款指标，就得让当今以现代某种分析方法声称古代妇女也有反抗压迫的自觉的女权主义者沮丧。因为“四德”“七出”未必不反映当时妇女自己的追求。换言之，“四德”“七出”不是简单的性别歧视，而是中国传统社会的男性和女性共谋的产物，背后有社会学的因素存在。

（2008 年第三期）

当政治成为笑谈

◎三寸钉

美国东部时间1月13日晚，布什总统“由于吞下了一块饼干导致短暂的心率放缓而昏倒”，据报道，饼干事件在布什的“左颧骨上产生了一块50美分硬币大小的擦伤，下嘴唇也有一处挫伤”，此事令2002年初以全球化沉闷为特色的新闻媒体激动不已。在我的阅读范围内，最出色的后续报道，当属一位英国记者就此次“袭击了合众国神经中枢”事件而采写的调查性新闻。在不厌其烦地采访了不少小卖部店主和商界人士后，他得到了一个结论：“如果在吞咽之前适当咀嚼，饼干并无致命危险。”

从排泄系统出发

亚历山大·罗斯在2002年首期《政策评论》撰文认为，“政客之所以成为人们取笑的对象，是因为我们清楚他们并不比我们好，在很多时候，他们比我们更坏。我们至少还关心自己的事业，以诚实劳动养家；而他们，干吗投身于政治的漩涡？因为权力？名誉？金钱？名望？”

在民主制度的发祥地英国，取笑政客的传统源远流长。政坛愈是风云动荡，外界的起哄声就愈大。十八世纪的英国出现了闹哄哄的“下院”，当保守党和辉格党形成两大不同的阵营后，政治小册子和报纸的发行变得异常迅猛（《格列佛游记》作者斯威夫特，就是其中以刻薄著称的一门保守党大炮），伦敦咖啡屋之间及党派之间的仇恨从此一发而不可收。

当我们将目光投向典型的十八世纪漫画时，即使在我们今天这样一个粗野的时代，人们也会感到愕然：当年的艺术家们，居然会毫无顾忌地描绘那些重要的政治家在大便、撒尿，被开膛剖胸。例如，在一幅题为“偶像崇拜”的漫画中，领导辉格党政府的英国第一位首相罗伯特·沃尔浦尔爵士，跨骑在政府的大门上，有人正在舔他的光屁股。相比之下，如今在国际媒介中风行的加里·特鲁多 Doonesbury 漫画就像一锅清汤寡水。后世漫画家显然已经将注意力从排泄系统转向对人物形象和个性的夸张描写上面。

尽管幽默在时代进程中兴衰不定，但英国取笑和揶揄政客的兴趣却始终不减。伦敦泰特美术馆最近展出了十八世纪漫画家詹姆斯·盖雷的讽刺画，它的广告词是：“并不是只有现在的政客才可笑。”而在酷爱讽刺艺术的英国电视节目《半斤八两》中，撒切尔夫人政府中的前教育部长和内政大臣肯尼思·贝克，被描写成一个不断流汗、不停嘀咕的鼻涕虫（不过，贝克本人却以此为荣：他喜欢引起别人的注意。他还收藏自己的政治漫画）。

美国政治笑话显然受到了英国传统的影响。

在一个白宫老笑话中，椭圆形办公室的六位主人在泰坦尼克号上进退维谷。福特说，“不，不！我们怎么办？”老布什下令，“救生艇！救生艇！”里根醒来说，“哼哈？啥？救生艇？”卡特显得绅士十足：“请女士先走！”尼克松发牢骚了，“快把女士们搞定。”顺理成章的，克林顿精神为之一振，“我们还有多少时间？”一般情况下，政治笑话的共同特点是它们都将焦点投向政客个性和他们的怪癖，极少对体制的合法性发起挑战。在有关肯尼迪的笑话中，绝大多数都提到了他在女士身上骨碌碌转的眼珠子，他臃肿的身材，鲜有对马萨诸塞州的福利体系和政府的合法性提出质疑的。

一个关于中东某国总统的笑话说，总统即将访问某国，请私人秘书为他起草了一份五分钟的演讲稿，他拿着它排练了好几个星期，临近出国还没搞定。“我不懂，”他告诉秘书。“我要的是五分钟的讲稿，可我没有一次可以在二十分钟内把它念完。”秘书回答：“阁下，我给了你四份讲稿，一个是正本，其他三个是复印件。”

即使有些笑话涉及体制问题，但基本上只是蜻蜓点水式的。有一个段子提到法国某地议员前往美国访问。美国人向法国人吹嘘他们的议会制度如何先进，运行如何顺畅。但法国人说：“你只说你们的制度是如何运行的，可我只想知道它们在理论上是如何运行的。”

2 加 2 等于 4 吗

一般认为，现代政治笑话源于十九世纪中叶欧洲犹太复国运动。在被社会排除在外的犹太人中，产生了一种以反讽手法揭露政治精英、上流社会和官僚主义宠臣伪善、虚伪、愚蠢为类型的民间传说。这类笑话非常适合被改编。比如，在十九世纪末二十世纪初大行其道的柏林、维也纳左派沙龙中，《犹太笑话集》就相当流行。即使在所谓苏联笑话的黄金时代，犹太笑话似乎仍能稍胜一筹。

苏联笑话，集亚美尼亚妙语和格鲁吉亚酒令之大成，堪称政治笑话的最高形式。笑话在那里产生，一转眼就会越过国界，在其他国家产生新的版本。

在一个经典的苏联笑话中，一个秘密警察问另一个，“那么，你怎么看待组织?”他的同事瞧了瞧四周后回道，“同志，我的看法跟你一样。”于是，前面那位秘密警察宣布，“你被逮捕了。我得履行我的职责。”乔治敦大学的退休教授 L. E. 阿奎拉曾在《政治笑话》(CAN Foundation, 1989) 一书中回忆：“多年以后我在另一个国家也听到了同样的笑话，只不过在那儿它是以交头接耳的方式传播的。”

某些类型政治笑话的谱系可一直上溯到古老的年代。有一个流行甚广的关于官僚政治之愚蠢和险恶的笑话，其原型甚至是由十世纪的阿拉伯人发明的。阿拉伯原版说的是那里的骆驼纷纷出逃，因为一项白痴新法律强迫它们与骡子交配。到了1920年代和1930年代，它被改编成一个讽刺俄国帝制的犹太笑话。再后来，它被再次改编成苏联笑话，叙述了一群兔子试图在苏波边界越境申请政治避难。兔子们哭诉，“组织已经下令逮捕全国所有的骆驼了！”“可你们不是骆驼，”波兰边防军回答。“那好，请给我们去说说，让组织相信这一点，”兔子们说。

笑话具有极强的生命力。中东某国一名反政府激进分子在2001年又提供了上面这个笑话的最新版本：中央情报局、英国情报六处和某国情报组织各派一名特工去采购骆驼。中央情报局的特工在一周内完成了任务。英国情报六处特工稍后也带回了一匹骆驼。几个月后，某国特工带了一匹驴子回去。在上司质疑的目光下，这名特工不断鞭打驴子，叫喊道，“说你是骆驼！说你是骆驼！”

政体不同也相对限制了某些笑话在不同国家的流行。例外的是有一个著名的邮票笑话，说的是有人向邮局投诉，“新发行的尼克松头像邮票在信封上粘不住。”邮局职员告诉他，“你很可能吐错口水了，看看是不是吐在正面了？”这个笑话就被安放在许多国家的首脑身上。

笑话的产生，有赖于言者和听者共有的知识背景。在关于“弥天大谎”——不管是关于乌托邦、自由还是胜利的谎言——的共识下，产生了极为重要的一类笑话。下面的这一个就是典型。一辆满载政客的巴士在乡间的小路上行驶，不幸遇难。一位老农夫正好在场，他在地上挖了个洞把政客们埋葬了。数天之后，当地行政长官看到了毁坏的巴士，他向农夫询问哪些政客的去向。老农夫说他把他们给埋了。长官问，“他们都死了？”农夫回道，“不错。其中也有几个人说他们还活着，可你知道政客是多么善于说谎。”

另有一个笑话说到了斯大林、赫鲁晓夫和勃列日涅夫乘坐专列旅行，火车突然在震颤中停了下来。斯大林下令，“修好它！”工程师鼓捣了半天，火车无法启动。斯大林便又下令，“把他们枪毙了！”所有的工程师都被枪决了，但火车仍固执地拒绝运行。斯大林死后，赫鲁晓夫下令，“给每个人平反昭雪！”工程师们被平反了，但火车还是留在原地。赫鲁晓夫下台了。“拉上窗帘，”勃列日涅夫下令，“假装我们在前进！”

正如阿拉伯现代思想家默罕默德·阿奎德指出的那样，“笑是一种对比，产生于……你眼前的状态和你想象的状态”（或者与被告知应该是的状态）之间的对立关系中。“2 加 2 等于 4 吗?”“我不知道，今天的《真理报》是怎么说的?”

温斯顿是奥威尔《1984》中的人物，奥威尔这样描写他进行“思想锻炼”也就是接受说教的过程：“……训练自己不去看到或者了解与此矛盾的说法。这可不容易。这需要极大的推理和临时拼凑的能力。例如，‘2 加 2 等于 5’这句话提出的算术问题超过他的智力水平。这也需要一种脑力体操的本领，能够一方面对逻辑进行最微妙的运用，接着又马上忘掉最明显的逻辑错误。”如果在理想和现实之间不存在难以逾越的矛盾，就不会有这一类型政治笑话存在的土壤。

在前苏联时期，有一类笑话写手可称为半官方幽默作家，在一定的框架内活动，他们是中世纪宫廷小丑的现代对等物，后者在恩主的供养下允许制造一些荤笑话，但仅止于此。关键在于你得知道界线在哪里。因不慎逾矩而导致牢狱之灾的事例并不鲜见。另一类是官方幽默作家，他们具有更大的影响力。报刊杂志需要给人们提供一些“机智的”漫画、小幽默和讽刺诗，依靠的便是他们。

这一时期中，在一些边缘出版物上也偶然出现过赫鲁晓夫的漫画，不过，漫画家所使用的夸张手法是用于将他的个子画得更高、体型更健美一些。

微型的革命

在对政治笑话的分析中，乔治·奥威尔 1945 年的散文《好玩，但不庸俗》，被认为是其中最深刻的。他指出了“每个笑话都是一次微型的革命”，并敏锐地将幽默定义为“名流一屁股坐在一枚铁钉上”，“任何损害名流，让权贵带着伤口跌下座位的东西，都是好玩的。”不过，奥威尔的理论并不能很好地解释另一种类型，即独裁制度下的政治笑话。那些过度援引奥威尔思想的人，有时会忘了，奥威尔在此处说的是英国幽默自十八世纪顶峰时期后的衰落。无独有偶，梅尔·布鲁克斯最近在谈及他以前的电影和现在的百老汇音乐剧《生产者》时，仍然解释说：“如果你嘲笑（独裁者），用笑话来打击他们——他们就不会得逞。你得指出他们有多疯狂。”与此相仿，安德鲁·斯特达福德为在“国家评论网站”撰写的一篇文章中，也认为“幽默是一种非常有力的武器”。

然而，独裁/极权体制是否真的就是一个笑柄？1930年代，英国人曾取笑希特勒滑稽的小胡子和躁狂的手势，但这是否就令成千上万的德国人相信他是一个“疯子”了呢？历史事实将一再表明，政治笑话只不过提供了某种舒缓情绪的媒介，令人们更能忍耐罢了。独裁政治笑话并不是微型的革命，它们只是应急的止痛片。

战前，除非已经愚蠢到了极点，没有人会在公众场合谈论反希特勒或不爱国的笑话。到处都是盖世太保的耳目，大部分揶揄纳粹的笑话都没有达到令非犹德国人招致性命之忧的程度。战争期间，公开谈论反纳粹的笑话将可能导致死刑判决——尽管并不是一定的——就像种族玷污、骗婚、在灯火管制期间盗窃财物等一样。

另有一个独裁政治笑话说的是两国元首见面，双方用开玩笑的方式开场，为的是给随后“亲切友好的谈话”搞点气氛。A总理问B总理：“B先生，你有没有业余爱好？”“当然有，”B总理回答，“我搜集一些关于我的笑话。你呢？”“我搜集那些搜集关于我的笑话的人。”的确，按照罗马历史学家苏埃托尼乌斯的说法，罗马帝国第一代皇帝奥古斯都·凯撒（凯撒已经成为独裁者的同义词），虽然喜欢下流、猥亵的小幽默，但仍禁止“针对皇帝的”笑话。

在1972年的回忆录中，左翼魏玛喜剧演员维纳·芬克谈到，在希特勒时代早期，盖世太保偶尔会来到他的卡巴莱夜总会，记下一些什么，然后面无表情地离去。在1930年代中期短暂的集中营服役后，芬克的卡巴莱夜总会被允许重新开张。宣传部门有时会给他一些警告。后来，由于戈培尔下令限定政治笑话的尺度，夜总会最后只好关门。作为惩罚，芬克被开除出演员公会，在纳粹国防军中担任无线电操作员。

许多德国笑话都涉及大胖子戈林和畸足、矮小的戈培尔之间的巨大反差。戈林笑话总的来说显得比较温和，集中反映了他的肥胖和他对勋章、肩章和军服的狂热收藏。以下是典型的一则：戈林的副官紧急通知他，空军司令部发生了爆炸，作为空军总司令的戈林回答，"快！把我的海军将军服拿来。"另一则说的是，在新婚之夜，她妻子醒来发觉戈林正在挥舞他的司令棒。"你正干啥?"她问。"我提升衬裤做长裤。"维克托·克莱默勒在著名的《我作证，1933—1941：纳粹岁月日记》（Random House, 1999）中只记录了一则笑话"战争何时结束"，就提到了戈林。在一战时，对这个问题的回答是"等到长官吃的东西和士兵一样的时候"；而在二战中，回答是"等到戈林可以穿戈培尔的裤子"。

至于戈培尔，这位纳粹德国的宣传部长，关于他的笑话主要调侃的是他的残疾、身高和肤色。纳粹党内觊觎其高位者大有人在，他们乐于传播这样一些笑话。这表明，甚至当有些笑话表面看是反体制的时候，它们也经常是体制内争权夺利的产物。事实上，大多数真正的反纳粹笑话是在战后杜撰的，或是之前由犹太人创制并在国外传布的。

（2002年第四期）

人世行走

隐身衣

◎杨绛

且看咱们的常言俗语，要做个“人上人”呀，“出类拔萃”呀，“出人头地”呀，“脱颖而出”呀，“出风头”或“拔尖”呀等等，可以想见一般人都不甘心受轻忽。他们或悒悒而怨，或愤愤而怒，只求有朝一日挣脱身上这件隐身衣，显身而露面。英美人把社会比作蛇阱（Snake pit）。阱里压压挤挤的蛇，一条条都拼命钻出脑袋，探出身子，把别的蛇排挤开，压下去；一个个冒出又没入的蛇头，一条条拱起又压下的蛇身，扭结成团、难解难分的蛇尾，你上我下，你死我活，不断地挣扎斗争。钻不出头，一辈子埋没在下；钻出头，就好比大海坐在浪尖上的跳珠飞沫，迎日月之光而生辉，可说是大丈夫得志了。人生短促，浪尖上的一刹那，也可作一生成就的标志，足以自豪。你是“窝囊废”吗？你就甘心郁郁久居人下？但天生成万物，有美有不美，有才有不才，万具枯骨，才造得一员名将；小兵小卒，岂能都成为有名的英雄。世上有坐轿的，有抬轿的；有坐席的主人和宾客，有端茶上菜的侍仆。席面上，有人坐首位，有人陪末坐。厨房里，有掌勺的上灶，有烧火的灶下婢。天之生材也不齐，怎能一律均等。

……

我国古人说：“彼人也，予亦人也。”西方人也有类似的话，这不过是勉人努力向上，勿自暴自弃。西班牙谚云：“干什么事，成什么人。”人的尊卑，不靠地位，不由出身，只看你自己的成就。我们不妨再加上一句：“是什么料，充什么用。”假如是一个萝卜，就力求做个水多肉脆的好萝卜；假如是棵白菜，就力求做一棵瓷瓷实实的包心好白菜。萝卜白菜是家常食用的菜蔬，不求做庙堂上供设的珍果。我乡童谣有“三月三，荠菜开花赛牡丹”的话，荠菜花怎赛得牡丹花呢！我曾见草丛里一种细小的青花，常猜测那是否西方称为“勿忘我”的草花，因为它太渺小，人家不容易看见。不过我想，野草野菜开一朵小花报答阳光雨露之恩，并不求人“勿忘我”，所谓“草木有本心，何需美人折”。

我爱读东坡“万人如海一身藏”之句，也企慕庄子所谓“陆沉”。社会可以比作“蛇阱”，但“蛇阱”之上，天空还有飞鸟；“蛇阱”之旁，池沼里也有游鱼。古往今来，自有人避开“蛇阱”而“藏身”或“陆沉”。消失于众人之中，如水珠包孕于海水之内，如细小的野花隐藏在草丛里，不求“勿忘我”，不求“赛牡丹”，安闲舒适，得其所哉。一个人不想攀高就不怕下跌，也不用倾轧排挤，可以保其天真，成其自然，潜心一志完成自己能做的事。

（1993 年第六期）

崖畔上开花

◎陈幼民

我会的那些陕北民歌，大多是在山里跟老乡们学的。说是“学”会的，也不十分准确，因为没人专门为你唱，也没人刻意教你。在高原上人们唱歌，是不用找理由的，只要心里想了，歌就随口而出，不管有没有人听见。

我们刚到村里时，和老乡还不熟悉，在一起干活，大家都是闷闷的。当我们可以称兄道弟时，我才发现，陕北人的生活中，是根本离不开歌的。在掏地的山坡上，拦羊的崖畔上，赶牲灵的路上，打谷的场上，经常可以听到悠扬的“信天游”。

陕北多是山地，人们耕作时，不会像平原上的人那样排成水平的一行，而是沿山坡斜着摆上去。有时领头的把式还在沟畔，后边的人已经站到了高高的峁尖。这时领头的突然唱起歌来，一个一个地传过去，站在山头的人，就把歌唱到了天上。劳作的黄土梁，顿时变成了一个歌场，不管是年轻后生，还是白胡子老汉，聪明能干的，还是平日里憨憨不言语的，随着老镢的起落，毫无顾忌地大声唱着。泥土在歌声中一块块地翻开，播下谷种的同时，也播下了歌的种子。

见天价这样听着，不知从什么时候起，发觉自己也都会了，禁不住张开口，随着大家一起吼起来。只有在这一刻，才会觉得自己的精神和肉体真正融入了这片土地，《三十里铺》《蓝花花》《走西口》……一首首的民歌就这样留在了心里，一生都不会忘记。

最初学会的《走西口》是这样唱道：

正月里娶过奴，
二月里走西口。
提起哥哥走西口，
小妹妹泪长流。
哥哥你走西口，
小妹妹不丢手，
有两句知心的话，
哥哥你记心头。
走路你走大路，
万不要走小路，
大路上人儿多，
拉话解忧愁……

歌曲旋律简单，好听易学，歌词很长，我们能记住的也就是前边的几段。这是一个青年女子对亲人的思念和牵挂，曲调婉转而忧伤，几乎每个陕北的受苦人都会唱，但人们记不清这些歌产生的年代，也不知道它的原创者是谁。

我不必重复《走西口》的故事，只想说，唱着这些民歌时，我常会有一种很奇特的感觉，正像《弯弯的月亮》里唱的："今天的村庄，还唱着古老的歌谣"。心理上的反差使人恍惚，不知今夕何夕。

被《大海航行靠舵手》送到陕北的我们，就这样一下子进入了"信天游"的世界，耳边听的从"文化大革命就是好"变成了"手提上羊肉怀里揣上糕，拼上个性命往哥哥家里跑"。仿佛穿越了时空，触摸到久远岁月斑驳的痕迹。也难怪，那时的陕北，既是现代的，又是古代的，村庄的样子，和几十年前没什么区别，除了墙上多了几条"农业学大寨"的标语，生产方式和生活方式依然如故，正像陕北的方言，还保留着许多的古语，依旧在百姓中间流传。那些古老的民歌，仍活在老乡们嘴边，一张口就跨越了百年：

红绣鞋金莲子好像两盏灯，蓝花花穿上了扰乱年轻人。

光棍儿们爱唱：

乾隆四十年事事不周全，什么人留下我单身汉。

在祈雨的时候人们唱：

老龙王，早下咧，早下大雨救万民。

想起闹红时人们唱：

骑白马，挎洋枪，三哥哥吃了八路军的粮。

不经意间，我们在这种特殊的历史条件下，却见到了活着的传统文化，这是一种十分矛盾而又宝贵的经历，和现在那些扛着摄像机满处寻找“原生态”的人不同，我们的生活本身就是原生态。我不知道这种经历对别人来讲有无好处，但对于日后从事艺术工作的我，却有着十分重要的意义。虽然我的专业不是诗歌和音乐，但是这些民歌，却让我更深刻地认识了这块土地和百姓。我觉得，了解一个地区的历史与文化，从民歌入手，是一个捷径。相对于文字史书的记载，陕北的文化，更多的存在于民间的口头流传上，那些古老的歌谣，经过几代人的锤炼和传唱，饱经风霜，加泥带土，耐人寻味，不仅让我知道了过去的人和事，还因它见景生情长于比兴的手法，和凝重凄婉的风格，深刻地影响了我的历史观和审美情趣。现在搬到舞台上的原生态，依然是传媒人选择改造后的结果，离开了它的生存环境，往往变了味道，而我却能从最本源的地方，感受到它的魅力，这也许就是插队生活给予我的最大馈赠吧。

我之所以醉心于民歌，是因为民歌大都有好听的旋律。和现在的许多歌曲是靠歌词和吉利话来吸引观众不同，我听民歌的时候，往往还没弄懂唱的是什么，就已经被它的旋律迷住了。记得有一次，在一个早春的晌午，我躺在阳坡上歇息，草帽往脸上一扣，任阳光暖暖地照着全身，山风缓缓地吹过来，四野显得格外宁静。就在半梦半醒的时候，我隐隐地听到了歌声。它随着风忽忽悠悠地飘过来，一会儿强，一会儿弱，我睡意顿消，抬眼望去，隐约见对面的屹梁梁上有人在耕地，听不清他在唱什么，只觉得这曲调饱含着忧伤，高亢而凄惶，长长的拖腔在空旷的山野中久久地回旋游荡。我愣愣地听着，心也随着飞了起来，身上暖暖的感觉顿时没有了。三月的高原，到处裸露着灰褐色的干土，崖畔上衰草枯黄，见不到一丝的绿色。在这天地之间，因这歌声，我年轻的心中，第一次体味到了什么叫悲凉。

民歌的旋律就有这样的魔力，只用几个小节，就能把你带入某种意境，像陕北的《蓝花花》，云南的《小河淌水》，内蒙的《送亲歌》，青海的《下四川》，还有五朵梅给王洛宾唱的《眼泪的花儿》等等。我很难说清楚初听时的感受，只觉得那些旋律超出了你的一切生活感悟和想象，将固有的概念和偏见打得粉碎，能迅速占领心灵的每一个空间，你会张口结舌，被它牵着，不知跑到了什么地方。它将草原的悠远，山野的荒凉，离别的痛苦，旅途的孤独，人心的惆怅，都浓缩在小小的音符里边，就像那花儿的泪珠，把人的心都淹了。我曾听过一位陕北的歌手唱《光棍哭妻》，刚开始是唱，后来是哭，最后唱到“孩儿的妈妈呀”时便成了嚎，分不清唱腔和哭腔，歌者直唱得泪流满面，听的人也无不动容。我想这旋律是用心和着血泪唱出来的，若非人苦到了极致，思念和期盼到了极致，情感积聚到了极致，是唱不出这样的歌来的。

站在荒凉的塬畔，望着层层叠叠群山后面的落日，一种苍凉之感油然而生，这时候，还有什么比“瞭得见村村瞭不见人，泪蛋蛋洒在沙蒿蒿林”更能表达你的心情呢？我曾多次住在陕蒙道上的小旅店中，在昏黄的油灯下，我耳边响起的，是“城头上跑马”的旋律，荒凉的古道，陌生的环境，这歌声，从你的心中一丝一丝地抽出惆怅与孤独，难怪马思聪要把它演变成《思乡曲》的主题。

寻找记录民歌的旋律，为我的插队生活带来了一种特殊的乐趣，我就像个饥饿的人在搜寻食物一样，不放过传到耳朵里的任何调调，这首刚学会，就盼着下一个。

有一天早上，推开窑门只见满山大雾，一个个山头隐隐的就像海里的孤岛，扛着锄头走在山路上，雾把头发都上了霜，眼前是模模糊糊的一片。就在这时，忽然听见有人在唱小曲，那声音从雾里钻出来，带着潮气，断断续续，湿润了耳朵。我急忙向前追去，却是只闻其声不见其人，被它牵着在山路上转。追了半天，好歹把曲子给记了个大概，他是这样唱着：

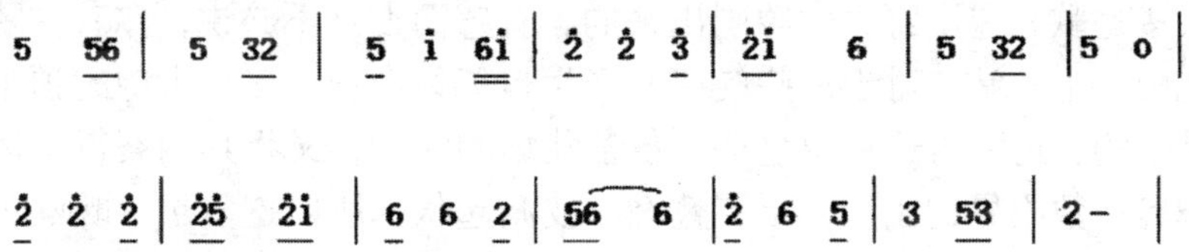

5 56 | 5 32 | 5 1̇ 61̇ | 2̇ 2̇ 3̇ | 2̇1̇ 6 | 5 32 | 5 0 |

2̇ 2̇ 2̇ | 2̇5̇ 2̇1̇ | 6 6 2 | 56 6 | 2̇ 6 5 | 3 53 | 2 - |

记住了歌，却迷了路，待大雾散去，我才发觉，已越过要锄草的玉米地几个山头了。整个上午，我都在心里默念着这首曲子，直到把它完整地回忆出来。

我曾揣着一瓶白酒，钻到一个姓解的老汉窑里，哄着他唱歌，那老汉精瘦，面色黝黑，脸上的皱纹像刀刻似的。几杯酒下肚，他没了拘束，张口便唱道：“东山上点灯西山上明，四十里山路瞭也瞭不见个人。”陕北人唱歌惯用假嗓，声音高亢透亮，老解老了，便带了些沙哑出来，仿佛古树枯枝被风吹着，更显得苍劲有味道。曲调是这样的：

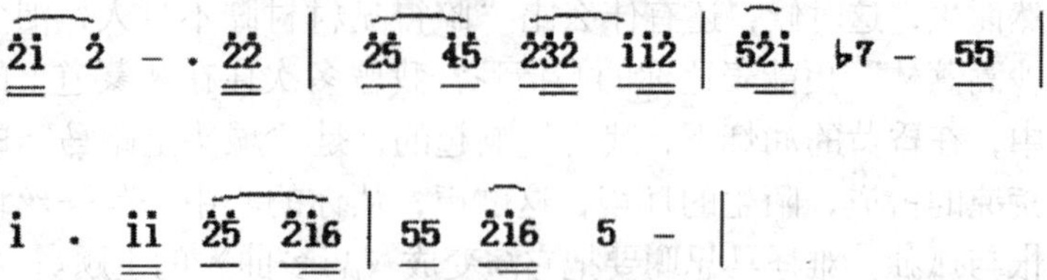

21 2 - . 22 | 25 45 232 112 | 521 ♭7 - 55 |

1 . 11 25 216 | 55 216 5 - |

老解灌了酒，有点刹不住车了，他盘腿坐在炕上，对着跳动的油灯，也不理我，自顾一首接一首地唱着，就像我并不存在。有些歌我也听过，但由老解唱出来，就变得古老了许多，好似铜器上带了锈。那一夜，也不知道老解唱了多少首，歌和酒把人都醉了。

我很惊异，这些旋律的歌者，都是普普通通的受苦人，他们不认识“哆、咪、咪”，更不懂得什么叫和弦与调式，但他们唱出的曲调，却令专业工作者感到震撼。虽然许多创作歌曲也有好听的旋律，但多数总在人的意料之内，你若听到有些歌很有特色，细一打听，那旋律也是由民间曲调演变而来。和专家们的写作不同，“信天游”大多是歌者在山野之中哼唱出来的，有感而发自不必说，你若往陕北山头上一站，对于那些旋律的产生也能体会出一二。古塬的顶上是平的，远眺可达百里之遥；条条陡峭的深沟，又将其割裂得支离破碎；数不尽的山梁，层层叠叠，波澜起伏。所以这歌声，既幽远悠长，又跌宕起伏，高能碰上白云，低能深触到谷底，婉转得好似山间的小路，绕过了一坡又一梁。就这样，几年下来，我收集了几十首民歌。虽然陕北劳作辛苦，知青命运未卜，但有了“信天游”的陪伴，我在生活中还是感到了温馨和快乐。

很难想象，陕北如果没有歌将会怎样，受苦人一年四季在山上忙活，一把老镢，同一个动作，得重复几个月；赶牲灵的人，走着望不见边的长路，身旁就是一群哑巴牲口；守在家里的婆姨，抱着枕头盼五更，若没有了歌，恐怕人会闷得发疯。

贫苦的生活，并没有把人压成闷葫芦，相反，他们对美好生活的期盼，对情感的追求，压抑在心底的欲望，在歌里都变成了赤裸裸的表达：

听见哥哥唱着来，热身子扑在冷窗台。
听见哥哥脚步响，一舌头舔破了两扇窗。
一对对沙鸽朝南飞，泼上奴命跟你睡。
墙头上跑马还嫌低，面对面睡觉还想你。

这种直白和率真，就像被个婆姨直扑到身上，带给你惊奇和欣喜。有人说，正是由于现实与理想之间的强烈反差，激发了人们的想象和幻觉，才使民歌有了如此动人的旋律和真情的表露。

生活不总是压抑的，到了正月里，人们的情感释放就达到了高峰，闹秧歌、踢场子、踩高跷、跑旱船，你会觉得，那时的陕北人好像换了一副模样，平日里也没见他们咋排练，可只要一踩上锣鼓点，人就变得活跃起来，左摇右摆，且歌且舞，那数不清的秧歌套路，把人看得眼花缭乱。

我曾经跟过这样一支秧歌队，那是路过黄河边高山顶上的一个村子，偶然碰上的。“正月里闹元宵”，村民们组织了秧歌队，准备到各家各户去拜年，可这是怎样的一支秧歌队呀，没有漂亮的彩衣，没有鲜艳的彩旗，鼓皮上缝着大补丁，锣和镲裂着口子，孩子们的脸上用红药水涂了两团，猛一看像小丑，那些成年的汉子们穿着平日劳作时的旧棉衣裤，只是在腰里系了条撕扯开的旧被面作腰带，这样简陋的装备并没有消减人们的热情，孩子们蹦蹦跳跳，锣鼓唢呐依旧吵翻了天，家家户户开了院门，摆上烟酒瓜子，等待秧歌队的到来。伞头根据各家的情况，现场编词，为主人送去新春的祝福，众人和着，把小院舞得开了花。

舞了半晌，秧歌队来到一片空场喝水歇息，却见几个汉子好像还没有尽兴，要相互比试舞技，三四个人拉开了场子，边唱边扭，和我们通常见到的刚劲的舞风不同，这些粗犷的汉子，此刻的舞步轻盈柔美，还带着一丝俏皮，歌声咿咿呀呀的也显得缠绵，他们旁若无人地跳着，却把一边的我看呆了。谁能想到，这些农家汉子，平日里操着笨重的劳动工具在土地和庄稼上拼尽全力的身板，竟然还能舞动出如此美妙的动作。破旧的衣衫，饱经风霜的面孔，粗糙的双手，与这舞姿形成强烈的反差，却又合成了更加动人心魄的效果。

我看着他们，心头升起一种难以抑制的感动，眼睛竟湿润了。那时我已离开农村，重新成为一个城里人，再回陕北，不自觉地有点居高临下的感觉。我知道现时城里人的生活水平和陕北有着怎样的差距，对于他们的快乐，甚至怀有一丝悲悯和疑问，如果他们知道了外面的世界，知道自己还在贫困线上挣扎，还会这样开心吗？可这震撼人心的舞蹈，却分明告诉我，谁说贫穷地区的人们，就只能表现得卑微与木讷。快乐其实在每一个人的心里，这是天赋，如果不能享受到它，就失去了人性中最宝贵的东西。陕北人自古就有一种自嘲自乐的品质，在悲伤的时候也不放弃欢乐。也许正因为贫困，人们追求美好生活的欲望才更加强烈，才对这欢乐格外珍惜。和能够“雌了男儿”的江南小调不同，陕北民歌的基调是苍凉悲婉的，但并不绝望，人们表达苦难也是用最优美的旋律，“信天游”中那野辣辣的情感，燃着世世代代受苦人希望的火光，正像他们在歌中唱的：

崖畔上开花崖畔上红，受苦人盼望着好光景。

（2007 年第十一期）

“成人”旅途中的三个重要驿站

——《人论三题》序言

◎邓晓芒

“人生”、“人格”和“人性”，这是我关于“人”的思考的三个主题，也是我自己在“成人”的旅途中三个重要的驿站。

首先是“人生”。

什么是人生？通常认为，人自从一生下地，便开始了他的人生。一般意义上当然也可以这样说。但在我所体会的意义上，真正的人生是从一个人脱离家庭的庇护而走上社会的时候才开始的。当人意识到自己是一个“人”，而不只是家庭的一分子，当人意识到他的处境同其他“人”没有任何两样，他必须靠自己的双手和头脑为自己争得在社会上立足成人的资格，这时候，他的“人生”就开始了。而在此之前，他的家庭生活、学生生活都只不过是在为他踏入人生作准备而已。

四十多年前，我初次踏上了人生的旅途，那年我十六岁。当火车启动，载着我们一大批知青驶向那千里之外的都庞岭山区时，我与同车厢的知青摆开“楚河汉界”，开始了虚拟世界中疯狂的厮杀。我们在下棋、观棋中消磨着旅途的无聊，有时歌声响起来，激动起一阵狂热的遐想，铁路边惊飞的大群麻雀消散在天际，有女同学在偷偷地啜泣。我那时年轻气盛而单纯，义无反顾，正好与当时充斥于社会的“革命豪情”叠加在一起，应和着“我们走在大路上，意气风发斗志昂扬”的歌声的节奏。直到多年以后，我才把自己奔向人生的决绝从这种虚假的豪情上剥离开来，而这是很多老知青至今还未能做到的。回想起来，当时的那种决绝正是一个青年在面对自己人生的前途时极可宝贵而又极为正常的冒险精神，那里面充满着好奇、幻想和迷惘，略微有点感伤，但更多的是一种生命力的强烈冲动，它给我带来一种走出家庭扑向社会的类似英雄主义的自豪感，和一种迎接生活的严峻挑战时的激动。

在农村，我接触到了中国社会的底层，并且自己就生活在他们之中，成为他们中的一员。但我并不能、也并不心甘情愿地成为他们中的一员，因为我是“知青”。甚至于，我有意让自己成为他们中的一员，就是为了最终不让自己仅仅成为他们中的一员。我在漫长的十年知青生涯中，有三年是自己转回到老家，主动放弃“知青”的身份处境，而和远房亲戚、农村青年打成一片的时光。我想看看他们的人生，并用他们的眼光来更深刻地体验自己的人生。我对他们既有友谊和敬佩，也有怜悯和悲哀，有时还有愤怒。我深深体会到鲁迅所说的“哀其不幸，怒其不争”，我决不能走他们所走过和必将重走的人生老路。但当时我没有办法把自己和他们区别开来，我知道，很可能我也将和所有的农民一样，在农村娶妻生子，仅仅为了养家糊口而操劳一世。我唯一能够和他们不同的就是我有思想。我开始领悟到，真正的人生就是反思的人生，没有对人生的思考，人的一生和动物也就没有什么区别，人就白活了一生。我在很久以后读到苏格拉底的名言：“没有思考过的人生是不值得过的”，感到深获我心。

其次是“人格”。

我的独立思考使我有了我的“自我”，正如笛卡儿所说的：“我思故我在”。在孤独中，我看书，我记日记，我和同学写很长的信，倾吐着自己偶尔冒出来的思想，并力图将它们整理成“思路”。我日益精进，开始有了自己的“心路历程”，自己思想的脱胎换骨。那时我在农村，天不管，地不收，没有人关心我看什么书，说什么话，想什么问题，也没有任何人可以请教，只有书本。我完全是在自我启蒙。每天的劳动是挣自己的口粮，同时也是练身体，以及体验零距离的“生活”；而每天晚上的读和写，则是把这些体验变成思想，变成灵魂的营养。就这样，我形成了自己封闭的“人格”意识，即一个人的精神独立性，他的物质性生存和肉体生存都是为了一个独立的精神生活服务的。人之成人的标志就在于他有一个人格，这个人格是他时时关注、着力打造、小心维护并坚持一生的，是他作为一个人存在的基础。它给他提供主见、决断、追求的目标和评价的标准，而不在乎外界的成见和众人的关注。一个有人格意识的人是一个有个性的人，具有“虽千万人，吾往矣”的决心和胆识；一个有人格意识的人是一个有原则的人，他分得清什么是违背自己人生信条的，什么是自己应该万死而不辞的。而他的原则经过反复的独立思考，是建立在他确信无疑的自由意志之上的，而不是未经思考由别人给自己安排停当的。缺乏独立的人格意识的人在追溯自己的思想根源时总是喜欢说，我从小就受到谁谁的教育，懂得了什么什么道理；与此相反，我则是在反叛这些教育、怀疑这些道理中获得了自己“成人”的经验的，我的原则是我自己建立起来的，或者说，至少是我自己在各种不同的原则中自由选择出来的。如今网络“愤青”们缺乏的正是这样一个过程，他们是思想上的懒汉，从来没有怀疑过那些“天经地义”的东西，因而他们很容易成为某种现成势力的玩物，或者打手。

最后是“人性”。

中国人自古以来把人性归结为以家庭血缘关系为模式的等级名分（礼），而把一切违背这一等级模式的行为直呼为“禽兽”。从此以后，中国人便无法懂得把人与自然从根本上区别开来的标准和界线，因为血缘关系仍然不过是一种自然关系。中国人只是在自然关系内部划分人与兽，因而并不能够真正把人与兽、人性与兽性划分开来。我们由此可知，为什么中国人总是用对待兽的办法来对待人了。正如鲁迅所说的，几千年来我们是一个“吃人”的民族，我们不仅在肉体上惯于吃人，而且更重要的是在精神上总是将一切人性化的东西都吞噬无遗、化归乌有。但我们对这一点并不自知，因为我们自恃有“五千年文明”，我们可以将一切吃人的痕迹都打扫得干干净净，装饰得天衣无缝。惟有当我们在一百年前初次接触到西方启蒙思想的时候，我们才惊异于一个闻所未闻的崭新的视野展示在我们面前，这就是西方人道主义或人本主义的视野。人本主义并不取消人的自然性或肉体存在，但它强调的是人的自由意志在人的生存中所发挥的主导作用，是人的思想和精神追求对于人生的决定性的意义，是一切人类个体在普遍人格上的一律平等。这种人生境界是只有当人已经具备了一定的人格意识之后，才能够心领神会的。我在近三十年前跨进武汉大学的校门的时候，已经初步具备了这种意识。又加之遇上了改革开放的大好时机，大量曾遭封禁的中外文史哲著作的解禁，一波又一波的最新国外思潮在最短时间内被翻译出版，美学热、文化热、尼采热、萨特热、弗洛伊德热、海德格尔热，向我们这一代幸运儿扑面而来，令人目不暇接：这些都提供了对中西人性进行比较的最佳条件。上世纪八十年代的“新启蒙”，以及有关人道主义和异化问题的大讨论，是中国人性论在理论上的一次巨大飞跃。正是在两种不同意义上的“人性”的比较中，我开始意识到人类普世价值是不论哪个民族的人性所自然追寻而不可偷换的目标。所以在我看来，人性的话题就是中西文化比较的话题，它将在整个二十一世纪成为中国学术界或隐或显的核心主题。

这本书不是专业性很强的学术著作，而是多年来我的一些比较轻松的文字的汇编，其中有随笔，有评论，有序跋，有短文，有讲演，有论战，也有几篇比较长的论文，但都不算艰深。所有这些文字都围绕着一个“人”的主题，并且展示了我上述有关“人生”、“人格”和“人性”的一些思考。

（2008 年第七期）

女权：女人的做人之权

——读龙应台《女子与小人》

◎**咏枫**

何谓女权？龙应台的回答很干脆，就是一个女人的做人之权。她在“美丽的权利”一辑中反复地表达了这一思想。在她看来，男权传统对女人最基本的策略，说穿了，就是不把女人当作一个“人”来看。比如说，把女人当作一张卫生纸什么的。在《我不是卫生纸》一文中，龙应台曾这样写道：“对你而言，我是一张茅厕纸”，“所以在婚前，我是一张洁白干净的纸”，而“一旦结了婚，在你眼中，我就成为一张擦脏了的茅厕纸”，“所以你要我离开”，叫‘我’走路，简单地说，潜意识中，你并没有把我当‘人’看”。“我不是一张卫生纸。什么时候，你才能学会把我当‘人’看？”她在这篇文章的结尾处发出这样的浩叹。这是她听说了台湾的某专科学校强迫已婚女助教及职员辞职的事之后所作出的评论。在《啊，女儿!》一文中龙应台曾这样指出：“贞操是‘宝贵’的，这种观念，说穿了，不过是把女人当作盛着‘贞操’的容器”，因此，一旦“贞操’漏出来”，这就“表示瓶子破了”，进而也就意味着这容器“就可以丢到垃圾堆里去”了。文章中所提到的“女儿”，是一个叫婉如的女孩子。她被歹徒强暴后，竟遭到了来自社会方面的种种责备。她因此而自尽。“婉如也以为自己已是个有裂缝的瓶子，所以她把自己丢到垃圾堆里去掩埋”。在这篇文章的结尾，龙应台这样写道：“婉如不该是一个摔破了的瓶子”。当然不是。她应是一个“人”。总而言之，男权优势社会的一大标志，就是有意无意地不把女人当一个“人”来看。有鉴于此，我们也就可以说，所谓的女权，就当是女人的做“人”之权，一如龙应台在《男主外，女主内》一文中所指出的，“争取女权，其实只是争取‘人’权”。

女权，当然要靠女人自己去争取。女人得为自己去争取这种做“人”之权，究其实，就是要打破那已经延续了千百年之久的双重价值标准体系。从龙应台的那些杂文看，她在这一件事上，是主张要有一点斤斤计较的劲头的。比如说，你男人可以这样做，那我女人想这样做为什么却偏偏不行？举例言之：女人们出外打扮漂亮了一点，社会舆论就会指责她们说，“穿着暴露，招蜂引蝶，自取其辱”。“这是什么狗屁逻辑？”逻辑上之所以行不通，其根本原因，就在于裁量男女双方时选取了双重的价值尺码。龙应台在《美丽的权利》一文中这样写道：“你在早晨出门前，对着镜子，即使只有三根衰毛，你还是爱怜地理上半天，或许还擦把油，使它们定位，不致被风刮乱。你把胡子剃干净，还洒上几滴香水。穿上衬衫之后，你拉长脖子，死命地把一根长长的布条缠到颈子上，打个莫名其妙的结，然后让布条很奇怪地垂在胸前。”试问，你“每天下这样的苦功”，这到底是“为了什么”？还不是为了给他人留下一个好印象？这里的“他人”，总不会不包括女人在内的吧！既然如此，既然你男人可以这样，那么，我女人把自己打扮得美一点，为什么就偏偏不可以了呢？要知道，“我喜欢男人，也希望男人喜欢我。”再举例言之：年龄大一点女人如果要找一个小年龄的丈夫，社会舆论就会说，这是一个丑闻。龙应台以那个大年龄女人张淑芬的口吻追问道：“四十几岁的男人娶二十岁的女人为妻子的例子很多，为什么四十几岁的女人嫁给二十岁的男人就是‘丑闻’？我和阿祥相爱，到底‘丑’在哪里？我不偷人家丈夫，又不与人随便同居，而是要和阿祥光明正大地结婚，我‘败坏’了什么风俗？说我‘勾引’阿祥，阿祥是个年满二十岁、头脑清楚、个性成熟的大学生，是不是‘勾引’，问他不就行了。那位受过教育多多的心理学教授，又没有见过我，问过我的话，他怎么能说我对‘性’的要求怎么样怎么样……他怎么能在报纸上信口开河？……”“报纸上那样报导，好像四十五岁的女人和二十岁的男人结婚是件很肮脏的事”，“四十五岁又怎么样？如果一个四十五岁的男人在一般人心目中是潇洒迷人、成熟智慧的，四十五岁的我也觉得心里充满了感情、充满了爱的力量”，“我错在哪里”？（《丑闻？》）

对于男人可以有这样的机会，女人为什么就不该有这样的机会，龙应台写道：“几年前有几位先生女士在讨论中小学课本应该收入什么样的文章。‘之乎者也’的都收完了之后，有人建议也采用一位现代女作家的小品。当场就有男士发出反对的声音：作者是个女的，哪一天她发生了什么桃色事件，我们对纯洁的学子怎么交代？”这话的意思是说“女人不能担正经事”。为什么？“因为她有桃色新闻的潜能”。对此，“胡美丽只有一句话：狗屎！”骂得好！龙应台指出，就算女人有可能要闹出点桃色新闻之类的事吧，但在这种情况下，男人就能脱得了干系？“就我的粗浅的了解，闹桃色新闻好像非两个人才闹得起来，不是吗？而且在‘正常’情况下，有个女的，对方就必须是个‘男’的，不是吗？”既然如此，既然女人如果要闹桃色新闻一类事，男的也有份，“那么，在考虑一个男的人选来任‘大事’的时候，岂不也该先问：他是不是有闹桃色新闻的可能？”而且，从概率上说，“在我们的社会里，凶杀案也大多是男性干的，那么我们在聘选大学校长的时候，譬如说，面对一个男候选人，就应该先考虑：第一，他会不会跟女人‘乱来’？第二，他有没有闹凶杀案的可能？第三，……？这样推理，还不如将‘大事’交给女人担负要简单多了。”因为，在男人一面，除了与女人一样，有可能要闹出点桃色新闻一类事之外，还得加上另一重可能：持刀杀人！（《女教授的耳环》）现在，在聘选任“大事”者的候选人问题上，对于双重可能性的男士，没有人担心他们有一天或许会出现他们的劣根，却偏偏要抓住只有一重可能性的女人不放。岂有此理！

女权就是女人的做人之权。从龙应台的一些杂文篇章看，这里的“人”，指的是一个“纯粹而完整的‘人’”。她是在《查某人的情书》一文中提出这一界说的。在那篇文章中，龙应台模拟一个因反抗家庭内性别歧视而出走的“查某人”的语气，对一本鼓吹女权主义思想的书作了描述。文章中的“查某人”说，对于这本书中的许多说法，不少为她所看不懂，而少数看得懂的部分，她未必完全赞同，但是，书里有一张画片对她却很有吸引力。她说，这幅画画的是“一个女人站在一片葱绿的原野上，眺望着无边无际的大海”，而“在云海会合处有几只淡淡的海鸥”。看了这图画，“查某人”当时的感受是：“很简单的画面”，“但是呈现出很宽很广、无穷无尽的视野。”接着，“查某人”说，在那画的下方，还有“简单的一行字”：“比作‘女人’更重要的，是作一个纯粹而完整的‘人’。”既然这里的“人”可以作这样的理解，那么，我们所要讨论的所谓女人的做人之权，也就可以理解为女人的做一个“纯粹而完整的‘人’”之权。

台湾《联合报》副刊上曾辟有一个“人生对话”的专栏。胡美丽，即龙应台，曾回答过该专栏提出的两个问题。其中的一个是：“男主外，女主内，有什么不好？”胡美丽的回答是：“没什么不好，如果是自由选择的话”。（《男主外，女主内》）是的，一个女人的所做，是她自己所愿意的，那当然也就没什么不好的了。女人自己的所做为自己所愿意，这说明，这时的那个女人的“家”正由她自己在当，而这话如果说得雅一点，就叫做这女人的所做是她的“自由选择”。因此，所谓的女权，所谓女人做人之权，也就可以理解为是女人的一种“自由选择”之权。

我们来看一看这样一种流行甚广的观点：一个女人如果要立志去追求女权，那她就应当毫不犹豫地走出女装世界，向男人的天地靠拢，应当毫不犹豫地“从‘家’那个窝囊的洞里出来和男人瓜分天下，总而言之，应努力去做一个“女强人”。在龙应台看来，这种观点是十分肤浅的。龙应台认为，一个女人，其实是尽可以做足一个女人的事的。女人就是女人，没必要一定要以男人的标尺为准，没必要都去争当什么“女强人”的。比如说，下班回家后，你尽可以“依靠丈夫的怀里”，“让他拥着”你，叫你“小女人”；比如说，你尽可以做一个充分的“妻子、媳妇、大嫂”什么的。不过，在龙应台看来，女人的做足女人的事，必须附加上一个条件，一个十分重要的条件，即，女人的所做，应当是女人的“自由选择”的结果。只要有了这样一个前提性条件，那么一个女人即使做得再女人一点，也没什么不可以，因为，这时的女人，并不仅仅是一个女人，她首先是一个“纯粹而完整的‘人’”，也就是说，她是以一个“纯粹而完整的‘人’”的身份去做足这些女人的事的。

最后有两点必须明确。一、做女人与做个“纯粹而完整的‘人’”虽然不矛盾，但是，女人做足女人的事，却并不能担保女人一定能成为一个“纯粹而完整的‘人’”；要成为一个“纯粹而完整的‘人’”，少不了女人的觉悟与抗争。那个“查某人”的遭际，便很能说明这一点。从“查某人”那封来信来看，她是一个很想做足女人事的女人。在信中，她向丈夫做过这样的表白：“清早第一件事是为你泡一杯热茶，放在床头，让你醒过来。你穿衣服的时候，我去作早点，顺便把小叔叫醒。伺候你们吃完早餐，你骑机车到镇公所上班，我走路到学校。放学回来，做晚饭，听歌仔戏，洗碗筷，改作业，洗衣服，拖地板，然后上床，熄灯，睡觉，等第二个清晨为你泡杯热茶、叫醒小叔、作早饭……”就这样，一做便是三年。真正是个贤妻良母温驯好儿媳。“查某人”在做一个女人的同时，还有一个十分强烈的愿望，即，要做一个有“自由选择”之权的人。“难道作为女人的同时，我不能也是一个自尊自主的‘人’？……”现实告诉她，她不能有此等“权”，只能有“作为一个‘女人’的份”，“这个‘份’，就是妻子、媳妇、大嫂”，而且，这个“份”，是命定了的，“我，就是一个女人；女人，就该做这些事，过这样的日子。这是命!”这使得“查某人”颇感“迷惑”。在那封信中，她向丈夫提出了这样的问题：“你上了一天班回来，筋疲力尽，觉得做丈夫的有权享受一下妻子的伺候；但是，别忘了做妻子的我也上了一天的课，也觉得筋疲力尽，为什么就必须挑起另一个全天候的、‘分内’的工作？为什么我就永远没有‘下班’的时候？”二、女人而要成为一个“纯粹而完整的‘人”，又不能仅仅靠女人自己的努力，还得有社会其他成员的积极参与。在信中，“查某人”曾向她的丈夫作出这样一番倾诉：“并不是我不情愿服侍你，我非常愿意。可是，亲爱的，你知不知道，我并不是因为要履行女人命定的义务才为你泡一杯香茶，实在因为我爱你……如果你把我当作一个和你平等的、纯粹而完整的‘人’看待，你或许会满怀珍爱地接过那杯浮着绿萍的茶，感谢我的殷勤。可是，你把我当‘查某人’看，所以无论做什么，都是‘分’内的事……”不把服侍丈夫看做是“履行女人命定的义务”，而是为了那一份对丈夫的爱。在“查某人”看来，每当她于晨间向其丈夫奉上那杯香茶时，她的丈夫若能“满怀珍爱地接过那杯浮着绿萍的茶”，那么，她就很满足了，因为，在这种情况下，她会感到自己是一个与其丈夫处在平等位置上的人，也即，是一个“纯粹而完整的‘人’”。这说明，女人要获得自己的做人之权，一方面，不可能由女人之外的什么力量所赐予，一如龙应台所说，女人“自己的权利自己不争取，难道还要依靠男人吗？”可另一方面，这样的事，的确又不能没有男人的参与。男人积极参与到女人获取做人之权的斗争中去，表明了这时的男人，其人性之完善，已达到了一个新的高度。从这个意义上说，女人的解放程度乃是衡量整个社会解放水准的一杆可靠的标尺，一如经典作家早就强调过的那样。

（1999年第二期）

一只现在进行时的兔子

——解读厄普代克的“兔子三部曲”

◎段炼

“兔子”的故事，像斐波那契数列一样，接二连三没完没了。约翰·厄普代克（John Updike）以十年磨一剑的耐性，终于赢得缪斯的垂青——1960 年出版《兔子跑吧》，1971 年完成《兔子回家》，1981 年则把《兔子富了》推上普利策奖、美国图书奖和全国书评家协会奖的宝座。并且，在又一个十年后，厄普代克以“兔子”系列的封笔之作《兔子安息》，筋疲力尽地把历尽沧桑的主人公哈里·安格斯特罗姆，送向另一个世界。虽然最后一部小说我至今尚未一饱眼福，不过，《兔子跑吧》的诙谐机智，《兔子回家》的柳暗花明，《兔子富了》的悲欣交集，足以呈现战后美国人思想情绪卷起的“千堆雪”，更给读者以一唱三叹、一波三折之感——称“兔子三部曲”为“美国中产阶级风尚的经典性史诗作品”，洵非虚誉。

厄普代克选择哈里·安格斯特罗姆作为“兔子”系列的主角，源自作家对自身落差式的理解。“兔子”和厄普代克是同时代人——两人都出生在二十世纪三十年代早期，可以说是同一个世界的产物（宾夕法尼亚州希林顿小镇）。但是，在作者眼中，“兔子”是个英俊而无脑的男人。他的事业（乡村高中篮球明星）在 18 岁时就达到了巅峰；他的妻子认为他们的爱情，在两人草草早婚前就“已经走下坡路”了。索隐派的文学评论家们更是钩沉史籍，认为“哈里

(Harry)”这个词，在英语中含有“折磨、骚扰、驱赶”之意，而“安格斯特罗姆（Angstrom）”则与源于德语的Angst有关，意为“焦虑、不安、痛苦、烦恼”——这个词几乎就是存在主义哲学的识别标记。Angstrom甚至还与命名极微物体与波长单位（1Å，即10的负10次方米）的瑞典光谱专家有瓜葛，意味着“兔子”的渺小、无力、脆弱以及无可逃避。

相比之下，“兔子”的老乡厄普代克则显得前途远大：17岁取得奖学金进入哈佛大学深造，21岁在《纽约客》发表短篇小说和诗歌并成为专栏记者，从此一跃成为举世闻名的作家。亲戚关系加上格格不入的气质，使厄普代克能以严正的态度与眼光，描绘“兔子”的一生。厄普代克目光犀利，语言跳宕，时而深情款款，时而不动声色，仿佛海明威《永别了，武器》结尾处男主人公接到恋人的死讯后，穿过黑暗冰冷的病房，然后在雨中留下漠然的背影一样，令人心潮激荡却又彷徨无地。

在厄普代克那里，“兔子”系列的所有故事，自始至终都是在现在进行时的动词之间展开。这种时态符合他的主角——哈里·安格斯特罗姆那种懵懂的生活。事情发生得实在太过突然，让永远活在当下的哈里晕头转向。在第一部《兔子跑吧》里，中学时代的篮球明星生涯，使得“兔子”觉得世间万物都平庸不堪。他认为，自己的一切乃至整个社会都只属于“第二流”。他深感孤独、窒息，于是屡次抛妻别子，离家出走，与妓女同居，以求满足和解脱。但是，他的行为没有得到理解，反而招致了更多的灾难和失望。他感到四处都是罗网和陷阱，最后索性挣脱羁绊，一走了之。

可是，“兔子”与易卜生笔下《玩偶之家》里的娜拉一样，面临着相似的问题——出走以后，又将怎样？果然，到了第二部《兔子回家》里，哈里无路可走，迷途知返，打算重新回归“传统”的生活。可是，天不遂愿，因为美国卷入越南战争引起的社会动荡、种族骚乱、校园革命和嬉皮士生活方式的流行，使得他的生活雪上加霜。妻子简妮丝受他出走的伤害，也愤然弃家外出，与情人同居；

他钟情的一个女嬉皮士吉尔又因火灾罹难，黑人朋友则遭通缉逃之夭夭。真是“世事茫茫难自料”，家毁人亡之后，哈里又被印刷厂解雇，从此阅尽世态炎凉，饱尝人情冷暖。

好在天无绝人之路，在第三部《兔子富了》中，哈里与妻子握手言和，并在岳父去世后，继承了家业。他与简妮丝在随后的能源危机中乘势而起，掘得“第一桶金”，步入中产阶级行列。从此，哈里委身于经济之道，混迹于与自己社会地位相符合的俱乐部，并实践着《共产党宣言》所深恶痛绝的行为：“我们的资产者不以他们的无产者的妻子和女儿受他们支配为满足，正式的娼妓更不必说了，他们还以互相诱奸妻子为最大的享乐。”但这时的哈里，已经没有了昔日的锐气，精神空虚，落落寡合，尤其是与儿子纳尔逊之间的代沟难以填补。尽管他最后乔迁至布鲁厄的名人居住区，但他少了许多东西，像“被截了肢一样”，世界在他眼里也小了一半。

以上是“兔子三部曲”主题的粗略梗概，在其后登场的是光怪陆离的芸芸众生相，以及交织着多种语言、多种肤色的奇异世界，看似鱼龙混杂，实则泾渭分明。像巴比塔似的众生喧哗中，许多特殊的人物——教士、妓女、老板、同性恋者闪亮登场。厄普代克的写作焦点，常常从主要场景移开，转向暖意融融的酒吧、换妻交易的海滩或是女儿的葬礼，将斯威夫特式的冷嘲热讽，扩大为一面当代美国文化的多棱镜，或是一名美国说书人苍凉的声音。“兔子三部曲”也借此展现这个混沌的时代，让幽默、讽刺、下流、悲怆与可爱，发出炫目的光芒。在“兔子”那里，家庭、社会乃至整个国家的种种矛盾，经过怪异结合后，慢慢酿造出一盏纯正的美国鸡尾酒。

“兔子三部曲”虽然各擅胜场，但也像织锦画一样色彩鲜明，编织密实，让人性的冲突，深陷于商业社会的天罗地网中无法自拔。贯穿在厄普代克“兔子三部曲”中的阅读体验，既诙谐又落寞。必须承认，厄普代克以删繁就简的笔法，呈现出一种灵光一现的神奇和单纯的悲哀。在这扣人心弦的“兔子三部曲”中，最感人肺腑的章节，也许要算《兔子跑吧》结尾处“兔子”在女儿葬礼上的出逃和《兔子富了》中孙女出世带给他的幽愁暗恨：

> 他面红耳赤，狼狈不堪。宽恕曾经沉重地压抑着他的心，而现在宽恕变成了仇恨。他恨妻子的脸。他居然也不明白。她原本有机会同他一起走向真理，那是最简单明了实实在在的真理，然而她背过去了……一阵令人窒息的委屈袭上心头，使他头晕目眩。他转过身，跑了。
>
> ——《兔子跑吧》

> 她就是这样出现在这里，出现在他的膝上，他的手里，但真正所显示出来的，却不是实在的重量，而是生命。是随时会失去的宝贝，是心灵的期望，是一个孙女儿。是他的。而另一个则是要他的命的了。也是他的。
>
> ——《兔子富了》

厄普代克一向以家庭问题作为小说的主题。当时堪称平凡美国人的男男女女在彼此面前呈现的神秘感，使他们都有一种让人过目难忘的魅力——其中最具代表性的是《兔子富了》开篇一个年轻女子迷惑哈里，因为她是哈里与《兔子跑吧》中的情人露丝的私生女。事实上是冷静而狡黠的作者刻意让他们如此——读者总是很好奇地想知道他们下一步的发展。这也是厄普代克的这只“兔子”始终“活在当下”的原因——虽然小说的跨度长达数十年，但这只古灵精怪的“兔子”，却在现在进行时的驱遣下与你我同在。

(2008 年第一期)

以貌取人

◎**保罗·福塞尔**

保罗·富塞尔是美国宾夕法尼亚大学公文学教授，英美文化批评方面的专家。擅长于对人的日常生活进行研究观察，视角敏锐，语言辛辣尖刻，又不失幽默和善意。在他的《格调》一书中，对于社会等级地位这一问题，作者没有用学术的社会研究方式回答，而是从人的衣食住行以及日常话语里呈现出的特征来分析判断人的社会阶层。作者认为：人的相貌、身高、胖瘦、衣着都是人们社会等级的特征。比如微笑，贫民妇女的微笑要比中上层阶级妇女更频繁，嘴也咧得更大。理由是，一方面她们喜欢炫耀自己完美的假牙，另一方面她们沉浸在那种忙于告诉别人“我今天很快乐”的带防范心理的文化中。作者用很多篇幅着重谈论了人的衣着，如衣服“层”的多少，外衣上的标识，领带的颜色和图案，衣物的质地，上衣的领子等等。作者认为西装领口与衬衫之间的缝隙越宽，社会地位越低（缝隙达到一英寸宽一定是贫民阶层）。理由不仅是因为超级市场（穷人买衣服的地方）买的衣服不如专卖店或裁缝定做的衣服合体，还因为贫民阶层根本没有注意外衣的肩部和领口是否贴实的习惯。

易读性

除了服装的颜色和涤纶成分，另一个标志是服装的“易读性”，通常也可以判断人们是不是贫民阶层。那些印着各类期待你去读解并景仰的信息的 T 恤或诸如此类的蹩脚货色，被艾丽森·卢莉命名为“易读衣着”，一个颇为实用的术语。这类信息常常很简单，无非是啤酒商标，像百威或喜力。当然也有较为老练和淫昵的。比如一位姑娘的 T 恤上写着：“最好的东西在里面。”当贫民阶层欢聚一堂共度闲暇时，绝大多数人会身穿印有各种文字的服装亮相。随着社会等级的升高，低调原则随即开始奏效，文字逐渐消失。中产阶级和中上阶层的服装上，文字被商标或徽记取代，例如一条鳄鱼。循序渐上，当你发现形形色色的标记全部消失了，你就可以得出结论：你已置身于上等阶层的领地。印着“可口可乐才是正牌”的 T 恤属于贫民阶层；同样原理，写着“马拉伯爵夫人”的领带俗不可耐，因此是中产阶级趣味的表现。

贫民阶层感觉到有必要穿戴易读服饰，存在若干心理原因，因此他们看上去并不滑稽可笑，反倒惹人同情。穿上一件印有“运动画刊”、“给他力”（一种运动员饮料）或者“莱斯特·拉宁”字样的衣服，贫民人士会觉得自己与某个全球公认的成功企业有了联系，于是在那一小段时间里，获得了一种重要性。这也可以解释，为什么每年 5 月在印第安纳波利斯的赛车跑道周围，能见到一些成年男人穿着荒唐蹩脚的衣服骄傲地晃来晃去，那上面必然写着“GOODYEAR”（美国著名汽车轮胎公司——译者注）或“VALVOLINE”（美国著名汽车润滑油公司——译者注）。商品标志在今日拥有一种图腾般的魔力，能为其穿戴者带来荣誉。一旦披戴上可读衣饰，你就将自己的私人身份和外部的商业成功混同为一，弥补了自身地位无足轻重的失落，并在那一刻成为一个人物。这种需要并非只有贫民阶层热衷，中产阶级也不例外，比如印着《纽约书评》标识的 T 恤和大帆布手提袋，表达的意思是“我读难懂的书”。假如绘的是莫扎特、海顿和贝多芬的肖像，则意在向人宣告：“我是文明人”。中产阶级还喜爱穿印有大学标志镀金纽扣的西上装，那上面炫耀的信息同样能够把他们和一些醒目的品牌，如印第安纳大学和路易斯安那州立大学，紧密联系起来。

整洁

衣着过新，或者过整洁，也表示你的社会状况不太稳定。上层和中上阶层人们喜欢穿旧衣服，似乎在告诉别人自己的社会地位丢得起传统尊严。他们敢于光着脚穿船型便鞋，目的亦是如此。道格拉斯·萨瑟兰在《英国绅士》（1980）中解释了旧衣原则。他写道，“绅士可能会将自己的外套穿到磨出线，而且能让你看出来他故意这样穿；同时，哪怕最不挑剔的人也能一眼看出，那件上衣出自手艺不凡的裁缝。”中产阶级手和贫民阶层都对新衣服情有独钟，当然，常常是涤纶含量极高的新衣。

整洁的等级意义是个更复杂的问题。也许，它并不像艾丽森·卢莉认为的那么简单。她发现整洁“是一种地位标识，因为保持整洁总需要花费时间和金钱”。但是，煞费苦心达到的一丝不苟的整洁，可能是你对自己的社会地位是否会下滑心存忧虑的体现，也可能由于你对他人的评价过分在意，这两项都是低层等级的特征。毫无瑕疵的衬衫领口，系得太标准的领带结，过分操心送去干洗的衣物，都暴露出你是个缺乏自信的人。还有，穿戴过于讲究也有同样效果，让你显得俗气。以男式领结为例——系得整齐端正、不偏不斜，效果就是中产阶级品味；如果它向旁边歪斜，似乎是由于漫不经心或者不太在行，效果就是中上阶层；甚或，领结系得足够笨拙，你无疑属于上层阶级。社交场合最糟糕的表现莫过于：当你应该显得不修边幅时却很整洁，或者当你看上去应该邋里邋遢时，你却一身笔挺。打个比方，擦洗得一尘不染的汽车，是贫民阶层万无一失的标志。社会地位高的人才开得起脏车。这就好像在大街上，等级高的人们可能会把文件塞在一个棕色的厚纸文件夹里，已经不太平整，可能还被汗水渍湿了，但决不会是一个精美的皮质公文包，上面有亮闪闪的黄铜饰物。这样的东西确定无疑是中产阶级的标记。

勿太整洁的原则在男士着装中尤为关键。过分仔细意味着你的低等——至少是中等，甚至贫民阶层身份。“亲爱的老弟，你穿得太好了，简直不像一位绅士，”《德布雷特进与出》（1980）的作者内尔·麦克伍德杜撰的一位上层阶级绅士这样告诉一位中产阶级，那口气似乎在暗示对方，你不是一位绅士，而是一个时装模特儿，或者百货商店的铺面巡视员，或者演员。万斯·帕卡德曾经写道：“某位颇有名气的好莱坞影星，总是在落座时暴露出自己的低层背景……他习惯地把裤子往上提一提，以便保持自己的裤线。”据说，乔治四世观察了罗伯特·皮尔之后的结论是：“他不是绅士。每回坐下以前，他都要把燕尾服分开。”

西装

上层和下层男士着装效果的差异，主要体现在上层男士更习惯于穿西式套装或至少是西上装。据爱丽森·卢莉说，套装“不但使懒散的人显得优雅妥帖，还能使体力劳动者显得难看”。（当然包括运动员体型，或肌肉过分发达的类型：阿诺·施瓦辛格身穿套装时活脱脱就是个丑角）因此，套装——最好是“深色套装”——是19世纪资产阶级与贫民阶级分庭抗礼的最佳武器。卢莉说，“套装……的胜利，意味着蓝领阶层在与‘上层’进行任何正式对抗时，即使披挂了自己最体面的服饰，仍然处于劣势。”回忆一下狄更斯的《远大前程》中的铁匠乔·加格里：进城时费尽心力把自己装扮得十全十美，只落得让衣着闲适的庇普神气十足地对他施以恩惠。

无论你身居何处，大体上，着装这件事与习惯和实践有关，C·怀特·米尔斯在《权力精英》（1956）一书中这样认为。他坚持这种看法，“任何人只要有钱，又愿意买衣服，只要穿穿布鲁克斯兄弟套装，就能学会如何不让自己穿得难受。”我还想补充一句，还能学会如何避开表面光鲜的衣服（中产阶级的），选择表面黯淡的服饰（中上阶层的）。中产阶级服装的毛病在于太光滑，总是在裹住主人以前就闪闪发亮。而上层阶级的服装倾向于更加柔软，有质感，羊绒类，多结。最后，衣物的差别暗示了城市和乡村的差别，或辛劳与闲散的差别。

花呢外套是中上阶层混穿花样中不可或缺的部分。中上阶层一般在一件内衣上再套一件衬衫——例如，在高领套头衫外面罩一件牛津布带领扣衬衫；或者下面再套一件衬衫，甚至可以是有领子的礼服衬衫（纯色为宜）。由于毛衣对混穿法而言几乎是必需的，所以，一件雪特兰圆领套头毛衣（灰色呀紫红色）最有档次，尤其是里面再配一件牛津布带领扣衬衫（当然不含人造纤维），不打领带。如果外面再罩一件价格不菲的无垫肩花呢外套，没有人敢断言你不是中上阶层。鸡心领毛衣的设计最终是为了露出领带，这种打扮自然也就表明你是一位中产阶级甚或上层贫民。据说有人把套头毛衣塞进裤腰，我简直难以相信。如果真有这种做法，那只能是等级过低的标志。

总统衣着

研究一番近年历届总统的穿着，也许是对男人的等级外观作一番诠释的最好办法。这里的基本准则是：两扣套装远比三扣的东部权贵式套装更有贫民阶层气息。大多数总统以前都曾穿过两扣外套，一旦他们着手接管“自由世界”的领导权，他们就会深感有责任来一些改变，因此也就喜爱上了三扣套服，并且看上去与大通曼哈顿银行的董事会主席颇为相似。正是这一原因，使得理查德·尼克松在大多数时候显得有些别扭，而当他身着两扣套服时，就像加州惠特尔（尼克松的故乡——译者注）储蓄信贷社的老板多半会穿的服装，才真正显得合体宜人。尼克松的后继者杰拉尔德·福特，尽管很早就受到乡下人的两扣款式的影响，还算令人信服地穿上了三扣“制服”。而且分明比尼克松更能适应，也许还学得更快。

政客穿着

黑格在一位士兵受命装扮成平民时，要求他对服装品味了如指掌未免有些残酷。(尽管有乔治·马歇尔将军为例。他几乎终生身着军装，但后来换上三扣三件套服也相当不错，仿佛天生具有高等阶层的风仪。）艾尔·黑格身上最突出的下层等级标志，是他那总与脖子保持着一段距离的外套衣领，这通常暴露出贫民阶层的身份。在艾尔·黑格身上，上衣的衣领总是跟衬衫领子离开一截，并向后上方翘出一英寸左右，其效果好似一个人被劈裂开来。这一特征显然并不包含任何特别的政治诉求，只是一个等级标志。这一点已经被理查德·霍嘉特的一张照片证实，此公虽然是英国激进的批评家和劳工党的热心拥护者，但他是用这张照片为自己的一本新书促销。在照片上，他的外套衣领足足向后张开了一英寸，充分表明了这道豁口同时折磨着极左与极右两翼。实际上，这张照片揭示的并非热情，而是三流滑稽戏小配角的真实嘴脸。

(1999 年第三期)

李鸿章的“经验介绍”和沙俄朝臣的“啥事没有”

◎贾庆军

1896年5月，俄罗斯最末一个沙皇——年轻的尼古拉二世要举行加冕典礼。加冕典礼的筹备工作在一年之前，即1895年3月就开始进行了，并且成立了由年轻沙皇尼古拉二世的叔父、莫斯科省省长谢尔盖大公爵任总指挥，由宫廷大臣沃隆佐夫·达什科夫、宫廷副大臣弗雷德里克斯和首席典礼官冯德·帕连担任副总指挥的筹备委员会。

这样高级别的筹备队伍，十四个月的筹备时间，再加充足的经费，应该说各方面的准备都是很充分的。地点定在莫斯科（当时皇宫在圣·彼得堡），时间定在1896年5月6日至5月26日，共三周。内容有广场阅兵，有群臣朝拜，有上千人的舞会，有上万人的皇家宴请……仅节目单就有五十多页纸，各种活动应有尽有，可谓形式多样，丰富多彩。而且对各项活动的细节都做了具体安排，比如如何给跟随皇上从彼得堡到莫斯科的军官发放给养；每项活动贵宾几点几分到位、皇帝夫妇几点几分到达；哪项活动用哪些乐队、演奏哪些颂歌、几点几分开始演奏等等，都一一做了明文规定。

“但是，只有一个小小的细节除外。”作家卡斯维诺夫后来写道，“那就是预定于5月18日在霍顿卡广场举行的分发皇帝陛下馈赠点心的游艺大会。在诸多文件中，对日程表上这一活动的其他细节，比如所有前来参加庆贺的外国使团下午两点在位于霍顿卡广场的御用厅集合，霍顿卡广场的庆祝音乐由大音乐家萨福诺夫指挥的大交响乐团负责等等，都有明确安排，但对前来领赏的百姓如何组织、皇上赠品怎样分发，却只字未提。”

毛病恰恰出在这一被“遗漏”的“细节”上。后来的许多资料和书籍都对那天的情况作了详细记载和描述。据司法大臣穆拉维约夫过后写的一份内部报告，“5月18日天快亮时，霍顿卡广场上已经聚集了五十万人以上。”而又有不少资料不同意他的观点，说“不会有任何准确的统计数字，至少有一百万人，甚至有一百五十万之多”。

托尔斯泰就曾多次写到过这个黑色的日子。据他说，从头天傍晚，来霍顿卡的人就已经川流不息，在通往广场的各条道路上人群不绝如缕。“来的不完全是老百姓，在那纷沓若潮的人群中还可以看到商贾、甚至贵族，像二十三岁的公爵夫人里纳·戈利岑娜——好奇心把她吸引到霍顿卡和工人叶梅利扬·亚戈德科夫站在一起（后来幸亏他救了她的命）。”

高尔基也写到过一个叫克利姆·萨姆金的人，那天发生的事件强烈刺激了他的神经，以致终生都不能看见大堆聚集的人群，一看见人们拥挤在一起就有一种无可名状的、无法抑制的恐惧，浑身不停地颤抖。

莫斯科的人们都想一睹年轻沙皇的尊容，并得到新沙皇将要馈赠的礼品——一个小纸袋里装有一块小圆白面包、一节香肠、一块蜜糖饼干、十块水果糖和五个核桃，另外还有一个印有新沙皇姓名第一个字母的搪瓷“加冕杯”。密密实实的人群挤在一块基本只有一平方俄里的广场上。据后来存入前苏联国家档案馆的资料描述：“从早上五点开始，人群头上的热气就开始像浓雾，咫尺之间分不清面孔，甚至边上的人们都已经汗流满面。这时候中间的人要想挤出来已是不可能了，开始不断传出疲惫和虚弱的人的呻吟声。”“快到六点钟时，突然间像是听到某个凶神的命令，人群开始骚动，纷纷向外拥挤，有人被踩在了脚下，发出大声呼救，场面乱成一团。”

托尔斯泰写到一个叫莫罗佐夫的富翁，当他被挤到一个沟壕中时，他大声喊道，谁要能救下他的命，他给谁一万八千卢布……托尔斯泰写到这里颇感困惑：“为什么不多不少，正好要给一万八千卢布呢？无论如何，这个时候他绝对不会是和人们开玩笑的……但主要的，多少钱都救不了他的命了……这是一个骤变，开始时大家兴高采烈，就像过节，后来骤变成了一场悲剧，一些人变成了被挤死的躯体……真是太可怕了！”

很多资料描述过那个惨不忍睹的场景：“被踩死和挤死的先是些老人和妇孺，后来就不管是不是老人和妇孺了……有人拼尽全力从人缝中挤出来，衣服全撕烂了，湿淋淋的，瞪着一双凶兽般的眼睛，还没站稳，又立即倒下去……一个幸存者躺在尸体上，随即在他上面又倒下了几具尸体。”“人群在成堆的被踩死的人身上挤来拥去，场地上空一片呼喊和呻吟……有几个这样的死者，被人群从头顶上抛来抛去，但有更多的死者，由于拥挤，仍然夹在人缝中，人们由于恐惧，想尽力推开死尸，但无济于事，只不过越发加剧了拥挤而已。”“尸体就像海事的罹难者，在一片也就要死去的人的呻吟和呼救声中，一会儿在这里，一会儿在那里，漂浮在这个由无数变了形的面孔、无力拍动的手和紧握的拳头所汇成的海洋上面……而麻木不仁的早晨的太阳当空照耀，从人群中冒出的热气，宛如祭祀中的莫洛赫（莫洛赫，古代腓尼基等国宗教中的太阳神，以活烧儿童为祭品。——笔者注）的香烟，袅袅升向蔚蓝的天空……”（以上引文转引自《尼古拉二世之内幕》）

世界近代史上最早一次也是比较有名的一次因人群拥挤造成的惨祸发生了。据沙皇政府后来公布，那天早晨共踩死、挤死一千三百八十九人。但这个数字明显被缩小了，根据当时多家报纸的记载，比较接近的事实是死亡约四千五百到四千八百人，重伤三千多人，受伤致残的有好几万人。

此事件当天上午就震动了整个莫斯科。在这么个特殊日子发生了如此惊天惨案，当事的沙皇朝臣们不少都吓坏了，一个个胆战心惊手足无措，担心着事态的发展。人们猜想很可能皇上要下令取消一切庆祝娱乐活动，皇室人员马上离开这座正被哭声笼罩的不幸的城市，接下来调查责任人、逮捕肇事者也在所难免。

也正是在这个时候，大清帝国的特命全权大使李鸿章出现在了沙俄总理大臣维特的笔下。此时李鸿章正带着一支庞大而豪华的侍从队伍专程前来参加尼古拉二世的加冕典礼。

关于李鸿章的出场，维特的《回忆录》中有很有趣的描述。

> 李鸿章及其随从一行驱车抵达……他走进亭子，我赶快迎上去，还没来得及寒暄，他就通过翻译问我："听说刚刚发生过一起大惨祸，伤亡了一两千人，此事可真？"我有些不悦，他怎么这么冒昧，刚上来就说这不愉快的事，就回答说，"是的，实有其事，发生了这么不幸的事情。"
>
> 李鸿章露出很关切的神色，接着向我提出一个问题："请问，难道你们还要将这不幸事件的全部经过详细禀报皇上吗？"我一时不明白他的意思，随口答曰，是的，已经向皇上禀报过了。他面带遗憾的表情，连连摇头说："你们这里的官员在这些问题上太没有经验了，这样的事怎能照实禀报呢？皇上一旦动怒怎么办？……我当直隶总督的时候，我统辖的一个省份有次发生鼠疫，一下死了好几万人，我们却经常呈奏皇上，那里一切都顺遂。有次他甚至问起我有没有发生过什么瘟疫疾病，我照旧回答说，没有任何瘟疫，老百姓都安居乐业，称道皇上圣明着呢。他听了很是喜欢。"

维特继续写道：

> 这位看似威严、实际很和善的中国老人又作解释般的向我开导："皇上嘛就是皇上，干吗一定要让他知道那么多细节？我们干吗非要用他国家死去好几万人的坏消息无故给他增添烦恼呢？"

据说李鸿章一边向维特"介绍经验"，一边还劝说此次惨案的责任人、首席典礼官冯德·帕连和其他沙俄朝臣“区区小事，一定放宽心些”。

只此一事，中国的总理大臣就赢得了沙俄总理大臣的好感。维特评价李鸿章不仅是一个“卓越的政治家，当时位居中国朝廷的最高职务”，而且“善体人情，乐于为人出谋划策”。

其实，后来事态的发展，李鸿章的热心点拨完全多余了。沙俄朝臣也根本用不着为此惨案担心，就像中国总督根本用不着为死去几万人的鼠疫担心一样。实际上，尼古拉二世得知消息并不比一般莫斯科市民晚，这有他当天的日记证明：“露宿在霍顿卡广场上等待分发午餐和搪瓷杯的人群突然蜂拥到临时建筑物前，于是发生了拥挤。越挤越厉害。约有一千三百人被踩死或挤死。我在十点半钟得悉此事……这一消息给人留下一个很讨厌的印象。”

仅是“讨厌”而已。据后来透露的资料，那天下午曾有很多人奉劝皇上取消法国大使蒙特贝洛晚间为他举办的专场舞会，万一取消不成，他本人无论如何也不应前往。也有人提出应赶快就此事件召开一次御前会议。但尼古拉二世根本就不同意这些意见，他认为根本用不着改变原定计划，法国大使的专场舞会尤其不能推辞掉。

于是晚间舞会按时举行，皇帝夫妇准时驾临。一位西方记者对那天晚上的舞会描述道：“在各个舞厅的桌子上摆着十万朵鲜玫瑰花，芳香扑鼻。这些鲜花是为这个晚会特意从普罗旺斯订购来的。晚餐桌子上都是银质餐具，这是特意从凡尔赛宫运送来的。应邀前来的七千宾客在枝形吊灯的光照下欢歌醉舞、畅饮醉乐。就在他们寻欢作乐的那几个钟头，霍顿卡广场上的救火队员和士兵正在举着提灯收尸，不停地忙碌着。”“成千盏枝形吊灯的光，照射在花带上和喷泉的水珠丝上，大家都在欢乐，处处是一片幸福的欢笑声……这群显贵们白天看了一天的死尸，一堆堆被太阳晒着的死尸，现在在舞会上翩翩起舞，组成一个个圆圈，慢慢地往皇帝皇后跳卡德里尔舞的中心靠拢……”

亲历过此事件的美国作家罗伯特·因格尔索也写到过他的感受：“眼望着这些加冕庆祝行列、游艺和舞会的极度奢靡，我不禁想起那些穷困的农夫，那些疲惫的、半饥半饱的劳动者，那些被鞭子打得皮开肉绽的脊背，那些像牲畜一样被赶往西伯利亚地狱的人群，那些身心全属于沙皇的无知的民众。”作家感叹道：“不论是洪亮的钟声，还是号角声，都无法盖过民众的呻吟声……”

皇上有了这份好心情，对这桩震动了全世界的惊天惨案的处理也就可想而知了。典礼还没有结束，就给这次加冕典礼的总指挥、筹委会主任、莫斯科省省长、年轻沙皇的叔公、被莫斯科百姓认为是这次惨祸元凶因而被称为“霍顿卡公爵”的谢尔盖颁发了一道圣旨：“对您出色的筹备和主持如此盛大的庆祝活动深表感谢。”典礼结束的第三天，即5 月28 日，谢尔盖大公爵又接到一道圣旨：鉴于他在加冕典礼全过程中表现出的指挥调度能力及其功劳，他被任命兼任莫斯科军区司令。

当然，对这“一场沉痛的灾难”（意思就是说，这是一场不以人的意志为转移的意外的自然灾害，比如像地震、洪水和暴风雪什么的）也不是没进行一点调查和处分。那是对谢尔盖大公爵主管下的各部门。尼古拉二世下令对“没有及时采取疏散民众的必要措施”的有关部门和人员要进行严惩。经研究，枢密院派出了以专门负责侦查大要案的侦查员凯泽尔为主的调查小组。为使调查小组认真负责而又调查准确，又委派庆典筹委会负责人、副总指挥之一、首席典礼官冯德·帕连担任调查监督员。

调查结果当然是所有人预料之中的。首席典礼官冯德·帕连在自己对自己进行了一丝不苟的调查之后，始终没有发现自己有任何失职的地方。他给皇上打报告说，从圣彼得堡来莫斯科的宫廷部的所有官员，当然包括他自己在内，对那天的游艺活动仅仅负责“指挥分发皇上的礼物”，而场地秩序理应是由莫斯科警察局负责的。

莫斯科警察局局长弗拉索夫斯基赶快写报告辩解，称“广场上负责指挥的一直是宫廷部，游艺活动的一切都由他们安排，包括装礼品袋。莫斯科警察局同所有这些筹备工作毫不相干”。警察局只是“负责场地四周边缘地方的治安，不发生事故。而四周这些地方确实一切正常。”

凯泽尔倒是写了厚厚一沓《霍顿卡骚动事故调查记录》，还壮着胆含混不清地提了几个人的名字，但此文件从上交那天就封存在了谢尔盖省长府的办公室抽屉里，再没有人看到过。

无论怎样，结论最终还是做出了：莫斯科警察局局长是唯一肇事者。又有人替他求情，除了那天的游艺活动，其他庆典活动的秩序还是维持得很好的。又协调了一段时间，最后决定给予他“撤消局长职务，发给每年三千卢布终身抚恤”的“严厉惩处”。

皇太后目睹过那幕惨剧，她为这次灾难“深感不安，心里牵挂着躺在医院里的重伤号”，让人给送去了一些葡萄酒以示慰问。人人都知道那是宴会上喝剩下没法处理的。尼古拉二世也说自己是“亲民爱民”的，先是决定为每个遭难家庭发放一千卢布抚恤金，不过在了解到不是一千而是将近五千人时，又因“没人提醒”“忘记”了这一成命。后来又想出个好主意，用加限制条件的办法，把数目降到了五十至一百卢布，还规定有些家庭没有。朝廷为此总共从国库拨出九万卢布，包括谢尔盖大公爵在内的莫斯科的官员又从中弄走一万五千卢布，说是用于支付埋葬费和其他费用。

而加冕典礼本身花费的数目是整整一个亿，是那一年全俄国教育经费的两倍。

据说，李鸿章离开后还惦念着这件事。维特还曾托人捎信给李鸿章，除对他的“介绍经验”深表谢意外，还特意告知：“其实啥事没有”。当然，后来这事在很多资料上都没有记载，真实性不好考证。

到这里文章本该结束了，不过笔者还想加上与本文主旨关系不大的一笔：那年底，向有记日记习惯的沙皇尼古拉二世在日记中写道：“愿上帝保佑，在即将来临的1897年，能像今年一样国泰民安，万事吉祥。”

（2004年第六期）

政治是这样玩的

◎克里斯·马修

《政治游戏》一书的作者克里斯·马修曾任美国前总统卡特的演讲撰稿人，长期生活在华盛顿政坛的风口浪尖上，真正熟悉政界内幕。本书讲述的不是政治制度，而是今日美国政治是如何玩的，即政治家们实际上如何行动，以及成功的职业政治家惯用的策略与手腕。随着本书被译成多国文字并成为超级畅销书，"政治棒球"这个术语也在美国广泛流传，家喻户晓。

索取要比给与更好

许多人以为，要赢得他人的忠诚，最好的办法是给他人恩惠，但事实正好相反，最好的办法是让别人给你恩惠。在这一点上，我们又要归功于十六世纪意大利的马基雅弗利，正是他发现了人性中某些基本的方面。他注意到，当一座城市被围困了许多个月的时候，当人们在城墙之内经历着巨大的艰辛与困苦的时候，当他们为了保卫国王而经历着恐惧与饥饿的煎熬的时候，对国王的忠诚不是减少、反而进一步加深了。从此以后，他们甚至会感到自己与国王的纽带更加紧密了，"因为，为了保卫他，他们已经牺牲了自己的房屋和地产，他们现在就仰望着他，认为对他负有某种义务。人的天性就是，无论是要求他人承担义务，还是自己履行义务，他都感到同样的快乐。”用马基雅弗利的另一句睿智的格言说就是：“施恩正和受恩一样都使人们产生义务感，这是人之天性。”

前众议院多数党领袖托马斯·S·弗莱也有过这样的亲身经历。一次他乘坐的小飞机在华盛顿州东部一个乡村失事，当地一个人救了他。虽然那个人以前从来没有听说过弗莱的大名，但从此以后却为弗莱的竞选出钱出力，任劳任怨。在其他一些没有这样危险的场景下，也会产生出同样的纽带。那些伸手帮助过你一次的人往往会养成习惯，在你未来的道路上一直关注你、照看你。我们总是会自然而然地记住那些我们在路边“发现”的人，并努力提供条件让他们证明我们当初是多么有远见。

当你开口向某个人请求帮助的时候，你隐含的意思就是让别人在你身上下赌注。你争取到越多的人下赌注，你输掉的几率就越小——因而你的基本支持者网络就会进一步扩大。然而，很多人都克制自己不愿启齿请人帮忙，因为他们觉得那样做等于承认自己的弱小，他们认为坚持依靠自我才是力量的象征。这种“一切自己干”的心态，有可能是十分致命的。对于一个参与竞争的人来说，那样的心态会限制并孤立他，导致他没有同盟者。

一个人在被追求的时候总是会产生快感，高明的政治家都知道这个小秘密。他们懂得，当你向一个人提出请求时，并不等于你只是在要求他付出，你也把他想要的东西给了他：让他有了一个参与其中的机会。所以，那些四处争取资金和拉选票的候选人，其实是在向别人提供一个参与政治行动的机会，让他们成为他的成功的一部分。他做的事情就相当于让人们购买他的股票，在这个过程中他是在创建一个股东网络。

一个成功的政治家所拥有的资本，就在于他有能力接近一个完全陌生的人，不仅要求他投自己一票，还要求他为自己付出他的时间、精力和财富。在鸡尾酒会上他会毫不犹豫地走到一位富有的女人身边，与她搭话要求她提供五千美金，或者请别的人把一切事情都搁下，去为他的前程奔忙，他会说：“我需要你来做志愿人员，帮我干六个月。”他心里完全清楚，这意味着那些应召者需要争分夺秒地工作，而给予他们的报酬却很少或者干脆没有，而且即使他们的候选人取得了胜利，也不能保证会给他们一份工作。所有的职业政治家都把这一套发挥得淋漓尽致。

最近你为我做过什么事吗？

人们之间的相互信任关系很容易被破坏殆尽，即使没有发生明目张胆的背叛行为，也有可能这样。在很多时候，人们还没有等到自己的盟友叛逃到敌人的阵营里，就早已对他们失去信任了。你去问一问任何一个职业政治家，他们都会对你说，选民们是多么爱反复无常、朝三暮四。

所以，聪明的政治家们总是不厌其烦地作出这种那种努力，来向那些支持他们的人显示自己是多么忠诚、可靠。

你难道没有注意到，我们的经济会亦步亦趋地随着政治日历的翻新而来回波动吗？在总统当选后的第一个年头，美国的经济通常会出现不同程度的衰退和滑坡；但是，在下一次大选来临之前，美国的经济肯定又会恢复得生机勃勃的。任何一任美国总统都清楚地知道，他必须在一届任期即将结束的时候使这个国家的经济处于增长和繁荣之中，否则他就会失去连任的机会。如果他想消除通货膨胀并砍掉一些社会福利项目的话，他最好在任期初期就动手，越早越好，因为只有这样，等到下次大选来临的时候，选民们才会忘记他们曾经因此而遭受的痛苦。

“当你要给人们施加痛苦的时候，所有的痛苦都应一次性地迅速施加在他们头上，因为他们品味痛苦的时间越短，他们被激怒的程度也就越低，”马基雅弗利在他的《君主论》里这样写道，“而另一方面，在给予人们好处的时候，却要一点一点地、逐步地给，因为只有在这样的连续不断的给予中，人们才能最大程度地感受到你的好处。”

马基雅弗利这条训谕的第二部分向人们清楚地说明了，为什么政治家们在上任后不仅要先把会引起抗议风潮的棘手之事干完，让人们随着时间的流逝而淡忘，而且，在下次选举之前几个月中还一定要给选民们带来持续不断、看得见摸得着的好处。聪明的政治家们总是在支持他们的选民们正在试图判断他们的服务是否合格的时候，不失时机地作出回报来显示自己的忠诚。在 1984 年的总统大选中，全国的选民们以压倒性的优势再次将罗纳德·里根选进了白宫。人们看到的只是从 1983 年起美国经济就一直处在强劲的复苏之中，而忘了此前它一直处于持续的衰退之中——并且眼前的短暂复苏也仅仅是衰退中的复苏而已。

另一方面，如果一个政治家在再次选举前的一段时间内表现差劲或者政绩平平，那么，无论他在两年前干得多么好，给予选民的好处多么巨大，那也将于事无补，他将注定被选民们抛弃。这方面的一个最好的例子，就是吉米·卡特总统。

吉米·卡特 1977 年入主白宫之后，尽管面临着严重的通货膨胀危险，还是提出要通过减税和其他一系列措施来刺激美国经济的增长，从而降低失业率。一直到他的第一届任期行将结束，也就是他要竞选连任的那一年，他才开始采取紧缩措施。他不仅任命了一贯以反对通货膨胀著称的专家保罗·V·沃尔克担任联邦储备委员会主席，还反常地撤回了自己的年度财政预算计划，提出了一个急剧压缩的选举年财政预算方案。在美国历史上，惟一比这更为臭名昭著的政治自杀的愚行，是前副总统沃尔特·F·蒙代尔犯下的，他在 1984 年的民主党全国大会上宣布如果他当选的话，他将增加税收。

跟你的故人保持联系

在《教父》一书中，当麦克尔·科尔奥尼的“塔霍湖大院之谜”被杀手的子弹解开的时候，他差一点就没命了。科尔奥尼，这个年轻的黑手党绅士，不动声色地将自己的猜疑隐藏于心底，若无其事、非常友好地拜访了那个他相信是谋杀指使者的人。“跟你的朋友们要保持密切的关系，”科尔奥尼的父亲曾这样教导他，“但是你要记住，你应该与你的敌人保持更密切的关系。”在这部经典之作中，作者马里奥·普佐借着这个勇士的嘴所说出的箴言，可有着深远的历史渊源。

在美国独立战争的历史上，萨拉托加战役是那场战争的决定性胜利和转折点。在这场战役结束以后，当英国的博格因将军将自己的佩剑交给美国的盖茨将军表示投降的时候，这两支军队的将领就立即坐在一起参加了一场即便是用今天的标准来衡量都堪称极其侈靡的晚宴。

如果我在年轻的时候从书上读到这一幕的话，我肯定会感到极度震惊，认为那样做实在荒谬绝伦。毕竟，参加宴会的人都是一些有血性的勇士，仅仅在几个小时以前，他们还曾经为了打败对方而刺刀见红、拼得你死我活，现在居然坐在了同一张桌子旁，握手言欢，并非常愉快地共进晚餐。这怎么能让人理解得了呢？

不过，这只是我三十年前的想法，也就是我几乎还没有步入政坛、没有与职业政治家共事之前的想法。

当你以一个政治家的立场和观点来看待那场在萨拉托加举行的煊赫一时、欢天喜地的宴会的时候，你就发觉在“胜利的美国人的帐篷”里上演的这一幕是很完美的。对于那些战败了的英国士兵们来说，还有什么方法能比向他们传达失败并不是一件很糟糕的事这一信息更能安抚他们内心那狂热的复仇之情呢？当你慷慨大度地邀请他们与你坐到一起，并分享你的苹果汁的时候，你就会发觉那些好战的英国佬并不是那么卑劣不堪的。

在对待自己的敌人的时候，一流的政治家总是一而再、再而三地采取霍里肖·盖茨将军两百年前就曾采取过的姿态。正如盖茨将军邀请绰号为“约翰尼绅士”的博格因将军到他的帐篷里去共度那个令人愉快的、结交友谊的良宵一样，国会山那些著名议员在应付那些与自己的观点完全针锋相对的“敌人”时所表现出来的大师般的能耐，也让我长时间地叹为观止。不知道有多少次，我都看见有议员大步穿过众议院的会议厅，在刚刚与对手唇枪舌剑、怒火填膺地理论过后，却与对方搂肩搭背，插科打诨、嘻嘻哈哈地聊着家常，一起走出国会大厦长长的走廊。

跟政治舞台上的其他许多现象一样，在这里起作用的并不仅仅是单纯的友谊或者伙伴关系。“在这个世界上，没有永远的盟友，也没有永远的敌人，”十九世纪著名的英国首相帕默斯顿勋爵曾经这样说，“只有永恒的利益。”就像那些伟大的国家在追求国家利益中的表现一样，伟大的政治家们总是同他们的敌人、即使是最凶猛的敌人保持着对话和联系，而他们保持这种关系的理由也是非常充分的。首先，它能够显示一种强大的力量。当你轻松自如地同一个你恨不得要砍掉其脑袋的人闲谈的时候，没有什么比这更能使你的对手感到强烈的震撼和不安了。第二，它能够使你知己知彼。你和你的对手交流得越频繁、倾听他们的诉说越多，你就更了解他们自己的想法、他们对你的看法、他们对你这一方的看法以及他们对他们自己一方的看法，这样就更有利于你作出决策。第三，同时也是最重要的，也许有一天你会不得不和这个所讨厌的家伙，也就是你的敌人共事，你在这场决斗中的对手很可能是你在下一场战斗中非常重要的盟友。因此，任何一个聪明的政治家都不会关上同自己的那些敌人——即便是不共戴天的敌人——的对话与和解之门。柯克·奥唐奈是蒂普·奥尼尔长期信任的顾问，正如他所说：“你应该随时准备对话，与你的对手讲和。”

永远对原则问题表示赞同

斯威士兰是非洲南部的一个独立小国。我曾经作为美国和平队的一名志愿人员在那里呆过。一天早上，我坐在一间政府办公室里，等待着和该国的商务大臣西蒙·祖马罗进行每月一次的例会。跟我一道围坐在圆桌边的还有一大群人，其中有政府官员、联合国驻该国的顾问人员以及为数不少的美国志愿者，所有的人都参与了这个国家鼓励小企业发展的一个项目。

大家的士气都相当低沉，政府部门似乎对项目的进展缓慢颇为失望，而我们中的一些志愿者则被繁重的工作搞得筋疲力尽，文化背景上的巨大差异以及与政府高层之间的有效沟通的缺乏更是令我们焦头烂额、沮丧之极。看来情况必须得有所改变了。

姗姗来迟的商务大臣总算在主位上就座了，他那双鹰似的眼睛锐利地扫过在座的英国人、美国人和斯威士兰人。跟往常一样，他那短而粗的脖子紧紧地被箍在雪白的衬领里，仿佛被勒住了一般。

随后他开口说话了，其用词的娴熟圆滑足以证明，政治家那一套工于辞令、虚虚实实的本事是没有国界的。“在座的所有各位至少在某一点上是共同的”——他说道，眼睛的余光扫过一张又一张显露着无奈的脸，并且在每张脸上都停留了那么一会儿，刚好足以让人注意到——“那就是我们都很不满意。”

接着，他开始一一列举这个项目所遇到的重重挫折，语气时轻时重、时缓时急，中间夹杂着他的人民急于让国家强大的雄心壮志和迫切心理。

这就是聪明灵活的政治策略。不是徒劳地否认弥漫在空气中的不满气氛，而是开诚布公地把它指了出来；不是回避批评和指责，而是巧妙地加入抗议者的行列。在这种看似需要他解释和辩护的情境中，他却游刃有余地扮演起了控诉者的角色。是的，我们都感到很不满意；是的，我们都有点垂头丧气，因为我们所有人都参与了这一努力，希望这个国家能更加强盛的努力。

他那动人心弦的最后一句无疑是反弹球。因为如果我们的沮丧不是因为无力为斯威士兰人民做点什么的话，那么，我们势必会联想到诸如我们自身的利益和方便等等这样一些私人因素，而这是我们中的任何一个都不会或不愿承认的。

作为斯威士兰国的商业、工业和煤矿大臣，西蒙·祖马罗给那些前来向他传授经济发展诀窍的人们上了至关重要的一堂政治课。

在众多的情境和氛围中，达成目标的最佳途径就是在挑战和争论面前让步。“是的，”他说道，“你们都对项目的进展、对我们这里的办事方式感到不安。知道吗？我的感觉跟你们完全一样。”

降低球筐发射沙袋

这里有一个政治家可以教给公众的关于公共关系的前奏类型的经典例子。概念是很清楚的，如果你想用你的扣篮能力征服球迷，最好的办法就是把篮筐的高度设为 8 英尺，而不是通常的 10 英尺。当你把篮球轻易地扣进已经秘密地调低的篮筐，人们会以为 M · 张伯伦再生呢。

在 1968 年，也就是越南战争进行得如火如荼的时候，那时候相对来说还不是那么有名的来自明尼苏达州的参议员尤金 · 麦卡锡在新罕布什尔州的总统预选中击败了林登 · 约翰逊总统。正是这背后一击使罗伯特 · 肯尼迪加入了总统角逐的行列，同时也迫使约翰逊总统在几周以后宣布辞职。

人们在这里所看到的仅仅是他们想象的发生在 1968 年的政治冬天里的故事。可实际上，真正的情况并非如此。林登 · 约翰逊总统不仅在新罕布什尔州的总统预选中击败了尤金 · 麦卡锡，而且，他并没有为了达到这一目的而预先在那里发动竞选攻势，他甚至没有让他的名字出现在选票上。那些去投票站投票的人们不得不在选票上写上 LBJ（林登 · 约翰逊）这个名字，不管现在的通货膨胀是多么高涨，也不管美国现在正陷在一场可怕的战争里头，他还是会击败麦卡锡——虽然后者已经在该州进行选举宣传好几个月了——而取得胜利的。但是，媒体却是这么认为的，如果这个明显学院派的中西部人能够在与现任总统的角逐中获得足够多的选票，那么就可以被认为是近似胜利了。麦卡锡虽然失败了，但他的高达 42% 的得票率已经超过了人们事先的估计。新闻媒体对这种大卫—歌利亚式的角逐非常感兴趣，他们情不自禁地参与进来，并擅自改变比赛的结果，实际上虽然“歌利亚”取得了最终的胜利，但媒体却认定“大卫”是胜利者。

从这个例子中我们可以看出，降低球筐策略实际上是旋转策略的一个反应更迟钝的堂兄。蒙代尔最终“赢”得了超级星期二，因为他的竞选主管已经使媒体接受了死里逃生和胜利实际上是一回事的观念。麦卡锡之所以能够在1968年的选举中“击败”林登·约翰逊，仅仅是因为他成功地降低了人们对他胜利的期望。旋转策略是一个曲线球，而降低球筐策略更像是一个快球。如果你投球的劲足够大，它就能最终穿透层层击球手而为你赢得胜利。

四年以后，也是在新罕布什尔州的预选中，艾德蒙·马斯基以46%对37%的优势击败了乔治·麦卡文。但媒体却宣称麦卡文是胜利者，这其中的一个主要原因就是马斯基的一个竞选工作人员曾经愚蠢地说过“如果我们得票超不过50%，我就自杀”。相反，麦卡文的竞选班子就显得聪明多了。通过向选民反复宣传麦卡文是一个反战的理想主义者，而把马斯基说成是一个权力的奴隶，麦卡文的竞选班子在人们心中建立了一个这样的观念，如果麦卡文能够赢得数量比较可观的选票，他就能够宣称自己是胜利者。当然了，他实际上并没有赢得这场通向权力中心的政治游戏。

（2003年第九期）

失败者是幸福的

——读崔卫平《正义之前》

◎丁国强

崔卫平的人文随笔充溢着思想家的道义与良知。她以知识女性特有的沉静打量着粗糙的现实，她拒绝高调的英雄假相和理想主义霸权，而是以回到日常生活的从容去面对现实，去追求富有人性的生活，所以，她的文字没有为别人规定生活的狂妄，也没有在悲惨世界重压下的绝望。她竭力揭示生活的无穷可能性，以此来改善“公共期待”，使之脱离庸碌生活的窠臼。这强烈地体现了一个思想者对生活世界的介入。《正义之前》一书比先前出版的《积极生活》更加充分地显示了她去蔽的努力和勇气。

在商业话语的驱动下，生活世界不加掩饰地放纵其物欲横流的一面，以至于放肆到了放逐良知、逾越道德底线的地步。唯恐被市场规则抛弃的人们拼命地追赶着大众嗜好、流行趣味，诸如小资的酷姿、白领的矫情、超级女声的狂热……许多人其实从骨子里同这些东西是不相容的，但是跟风的惯性和对落伍的恐惧使他们蜂拥而至，不假任何思索。崔卫平却恰恰相反，她格外强调私人阅读的意义。在《要多少好东西才能造就一个人》一文中，崔卫平描述了个人化的阅读历程，她这样写道：“我得承认形而上的倾向是我生命的底色之一，很长时间之内，柏拉图、济慈、雪莱、里尔克这样的诗人始终盘旋在我的头顶上方。”在当下这个恶俗文化盛行的时代，保持诗性气质无疑是一个艰巨的任务。在理想主义时代，抵抗平庸是悲壮而充满快感的，因为以此可以显示出精神的清洁，甚至可以用"崇高"的姿态来获得某种道德优势，从而成为话语权力的操作者。在社会分化加剧、公共空间扩大的今天，用道德幻觉来与市场神话相抗衡，已难以奏效，因为人们会很容易地看清，这不过是用一种谎言来取代另一种谎言而已。

真正的诗性是一种个人性，是一种建立在心灵的丰富性之上的内在的、原发的精神力量。在世俗文化重重包围下，用一种乌托邦式的精神设定来消解浓重的现实性功利性和享乐性已是不可能。但是，个人思考的启动和追问的深入则完全可以穿越消费文化的迷雾，实现对喧哗语境的突破。因为媒体的狂欢和商业策略的实施，都是在心灵外部实施的。物欲的泛滥在某种程度上只是一种语词假相。媒体对大众趣味采取一味迎合和取悦的态度，明星绯闻、名车会展、房产开盘等占满了平面和视觉的各种媒体，构成一种貌似强大的价值认同。实质上，这种所谓的商业共谋是不堪一击的，因为人们已经学会了拒绝、否定和怀疑，谁也无法充当整个时代的代言人。媒体本身也意识到借助于暴力、色情和无聊来推行的商业统治越来越脆弱。

英国学者理查德·戴尔说："大众娱乐节目展示给人们的是一派丰富多彩、朝气蓬勃和团结向上的景象，与现实生活中较常见的物质匮乏、精力不济、孤单无依形成对比。"（《电视的真相》）随手打开电视，你总是能看到一种刻意制造的火爆场面，这无疑是对人的孤独本性的遮蔽。沉思和遐想的空间越来越难以寻觅，痛苦和哀伤成为一种稀薄的物质。在吵闹之中，越来越多的人失去了自我感受生活的能力。沉默不能，发言却又缺乏个性，陷入无意义的重复之中，由市场逻辑支配的物质性的日常生活成为窒息思想的软杀手。人们之所以对这种贫乏的生活趋之若鹜，是因为不甘心充当现实生活的"失败者"。崔卫平格外强调"站在失败者一边"，因为失败者敢于舍弃那些不必要的东西，敢于站在好大喜功的权势者面前，敢于在不该说话的时候保持绝对沉默。其实，正是由于失败，所以才有了一种从疯狂运转的机器中逃脱的可能，才有了看透生与死的可能，才有了过一种从容、纯朴生活的可能。回首看看，那些站在人类精神制高点上的，往往是现实处境中的失败者。也许正是由于现实生活中的种种挫折的逼迫，失败者才会在边缘中苦苦思索，造就了一种难得的冷静和清醒，从而摆脱了“虚伪的服从”的境遇。从过程而不是从结果意义考察，失败更能让人体味人性复杂、人生无常和世态炎凉。

崔卫平区分了“失败”与“失败感”，大多数失败者无论甘心还是不甘心，最终被纳入了强权者的秩序，成为溜须拍马大军中的一员，只有鲁迅等少数在失败中自觉的人将“失败者”当作自己的精神身份，在绝望中进行着“韧的战斗”以完成一种担当。在一个黯淡生存背景下，体制内的成功往往是建立在对人性的戕害之上的。为了追求外在功利不择手段，极尽投机之能事，抛弃了怕与爱，逾越了道德和良知的底线。人们之所以不为失败者鼓掌的习惯，归根结底是因为我们中的多数人是体制的寄生者，只能借助体制的力量来证明自身存在的合法性。这也是失败者的声音令人震颤，而世俗的胜利者则言辞无力、内心匮乏的原因所在。个人标准的残缺和内心尺度的迷失造成了作为集体理念的成败观的扭曲。执著的失败者是隐蔽的思考者和追问者，也是落入时代窠臼的受难者，因为他们没有按照“世路如今已惯，此心到处悠然”的处世智慧来寻求超脱与逍遥。离任出走与波兰政府决裂的米沃什正是这样一位流亡的失败者，崔卫平这样评价：“他知道自己的弱点，知道自己全部的脆弱、彷徨、迷茫和缺少勇气。他从来没有用任何借口予以推卸。他甚至承担了自己不应该承担的！”这个荒谬的世界总是让失败者承担道义，让无权者承载良知，这似乎是一件没有办法的事情，因为失败者总是更少了一些伪饰，而对弱者更多了一份热情。对于失败者而言，在苦难面前保持一种坚硬正直的品质是一件幸福的事情。即使抵抗已经完全没有意义，也未曾停止心灵的燃烧。人类最大的精神败绩就是承认并安于自身的孱弱，这意味着可能性的丧失。

对于失败者而言，情绪化的报复、功利性的“东山再起”，都是一种肤浅、庸俗的选择。在困境和磨难中所保留下的个性和品质是最为珍贵的。像索尔仁尼琴、卡夫卡、昆德拉、鲁迅等从事“一个人抵抗奴役的事业”的精神战士，用一生的坚韧和决绝所捍卫的不仅仅是一种态度，一种立场，更重要的是他们用与时代作对、与“平庸无奇的恶”周旋的方式实现了对人类生活最终极的关怀。与那些盛气凌人、指手画脚的霸权话语的拥有者相反，他们是沉默的，带着一种凝重而深邃的笑容，这是一种无声的欢乐，是一种摆脱了谎言出身的快意。正如加缪在《西西弗神话》中所言：“他爬上山顶所要进行的斗争本身就足以使一个人心里感到充实。应该认为，西西弗是幸福的。”是啊，在正义之前，失败者是幸福的——不管你承认不承认。

（2005 年第十一期）

墓志铭

◎**黎华**

·剧坛泰斗埃斯库罗斯·

埃斯库罗斯（约公元前525—前456）是古希腊三大悲剧诗人之一，贵族出身。他一生写了约九十个剧本，以《被缚的普罗米修斯》最脍炙人口。他逝世于西西里岛南部的杰拉城，他曾为自己写过一首墓志铭：

雅典人埃斯库罗斯，欧福里翁之子，
躺在这里，周围荡漾着杰拉的麦浪；
马拉松圣地称道他作战英勇无比，
长头发的波斯人听了，心里最明白。

·欧里庇得斯——希腊之心·

欧里庇得斯（约公元前485—前406）是古希腊三大悲剧诗人之一，生于雅典，贵族出身。他常在剧中谈论哲学，因此被称为“舞台上的哲学家”。相传他写过九十二部悲剧，以《美狄亚》最著名。晚年他应邀到马其顿王阿尔克拉奥斯的宫廷，死后就葬在那里。马其顿王拒绝了雅典人取回诗人遗骸的要求。为此，雅典人只好在郊外立了一个纪念碑，上面刻着：

全希腊世界是欧里庇得斯的纪念碑，
诗人的骸骨在客死之地马其顿永埋，
诗人的故乡是雅典——希腊的希腊，
这里万人对他赞颂，欣赏他的诗才。

·喜剧之王阿里斯托芬·

阿里斯托芬（约公元前446—前385）是古希腊喜剧诗人，写了四十四部喜剧，最著名的是《阿卡奈人》。他曾同苏格拉底讲过一个爱情起源的故事：那最初的人被神劈成一男一女，后来由爱情促使他们互相寻找，结合为一。诗人死后，柏拉图为他写了两行墓志铭：

美乐女神寻找一所不朽的宫殿，
终于在阿里斯托芬的灵府发现。

·旷世奇才莎士比亚·

莎士比亚（1564—1616）是英国文艺复兴时期最伟大的戏剧家和诗人。他的作品是世界艺术中的瑰宝，试问，谁不曾为罗密欧与朱丽叶的悲剧洒下同情之泪？谁不曾为哈姆雷特郁愤慷慨的独白心摇魄动！……

诗人五十二岁故世，葬在故乡斯特拉福镇艾枫河畔。据说，墓碑上刻着他临终前为自己撰写的墓铭：

看在耶稣的分上，好朋友，
切莫挖掘这黄土下的灵柩；

让我安息者将得上帝祝福，
迁我尸骨者定遭亡灵诅咒。

·罕见的本·琼逊·

琼逊（1573？—1637）是英国人文主义戏剧家、诗人、评论家。莎士比亚的朋友和剧坛敌手。曾被册封为英国桂冠诗人，晚年死于贫穷。墓碑上的铭文是：

·罕见的本·琼逊。

·讽刺大师斯威夫特·

斯威夫特（1667—1745）是英国文学史上最伟大的讽刺作家，名著有《格列佛游记》。晚年健康恶化，在死亡线上挣扎，他常说："晚安！但愿我今晚一觉不醒。永别了！"过生日时，他进行哀悼，翻读《圣经》中约伯抱怨上帝让自己出生之页，甚至写下挽诗《悼斯威夫特博士》。死后他被埋葬在他任教长的都柏林圣帕特里克教堂，用拉丁文撰的铭文是：

这里安息着本教堂堂长、神学博士乔纳森·斯威夫特。他曾竭尽全力捍卫自由；现在，他无需再义愤填膺了。拜谒者呵，向他学习吧！

·雪莱——众心之心·

雪莱（1792—1822）是英国伟大诗人，革命的浪漫主义者。他出身于贵族家庭，曾参加爱尔兰民族独立运动，他的名句："如果冬天来了，春天还会远吗?"永远给人以美好的憧憬。三十岁那年，他旅居意大利时在一次乘舟海行中不幸遇风暴罹难。按古希腊风习，他的尸体就在海滩火化，但他的那颗特别巨大的心三小时后仍未烧毁，被人抢出，后连同骨灰葬入罗马墓地，他的墓碑上除镌刻着"珀西·比希·雪莱——众心之心"外，还有莎士比亚《暴风雨》中的诗句：

他并没有消失什么，
不过感受了一次海水的变幻，
化成了富丽珍奇的瑰宝。

·济慈——把名字写在水上的人·

济慈（1795—1821）是英国十九世纪浪漫主义运动的杰出诗人。少年成孤，生活穷困。他的诗有"永恒的美"，一如温柔、清丽而又梦幻般恬静的月光。他二十五岁宏才初展时，就不幸长辞于异邦。友人在他的墓碑上刻下他生前为自己撰写的墓铭：

这里安息着
一个把名字写在水上的人。

·水手、猎人、旅行者斯蒂文生·

斯蒂文生（1850—1894）是英国十九世纪末新浪漫主义文学的代表。他写的小说《新天方夜谭》《金银岛》等风格优美，文笔流丽，故事新奇、浪漫。从少年时代起，他就喜欢在原野上漫游，后来曾徒步或乘独木舟旅游国外，晚年举家定居南太平洋的西萨摩亚，死后由岛上土著按他生前愿望葬在濒海陡峭的瓦埃亚山，墓碑上刻着他所作的《安魂曲》：

在那寥廓的星空下，
掘一座坟让我永眠。
我活得愉快，死得欢乐，
躺下去时我心甘情愿。
请把下面的诗句给我刻上：
他躺在自己心驰神往之地，
如同水手离开大海归故乡，
又像猎人下山回到家门口。

·普希金——缪斯、爱情与懒惰之交·

普希金（1799—1837）是伟大的俄罗斯民族诗人，俄罗斯诗歌的“太阳”。1831 年与公认为莫斯科第一美人的冈察洛娃结婚。1837 年因不容于世俗，死于决斗。

1815 年，社会上盛行着一种幽默体的墓志铭，十六岁的普希金出于好奇心也给自己写了一首《我的墓志铭》：

这儿埋葬着普希金，他和年轻的缪斯，
爱情与懒惰，共同消磨了愉快的一生；
他没有做过什么善事——可在心灵上，
却实实在在是个好人。

·巴黎的米兰人司汤达·

司汤达（1783—1842）本名亨利·贝尔，是法国伟大的批判现实主义作家，写有杰作《红与黑》和《巴马修道院》等，但他的心理学巨著《论爱情》一书出版后十一年中只售出七本。作家终身潦倒，生活拮据，常侨居意大利，以米兰人自称。1842 年 3 月 23 日他在巴黎上街突然中风跌倒地上，当夜去世。在埋葬他遗体的蒙玛特公墓里的墓碑上，刻着他生前用意大利文写的铭词：

米兰人亨利·贝尔安眠于此。
他曾经生存、写作、恋爱。

·浪漫派巨子缪塞·

缪塞（1810—1857）是法国浪漫主义诗人。他醉心于创作，他说："当手在挥笔疾书的时候，是心在熔化。"他的著名恋歌"四夜组诗"是法国浪漫派抒情诗中最动人心弦的杰作。晚年他死于孤独和贫困。后人在拉雪兹基地他的墓碑上刻下了他写的六行诗：

等我死去，亲爱的朋友，
请在我的墓前栽一株杨柳。
我爱它那一簇簇涕泣的绿叶，
它那淡淡的颜色使我感到温暖亲切，
在我将要永眠的土地上，
杨柳的绿荫啊，将显得那样轻盈、凉爽。

（1987 年第三期）

闲情偶记

《清明》诗话趣

◎周正举

相传为唐杜牧所作的《清明》七绝诗云：

清明时节雨纷纷，
路上行人欲断魂。
借问酒家何处有？
牧童遥指杏花村。

这首诗，形象鲜明，意境含蓄，景物清新，语言通俗，应照自然，音节和谐。长期以来，家传户诵，唱在人口，是一首流行极广的好诗。千多年来，人们喜欢它，关心它，在它身上打了不少主意，由此产生了不少有趣的故事。这也可以叫做“佳作效应”吧。

黑　户

这首诗到底是谁的作品？谁也说不清楚。

此诗，在任何一种版本的《樊川诗集》、《别集》中都找不到，《全唐诗》也没有收录。到了宋代，刘克庄把这首诗选入《后村千家诗》，不知何故，竟署作者为杜牧。之后，宋末谢枋得选《千家诗》继之，因谢选《千家诗》一直作为童蒙读物而盛行不衰，这诗也就自然而然千古流传了。明谢榛在《四溟诗话》中，清冯集梧在《杜牧诗评述汇编》中，虽然也都认为是杜牧的作品，但是谁也说不出个所以然来。

《清明》诗虽然挂在“户主”杜牧的名下，但它毕竟是一个“黑户”。要“上户”，还有很多工作要做呢。

减　肥

这首诗还没有上正式“户口”，就有人跳出来要为它“减肥”。

很多笔记和小说都说到此诗之病在于“太胖”，需要用“减肥疗法”为它“减肥”。理由是：

题目既然叫做《清明》，诗中第一句中的“清明”二字即可省去；

“行人”岂有不在“路上”之理？则此二字亦未免累赘；

“酒家何处有”五字，问意已足，故“借问”二字义属多余；

“遥指杏花村”者，何必一定要“牧童”？如此则“牧童”二字也可删去。

照此说，七绝变成了五绝：“时节雨纷纷，行人欲断魂。酒家何处有？遥指杏花村。”

换　骨

“肥”还没有减掉，又有人站出来，说要为它“换骨”。

什么叫“换骨”？“换骨”，本来是道家语，意谓换俗骨为仙骨。宋代江西诗派首领黄庭坚借来用作诗歌创作，比喻因袭他人诗作，“不易其意而造其语”（宋释惠洪：《冷斋夜话》），而成为新作。看看明谢榛怎样为《清明》诗“换骨”：

杜牧之《清明》诗曰：“借问酒家何处有？牧童遥指杏花村。”此作宛然入画，但气格不高。或易之曰：“酒家何处有？江上杏花村”，此有盛唐调。予拟之曰：“日斜人策马，酒肆杏花西。”（《四溟诗话》）随意改易他人诗作，这是明人的习气，不必认真对待。改动好么？鬼才知道！

改　体

给《清明》诗“减肥”、“换骨”不说，有人还要给它“改体”——不是改变“体材”，而是改变“体裁”。

《清明》诗的体裁是七言绝句。由于它有生动的形象和优美的境界，前几年有人把它变化了一下形式，使之成为一个微型剧本：

〔时间〕清明时节。

〔布景〕雨纷纷。

〔地点〕路上。

〔人物〕行人（欲断魂）：“借问酒家何处有？”牧童（遥指）：“杏花村！”

由此可见，《清明》诗的艺术容量是多么的大。以之作电影、电视脚本，拍出来，绝对是一个好镜头：游子雨行，形疲神滞，伤何如哉！

乱　点

据说，宋代有一位书法家，将《清明》诗写在自己的白纸扇面上，一位朋友见后，给诗添上了标点符号：

清明时节雨，纷纷路上行人。欲断魂。借问酒家何处？有牧童，遥指杏花村。

这么一乱点，这首诗竟成了一阕好词。有人用另外一种方法断句：

清明时节雨，纷纷路上行人。欲断魂。

借问酒家："何处有牧童?"遥指杏花村。这首"词"的意思变了：从问牧童什么地方有酒店，变成了向酒店掌柜的打听哪里有放牛娃了。

郭沫若说："标点好像一个人的五官，不能因为它不是字就看得无足轻重。标点错了，意义也就变了。"(《沸羹集·正标点》）信哉!

讽　谏

《清明》不是讽谏诗，但有人却利用它陈喻己意，鞭挞邪恶。

传说，明末时期，一地方官眼看明王朝即将灭亡，摇身想投靠清朝。他的侄子李文固知道后，在一次宴会上借着向叔叔敬酒之机，随口念了一句诗："清明时节两纷纷。"他叔父听后，笑着纠正说："错了，应为'清明时节雨纷纷'。"李文固正色道："不，'清'和'明'要两'纷纷'（分）。叔叔，我们要尽盅（忠）啊!"这含意双关的话，说得他叔叔羞愧脸红，低头不语。

明、清两朝的国号恰好是"清明"二字，李文固才得以借诗讽喻的。

仿　拟

仿拟，本是修辞学上的一个辞格。故意模仿现成的词语句篇而造一个新的词语句篇，这种修辞方式就叫做仿拟。仿拟的修辞作用是：有助于揭示事物的矛盾对立，增强概括力，并使语言明快犀利，富于幽默感，具有讽刺色彩。

据载：一无名氏将《清明》诗意丢在一边，仿拟道：

清明时节乱纷纷，城里先生欲断魂。借问主人何处去？馆童遥指在乡村。

这首仿拟的诗反映了明、清改朝换代之际社会上那种纷乱的局面。

1976年清明节，在北京天安门人民英雄纪念碑前，有人仿拟《清明》诗写了这样一首诗：

清明时节泪纷纷，八亿人民恸断魂。
借问怨从何处起，红墙里面出妖精。

这首摹仿《清明》诗的诗，充满了悲愤，充分表达了无产阶级人民大众的战斗精神。

聚 讼

围绕《清明》诗中的“杏花村”究竟在哪里，几百年来，聚讼纷争不止。在实行社会主义市场经济体制的今天，“论战”愈演愈烈。谁人都清楚：哪里争到了“真正”的杏花村，哪里就拥有了财富。

《清明》诗中的“杏花村”究竟在哪里？

一说杏花村在南京秦淮河畔。杜牧畅游此地时，遇杏花村，与张好好同饮酒肆，留下佳话。最早持此说法的宋代乐史《太平寰宇记》，在升州江宁条下写道：“杏花村在县里西，相传杜牧之沽酒处。”清代《嘉庆江宁府志》也说：“杏花村在城南新桥西信府河凤凰台一带。”光绪二十五年（1899）版《凤麓小志》对杏花村的记载更加具体，“花露岗，一名仓山。仓山旁有阮步兵籍墓……直东为杏花村。”南京的杏花村在明代最为繁华热闹。杏花村内有园二十余座，著名的有“遁园”、“凤台园”、“西园”等。

一说杏花村在安徽贵池。杜牧在唐朝会昌年间，曾于安徽池州（今贵池县）做过两年刺史，于清明时节郊游抒怀是自然的事，其所指杏花村当在贵池。目前，《杜牧诗文选注》等选本，在《清明》诗“杏花村”注释上，多采用安徽贵池说。

一说杏花村在山西汾阳城北。汾阳一向以酒闻名，唐代汾阳酒为世人所喜爱，杜牧曾路经汾阳，在杏花村饮酒，感慨系之，是顺理成章的。

近几年，三地舆论部门不断发表文章，各陈论据，各持己见，令人眼花缭乱。其实，《清明》诗中的“杏花村”，到底是实录，还是虚指，实难断言。“醉翁之意不在酒”，争“杏花村”，无非是为了发展地方文化旅游，发展地方经济而已。

一首小小的诗作，仅仅二十八个字，居然惹来这么多趣话，这在文学创作中实属罕见。究其原因，盖在于此诗的魔术般的艺术魅力。

（1993 年第八期）

话说韦小宝

◎王学泰

金庸先生的武侠小说所塑造的众多人物中，最引人注目的大概就是《鹿鼎记》中主人公韦小宝了。现在电视台有几频道同时在放《鹿鼎记》，韦小宝一下子又成为传媒的热点。本来就对这个形象有些看法，现在更觉得有说说的必要。

一

韦小宝是个既不“武”、也不“侠”的小流氓，是自鲁迅先生的《阿Q正传》所塑造的阿Q之后又一个游民的典型。他确实是一个不打折扣的游民。连爸爸是谁都不知道。这在宗法时代是奇耻大辱。其母是扬州丽春院的妓女。当韦小宝向他娘问及自己父亲问题时，她娘颇有点自豪地告诉他说：“那时你娘标致得很，每天有好几个客人，我怎么记得这许多?”而且，不局限于汉人，汉、满、蒙、回、藏都有，真是有些“五族共和”之意。只是娘颇有些气节，从不接待外国鬼子，因此，韦小宝为纯粹之“华种”，这是绝无疑义的。

韦小宝生活的社会是宗法社会，他本应受到那个社会思想意识的规范；然而，与其同龄人不同的是他不是生活在宗法网络之中，而是在扬州妓院长大成人。妓院是当时罪恶的渊薮，妓女是游民的一部分。毛泽东主席在其早年著作《中国农民中各阶级的分析及其对革命的态度》一文中分析五种游民的谋生方法时说：“兵为‘打’，匪为‘抢’，盗为‘偷’，丐为‘讨’，娼为‘媚’。”久而久之，谋生手段必然渗入他们各自的性格。所谓“媚”，也就是自觉自愿地取悦于人、没有自尊心、奴性，赖此以获得生活资料。这是封建专制主义社会最为需要的性格，如果说“兵”、“匪”、“盗”、“丐”等游民的性格还会使封建统治者感到恐惧的话，而“媚”则会受到他们欢迎的。

韦小宝是个游民，除了具备我在拙著《游民文化与中国社会》中所分析的游民性格的四大特征——反社会性、主动进击精神、强烈的帮派意识和不加任何掩饰的反文明的个性——之外，他是在一片媚气中长大成人，因而，他更加没有自尊，习惯于吃残羹剩饭；他能逆来顺受，善于唾面自干；他没有文化、不识字、不学无术，但却擅长歌功颂德，溜须拍马，工于说谎，几乎没有实话，在这方面仿佛是个不学而能的天才；他溷迹于扬州市井，他直接目睹的三教九流、乃至流氓无赖种种的下三滥的手段，所接受的精神文化也是评书场、戏院里江湖艺人传播的游民意识。除了求生本能和个人的短浅利益外，在韦小宝的灵魂深处没有任何约束和规范，从江湖艺人那里学来的似懂非懂的江湖“义气”偶尔还会在他的头脑里闪现一下，但是他决不会去遵守，除非通过反复权衡“遵守”对他有利。具备了这些性格便有了最富于打击力的进攻手段（它超过一切高超的武功），并消除了妨碍“进取”的种种心理障碍，于是，他便能无往而不胜，能够完全凭借自己的力量攀上人生“事业”的高峰。有的评论者说他不是英雄，其实他是英雄中的“英雄”。

二

由于偶然机遇，韦小宝被任命为天地会青木堂香主，成为游民秘密组织的第二级的领导。他是一个福将，一生无往而不通。这个单枪匹马的小流氓因为没有任何内在的约束和外在的规范，他可以随心所欲地去干，也可以随着机缘而变，因此，他的成功率极高(他的偶然失手多是因为好色和贪心)。

从历史真实的角度来说，天地会内的英雄好汉也不过是个游民的秘密组织，既然形成了组织必然会有规范，如果我们从天地会遗留下来的内部文件考察，其规范还特别严格与琐细；但是从天地会产生以后二百余年的作为和他们屡起屡败的现实来看，他们在遵守规范方面不会多么严格，这与其成员多是游民有关。《鹿鼎记》中的天地会是经过作者的美化的，作者赋予它许多文人士大夫色彩。其总舵主陈近南受到许多原则的束缚，既有儒家伦理，也有江湖道义。他有所为，也有所不为，这种带着镣铐的奋斗最终不免要以失败的命运告终；韦小宝生在妓院，长在皇宫，用作者的话说：

> 妓院皇宫两处，更是天下最虚伪、最奸诈的所在。韦小宝浸身于两地之中，其机巧狡狯早已远胜寻常大人。

脱离了宗法网络的游民要生存必须有超常的生存技巧，这包括体力和智力两个方面。自小就生活在江湖底层，长而溷迹于宫廷斗争、秘密会社的奋争、秘密教门的活动中的韦小宝把游民的生存技巧用于政治斗争。他的毫无自尊的个性使他成为一把“无厚”（没有厚度）的刀刃，在“有间”的封建专制的人际关系和政治体制中游刃有余。我们在《鹿鼎记》中可以看到无论是在政治斗争中，还是人情世故中，韦小宝早已熟悉什么是应该做的，什么是不应该做的；什么是做了，要加以隐秘的；什么是要大肆宣扬而不必去做的，什么是大肆宣扬了而必须去做的。这些类似事情的“度”是很难把握的。有些则是失之厘毫，谬以千里的，而韦小宝却能掌握得恰到好处，应付裕如。

当然，这些技巧的运用是在对封建社会、官场黑幕和人主心态的深入了解上的，可是这些都是处在暗箱操作状态，要了解主要靠自己根据种种迹象来揣摩。韦小宝还擅长揣摩术，这是处理人际关系——特别是上下关系的一门艺术。

揣摩术是封建专制制度的产物，它是封建主义政治学的最重要的内容之一。先秦诸子里的韩非子就感慨过说动和说服君主的难度之大，并为此写了《说难》和《难言》。为什么“难”？“难”就难在君主的内心很难揣摩。那样重视揣摩术的韩非，实际上，也是纸上谈兵，其术赶不上“大人虎变”，最终也因对秦始皇的和他周围权臣的内心揣摩得不够到家，而惨死在监狱之中。

毫无学问的韦小宝却能一路成功，其关键在于他的揣摩术没有确定的路数，他抛弃了羞耻之心，从而杜绝了羞耻可能给他在使用某些方法造成的障碍。他能随机应变，并善于利用他人的弱点和对方罅隙，反败为胜。这些写得最精彩的是第三十五回《曾随东西南北路，独结冰霜雨雪缘》。此回写韦小宝带领清军去神龙岛剿灭神龙教，被洪教主发现并将其诱捕。陆高轩、胖头陀这些被派到韦小宝身边去监视他的人们已经发现韦不是神龙教的人，可是他们在洪教主面前对质时，韦小宝利用洪教主及其夫人的极端专制手段和极爱听奉承而听不得一点非议的性格，使得陆高轩等人明明掌握着真实情况而不得尽言，甚至因此而得罪。韦小宝顺口编了许多谎话，每编出一段就要查看一下洪教主和夫人的态度，如果前一段谎话有了正面效果则继续编下去，否则马上随风转舵。陆高轩等人只知道向洪教主汇报真实情况，不管这些情况是否为洪教主等所喜闻乐见的。尽管了解这些真实情况是有利于洪教主对现实作出准确判断、从而是符合神龙教的长远利益的。可是洪教主也是普通人，甚至可以说专制独裁者往往比普通人有着更多的弱点，他们更容不得耳目之前的拂逆的言行，哪怕这些符合他们的长远或根本的利益。他们关心的还是眼前的耳目的愉悦。

韦小宝还抓住洪教主宠爱年轻貌美娇妻的弱点，在敬祝洪教主“仙福永享，寿与天齐”，加上了“和夫人”三个字。陆高轩等人“虽然也想讨好洪夫人，但这一句话向来说惯了的，毕竟老不起脸皮，加上‘和夫人’三字”。这就是说陆等人还有一点普通人的羞耻之心，也就不免有心理障碍。而韦小宝是彻底打碎了羞耻之心的，没有了耻辱感。无耻是专制高压最顺畅的承受面，使其产生如水之就下的顺畅感；而有耻者对于高压就不免会产生不同程度的阻抗，使施压感到阻力，从而产生不愉快感。

游民一无所有，韦小宝也是如此。因而，他性格上另一个重要的特点便是善于借助他人的力量、包括他人武功为自己创造一切。这些包括皇帝的权威（这种权威只通行于主流社会）和金钱；天地会盟主陈近南的权威（这种权威行于秘密社会）和武功；神龙教洪教主权威（这种权威只风行于邪教）和咒语等等。一切都可以为我所用，从而攫取游民朝思暮想的人间的种种乐事。如功名富贵、娇妻美妾、放纵自恣的生活而又不失江湖道义和朋友们的信任。

金庸先生还设计了一套只属于韦小宝的武功——“神行百变”，这是逃跑功、也是他的处世术。虽然书中说他还没有学精、学好，这可能是因为他还存在一份良知的缘故。

《鹿鼎记》的结尾有点令人扫兴，韦小宝没有爬上权力的巅峰，而是“一家人同去云南，自此隐姓埋名，在大理城过那逍遥自在的日子”。这种向往是离游民太远了，真有点士大夫气了。书中曾写到明末清初的思想家黄宗羲、顾炎武劝韦小宝抛开清统治者，自己作皇帝，这实际上是不可能的。韦小宝听了黄、顾等人的劝告之后，大吃一惊说：

> 我是小流氓出身，拿手的本事只是骂人赌钱，做了将军大官，别人心里已然不服，哪里能做皇帝？这真命天子，是要大福气的。

这也许是韦小宝最初听到此议时所引起的心理震动。实际上自汉代以来每个朝代的开国创业之君多是游民出身。刘邦、朱元璋的出身人所共知，他们都属于带有流氓气的游民。我在拙著《游民文化与中国社会》一书中介绍了自秦朝以后的在中国疆域内所建立的三十余个朝代与国家，它们的开国之君出身游民和社会下层的约占了一半左右。五代十国之间的开国之君十有七八是兵痞、无赖、流浪汉。作者没有让韦小宝登上皇帝宝座作为小说的结局，也许是受到历史真实的限制，因为在清代康熙皇帝之后，很难嵌入一个“韦氏王朝”；也许这也正是韦小宝性格发展的结果。与一般不了解帝王生活而想过一下皇帝瘾的游民不同，他出入皇宫数载，又与皇帝十分接近，一度甚至不分彼此。从生活实践他感受到“当皇上时时不快活。皇帝虽然威风厉害，当真做上了他也没有什么好玩”。除了没作成皇帝外，韦小宝确实实现了游民的最高理想。

韦小宝借以克敌制胜的不是他有高深的功力，更不是靠江湖英雄的道义，团结了一批生死兄弟，形成了强大的群体势力，可以一呼而百诺。他靠的是诸如欺骗说谎，窃听盗窃，哄骗讹诈，撒泼耍赖，溜须拍马，出尔反尔等等流氓手段。这些看似下流，但是它们也如煌煌典籍一样都是专制制度的产物，是封建社会传统文化中最腐朽的一部分。当然，它们出现时还是顶着各种美名的。只要这种文化背景存在，韦小宝们还会一代代繁殖生长，而且，无往而不通；只要中国还没有全面进入现代社会，韦小宝们还会无往而不胜，甚至成为明星式的人物，受到“追星族们”爱戴、尊崇。

三

有人说韦小宝是“中国人的镜子”（见《侠之大者——金庸评传》），这种说法也不是没有道理的。因为他和阿 Q 一样反映了中国人性格的某些本质方面。如果阿 Q 精神是具有国民性的话，韦小宝精神也是带有国民意识的某些特点的。如缺少原则性、见风使舵与对环境的适应能力等。如果说阿 Q 这个形象向读者诉说的是中国人失败的一面的话；韦小宝这个形象所宣扬的却是中国人的成功的一面，虽然这种成功缺少现代性，也不值得令人赞美。然而，也应该指出由于韦小宝在生活中的处处成功、满足了人性隐秘之处（特别是男性）许多见不得人的追求，因而，韦小宝也为很多人羡慕、甚至垂涎。

我们还应该看到金庸先生在塑造这个形象时突出了其“可爱”的一面，如果我们在现实生活中遇到了这等人，给人的感受更多的可能是其“可憎”的一面。为什么作者在写这个人物时与我们通常人的感受不同呢？这反映了作者对韦小宝的偏爱，因为他的许多“特长”和由此导致的“成功”恰恰是传统文士所缺乏的。他们在社会变动中也缺少成功，要想成功常常是依附游民行动。正是这个原因有些文士自觉不自觉地流露出对游民成功和他们一些品质的羡慕。

自春秋时期封建解体，士无恒产，没有了立身的根本，自然就有软弱的一面。此时无论从政、还是做人都有不太硬气的时候，这在先秦的士人身上就有表现。一些在政治上想有所作为的学派都在激励士人要有勇敢的献身精神，墨家坚韧不拔的“摩顶放踵，以利天下”；儒家的大丈夫“富贵不能淫，贫贱不能移，威武不能屈”，都要落实在“勇”字上，并且把它作为士人重要的道德规范之一。当时的“士”也是才兼文武的，他们的“勇”可以表现得很具体。可是，儒者，柔也。士人是一天一天地“柔”了下去，特别是宋代以后统治者的“重武轻文”的政策和封建专制制度的增强，这种双管齐下的做法使得士更加弱化。此时从宗法网络中游离出的游民作为一个阶层已经走上了历史舞台，并显示出自己的力量。宋代的士人也已不“武”，而“武”的风气下移，移到了民间。不断增多的游民层则更需要有“武”，他们在流动中要借助武功保护自己、也要靠它去谋生（其中既有合法的，也有非法的）。游民的成功不仅震惊了社会上其他阶层，也使得一些文士羡慕。自宋代以来的许多文艺作品表达了文士这种羡慕之情。特别是通俗文学作品，因为他们多是不得志的、下层文士的产物。他们的生活地位和情绪更与游民接近。《水浒传》可以说是个典范（详见拙著《游民文化与中国社会》）。这些充斥着游民意识并在不同程度上表达文士对游民艳羡的通俗文艺作品，传播面很广，影响极大，甚至可以说是超过了主流社会的“五经四书”和释道两教的。不仅平民百姓受其熏陶，就是文人士大夫也概莫能外。

近代中国人口激增，宗法制度逐渐解体，西方资本主义传入又起了推波助澜的作用。游民聚集在大小城市，对各个阶层都有影响。统治阶级有些害怕他们，但是又看到游民的唯利是图，有容易利用的一面；接近游民的城市下层民众直接受到他们的欺侮，但是，当看到他们敢于对抗更强大的有组织力量——政府时，又不免有些赞叹；文士（包括新形成的知识分子）虽然鄙视游民的粗俗，但更多的还是看到他们勇敢和成功的一面，而且认为这是中国其他阶层的人们和自己所缺少的，因此，除了少数特别有见识的分子以外，对游民是赞赏多于批评的。在西方文化影响下产生的新知识分子也许不会公开承认这一点，实际上他们——特别是热心社会变革的人们——的内心深处对于游民确实是存在几分欣羡的。所以知识阶层也有一个游民化的问题，特别是生活在十里洋场的大上海知识分子。在这方面，也许只有鲁迅是清醒的。他一生不断地与游民和游民意识作斗争（他往往称之为“流氓”）。他写了《阿Q正传》，揭示了游民的“革命”不过只有三大目标——抢东西、抢人（即封建统治者所争夺的“玉帛子女”）、报仇。因此，作者也不指望他们“革命”的成功。而且，毫不惋惜地把他送上断头台。《阿Q正传》和阿Q这个典型具有极为丰富的内涵，有些尚未被人们认识。有些学者分析韦小宝典型意义时把他与阿Q相提并论，这种说法忽略了作者对于两个成功的文学形象的不同的态度。鲁迅还为我们描写和揭示了不同程度地带有游民气的、各种各样的新旧知识分子。例如他笔下“洋场恶少”、“才子加流氓”、“奴隶总管”和故意装出凶恶面孔的“左派”批评家等等形象，不仅可笑，而且深刻。这些多是赠予一些进步的知识分子的。这使许多人感到不解，以为鲁迅偏激。其实鲁迅是从维护革命的纯洁性出发的。他感到越是主张变革、主张革命的人们越要不断清除游民文化的影响。鲁迅在《〈奔流〉编校后记》中说："说《水浒传》里有革命精神，因风而起者便不免是涂面剪径的假李逵——但他的雅号也许却叫做'突变'。"

我们从韦小宝的成功，可以看出即使像金庸这样受西方文化影响较深的现代知识分子的心灵深处也有对游民艳羡的一面。当然，这种局限不是金庸先生一个人的，辛亥革命前后产生的新型知识分子是先天不足、后天失调的。因此知识分子的疲软就是不可避免的。传统的文人士大夫深深感受到的所属群体的懦弱性，现代知识分子的这种感受较之尤深。从而看到游民对于主流社会的叛逆乃至于反抗，由钦佩到羡慕，甚至有鼓励他人群起而仿效之意。金庸只从韦小宝对于正统和非正统专制权威的亵渎中汲取快感，实际上这种亵渎是缺少正面意义的，它给人民带来不了任何利益；也无助于历史的进步。而且，韦小宝亵渎神圣和攫取个人利益的手段是从其个性中引申出来的，可以说集历史腐败和黑暗之大成。金庸似乎不太介意游民的破坏社会权威和争取个人利益过程中所采取的手段，殊不知手段的进步才是社会文明进步的标志。

（1999 年第十期）

大梦谁先觉

◎伍立杨

烂柯山久享盛名，在今衢州市附近。那里有后人增补的石刻对子，“入山道道通奇观，进洞人人似神仙”，较之烂柯山那深沉的典故，这对联浅俗得小儿科了。

烂柯山之有名气，缘于晋人王质上山伐木，遇仙观棋忘返，而斧柯烂掉的故事。

因为那古远的故事，烂柯山是一座令人感伤的山。

南北朝时期任昉的《述异记》里面说：“晋王质入山采樵，见二童子对弈。童子与质一物，如枣核，食之不饥。局终，童子指示曰：汝柯烂矣。质归乡里，已及百岁。”

这一段故事很有意思，妙处在亦玄远，亦温馨，亦感叹深沉。以今天科学的观点来分析，好像站不住脚，但在事实上或心理方面具有相当的存在价值，并非毫无根据的呓语。

这个故事中的主人公王质，在山上只看了一局对弈，而柴斧上的结实木柄就已腐朽断烂，回到家里，百来岁了。这种情形在我国古代大量神话故事中，本不算希奇。但其共同强调的，却都是所谓“山中方七日，世上已千年”这样强大的时间冲击波。

朱熹有感于此，有诗叹道：

局上闲争战，人间任是非。

空叫禾樵客，烂柯不知归。

孟郊《烂柯石》感慨似乎更为深郁：

仙界一日内，人间千岁穷。
双棋未遍局，万物皆为空。
樵客返归路，斧柯烂从风。
唯余石桥在，犹自凌丹虹。

记载此事的另一版本，是郦道元的《水经注》，他说："信安有悬室坂，晋中朝时，有民王质伐木至石室中，见童子四人弹琴而歌，质因倚柯听之……童子云：'汝来已久，可还。'质取斧，柯已烂尽，便归家……计已数百年。"

与此异曲同工的，乃美国前期浪漫主义作家华盛顿·欧文的不朽杰作。他的传奇小说《李泊大梦》是以纽约的哈得逊河谷作背景，凸显了新大陆的传奇色彩和浪漫气息。《李泊大梦》中写一个农民李·普凡·温克尔上山打猎，遇见一群玩九柱戏的人，温克尔喝了他们的酒，沉睡了二十年，醒来下山，见城市、村庄面目全非。李泊对世界已发生巨变茫无所知，时间在这里制约人的一切行为。

绝妙和深刻之处在于，他一夜醒来之后，世上已经是二十年之后了。山水依然，村路如故，但是那间村中旅馆的匾额，已从英王乔治三世像，变成了"大将华盛顿"。早年坐在这里的村民始终是倦容满面、无所事事的样子，现在则气概昂然，言论锋利，所谈论的，都是自由、议会、选举、民主、民权等等他这个"隔世之人"所一无知解的概念。懵懂之间，他不知道这世界是否给妖术所变迁，或有另一种沧桑？作者的高明在于，他把变化的契机安排为专制与民权时代的交替，划时代的分水岭标志，特别的醒目。

这种一睡多少年，醒来则"城郭人民半已非"的情形，属于童话学里的"仙乡淹留型"，旧时儿童的描红格有五言诗："王子去求仙，丹成十九天。洞中方七日，世上已千年!”也是这一类的故事。但是《李泊大梦》还有人生哲学之外更为超越的地方，因为它深藏着对制度的选择理念。当二十年过去，他回到小村庄的时候，问及一朋友，则云死矣，坟上木已拱矣。又一朋友，则在独立战争中有战功，已为将军，入议院为议员了。世局变幻如是，孤单无依的畸零之感，一下子涌上了老人的心头。慢慢地，他稍微适应了这样的隔世的生活，头脑略为转变过来。

最为庆幸的是，他那凶悍的妻子归西多年，当人们也理解他的传奇故事时，那些家有悍妻的人，也都愿意饮其酒，做其梦，盼望重温其经历，目的就是逃避闺房的专制。所以在小说开头，作者大写其家庭的躁动，妻子的詈骂阴损，难以通融，不为无意，盖其为美国独立过程之一种象征耳。

(2004 年第九期)

相声和“审丑”

◎**薛宝琨**

“丑”在哪儿？丑就在美的旁边，或者说因为“美”的观照人们才发现并认知到“丑”。当“美”的追求益甚益高，许多轻微“不致引起痛苦和嫌恶”的“丑”便从“美”中被剔抉或抛弃，并以滑稽的情态使人们在笑声中和“丑”告别。这就是喜剧艺术如相声等存在的理由。

近百年相声的发展史可以看出：当躲在帷帐后面的“暗相声”（暗春）只以摹拟人言鸟语专逞唇舌之能时，兴冲冲钻出帐子前来讨钱的“口技”艺人才惊奇地发现，眼前略具现代意识的市民观众已觉索然无味早就扬长而去了。于是，渐渐才有针砭时弊讽刺世态的“明相声”（明春——现代相声）抛却帷帐面向观众，对世俗市井的生活表达感情，在现代市民意识的浸润下直抒胸臆。善善恶恶创造了形形色色的人物形象——典型或类型，由是相声乃在“五四”“新文化运动”的启迪下成就了它独具民族民间特色的“喜剧文学”和“相声美学”。这就是：以形象创造或概括“化丑为美”；在美丑对比、渗透、转化中“抑丑扬美”。不同于其他喜剧品种的是，由于相声艺人的风趣评说以及由捧逗语境所制造的“包袱”，因其独具的语言魅力和婉讽的笑声而使丑灰飞烟灭。而不同“使法”的相声艺人也因此有了自己的风格特色。上世纪三四十年代京津一带就有“五档相声”各美其美的说法。其中张寿臣（1899—1970）因单口作品功绩卓著尊为先师。

张寿臣谂知亚里士多德喜剧形象“丑而不恶”的原理，用他理性的讽刺精神将其深恶痛绝的半封建半殖民地社会的痼弊，取其“集各种丑类于一堆”（果戈理语，《剧场门前》）的概括方法“化恶为丑”、“借丑现美”。他笔下的许多人物，无论是《小神仙》里江湖算卦的骗子，还是《化蜡扦》里尔虞我诈争当孝子的伪善之徒，抑或是《贼说话》里没有偷成反而被“偷”的蠢贼，他们都分别以动机和效果、目的和手段、言论和行动的种种矛盾和失调，而在开怀的审美愉悦中抛弃否定了丑，创造了形象生动的美。在其稍后的马三立（1914—2002）则以他性格化的表演以及“马派相声”类型化的人物，在自谑自嘲中为我们创造了由旧社会到新生活底层市民或小市民丰富生动的人物画廊。卑微情怀和渺小灵魂的描摹展示，都不仅烙印着旧世界因袭的劣性，也警示着它们今天依然存在的理由。当人物成为了艺术的灵魂和性格的符号，丑就自然因其概括或典型程度而转化成美。而侯宝林（1917—1993）的艺术人生更是体现了相声的时代精神。可以说他是第一个自觉地把美——美的文学意识、美的自我表现和美的表演方法带进相声的。他是相声由旧而新——由传统而现代的承前启后的人物，不仅伴随并且带动着相声艺术的历史性转变。他的化丑为美生动地体现了马克思的喜剧观：“历史在不断前进，要经过很长时间才把陈旧的生活方式送进坟墓——世界历史的最后一个阶段便是喜剧，这是为了人们能够愉快地向昨天告别。”是的，由侯宝林奠基的“新相声”——无论是建国伊始的《婚姻与迷信》，还是上世纪五十年代的《夜行记》等一系列新作，都生动地记录了社会转型期“觉今是而昨非”那令人惬意和会心的历史。丑在美的俯视下而更加可笑。由此相声真正走进文艺殿堂，成为当时“团结人民，教育人民，打击敌人，消灭敌人”的有力“武器”。相声的讽刺性能不仅更加自觉并且更加高蹈了。

然而由于历史的曲折和社会的动荡，相声的美丑关系也在不断的起伏跌宕和渐次疏离中。起始是由于政治的原因讽刺的锋芒不断钝化，相声不得不“戴着枷锁跳舞”，在狭窄的空间游弋而渐渐惧怕或漠视、忽视、无视生活中人们普遍关注的问题。上世纪五十年代后期，讽刺在式微之余，更由于社会的急剧变化和人们对新生活的憧憬、喜悦、激越而有“歌颂相声”诞生。这当然是相声史上的“美谈”和“盛事”：不止是其间轻快的节奏和诗一样的激情，而且是崭新的写法和别样的局面，以及传达时代心声的喜悦和情调，都拓展了相声的形式和艺术功能，为日后相声的文学意识开拓视角。显然，还不是“歌颂”的初衷有误而是“歌颂”的对象失真和其背后的生活失误，“歌颂”渐次变成了“溢美”和“谀词”，乃至最后扭曲成“假大空”话。“美”一旦失真，“善”也就失去魅力，甚至会堕落成伪善。尤其在错误路线下不仅是乏善可陈而且是无话可说了。果然，相声在归途茫茫中一时手足无措，于是趋易避难，渐次抛却一切内在而只于形式花哨上卖派。上世纪八十年代乃有“吉他相声”、“歌舞相声”、“唱相声”、“小品相声”等相继呈现。相声已经开始脱离审丑而成为单纯的形式技艺。八九十年代之交伴随社会转型又有“与其不能不如不做”——“审丑”应从“审美”中剥离的理论，从而成为赤裸裸“泛丑”的前奏。究其远因或是西方“上帝死了”——人们敬畏感激崇拜“上帝”的心渐渐死了。理由是：美一旦擢升就会单调和离群，非但不可企及并且毫无情趣。近因则是在“文革”动荡之后，“躲避崇高”一时成为流行的社会心理；“求真”的欲望远远超过“求美”、“求善”的急切。而丑也不愿在美的奴役下成为其比对铺衬的附庸，丑的价值在于真实，甚至也如上一世纪波德莱尔在《恶之花》中所述，粗鄙甚至是率直、生动、有力的。在艺术消费化、市场化、娱乐化的同时，丑很快就以感官刺激的形态从美感中逃逸。说粗话、做丑行，刺激感官、宣泄欲望也成为一时艺术的时髦。甚至，不久前还有“人生快乐”的“三大原则”流行：饕餮以餍足腹肠，宣泄以畅快器官，吹牛以宽慰精神。如此等等。相声舞台也“回归”到总在肚脐以下转悠的旧习，“纯娱乐到底”、“纯娱乐至死”的说法至今流行。

其实，复归相声的娱乐性并没有错。相声本来就是笑的艺术。所谓“寓教于乐”，不是曾经曲解的“教化”目的和“娱乐”手段的生硬相加，“教”不是在“乐”之上或之外，而只是融汇其中，其终极目的是笑——如果戈理曾说的“笑是我作品中无往而不在的唯一正面人物”，笑的揭露和否定功能甚至是无与伦比的。但笑有高下之分，低级的笑只能产生快感，有品位的笑才能产生美感。快感并不是美感，可笑性也不是喜剧性，感官快慰代替不了理性的愉悦。因为美感除去视听的快慰而外更有由表及里层层深入的语趣、情趣、意趣和理趣，沁人心脾的美感甚至还旁及打通着人们的内外联觉或痛感。而可笑性只是喜剧性的起码条件，它还必须经过艺术性的锻铸锤炼，一是要反映生活，二是要传达感情，三是要塑造人物。这样才能况味人生，寻找喜剧与悲剧的接结点，创造喜剧背后是悲剧的艺术境界。而惟有把握或发掘艺术表象和生活本质的内在联系，在浮现的喜剧形象和幽默语境背后体味生活的潜流和诗意，笑料才能在隐喻或歧义的底部认知生活的真谛。

相声应该笑得更有意思。

（2008 年第十二期）

陕北秧歌：来自远古的狂欢

◎王克明

一天夜里，我听阿城聊起艺术的原始形态。他说远古的陶器纹样，不是出于美化生活的目的，而是原始宗教目的；不是人与人精神交流的产物，而是人与天地鬼神交流的结果；不是劳动的创造，而是巫术的体验。为了一个什么目的，巫师癫癫狂狂引导大家集体致幻，全部落的人在旋转中幻视幻听，快乐地通天达地。陶罐上的振动纹，是那些幻听中的节奏；而丰富多样的旋转纹，都来自幻觉中忘我无我的旋转飞升。那简直是一种原始狂欢。

忽然，我有一种领悟的感动，一种冲动的颤抖。一种曾经的体验汹涌而来。

我记起了陕北秧歌。

秧歌里的飞升

那是“卷席筒”。

那时，我在陕北余家沟插队，我们村的秧歌伞头儿栗树开还在世。闹秧歌时，他带领我们走出各种图案——陕北叫“走场子”。陕北的秧歌场子有百十余种，同样图案的场子，会有不同的或交叉的名称。“卷席筒”——也叫“卷菜心”、“黑驴滚纣”，便是秧歌场子之一。

我清楚地记得每场秧歌最后栗树开兴奋的喊声："卷席筒来！"踩着鼓点儿，他拉上走成大圆圈的队伍，顺圆场里边，开始一层一层向里转。鼓点逐渐加快，脚步逐渐加快，心跳逐渐加快。秧歌队里的男女们，个个盯住前面的人，随着人流哗啦啦地往里转。人流越转越紧，人也越转越疯，兴奋地吼喊起来："卷噢——卷噢——"，眼看把栗树开转紧在当中。这时，鼓声一顿，再轰响起来，似没了节奏。捣鼓的，拍镲的，敲锣的，"嗵嗵嗵嗵"，"锵锵锵锵"，"当当当当"，一连串地震动下去。节奏急得，好像山要倒，水要断，婆姨要养娃，羊群要出圈！这时，栗树开忽地一个外转身，领着队伍，插入正在往里转的人流层中，一圈一圈一层一层往外转。疾步转向相反方向的汉们、婆姨们、后生们、女子们，此时只觉耳边鼓声隆隆、喊声隆隆、脚步声隆隆。脚下踢起的黄土烟尘，团团上升。黄土中的我们，如狂如癫，如雾如烟，如醉如昏，如升如飞……

你在一圈一圈奔跑绕转的时候，你两边一直全是迅疾地扑面而过的人流。你顾不上谁是谁，也看不清男和女。你耳边只有嗵嗵锵锵的锣鼓声，眼前只剩划过身边的点、块、线，斑斓色彩，旋转不停。在敲击的节奏和人群的旋转中，人人兴奋不已，没有了你，没有了他，彻底忘我，完全无我。这简直就是一种融化于天地之间的愉悦体验。不管是谁，进秧歌场，都能因这种愉悦而释放心身。因此，当年无论怎样困苦，如何饥饿，秧歌场上，都纵情欢乐。

这太像阿城讲的原始狂欢了。难道，我们在秧歌场上体验到的，是原始人类的快乐？是天人合一的自由？

我们不曾进入巫术的幻象世界，也没有沟通天地的神秘幸福，但忘我和无我的感受，已然是狂欢境界。回想起来，到达这样境界，怎会如此轻而易举？突然，我惊讶：把我们带入狂欢的，其实仅仅是节奏和旋转！

这就是彩陶纹样上记录的东西？

世人惊叹我们的祖先对彩陶纹样的把握，其形式之丰富，造型之生动，作风之浑厚，节奏之明朗，运笔之纯熟，表现之自然，全都到了极高境界。那时还在荒蛮之境，我们的祖先怎么就发现了图案形式中的一切原理原则？就有了如此完美的艺术表现？可能真的只有巫术可解，只有幻象可解，只有体验到飞升的快乐，才可解。

看形形色色的彩陶纹样，那些先人从幻象中捕捉的线条，那些先人为了幻象而绘制的纹样，那六七千年前半坡文化彩陶罐钵上的交叉纹、菱形纹、折线纹，五六千年前大溪文化彩陶瓶上的绳纹等等，竟然都是我熟悉的秧歌场子的基本图形。甘肃永登出土的四五千年前马家窑彩陶瓮上的旋纹，正是今天的“卷席筒”图案。而甘肃东乡县出土的四千年前半山型锯齿旋纹壶的图案，结合了旋转纹和振动纹，表现的正是强烈节奏中的“卷席筒”！甚至，距今 1.3 万年至 1 万年的宁夏大麦地岩画中，也有这个“卷席筒”！

天哪，我们在余家沟跟着栗树开走出来的场子，会是承自遥远古代？会是承继着原始先人的大智大慧？

今天，人和天已经离得很远了。那些天人合一时代的原始巫术，是艺术之谜的答案所在，应该也是秧歌之谜的答案所在。

秧歌应该是“禓歌”

秧歌之谜，是问秧歌从哪儿来，为什么叫“秧歌”。很多人都回答过这个问题。几百年来，它至少有十种写法儿：秧歌、阳歌、姎哥、央哥、扬高、羊高、迎阁、英歌、莺歌、因歌。有说秧歌原是南方稻区插秧之歌；有说它源于古代祭祀农神祈求丰收；有说这种歌舞起于凤阳，叫“阳歌”；有说“阳歌”是源于上古人类的太阳崇拜；有说秧歌为苏东坡所创，出自宋代；甚至有说是宋代时候，以“姎哥”为主要角色的西域歌舞，与汉族元宵社火结合，而形成“秧歌”。各种说法儿，有的颇有所依，有的颇具创意。其实，谜底就在于，这个在陕北乡间念作“yáng”的“秧”，到底该是哪个字？找到本字，谜就破解。

文化人类学家有一个基本共识：人类文化来源于早期巫文化。

阿城的讲述让我忽然意识到，秧歌应该也不例外。陕北秧歌今天的谒庙、彩门、九曲等十来种方式，包括广场上的歌舞，都应该有巫术源头。《周礼·春官》记："司巫掌群巫之政令。若国大旱，则率巫而舞雩。"雩（yú）是求雨之祭，是大巫率小巫们举行舞蹈方式的祭天仪式。这应该是秧歌的源头之一。至今在陕北安塞沿河湾，正月十五晚上，转了消灾免难的九曲秧歌后，大家还跟着伞头儿成群跪在地上，对天告求——求一个今年的风调雨顺。在靠天吃饭的陕北，农民未雨绸缪，从周代继承下来的这种对天的礼数，从未失传。那，陕北秧歌的"沿门子"——也叫"排门子"、"转院"——传统，又从何而来呢？

插队那会儿，余家沟没闹过串院"沿门子"的秧歌。但秧歌的传统是走村串户，转院拜年，到了谁家，就算为谁家驱了邪驱了病，保他四季安全生产、无病无灾。除此以外，秧歌队还要拜牲口圈、拜庙等等。政治挂帅和人民公社化后，排斥驱邪消灾的鬼神观念，个人的灾病也远不如集体大局重要，闹秧歌就光尽着大局闹了。不过，陕北的闹秧歌，虽然已经大有娱乐性质，但沿门驱邪驱病的传统从未消失。

很多人认为，古代的傩仪是秧歌的源头。傩，是古时驱除疫鬼的一种仪式。《周礼》给我们留下了一段当时沿门驱邪驱病的记载："方相氏掌蒙熊皮，黄金四目，玄衣朱裳，执戈扬盾，帅百隶而时傩，以索室驱疫。"说方相氏领导一百多人进行傩事活动，挨门挨户驱除疫鬼。屋里有疫鬼，就会有邪行的事情发生，导致大小人口患病甚或死亡。沿门驱疫的目的就是逐户驱邪驱病，彻底消除疫病隐患，保证部落人口平安繁衍。

同类的记载不止一处。有说甲骨文里已记室内的"驱鬼疫之祭"，并记有驱鬼逐疫的傩祭舞蹈；有说方相氏索室驱疫是傩仪之始；还有说五千年前颛顼氏的儿子成了鬼，那个年代就索室驱疫了，这就把沿门子的出现时间又提早了两千年，虽似附会，但也反映了古代社会的生活真实。陕北秧歌"沿门子"的形式已经没了傩面具，而且不用进屋，只要到门前歌舞一番，就算驱了病灾，但驱除的目的，跟三千年前一样。

《论语·乡党篇》记："乡人傩，朝服而立于阼阶。"说孔子逢乡里人搞傩仪驱鬼，便穿上朝服，站在家庙的东阶上。傩是一种仪式化、制度化的巫术活动，它继承巫术的力量和方法，靠强烈的声音节奏和发散的舞蹈形式聚合能量，达到超自然的境界，实现沟通人神、安定人间的目的。

重要的是，傩，也叫做"禓"。同样是孔子这件事儿，《礼记·郊特牲》记："乡人禓，孔子朝服立于阼，存室神也。"战国时赵国史书《世本》有"微作禓，五祀"。说商族第八代领导人上甲微创建了"禓五祀"之礼——那时候还没有商朝。据此有学者推测，商时候叫"乡人禓"，周时代说"乡人傩"了。"禓"的意思，汉《说文》解释是"道上祭。"对此，后人多说是在道路上的祭祀。《礼记集说》讲："禓，犹禬也。"禬（guì）也是一种祈祷消除灾祸的祭仪名称。郑玄注"乡人禓"则说："禓，强鬼也。谓时傩，索室驱疫逐强鬼也。禓，或为献，或为傩。"意思是，"禓"是非正常死亡的人变成的鬼，把这个鬼名用作祭祀之名，指的就是沿门驱病的傩仪。禓，也叫献，也叫傩。这么说，这个"禓"不就是那种走来走去沿路祭祀的"道上祭"吗？

这个"禓"，一直有两个读音。现在念作 shāng，此外，它还念 yáng。《说文》说"禓"是"昜声"，徐铉注"禓"和"昜"的音，都是"与章切。"在《广韵》《集韵》里，"禓"都有跟阳、昜、洋、羊、杨什么的一样的音儿。《康熙字典》里还有："《韵会》余章切，《正韵》移章切，并音'阳'"。

《礼记正义》里注"乡人禓"的禓是"音伤"，《说文》说"道上祭"的禓是"昜（yáng）声"，说明这同一件事儿，有两个音。而琢磨"禓，或为献，或为傩"的时候，禓如果读"阳"，就好理解些。因为那时候，"献"的声母挺像 h（[h]），到现在，客家、闽南还是这音儿。而"禓"，那会儿声母是接近 h 的一个浊声

([ɦ])。至于“或为傩”，我们只能知道，现在还常有把人“阳”说得跟“娘”似的，很难说古时候禓、傩没有接近的声母。

恐怕在唐朝以前，大家早就不把“禓”念成“伤”了。颜师古在《匡谬正俗》里说原因：“乡人禓音伤……而徐仙音禓为傩。今读者遂不言禓，亦失之也。”说晋代徐邈说“禓”念“傩”，大家读了他的书，就都不念“伤”了，“禓”的“伤”音便失传了。

历史上，“乡人禓”的禓，确实读过“阳”。明·郝敬的《礼记通解》说乡人禓是袒裼（xī）相逐，不读为阳。他主要是在说禓字儿写错了。但我们从中可以看到，那时候，“乡人禓”的禓，显然是念“阳”。

“禓（yáng）”在陕北，至今还是个巫术。陕北人死后，葬礼仪程中有个巫仪音“起阳”，今天看来，实际上是“驱禓（yáng）”。这是在把棺材抬往墓地之前的一种祭仪。阴阳先生使用巫术驱赶周边鬼神，以便死人的灵魂顺利动身上路。这时众人回避，阴阳先生在亡者临终呆的窑洞里，拿把菜刀甚至铡刀大舞一通，口中叽里呱啦。只听见他将手里铃铛摇得下课铃般响亮，又“乒乒乓乓”把个缠住腿的公鸡往地上乱摔，那鸡受尽虐待，喊声惨烈。最后，听见“当”的一声响。再看时，他已站在窑洞院里，将一只盛满柴灰的碗打碎，灰面子和碗碴子在棺材前铺下一地。那只鸡是邪祟的象征，虐待它，是为了让邪祟不堪折磨而离去，从而达到驱除目的。

一个人死后，家人要跨立门槛摔死一只鸡。如果人是非正常死亡，就在他亡处摔死那鸡。今日陕北乡间说这是让鸡“替死”。但是人已死亡，何以替代？其实，杀鸡驱鬼——以前还杀狗驱鬼，是一个悠久的巫术传统，也曾被纳入礼制。南朝梁·宗懔《荆楚岁时记》里说：“杀鸡着门户逐疫，礼也。”《旧唐书·礼仪志》也记：“季冬晦，常赠傩磔牲于宫门及四方城门，各用雄鸡一。”可见杀鸡是傩仪项目，其目的，一定跟郑玄讲的“禓，强鬼也”有深层关系。不杀而改虐待，实在是因为那公鸡还能继续追踩母鸡、司晨报晓。

北京俗话有句“殃打了一样”，是说那人萎靡、没精神。旧时，北京说人死之后，有一股煞气，叫“殃”，人死几天后出来。如果大活人被殃打着了，不死也得大病一场。可是，“殃”不是鬼的名称呀。说不定，这个“殃”，就是郑玄说的那个“禓”鬼，这个字写作“禓”才更对头呢。

从陕北那个巫仪的性质和目的来看，它无疑是“驱禓”，甚或就是“驱傩”。因为禓、傩曾经可能同音。不管是禓是傩，大家驱的，是同一类鬼。这个“起”呢？当年从北方长征南下的客家人，现在的“驱”读音，和“起”的元以来近代音、现在闽方言音，是一致的。如此，这个“驱禓”，就是在陕北话里深藏不露年深日久的底层词汇了。

禓、傩的舞蹈方式起源于远古的巫。《说文》对“巫”字的解释就是：“巫祝也。女能事无形，以舞降神者也。像人两袖舞形。”陕北的“驱禓”是巫师舞动的一种残留。巫的集体方式，则演变成后来的集体歌舞。山东有一种祭祀舞蹈叫“商羊舞”，这个名称，让人联想到“禓”的 shāng、yáng 两音——它会不会是“禓（shāng）禓（yáng）舞”？此外，歌舞中的角色现象还发展成傩戏、阳（禓）戏。这些保留着“禓”的沿门驱疫内容，以及始于“道上祭”的、融合了天地崇拜、生殖崇拜、鬼神崇拜内容的乡间歌舞，总称了“禓（yáng）歌”。

谁也不知道“禓歌”这个词在口语中是什么时候产生的。只知道“禓”的意思早早就淡出了文人记忆，有关的文字表述，均以“傩”代之。但是，这个词沉淀在口口承传的民间语言里，沉淀在民俗中，虽然千百年后被写成了“秧”，但它的文化内涵就和表现秧歌场子的旋转纹样一样，流动不停。

秧歌场子是吉祥图案

几千年了，从历史深处走来的秧歌，不曾有一年停顿过脚步。最原始的巫术诉求，已经进化为吉祥祝愿。进化的表现形式，可能是方相氏和“舞雩”的大巫，进化成了秧歌队的伞头儿，而那些从巫术中得到的虚幻纹样，演变成了规矩的吉祥图案——“秧歌场子”。

在秧歌场上，伞头儿右手举伞，左手拿着可以摇出声音的“虎撑”，带领队伍，掌握快慢节奏。将要走的场子，他了然于心，决不能乱。到了一个位置，该向左转，他转身面左，却退后一步，再左跨一步，待身后一个人从面前跨过，才往前迈步。其后所有人都在这个位置，以这种动作和节奏转身。这样，场子图案线条的拐角就形成了。伞头儿的这一步，叫“安角子”——部署拐角。“角子”安得好，全场图案规整。安不好，看不出名堂，还容易走烂包。尤其是在场子已经大体成型、眼前已然人来人往之时，伞头儿在下一个“角子”的位置和转向上，万万糊涂不得。能不能当个好伞头儿，就看这一步。当他带领队伍把一个场子走完时，那吉祥图案就形成了。那些用人流构成的线条，不是像画在纸上般僵死固定。它蜿蜒曲折，流动不停，像陕北那西来北上南下东去的万古黄河。几千年前的巫师，在致幻状态下体验到的，会不会就是这种线条的流动？

我在陕西横山县南塔村见到当地著名伞头贺生财，这位六十九岁的老人给我讲了一个复杂的场子“大豁四门”。这个场子需要两支秧歌队重复四圈完成。在走出一个大圆圈后，两队要交叉后并排走完圆的直径，以“蛇蜕皮”的队形折返，然后再行交叉，走入下一圈。每圈的交叉处都设在不同的方向，为东、西、南、北。重要的是，每圈的再次交叉，象征着豁开一方大门——四门大开，四方大拜。

在《尚书》里，有开四方之门的记载：“舜格于文祖，询于四岳，辟四门，明四目，达四聪。”“辟四门”的意义，从旧题孔安国的《尚书传》里能看到一种：“开辟四方之门未开者，广致众贤。”这成为两千多年来官家理政的要典。不过这个意义离老百姓太远。还有一种在《史记·封禅书》的注引里：“厉鬼为蛊，将出害人，旁磔于四方之门。”这说的是一项重要的傩祭仪式。现在不光是在陕北，其他许多地方甚至少数民族的秧歌类活动中都有关于“四门”的重要套路。陕北秧歌里的“大豁四门”场子，虽然不知图案来路，但看得出来，它与一种用四个三角雷纹组成的吉祥团寿字，造型一致。这种造型可以从汉代呈十字图形的变体云纹瓦当上，甚至新石器时代半山、马厂型彩陶的符号性纹样中找到线索。

“大豁四门”里的“蛇蜕皮”场形，也可以单独走。与它稍有不同的则是“编蒜辫”，一条线来回都弯曲，可以用在“蒜辫辫”里。两队绞股走则是“拧麻花”，可单走，也可用在“二龙吐须带插花”那样的场子里。这个图案的起源是彩陶绳纹。在四川大溪文化一只彩陶瓶上，我们可以清楚地看到与“编蒜辫”一样的绳纹图案。

振动纹是彩陶中最重要的纹样之一，在陕西、山西、甘肃、青海、四川、山东等地出土的彩陶上都能见到。用这种节奏韵律表现出来的装饰美，令人称奇。它最简单的图形就是折线纹。几千年后的今天，这种图形在十几种陕北秧歌场子里还使用。其最典型的就是“单过街”，它的图形就是单条折线纹。在这上面加出不同变化，就形成了丰富多彩的“富贵不断头”、“月照葡萄”、“老虎尾巴”、“芝麻开花节节高”、“宝塔山”、“秦王乱点兵”和“出征”等场子。而两条折线纹交叉排列，在彩陶纹样上属于交叉纹，半坡、半山、马厂类型的彩陶上都有使用。今天陕北秧歌里的“双过街”、“枣核心”、“枣排排”场子，都是用它们走成。

那最具魔力的旋转纹，在节奏的影响下，变成了力量感很强的雷纹、工整的回纹，也变成了流畅回绕的云纹。静看“三套城”这个场子，它和青海乐都出土的四千年前马厂型雷纹瓶上的图案完全一样。而“十二连城”，是用四个雷纹图案组合形成。“房套房”、“古楼”是雷纹的变体。“官帽”则加上了云纹因素。那个“五马控城”场子，也叫做“马防空城”——似乎是用空城计、斩马谡命名的——是更加繁复、齐整有力的四组雷纹，让人一看就产生神秘感。而它需要伞头儿安的“角子”，多达五十二个！我们曾为之忘我无我的“卷席筒”，却正是尚未以方带圆之前的回纹、云纹的早期形态。

两次用它，组成的场子叫“卷双圈”。把“卷双圈”继续走下去，便走出了可以不断延伸的“卷云”场子——那就是连绵不绝的回纹。如果两支秧歌队并排后同时向外转，形成的场子叫做“双牌风”。那正是云纹的经典造型。

在陕西安塞县陈家砭村，我向七十三岁的老伞头儿蔡维杰请教“蛇盘蛋”场子图，他叠起张纸，剪了几剪子。我展开来一看，竟是佛家八宝之一“盘长”式样——中国结。这是个典型的吉祥图案，表意四环贯彻、一切通明，象征连绵不断、万事通顺。千百年来，在寺庙建筑和普通民宅都能见到。在陕北秧歌场子这里，它的线条被看做一条盘绕的蛇，中间的空白处就是蛋，意思是保护吉祥。陕北也叫它“拜四方”场子，是因为它在四面八方“安角子”。“盘长”之名来自佛教，中国结的图形却源于四五千年前彩陶罐上的交叉纹和菱形纹。这在陕北的秧歌场子里很常见，比如“天地牌位”、“皇冠”、“十盏灯”、“八卦攒顶”等。还有从交叉、菱格演化出来的“方胜”，也被陕北秧歌走成场子。常用的“十二莲灯”，便是“方胜”图符的图形元素。而“黑虎掏心”，走的正是方胜图样，一点儿不差。在青海民和出土马家窑文化的陶器上，有一种双线构成的卍字符号性纹样，它一定是当时重要的巫术符号之一，因此卍字后来才有了公认的法力。它可能就是“十二莲灯”的源头。

人类从懵懂时期就开始追求外力保护，从未放弃。那些线形图案的雏形，在巫术时代，应该被认为具有巫的能量。后世，各种原始几何纹样的综合使用，以方带圆、四方八位的主流结构，造就了程序化的各种盘长图形，赋予了道家、佛家的信仰内涵。但是，如果没有巫术时代的信仰遗传，任何图形也不会具有如此让人信服的吉祥意义。

陕北把“盘长”作为秧歌场子的重要因素。在这种基本图形复杂化后，出现了让人叹为观止的各种盘长场子。有一种“十二连城城套城”，可以理解为四面八方之中套入四个小城，而这实际上就是各处常见的“方胜盘长”。还一种“双十二莲灯”，它实际上有一个图案学名，叫“套方胜盘长”。而“十二莲灯点点灯”，应该与花团锦簇的“万代盘长”同宗。吉祥图案中还有一种葫芦型的“万代盘长”，被走在了陕北的秧歌场子里，叫了“单葫芦”，而“双葫芦”场子，走的正是吉祥图案“双盘长”。

我听栗树开说过，有一个最复杂的“十二莲灯灯套灯”，要安四十多个“角子”。我从未见过，想象不出来那图形能有多么复杂，那伞头儿得有多强定数。有一天，我看到了一个吉祥图案，不禁恍然。那是“四合盘长”。它由四个“十二莲灯”串联而成，线条曲折复杂，让人眼花缭乱。我数了数，共有四十四个角。这些角，正是秧歌场子“安角子”的地方。难道，这就是传说中最复杂的那个灯套灯？

还有许多在流行的吉祥图案里找不到的场子图，一听名字，就知道寓有吉祥之意，像“四面八方”、“神仙推磨”、“大彩门”等等。这些场子也应该是从早期的纹样变化而来，在千百年秧歌流传的历史中，形成吉祥图案。就连新场子“五大洲”，只走成个五角星，当年取名字时，用的意思也是毛主席解放全人类呢。

巫术时代的纹样，不应该只演进成了吉祥图案，应该还有别的。那些纹样的本来功能，是直接沟通天地人神、作用于魑魅魍魉的。吉祥图案的驱邪功用已经隐藏，更多地直接表达对未来的寄托。那么，巫术时代纹样的本来功能都弱化了吗？没有。它们还有另外一条发展道路。几千年来，它们和吉祥图案并行生长，对日常生活参与甚深，只是近代以来，才隐蔽民间。它们是什么？

它们是咒符。曾经的折线纹，不仅留在秧歌场子里，也隐蔽在咒符中。那个折线中间一条直线的“富贵不断头”，实际上，也是陕北一种用于小儿追魂的咒符里的组成图案，寓意绳索，以缚鬼神，与文字符综合使用。远古的交叉纹，则像个拦缚之网，使用在一种驱病护身符中，与“蛇盘蛋”场子——也就是中国结，异曲同工。对付诸如小儿夜哭、女人夜行遇邪、生女不生男、生男不存活、人连年百病的几种咒符，以及一种贴在门上驱鬼的咒符，图案中都使用一种有规有矩的神秘曲线。它们应该和彩陶的原始纹样有关。这种非常广泛地应用于各类咒符的曲线纹，在巫术中一定具有很强的能量，甚至跟龙有关系。陕北的秧歌场子也保留了它们，像“万里长城”、“十二龙灯”，便是这种咒符纹样的变型。而名字叫得最响亮的“龙摆尾”，尤其是那“双龙摆尾”场子，竟跟它一模一样，它们应当有共同的起源。

一位人类学家介绍过，说一个拿到心理学博士学位、在美国开诊所、用萨满方式给人看病的印第安萨满，行医时，首先得改变自己的意识状态，才能进入萨满的意识状态。这种改变有赖于歌唱和打鼓的声音。萨满有能力控制各种声音、节奏、音量，然后才能做相关事情，并且清楚地识别萨满意识状态中的来路和去路。我忽发奇想：这些声音节奏和来路去路，是不是能用线条记录？

陕北民间至今时见用萨满手段对付“邪病”，叫做“跌坛”、“跳坛”。它们和秧歌一样，有着古老的寿命。

秧歌合唱源自巫仪

当年的“索室驱疫”和“率巫舞雩”，距离我们已太遥远。千古之中，他们的声音曾瞬间划过，消逝无形。他们一定有过吼喊，一定有过歌唱，但历史不留声音，它们都成千古绝唱，都成万古之谜。

陕北的“沿门子”秧歌，每到一户，伞头儿都对主家歌唱。这是吉祥图案场子之外的又一种祈福手段。安塞蔡维杰领秧歌队拜年时曾唱：“一见主人福寿长，家里又有万石粮。万石粮上插金花，荣华富贵常在家。”这时，秧歌队全体合唱最后一句：“嗳咳嗳咳哟，荣华富贵常在家！”

这种歌唱形式不局限于“沿门子”，各种秧歌形式均广泛使用。如迎送秧歌：

迎方唱：“张飞刘备他三人，三人上马请先生。请的先生是孔明，赶上徐庶强十分。”秧歌队全体合唱末句：“嗳咳嗳咳哟，赶上徐庶强十分。”

客方答：“敬德我初到瓦岗寨，礼仪规矩我全不解。我请贤兄多遮盖，米粮川上把你拜。”也是全体合唱末句：“嗳咳嗳咳哟，米粮川上把你拜。”

送客时唱：“擂鼓三声离长安，高叫贤兄把心安。举手一拜沙陀官，保送朱王回长安。”还是全体合唱最后那句：“嗳咳嗳咳哟，保送朱王回长安。”

在广场上，秧歌队走场子间歇时，伞头儿把队伍拉成一个大圆圈，他自己转着花伞进入中心，放声唱秧歌。他也可以把伞交给其他能唱的人，让人家唱。歌唱的形式一如“沿门子”，不管场上有多少人，都徐徐围走——形成旋转，他唱罢末句，全体“嗳咳嗳咳哟”，齐声吼唱最后一句。

这种固定的歌唱形式，在历史上有迹可寻。有学者认为，唐代敦煌驱傩时，歌唱的结尾都有合唱。那种集体的合唱和呼吼，作用是壮大驱鬼的声势。敦煌文学中有一种民间唱词，主要用在民间驱傩等仪式的唱诵中。它们都是通俗上口的韵文，但是在标题中，或在某小段的开头或结尾，总标着奇怪的“儿郎伟”三个字。有学者说，这三个字，就是歌唱中间的“哎哟喂”。

保留史前传统音乐形式的只剩萨满。东北二人转里有个“嗳咳哟”的形式，它可以反复成“嗳咳哟、嗳咳、嗳咳、嗳嗳哟、嗳咳哟”的一大串。早先还有分唱和合唱、主唱和帮腔之类的唱法。据学者介绍，这种唱法便是源自萨满，是从萨满跳神的表演形式单鼓里面“文嗨嗨”、“武嗨嗨”、“咿幺咳调”等唱腔过来的。有个东北谚语说：“辽阳城，九道街，满城都唱呼幺咳。”那基本就是，没有“呼幺咳”就不唱。那么，陕北秧歌里的“嗳咳嗳咳哟”，很可能也是源自它的巫仪前身。说不定，陕北民歌《骑白马》——《东方红》里的“呼儿咳哟”，也是这么来的。

在萨满仪式中，当萨满来神时，周围的人都必须跟着唱歌。或者是在萨满的主持下，有一人唱歌，其他人围成圆圈，随着他唱和起舞。如果这种围绕合唱的形式是在增强巫的能量，那么，这种形式就一定是承自远古。萨满这种原生性宗教在很多地方还生存着，包括陕北。那么，陕北秧歌里众人走成圆圈、伞头儿居中歌唱的形式，会不会与萨满——巫的歌唱形式有渊源关系？这种围圈儿歌唱的形式不局限在陕北的秧歌里，其他地方也有，他们可能有共同的起源。

想上古时代，方相氏领着一百多人“索室驱疫”，应该也是领头儿的发出一套声音，再用群体的声音壮大声势的。而那个小巫见大巫的“率巫舞雩”，更可能采用这种壮大声势的形式，因为悄声无息绝不会感天动地。我们从当代陕北乡间天旱时的祈雨祭仪中能看到这种形式。领头儿的唱：“晒坏了，晒坏了，五谷田苗子晒干了！龙王老——”这时，不管有多少人参加，都齐声吼唱：“救万民!”固然，今天陕北秧歌的曲调不同于一千多年前的敦煌驱傩唱曲，也不同于白山黑水之间的萨满神歌，但集体末句合唱和围圈那种形式上的一致，却已经透露出秧歌歌唱形式里来自巫仪的遗传信息。

东北不少地方把“二人转”叫做“小秧歌”。它出自秧歌，自然更是出自萨满祭祀歌舞。“萨满”的原意是“因兴奋而狂舞的人”，这和《说文》对“巫”的解释是一致的。巫师在祈神、祭祀、驱邪、治病那些活动中的舞蹈性动作，便是萨满舞，也就是“跳大神”——《说文》说的“以舞降神”。

陕北秧歌里的二人场子和东北二人转，在形式上有近似之处。学者介绍，传统二人转与北方萨满祭祀歌舞中大神、二神演唱形式，形态基本一致。男性角色围着男扮女装的女性角色转。这一特点，在陕北的二人场子里也有表现。二人场子同样是一男一女——女性角色也常是男性装扮，表演赶毛驴、蛮婆蛮汉、张公背张婆等情景。著名新编陕北秧歌剧《兄妹开荒》，就是在二人场子的基础上创作出来的。陕北秧歌中还有四人场子、八人场子或人数为四的更多倍数的场子，那是男女人数对等地表演的程式化“阵子”，如四梅花、四兜圈、品字形、大交叉、猛虎下山等。这些小场子——也叫踢场子，形式不单调，内容极丰富，是热闹的大秧歌中欢快或振奋的小秧歌。东北秧歌好像没有这么多形式，只独立出来个二人转。

跟各地的秧歌类活动一样，陕北秧歌的踢场子，也有男扮女装、表演男欢女爱、男女调情的内容，主要出现在二人表演中，但角色不一定局限于青年男女。由于最早的“巫师”——“萨满”由女性担任，后来还经历过男觋女巫的时代，所以才有了后世男扮女装的角色。《周礼·春官》说：“女巫掌岁时祓除。”就是说，那时，过年时的除灾求福祭仪是由女性领导的。《说文》说“巫”是女的，她可以与天沟通，通过舞动与神灵交流。这些活动，与性有着深刻关系。性崇拜是全人类的共同文化。东亚这块儿也不例外。生殖崇拜时代的性巫术、性祭祀，可能是这种表演的本地源流。在这种文化背景下，后世的秧歌表现出男欢女爱的娱乐化倾向，是必然结果。

陕北秧歌中表现男欢女爱的秧歌唱词，非常有趣。如：

> 正月十五红灯照，哟嗬咿哟嗬，扳船的艄公过来了。张大嫂，李二嫂，她们一听往外跑。门限高，不滥（绊）倒，八幅子罗裙扯烂了，红丝的裤儿水蘸了，高底子花鞋崴断了。咳吭咿哟咳，手扳上金莲哎哟哟。

而表演男女调情的，更是坦率、生动。如蔡维杰老汉介绍的“对对秧歌”中：

> 男：你是谁家女精彩？脚底踩对木底鞋。你叫哥哥搋一搋，一不倒塌二不崴。
>
> 女：你这个相公生得赖，有人没人胡捏搋。三寸金莲捏一把，虽然不疼浑身麻。
>
> 男：你叫我来我就来，鹞子翻身到你怀。手解裤带口亲奶，恨不得一口咬下来。

女：六月里，水葱葱，骆驹弯弯哥哥枕。大棒子洋烟太谷灯，越看哥哥越狠心。

早年间文人官员曾经很看不惯秧歌的娱乐化倾向。光绪年间在山西当过忻州知州的方戊昌就在他的《牧令经验方》里大骂黄土高原上的秧歌："北省并不种稻，并不插秧，大兴秧歌，无非淫词亵语，为私奔、私约者曲绘情欲。寡妇、处女入耳变心，童男亦凿伤元真，于风俗人心大有关系。晋省逢年逢节，寡廉鲜耻、游手好闲之人，装扮男女，沿村走街混唱，老少男女若狂，趋走观听，最为可恶。"读来让人摇头叹息，想起阿城所说，正人君子不喜欢，是不通人性啊。

不过，我个人的闹秧歌经历和体验告诉我，陕北秧歌的本质特征不仅仅是这些东西。更重要的特征是，伞头儿带领人群，为了一个精神目的，共同走出吉祥图案的场子。那是一种每个人的红火，也是每个村庄的红火。一种传统信仰背后的文化诉求，和它表现出来的信仰仪式，能带来沟通天人的社会功能和传代农耕的社会秩序，这是它的本质精神所在。

我看世界上好多民族都过狂欢节——一个据说跟古希腊古罗马的古信仰有渊源的节日。那个节日里，戴着面具的人们纵情欢乐。汉族没有吗？有。我觉得，闹秧歌就是汉族的狂欢节。虽然许多地方已经没有面具，但是装扮的角色继承了面具的功能。陕北人说，闹秧歌就是图个红火。你知道红火吗？我们好像都没有狂欢的性格，但是，在秧歌场上忘我、无我之时，你就会知道，我们性格中潜藏着被压抑的狂欢基因——那可能是我们渴望自由的根本原因。看到北京大街上老太太们排队齐步走的秧歌，我哀叹：怎么把秧歌弄成这样了？真可惜。

我常想，谁能选一些复杂美观的秧歌场子，调教些聪明伶俐的后生女子，组织成训练有素的秧歌队伍，找一个十万观众的体育场地，演一回感天动地的陕北秧歌！把陕北秧歌放大到巨大的场地上，那时，所有的秧歌历史都将凝成图案，所有的场子图案都将动态分合，所有的图案线条都将旋转流动，也许，所有的祈福祝福都将透地通天？

那将是一个狂欢的晚上。秧歌队每人都举起点亮的火把。当场中充满一个巨大的组合型“双牌风”时，全场的照明灯光突然熄灭。从看台上俯视，那将是一圈一圈流动的金色曲线，就像人类生命生生不息，人们将被这壮观的吉祥图案深深感动。当一个巨大无比的“卷席筒”形成时，那一片伟大的流光溢彩，一片炫目的灿烂金光，在震撼世人的同时，将把人们带入一种神秘的体验。那是来自原始的信息。那里面，就是被屏蔽了的万年陕北，被探索着的千古中华，被赞颂着的人类文明。

（2007 年第十期）

“恶心不可有，好心也不可有”

◎张桂华

此两句不是“害人之心不可有，防人之心不可无”的翻版，也不是故意与之对着干的拗格，而是有着大智慧、大奥妙在的大道理。其大，不是泛对一般平头百姓立身行事之要求，而是专对可呼风唤雨、代行天命诸大人物的诉求。

一千四百年前，隋末，三原李靖学武既成，再往龙门山欲从时贤文中子先生学道。李靖一路上风餐露宿，自不在话下，一晚借宿于某人家，不知却是入了龙宫，受龙母招待歇宿在庄外。

夜半，龙孙忽来报，天子宣龙王往河东行雨。龙王龙子均不在，龙孙幼小难以应命，龙母焦急，忽想到李靖，于是唤起李靖向他说明了实情，请其代行。李靖欣然允诺，立刻乘坐行空白马持洒水净瓶启行应命，行前龙母嘱他，只需将柳枝沾净瓶中水洒下一滴，地下即可得雨。李靖乘云驾雾来到河东，见下方赤地千里田皆龟裂，心想如此大旱，洒一滴无济于事，便将净瓶中所有水倾向地下。龙孙赶来阻拦，事已不及。

李靖别了龙孙，继续往龙门山前行，一路只见山洪暴发，河水陡涨，及至行到龙门山下，只见众多百姓纷纷逃往山上避水。李靖仍不知就里，自往山上拜见文中子，并告其途中为龙王救旱事。

文中子听罢大叹：“哎呀，这边厢大水滔天，原来是你这后生造孽！”

李靖回道：“弟子是好心，怎说是造孽？”

文中子道：“就是你这好心害事！……瓶中一点，地下一尺，怎禁得你随手挥洒，这岂不是要救千人，反伤万命？况且违了玉帝敕旨，那龙王母子，难免天诛，这不又是受人之托，反害人之事吗？”

李靖这才明白自己闯下大祸，汗流浃背，深自忏悔。

文中子紧接着又说出一篇话，才叫意味深长：

“从来救世的人，偏会做出误世的事来，也只为他信心太深，便下手太重了。那干大事的人，恶心不可有，好心也不可有。造化之妙，普物无心，你须省得！”

几百年前古人，能有如此见解，真可算得大智慧了。

好心做坏事，人所常见，世所常有。不过有分别，在常人或许可原谅，在救世之人就难以姑息了。因为救世之人，不做坏事则罢，一做坏事，动辄就是祸国殃民的绝大人间惨事，即便是出自好心也罢。

而天下救世的人，却“偏会”做出误世的事来。“偏会”就是常常会、免不了会，为何？只为他“信心太深”。“信心太深”，就易一意孤行，不听劝阻，“信心太深”，就不耐烦尝试纠错，只想着一劳永逸，一步而成。而“信心太深”，缘于其至高无上之地位，拥有遮天蔽日之势力、生杀予夺之权柄，无人敢触犯其龙颜，日久天长，天下英雄既然尽在我彀中，天下真理也就非我莫属了。

所以，干大事的人，“恶心不可有，好心也不可有”，不需有也不必有。有好心，反不如无好心，因为一有好心，就常常、免不了会干出天大的坏事！怎么干？不要坏心，也不要好心，只要无心，照着“普物”的常理或制度做去，对天下百姓就是绝大的善事了。制度没有，那就按常理做，那也要胜坏心、好心多多。“造化之妙”，妙不过如此。

交代来源。

此为杨潮观短剧“李卫公替龙行雨”情节，是为杨短剧集《吟风阁》三十二个短剧之一。剧中本事，正史野史上均可查考，其间议论却出自杨之创作。

杨潮观，字宏度，号笠湖，江苏无锡人，乾隆元年（1736）年举人，历任山西、河南、云南三省各地知县，后升任四川简州、邛州、泸州三州知府。他与袁枚为总角之交，杨长袁四岁，袁比杨多活六年，袁所作《邛州知州杨君笠湖传》中记录的几件事，可以窥见杨为官及为人之道：

> 河南灾，奉檄办河料二百万，君聘蹙曰：“野无青草，何能办料?”即牒民疾苦求免。俄而有省会来者曰：“君痴矣！此是上游知君杞县有累，故特多其数，为君生财计，君不解，乃固辞耶?”君笑曰：“吾诚不解!”亦卒不问其作何解也。
>
> 此为拒贪。
>
> 河南布政使苏崇阿查赈，问：“有滥否?”曰：“有。”“有遗否?”曰：“有。”苏怒，厉声曰：“又遗又滥，何以为赈?”君曰：“口称无遗滥，而心不自信，故不敢欺公。”苏曰：“然则汝有可信者乎?”曰：“有。官无侵，吏无蚀，是可信也。”苏嘉君言之诚，慰劳而去。
>
> 此为办政。
>
> 公奉调泸州，年逾七十，初志不欲往。旋闻泸大饥，道馑相望，慨然曰：“见义不为，无勇也!”即到官碾谷，检交一切在官闲款，分设三粥厂，令男妇各随地坐，给筹以起之，换票以出之。在泸不满百日，凡活五十九万七千人。笑曰：“吾事毕矣!”即以老乞归。
>
> 此为仁民。

由以上“拒贪”、“为政”、“仁民”三事，可知杨潮观是位颇有政绩的清官。有人从“拒贪”一事认为，杨是好官却不懂做官窍门。这话对也不对。对，杨确乎不是“三年清知府，十万雪花银”之辈，不对，凭杨的城府，这点肮脏的贪官手段怎会不心知肚明？不是傻迂得不懂，而是不愿懂不屑懂而已。廉政仁民为旨，干练通达为用，杨的为官之道更深沉的部分无由为申，则提取含蕴置之于其短剧中，所以，“恶心不可有，好心也不可有”之说，是其积几十年宦场经验对上位者的诉求，决不是那些死读经文的俗儒们所想得到的。

杨知邛州时，得卓文君妆楼旧址，在其上建吟凤阁，落成之后，亲撰短剧三十二出，命优人演出，这就是其短剧集名为《吟凤阁》的由来。所谓短剧，粗率地讲，就是简短杂剧，虽非出自元杂剧而自有其来源，其短只有一折至多两折，差可比拟于今天的独幕剧。杨所作三十二个短剧，显然不会撰成于建阁前后那样一个短时期，更可能是其长年的积累，在其为官之暇时的一种志趣爱好的结业。

杨潮观短剧有很高的成就，诗人、学者朱湘早在二十年代对之即有极度的赞美，以后小说戏曲研究者谭正璧、胡士莹也曾有专文介绍。朱湘说：“杨氏短剧的佳妙真是前无古人，后无来者，他无疑的是短剧中最大的艺术家。”可就是这样好一个集子，在出版昌盛的今天，不知为何却未受出版社青睐，重新标点出版，只看见乱七八糟的什么“艳情小说”在连篇累牍地上市。

《吟凤阁》各剧，当时最脍炙人口、广为流行的是“寇莱公思亲罢宴”一出，据焦循《剧说》记，阮元巡抚浙江时观看此剧，为之痛哭也同样罢宴。这出“子欲养而亲不在”的主题剧，由此被人推为杨剧之首。朱湘最为推崇的是“黄石婆授计逃关”一出，认为是杨剧代表作，其次是“偷桃捉住东方朔”、“邯郸郡错嫁才人”、“汲长孺矫诏发仓”等几出。我匆匆读过所有剧本的梗概之后，却觉得篇篇均有妙处在，差别只在妙多妙少。在我外行，不懂戏理只看热闹，最爱的还是其中议论。第一出“穷阮籍醉骂财神”，不仅是骂，前还有笑和哭，三者一体才是人对钱应有的明达态度。且看其如何笑哭骂：

> 笑的是他的威权极大，即沽名市义，也非钱不办，而且还有五德，能助人施舍，是仁；能救人缓急，是义；能厚人交际，

是礼；能解人纷难，是智；能践人然诺，是信。

哭的是多藏了要招惹盗心，没有了又逼死豪杰俊贤。

骂的是他不但黑白不分，还重富欺贫，没有一些公道。

这样的议论，不输于一边倒斥骂钱财的莎士比亚吧？用当今俗儒的话来说，比之更要“辩证”些呢。

（2002 年第一期）

“戏妻”：夫妻关系的一种表达

◎钟鸣

戏曲舞台上经常会出现夫妻分离的场景，且大多发生在丈夫即将外出寻求功名的时候。虽然并非都是主人公自愿的行为，如《琵琶记》里的蔡伯喈就是被父亲给“逼”走的，元杂剧里的秋胡实际上是被官府抓丁强行“带”走的，但大多数还是自己主动。一个年轻男子要辞亲远游，最大的道德障碍是自己走了，谁来尽“孝”，因为“父母在，不远游”。可是如果都在家里尽孝不出来给朝廷做事，那就成了“不忠”，因为“孝”有“大孝”、“小孝”之别——“身体发肤，受之父母，不敢毁伤，孝之始也。立身行道，扬名于后世，以显父母，孝之终也”（《孝经》）。所以男人外出仍然是尽孝，而且是尽“大孝”。当然，“小孝”也不能不尽，于是他的妻子责无旁贷。所以，夫妻分离的时候，一不小心两人的临别叮咛就变成了工作交接。按说，妻子代丈夫履行侍养公婆的义务也是天经地义的事，但如果这使做丈夫的有所牵挂，就太不近人情了。尤其是当留下来的妻子一个个都成为受苦受难的形象时，真不知道那些在台下看戏的姑娘媳妇们以后还敢不敢承担“留守女士”的角色。

这些“留守女士”既要面对生活的压力，更要经受精神的痛苦。但问题往往不是出在丈夫走了之后，倒是丈夫回家之时。因为这样的“大团圆”里，往往潜藏着一个需要重新建立夫妻间信任关系的危机。有许多戏曲故事是表现这个内容的。“庄周戏妻”就是其中的一个经典。

在庄周汪洋恣肆的文章中有两个有关自己的段子：一个是庄周梦蝶，另一个就是妻子死后鼓盆而歌。这两件看上去非常奇异的事情自然是改编成戏剧、小说的“绝妙好辞”。目前所见最早的戏曲改编本是元代史九敬先的杂剧《老庄周一枕蝴蝶梦》。讲的是年轻英俊的书生庄周如何在太白金星的点化下，通过和四位仙女的风流艳遇，经历了酒色财气的人生后参悟世事轮转的道理，终于超脱尘俗，重入仙班的故事。所谓“蝴蝶梦”其实就是唐传奇里的“黄粱梦”。从这个剧本中可见，在元人的故事里，庄周的蝴蝶梦和他的妻子还没有什么关系。可是到了17世纪以后，经过明代人的重新改写，故事的主题就由得道成仙的个人修行变成了夫妻关系中道德问题的评判。那个一直没有出场的庄周之妻，不仅有了自己的姓名，而且成为这个故事的主角。

相关史料证明，最迟在晚明，庄周梦蝶已经转型为庄周试妻。（上海市图书馆馆藏的17世纪戏剧稿本和19世纪晚期的佛教宝卷，显示梦蝶故事在晚明已经转型为庄周试妻的故事。参见姜进：《〈蝴蝶梦〉与中国戏剧中有关性与道德话语的女性重构》）现存两个最早的完本均是17世纪时明人的作品：一篇是小说家冯梦龙在他的《警世通言》里所写的拟话本《庄子休鼓盆成大道》；另一篇就是谢弘仪的传奇昆曲剧本《蝴蝶梦》。可以说，冯梦龙的拟话本基本上奠定了后来“庄周戏妻”故事的基本框架：庄周原是一只蝴蝶，转世为人后跟随老子修道，会分身隐形之术。一日，他在云游访道时路上看到一个年轻寡妇在扇新坟，问其缘由，乃是丈夫死前嘱咐待坟土干后方可重嫁他人。庄周于是施展法术助其弄干了坟土。回家后，庄周将此事告诉其妻田氏。田氏闻言，怒斥扇坟寡妇，声明自己决不会如此。不想没几日庄周暴病而亡，田氏悲伤之际，一自称与庄周有师生之约的楚王孙前来拜谒。楚王孙年轻英俊，提出要为老师守丧。居停期间，田氏与其朝夕相处，春心萌动，遂主动约婚，二人一拍即合。新婚之夜，楚王孙突然胸痛欲死，其仆曰，只有新鲜人脑可医。此时庄周入殓不过二十余日，正可当药，于是田氏欲劈棺。没想到，棺木破裂时庄周大笑而起，当场幻形楚王孙。田氏知事无可隐，无地自容，悬梁自缢。庄周用劈破的棺木盛敛田氏，鼓盆而歌，为之送葬，华屋陈设付之一炬，后终身不娶。或云：遇老子于函谷关，相随而去。谢弘仪剧本故事的主体大致与此类似，只是在前面加了很长的一个庄周寻道求学的部分，剧本的结局是田氏悔过自新，并在庄周的点化下一同得道升天了。

由史九敬先到谢弘仪再到冯梦龙，或者说由元代到明清，“蝴蝶梦”故事完成了从道家主题到道德家主题的转变，与元明清思想文化氛围的变化一致。明清商业文化与都市生活的兴起，对于女性性意识的关注，以及主流价值观对妇女更加严厉的道德要求，都在这个奇异的故事里得到了体现。通过明人的改写，原本简单的故事里增添了两个“精彩”的女性形象（田氏与扇坟寡妇），一方面故事更好看了，话题丰富了，人物行为更有戏剧性了；另一方面，这些又都建立在对女性道德极端蔑视，对女性的精神生活极尽挖苦之上。不过这个本来极力附和贞节崇拜的戏，却因为它的情节本身有“煽动”之嫌，而未能讨“道德家们”的好，还是上了清政府“淫戏”的名单，屡遭查禁。

进入到民国时期，特别是新文化运动以后，这个包含了家庭关系、性爱意识的传统题材却赢得了当时社会的共鸣。19 世纪三四十年代，居然出现了一批《蝴蝶梦》《小寡妇扇坟》《庄周试妻》等舞台作品。著名艺人童芷龄演绎的京剧《大劈棺》，可以说是这一时期这一系列作品的代表。这同样也和当时轰轰烈烈的妇女解放运动中强调女性性解放的倾向有关。

新中国成立初期，轰动一时的《大劈棺》再次成为被禁的剧目。可是一当意识形态控制相对宽松，这个有关女人、性爱与道德主题的故事又被改编成了昆曲、川剧、黄梅戏、汉剧、越剧等地方剧种，数家地方话剧团也以实验话剧的形式进行过演出。不过这个时候被看重的已经是故事本身的结构与人物关系，至于其中强调妇女性道德的主题倒像是故事的“第二张皮”，拿掉也无妨。原剧作者也好，原小说作者也好，他们的想法、立意远不能满足当代改编者们的兴趣与口味。

从结构上看，在冯梦龙的小说里，庄子的“戏妻”是一个秘密，观众和田氏都不知道楚王孙就是庄周变的，直到结尾真相才揭露出来；而后来新编的庄周戏，庄周在回家之后便想好了要装死以“试”其妻，这一切对观众并不保密。应该说，“保持秘密”的艺术可以反映出小说和戏剧艺术的不同。小寡妇扇坟的事件所引发的庄周思想的变化已经开始引起观众对故事的兴趣，后来的夫妻争辩又进一步扩大了观众的兴趣。此时，庄周“因疑生计”行动的一切路标都已经准备好了。只是在冯梦龙的故事里，那个有关蝴蝶的梦还没有和故事很好地结合在一起，前世今生的说法显得有点游离。更重要的是，从始至终都是庄子在“戏妻”，其妻内心世界的挖掘还仅仅停留在性意识的觉醒上。2001 年，上海越剧院制作了一出越剧版的《蝴蝶梦》，做了两个重要的改动。第一就是把做蝴蝶之梦的人由庄周变成了田秀（即田氏），戏一开场就让田氏在一场彩蝶纷飞的梦中等待远游的丈夫归来。这样，蝴蝶之梦不再是《庄子》里那个物我同一的主题，而与一个女人对于青春与幸福生活的渴求紧密联系起来。第二，田氏在守丧期间与楚王孙逐渐接近，就在感情即将爆发之时，她已然在楚王孙的眼中看破了真相——“似曾相识一双眼，分明是深潭两团酷像庄周！哎呀天哪！回头想半仙三扇能干坟，难道他真是庄周隐身变形把妻引诱?!”如此惊疑之后，田氏做出的选择比原来故事里完全被丈夫欺骗，懵懂无知之下做出选择的不同之处，就是强调了她对于自己情感的坚定，而将原本马上就要做出“出尔反尔”事情的情况遮掩了。这样一来，就给观众造成悲剧的产生不是因为田氏的变化，而是因为庄周，因为他欺人太甚。虽然田秀一心想让庄周“不丢面子把台下”，结束游戏，可是他以命相逼，逼着田秀去劈棺。最后，田秀斩断情丝，弃庄而去，留下一个悔之晚矣的庄周。

显然，这是站在现代女性的立场上，对于女人的性与道德问题的理解，而不是一直以来以男性为中心——不仅是故事的中心也是理解的中心——演绎的故事。甚至有论者以为,“以女儿之身扮演男角的越剧小生总体来说是以女性的好恶来塑造男性形象”。一个剧种特殊的表演体制所创造的“女性氛围”是否一定会产生新的叙事也许还需商榷,但这部越剧版的“蝴蝶梦”确实反映出了这样一种意识。不过这并不是只有现代人才有的意识,特别是对于这个故事前提——男人要考查女人的贞洁程度,却不用考虑自己有没有这样的资格——的怀疑,古代对于夫妻之间关系有着深刻关注的剧作家、小说家早已经提了出来。

在舞台上,当那些男人们十年八年多少建立了功业,认为可以体面地回家之时,往往是走的时候一个人去,回的时候两个人来。那么,守了十多年辛苦的妻子们该怎么办?

元代剧作家石君宝有杂剧《鲁大夫秋胡戏妻》,讲的是罗梅英与秋胡结婚三日后,丈夫被官府勾走“当军”,十年不归。期间她遭到了乡间无赖李大户逼婚,甚至来自自己的父母、婆婆的种种委屈,但毫不退让,坚持自己的等待。不想一日正在桑园采桑之时,遇到了衣锦还乡的丈夫。但是此时,这对夫妻对于彼此相貌的记忆已经模糊,都未认出对方。秋胡当场调戏罗梅英,罗梅英大骂不止,逃出了桑园。两人先后回到家,一旦相认,矛盾爆发,最后,婆婆以死相“逼”,要夫妻相认,善良的梅英还是妥协了。

秋胡戏妻之所以精彩,并不在于它建立在误会的基础之上,而是通过这场误会揭示了这对夫妻十年里各自的生活状态与生活内容。元杂剧的表演体制是四折一楔子由一人独唱,独唱一般是由正末或正旦扮演的角色来承担。整本由正末演唱,叫“末本”,由正旦唱,就叫“旦本”。《秋胡戏妻》是一个旦本戏,第一主角当然就是罗梅英。当夫妻分离以后,舞台上究竟是展示分离后妻子的生活,还是展示丈夫如何在外建功立业,或者交叉表现两人的行动,三种不同的叙述方式表现了剧作者对人物行为的评价和戏的主题思想。元代另一位剧作家张国宾的杂剧《薛仁贵荣归故里》(或称《薛仁贵衣锦还乡》),讲的也是丈夫外出多年,一朝回家团圆的故事。在薛仁贵与父母和妻子柳迎春分别后，戏就跟随男主人公，以展示他雄姿英发，如何三箭定天山，如何与张士贵争功等等军营生活的内容为主。包括其后他衣锦还乡，故事的线索也还是依据他的行动设置。在叙事永远是围绕、表现着丈夫的行为与心理需求的故事里，其妻子的生活与思想基本上是看不到的，对观众来说，妻子的故事“不在画面之内”。但《秋胡戏妻》的演述方式完全不同。作者完全是依照罗梅英的行为来讲述这个离散家庭的十年变迁，直到第三折秋胡上场，我们都不知道作为丈夫，秋胡这十年是怎么过来的。作者让秋胡自己告诉观众“自当军去，见了元帅，道我通文达武，甚是见喜，在他麾下，累立奇功，官加中大夫之职。小官诉说离家十年，有老母在堂，久缺侍养，乞赐给假还家。谢得鲁昭公可怜，赐小官黄金一饼，以充膳母之资。如今衣锦荣归，见母亲走一遭去。”说得很简单，好像他是为家庭在外打拼。但是接下来，作者用戏妻这个情节告诉观众，秋胡那十年中生活里一个重要内容。

秋胡来到自家的桑园，梅英正在采桑，因为劳作辛苦把汗湿的外衣晾在一边。秋胡一眼见到的是梅英忙碌的背影，他的第一个念头是：“待我着四句诗嘲拨他”。听到有陌生男子的声音，梅英吓得连忙穿衣不迭。秋胡见了梅英的容貌，更加大胆，一边上前说要碗凉浆喝，一边观察见四下无人，便腆着脸道：“小娘子，你近前来，我与你做个女婿”。当即遭到梅英怒斥。秋胡开始动手扯住了梅英，并堵在桑园的门口得意地说：“你飞也飞不出这桑园门去”。梅英急中生智大声呼喊起来“沙三、王留、伴歌儿，都来也波。”这让秋胡有点心虚了，就想硬的不行来软的，拿出了本来是用来赡养老娘的金饼，“兀那小娘子，你肯随顺了我，我与你这一饼黄金。”梅英假意同意，赚其分心之时，闯出门去，回过头来大骂秋胡“沐猴而冠，牛马襟裾”。秋胡恼羞成怒，居然想杀人灭口。梅英狠狠地挖苦了他一番后提篮便走，秋胡追之不及。

“桑园戏妻”这场戏让二人的形象形成强烈对比，刻画出两人性格品质的天壤之别，取得了惊人的戏剧效果：

第一，男主人公一个行为可以唤起观众对他过去的十年里生活状态的联想。也就是说，作者写的是秋胡的现在，但实际上也是在补写他的过去。这种通过眼前的事件来暗示更多的幕后的事情、此前的事情，把人物过去与现在的生活联系起来的手法，是一种很高妙的戏剧技巧，也是戏剧艺术与小说艺术一个很重要的差别。

第二，这场戏是整个事件发展的高潮，同时它又在结构上形成了一个悬念，观众们心里会马上形成一个期待：等秋胡和梅英都会回到家里，夫妻相见时两人将会怎样，秋胡的母亲知道了儿子的行为后，是否能够原谅他。所以，第三折的结尾其实是一个不中断的高潮，它伴随着不中断的紧张情绪，预示着下一场戏矛盾的发展。

第三，如果说对于庄周来说，整个事件中秘密只对田氏一个人起作用；那么秋胡戏妻只对观众开放了那个秘密：建立在误会之上的夫妻桑园相会，却反映了一个丈夫的真实状态，他的本质；因此，秋胡越是放肆无礼越能够引起观众的心理期待。这样的叙事结构使他变成了观众嘲笑和俯视的对象。

同样是戏妻，不同的写法产生出不一样的戏剧效果，表达出不同的道德立场。庄周试妻的用劈棺取脑来谴责女性的欲望与情感；秋胡戏妻的则是梅英在遭受了屈辱之后仍然以较高姿态的达成了一种妥协，从而赞美了女性的智慧与心胸。因为，除非她想放弃这个婚姻，否则，要想重新建立双方的信任关系，妥协是必不可少的。就《秋胡戏妻》而言，妥协的舞台效果可以很不相同，既可以是无奈的，屈辱的妥协，也可以是较高姿态的让步。有观点认为，让一个妻子在受到那样的屈辱之后仍能原谅丈夫，似乎减弱了这个人物的力量和“光彩”，她应该坚持到底。姑且不论古代的现实生活与文化环境中能否出现具有那种人格“光彩”人物，就是剧作家再写一个以梅英休夫为结局的戏，也不至于让人完全不能接受。从戏“可信”的角度来看，这两种结局都是有可能的，与那个曾“家中抗婚”又经历了“桑园智斗”的妻子的行为逻辑一致。所以，问题的实质其实并不是最后做出什么样的选择，而是谁来选择或者她的选择是不是一种自由的选择——只要女主人公保有自己决定进退的权利，那么不管选择的结果让哪一部分的观众感到满意，都可以让我们通过这个戏剧性的举动看到人物的精神世界。就这一点，西方现代戏剧大师易卜生在他的几部非常著名的戏剧作品中进行了一个很有意思的比较性运用。在名剧《玩偶之家》的最后一幕，妻子娜拉发觉自己一直在被丈夫欺骗和蒙蔽，自己的身份等同于一个丈夫的玩偶，毅然决然离家出走；而在易卜生另一部作品《海上夫人》中，尽管妻子艾莉达一直梦想着那个曾经与她有婚约的海员能够再次来找她，帮她离开现在这种充满了复杂关系与莫名苦恼的家庭，可是一旦这个人真的出现，而丈夫表示她可以自由选择时，艾莉达却出人意料地拒绝了海员，选择留下继续和丈夫生活。艾莉达说得很明白，只要让她自由的选择，“局面就完全改变了”。易卜生强调的是让一个独立的人来选择自己的生活样式，从而对自己的选择负责。只不过易卜生为了强调“独立性”，有时候故作惊人之语。但易卜生的“极端”也给了我们一个很好的启示：考量戏剧人物行为的内在动力，有时候最重要的不是它的结果，而是它行动时的情势、因由与状态。罗梅英最后对丈夫和婆婆唱了一支《鸳鸯煞》：“若不为慈亲年老谁供养，争些个夫妻恩断无承望。从今后卸下荆钗，改换梳妆，畅道百岁荣华，两人共享。非是我假乖张，做出这乔模样，也则要整顿我妻纲。不比那秦氏罗敷，单说得他一会儿夫婿的谎。”——说最后罗梅英是高姿态的让步，一点也不过分，显然这个决定的前前后后她是想清楚了的。她并不是个忍气吞声的人，懂得如何运用反抗与妥协两种方式来“整顿妻纲”。

戏妻，经过一千来年的形象塑造、故事传播，已然是一种舞台化的中国式的夫妻关系的表达。它把我们先人许多人生的体验、教训、得失都凝聚在舞台上，在那个夫妻分别的时刻，或者重逢的日子……

（2008 年第五期）

子不语书谭

◎李乔

怪、力、乱、神，孔子所不语也。即使偶谈鬼神，孔子也持一种淡然疏远的态度，所谓“祭如在，祭神如神在”，“敬鬼神而远之”。鲁迅曾赞佩孔子说：“孔夫子生在巫鬼势力旺盛的时代，却偏不肯随俗谈鬼神。”不语不谈，敬而远之，这是孔子的理性态度。后代的读书人，或不谈鬼神，或虽谈而存疑，抑或借鬼神而影射人世。袁枚之《子不语》、蒲松龄之《聊斋志异》、张南庄之《何典》，都是此类虽谈鬼神而实则轻慢或根本不信鬼神之作。近代科学昌明以来，特别是唯物主义勃兴之后，鬼神成了可供随便研究、质疑和指斥的东西。特别是“五四”以来，随着学术界眼光的愈加往广处和低处看，谈鬼神的著作更是多了起来。我留心搜集过这类著作，得二三十种之多。览读之余，略做读记数篇。

鬼神的实用性

南开大学教授侯杰与夫人范丽珠合著了一本《中国民众宗教意识》（以下简称《意识》），因知我研究过民间信仰，遂邮赐大著请我“教正”。我认真拜读了此书，写了下面一点读书笔记。

读此书时，我总是不时地生出慨叹：谁要是有能耐把纷繁杂乱的中国民众宗教信仰的史实梳理清楚，再加以理论上的科学解说，那他可真是有本事的人。中国民众的宗教信仰，向来以源头众多、崇拜对象纷繁复杂而著称，千百年来已积为一笔剪不断，理还乱的糊涂账。孔子何以不多谈鬼神？宋朝文人周密解释说，这是因为“有未易语者”。鬼神之事的确不易谈，特别是民间的。我想，在这方面，若是能将史料理出头绪来，已属不易，而若能加以理论说明，就尤为不易；若是能做专题研究，已属不易，而若能做综合研究，就更为不易；若能使读者获得民间宗教信仰史的正确知识，已属不易，而若能将研究这种历史现象的科学结论交给读者，就更加不易。《意识》一书，可以说在相当程度上，解决了这当中的许多难题。

“民众宗教意识”这个概念用得好。它的涵盖面极广，把民众中一切宗教信仰方面的心理、观念以及相关行为都概括进去了。本来，中国民间有无宗教，哪些现象算是宗教，哪些又算是有宗教意味的信仰，乃是“核心明确而边围含混”（《管锥编》引近人论分类语），而这正反映了民间宗教信仰的特点。《意识》的作者看到了这一点，故而有意识地跳出了“非此即彼”（是否宗教择一）的思维模式，而采取了一种闳通的眼光，按照事物的本来面目反映事物，从而网罗了大量形形色色的“宗教性”事象作为认识对象，诸如信灶王、信钟馗、讲禁忌之类，确立了自己的民众宗教信仰史研究格局。一部学术史其实也就是一部发明和运用概念的历史。《意识》一书的成功甚得益于“民众宗教意识”这一概念。概念是研究的起点，也是研究的结晶。我猜度，《意识》的著者在研究工作初始时，一定是细细地推敲过“民众宗教意识”这一概念的，然后又通过对历史现象的研究，充实和坐实了这一概念。

我一向感到，中国民间宗教信仰的根底，全在“务实”二字，换句话说，就是鬼神是具有实用性的，供他是为了用他。这是一条大经络，以此可以解释众多的民间宗教信仰的现象和特性。早年我研究行业神崇拜时，曾经触及过这条大经络，但仅局限于此一隅，并没有做过全面性、综合性的研究。《意识》一书则在此方面下了大气力，且多有创获。著者说：“中国民众宗教意识的中心可谓趋福避祸。”这句明快的断语，在书中有大量的史证作支持。本来是极端出世型的佛教，何以在民众信仰中变得富有人间烟火味？著者告诉我们，这是民众宗教意识的务实特性促使佛教世俗化的。观音的香火为何盛过释迦牟尼？因为观音热心凡间琐事，务实的民众更需要“她”。民众为何要给灶王娶妻，给神仙过生日？因为在务实的民众眼里，神灵也是需要解决实际生活问题的。总而言之，对于鬼神完全采取“供之为用之”的实用主义的态度，这便是“务实”二字的真谛。对于民众宗教意识之务实特性的总根源，著者有一句话可谓将其说透：“农业文明成为民众宗教意识的第一个摇篮。”同时又指出，儒家理性传统的影响，也是形成这种务实特性的重要原因。这些论述，大大深化了我对“务实”二字的认识。

我读的《中国民众宗教意识》是山西教育出版社2000年出的第一版，后来又出了修订本。我没读过修订本，想来修订本会比初版更好。

义和团从小说里请来了神

朋友向我推荐了一本书，说此书获得过几项大奖——费正清奖、列文森奖和加州大学伯克利奖，书名叫《义和团运动的起源》（以下简称《起源》），江苏人民出版社1994年出版。觅来一看，竟是一位名叫周锡瑞的美国学者写的。

细读这本书之前，我猜度这可能又是一本不脱近代史著述老套子的书，所谈内容大概也就是些义和团如何反帝或排外之类的老话题。读后方知不然。原来，这是一本视角新，结论新，学术价值很高的著作。此书所取的新视角，很大程度上是社会风俗史视角、民众文化史视角，这就涉及很多民间信仰和法术方面的内容，所以我把它也看做是一本关于中国民间信仰的著作。这个视角，对于科学地说明义和团的起源等许多问题，具有相当重要的作用。

关于《起源》这本书，可说的话很多，我只想根据自己的兴趣说一点——这是一件小说影响历史的个案。说小说影响了历史，乍听起来匪夷所思，其实，这在旧时代实属平常之事。鲁迅先生曾说，我们国民的学问，大多数靠着小说和从小说编出的戏文。这也就是说，国民是靠着这种小说所提供的学问去行事，去参与书写社会历史的，这不正是小说影响了历史吗？张恨水先生还曾说过这样一句话：民间一切秘密结社，无不受《水浒》之赐。施耐庵一支笔，支配民间思想四五百年。这话说得很深刻，也很有趣，更反映了事实。这个事实就是《水浒》《三国》等旧小说曾深刻地影响了中国民众，进而影响了中国历史的面貌。

关于小说能影响历史，我在做行业神崇拜研究时，便有过深切的感受——我国百业所奉的祖师爷中，很多都是从旧小说中请出的人物。现在读《起源》这本书，更强化了我原有的认识。从周锡瑞的研究看，义和团运动从起源到许多具体行为，都与旧小说的影响有极深的关系，这无疑说明了小说曾经影响了义和团。同为小说影响历史的个案，祖师崇拜的案例是颇为局狭的，也并不那么重要，而义和团的案例则很宏观，也很重要，因为这还是一个“小说影响了一场民众运动”的个案。

周锡瑞举出的大量史料表明，义和团曾经从小说戏曲、民间信仰、武术拳法等民间文化中得到过最初的启发。这也就是说，义和团的原始萌芽，是借助过小说和从小说编出的戏文之力的。《三国》《水浒》《西游》《封神》这几部小说，曾经对义和团的信仰及行为方式，发生过至深至巨的影响。可以说，义和团是充满了“三国气”和“水浒气”，以及“西游气”和“封神气”的。对此，《起源》中的论述颇多，如“义和团所请的神五花八门，均来自戏文小说中的英雄好汉，有孙悟空、猪八戒，《三国演义》里的关公、赵云、周仓，《封神榜》里的毛遂、孙膑、杨戬等等”。周锡瑞认为，这形形色色的小说人物，为拳民们的“降神附体”行为，提供了“叙述背景”。所谓“叙述背景”，也就是拳民们奉神所依据的“文化材料”。“叙述背景”之说，是支撑周氏义和团起源说的有力证据之一，同时也为我们展现了一幕小说影响历史的史剧。

在旧时代，统治者经常查禁小说戏曲，他们为此发布过许多谕旨、法令。北大王利器先生曾搜集有关史料，编过一册《元明清三代禁毁小说戏曲史料》。究其查禁小说戏曲的原因，除了为防止所谓“有伤风化”以外，更重要的，恐怕是担心有些小说具有鼓动民众骚乱、造反的“煽惑力”。《起源》一书揭破了这一点，论道：“满清一代统治者鉴于小说与民众骚乱间的联系如此明显，遂下令查禁这些具有颠覆性的文学作品。”对这个论断，周先生是以大量的义和团史料做证据的。我想，若是有谁想了解一下某些旧小说的所谓“煽惑力”和“颠覆性”，义和团这件个案是不可不查的。

梁启超曾倡言过“小说革命”，因为他觉得旧小说对民众的不良影响太大。他认为，中国人的江湖盗贼思想、妖巫狐鬼思想、堪舆、相命、卜筮、祈禳、阖族械斗、迎神赛会等等思想和行为都来自小说。关于历史上小说对于中国民众的影响究竟有多大，是好影响多些，还是坏影响多些，我想，还需要经过细致的研究才能下结论。但是，单就影响力或曰煽惑力而言，梁启超的看法无疑是对的，《起源》一书则更是用大量的史实证明了小说对于民众的影响力之巨大。

犯人与狱神

我因为研究行业神，对狱神做过一点研究。某日，在《中华读书报》上看到一篇书评，是评论《中国神秘的狱神庙》（以下简称《狱神庙》）一书的，顿感兴奋而又奇怪：这么一个小小的鲜为人知的神灵，竟有人写出了一本专著！著者叫张建智，湖州人。这是我国第一本专题研究狱神和狱神庙的书。

狱神之引起人们的兴趣，大概缘起于俞平伯先生研究《红楼梦》时，研究了有关狱神庙的脂批。《红楼梦》写了狱神庙，贾宝玉仿佛也进过狱神庙，这就引得人们非要弄明白狱神和狱神庙是怎么一回事不可。我研究狱神当然不是为了研究《红楼梦》，而是为了研究行业神崇拜。我认为在狱吏和犯人这两类狱神祭拜者当中，狱吏祭狱神是具有行业神崇拜性质的。我仅仅从这个角度研究了狱神。张先生的研究则是一种全面性的研究。

这本《狱神庙》的写法有些特别。序文作者曾彦修先生介绍说：“全书（或全文）共八十小段，不置章节，全以随笔方式出之，夹叙夹议，看起来不易枯燥。当然，用此方法，难免就有些离题颇远的文字。”一分为二。好处还是第一位的。用这种写法写，我想，大抵是出于一种无奈，因为狱神庙的材料太少了，写成长篇大论的章节体几乎不可能。我佩服张先生的聪明，他发明了一种用随笔体写作学术著作的方法。我看这是一种创体。古人当然用类似的笔记体写过学术著作，如顾亭林的《日知录》之类，但若张先生这种以八十段随笔体长篇来谈一个学术问题的著作，却似乎从没有见过。张先生是个老实人，书中在引述拙著《行业神崇拜》里提供的资料时，特别做了说明，以示不掠美之意。但实际上张先生对狱神的研究，实在是比我深入多了，特别是他对犯人祭狱神的心理的研究，我不仅没有涉及过，而且了解很少。《狱神庙》给我补了这一课。

古代监狱为什么要设置狱神庙？简而言之：神道设教。狱神庙，并不是宗教界所设置的，也不是犯人要求设置的，而是政府设置的。设置狱神庙，是为了狱政的需要。具体说，就是为了教化犯人和狱吏，教化犯人要认罪伏法，教化狱吏要办好狱事。关于对犯人的教化，《狱神庙》里有一句总结性的话：“秦汉至清末民初，县级行政单位监狱中构建有狱神庙，目的是‘恐吓和震慑囚犯’。”用狱神来恐吓与震慑犯人，此为古代监狱对犯人的“狱神教化法”。

最早的关于犯人祭狱神的记载，见于《后汉书·范滂传》。记云：汉代名臣范滂被捕入狱后，狱吏下令说：“凡坐系皆祭皋陶。”范滂回答说：“皋陶贤者，古之直臣，知滂无罪，将理之于帝，如其有罪，祭之何益！”狱吏只好作罢。可以看出，狱吏本是想行教化之责的，想拿狱神皋陶来震慑范滂，让范滂认罪服软，哪知范滂是条硬汉，根本不承认有罪，所以也不想求狱神保佑；而且范滂还认为，即使真有罪，祭神又有什么用？像范滂这样的不祭拜狱神的犯人，在古代还真是不多见的。

《狱神庙》将犯人大别为死刑犯和徒刑犯两大类，并总结了他们各自祭拜狱神的目的和心理："判了死刑的，怕死后上苍还要罚他受罪，他们请求狱神在上苍面前多说好话，下了地狱，不要再惩罚他，也便是说为自己的亡灵超度。"徒刑犯，"在狱神面前表示忏悔，表示认罪，请求对他宽恕，祈告狱神，能赐他们早日出狱，与家人团圆"。这些概括，当然都是言之有据的，所依据的历史资料，主要是取自古代的小说和戏曲。小说、戏曲是有证史的功能的，特别是对于考察古人心理，尤其有参考价值。

关于死刑犯祭拜狱神，《水浒传》上有这么一段：狱卒把宋江、戴宗二人"驱至青面圣者神案前，各与了一碗长休饭，永别酒，吃罢，辞了神案，漏转身来，搭上利子，六七十个狱卒早把宋江在前，戴宗在后，推拥出牢门前来"。这个青面圣者，便是狱神。但这个狱神已不是范滂时代的皋陶，而是汉臣萧何。

关于非死罪或尚未定罪的犯人祭拜狱神的情况，《狱神庙》提供了不少材料。小说《果报录》第六十七回有唱词道："行来已到萧王殿，炉内香烟淡淡飘。（白）：咦！那监牢里也有神道个（咯），让我许个（这）个愿心介（吧）……让神保佑小姐平安离狱底，愿得香烛殿前烧。"这是一个犯人家属在祈求狱神保佑犯人早日出狱，平安回家。京剧《玉堂春》里苏三的唱词道："待我拜拜狱神爷爷，才好起身……狱神爷爷听我言，保佑苏三得活命。我与你重修庙宇换金身。"这是一个可能被判死刑的犯人，在祈求狱神保佑自己活命。

小文写到这里，不知怎么忽然想起了"文革"时的秦城监狱以及大大小小的大有牢狱之风的牛棚。那些地方，曾经关过无数范滂、苏三式的所谓"罪犯"和"罪人"，他们每天都要向领袖请罪，认罪，请求给予重新做人的机会。我恍然觉得，这景象与古时的祭拜狱神，不是颇有几分神似么？那场造神运动的荒唐性，于此可见一斑。谈古代狱神，竟谈到了现代，这是巧合呢，还是历史逻辑的暗合呢？我想，都有些吧。

旅人的迷信

研究古人的迷信，不能放过研究古代旅行史，因为旅人的迷信较之安守在家者，不知要严重多少倍。古代旅人的迷信，乃是古代社会迷信状况的一个重要个案。

宗教学家、民俗学家江绍原所著的《中国古代旅行之研究》，是一本研究古代旅人迷信的专书。这本书原计划要写六章，但只写了第一章，题目是《行途遭逢的神奸（和毒恶生物）》，从这个题目可以看出，作者研究的重点是古代旅人对旅途上神鬼精怪的迷信。此书最早由商务印书馆于 1937 年出版，上海文艺出版社于 1989 年影印了此书。

考察古代旅人的迷信状况，首先遇到的问题是材料极少。江绍原解决此问题的办法是寻觅可以视作"旅行指南"的材料，他认为，古代的"旅行指南"中必包含有不少关于旅人迷信的信息。他认为，古代青铜器上的某些与旅途有关的图像和上古奇书《山海经》，可以视为上古的"旅行指南"。这个看法是有道理的，因为这类图像和《山海经》的许多内容，与地理方物、旅行见闻有关，尽管其中许多图文看似光怪陆离，荒诞不经，但实际上却是古代旅人对于旅途艰险的一种扭曲的和夸张的记述，其中所记的那些形形色色的神鬼精怪，实际是旅人因恐惧而想象和创造出来的，是旅人迷信观念的产物。

关于青铜器上的与旅途有关的神鬼精怪图像，江绍原说："行途的，或远近各方的毒恶生物和鬼神精怪，相传在很早的时代便不但有，而且有了大规模（包括多物与多地）的图画表现。"可知旅人对于神鬼精怪的迷信，不但起源很早，而且广泛存在而兴盛。据江绍原推测，古传说中的"夏鼎"上面，就可能画有这类图像。证据是

《左传》所记王孙满向楚子说的关于“夏鼎”的话：“故民入川泽山林，不逢不若（不顺）；魑魅魍魉，莫能逢之。用能协于上下，以承天休。（民无灾害，则上下和而受天佑）”。江绍原解释说，古人认为，进入川泽山林，必会碰到魑魅魍魉等鬼神精怪，而这些鬼神精怪的形状各不相同，不便记忆，便要画成图像，以供观览了解，供出入山林之用，于是“夏鼎”之类的器物上便铸上了这种图像。他又解释说，即使“夏鼎”未必真有其物，但《左传》所记的王孙满的话，“仍反映了史前和有史、文字前和有文字时代的人们，要求旅途神奸图或云图画式旅行指南之心”。也就是说，关于“夏鼎”的传说，实际上反映了古代旅人对“旅行指南”的需求。

对于《山海经》可以视作“旅行指南”的理由，江绍原从分析《山海经》所记的古神话、古异闻入手，将这些古神话异闻分成五大类：1．种种于人有害的动植物和其他神物；2．与风雨有关的山岳和神人；3．神灵的形状和祭祀神灵的方法；4．有利于人的动植物和异物；5．奇形怪状的异方之民。然后推断说，“此五项正是行人所不可不知，旅行指南所不可不载”的。据此，他认为《山海经》也是可以视作“旅行指南”的。作为“旅行指南”，《山海经》上所记的那些形形色色的神鬼精怪和毒恶生物，实际上都是古人认为在旅途上会遇到的，并需要旅人特别加以注意和应付的。

旅人的迷信，何以会比安守在家者要严重得多？这源于古人对旅途的深深的恐惧。恐惧生迷信，迷信生（造出，想象出）鬼神。所谓“行途遭逢的神奸”就是这样产生的。古代特别是上古，交通极为不便，旅途上艰险甚多，旅行环境极为恶劣，而旅人对于这种艰险环境的抗御能力又极弱，这便使旅人产生了深深的恐惧，进而造出形形色色的神鬼精怪。对于古代旅途之艰险，江绍原这样描述道：“言语风尚族类异于我，故对我必怀有异心的人们而外，虫蛇虎豹、草木森林、深山幽谷、大河急流，暴风狂雨、烈日严霜、社坛丘墓、神鬼妖魔，亦莫不欺我远人。”其中，除了“神鬼妖魔”，都是旅途上会经常遇到的艰险，而“神鬼妖魔”则是这些艰险给旅人带来的恐惧和迷信心理的产物。《西游记》里写了许多妖魔鬼怪，实际也都是旅人的恐惧和迷信心理的产物。

一位研究宗教史的法国学者说过一句精辟的话："古今生活思想中神怪方面之史的研究，能够帮助解放人的心灵。"江绍原对于古代旅行迷信的研究，就具有破除迷信、解放迷信者心灵的作用。这其中的道理其实很简单，就像猜谜语，谜面虽然总让人觉得不易捉摸，甚至有点神秘，而一旦弄清谜语是怎么造出的，谜底又是什么，那种神秘感也就荡然无存了。

（2008 年第三期）

鬼的多面观

——《鬼文化》的读后札记

◎黄家章

鬼是人的逍遥精神的产物。说鬼存在于历史的传说中，不如说鬼存在于人的信仰中，事实上，没有真挚的信仰，就不可能有与此相应的真正的传说，而某一时期的传说又往往都是对此时期信仰的形象化与故事化的解说。

因此，鬼就不是人在寂静的书房中作玄思冥想后而得出的结果，相反的，鬼是人（主要是某些富于想象与创造力，又不乏神秘思想的人）在认识与思考宇宙自然乃至人生时所获得的虚幻的、臆想的认识成果之一，这可以从多方面看出来。

人对鬼的意识与信仰总是极易在漆黑、深邃而又显得神秘莫测的夜晚中产生，此外，挂一漏万地举出的以下诸种意象，也极易在人们尤其是孩童的心中与鬼相连：骷髅、笼罩在黑夜中的荒凉的坟地及其周围不太明晰的物体所投下的奇形怪状的影子、飘忽的萤火、忽闪忽灭的磷火、不明的发音源所发出的声响（诸如虫鸣鸦叫），乃至自己或别人的脚步声，等等。就是回到人的生活环境来言，那些因风来或动物走动而吱吱作响的木阁楼比之今天都市的由钢筋水泥而构建成的高楼大厦、那些飘忽不定而又光亮微弱的蜡烛或油灯比之今天明亮的荧光灯……无疑是更易诱发出对鬼的浮翩联想的。可见环境对于鬼的想象与制造，是有着一定的规限作用的。对此的认识，甚至可上升到地理环境论的高度，显然，因环境气候的影响，热带的鬼与寒带的鬼是很不相同的，也就是说，热带的人所迷信的鬼不会同于寒带的人所迷信的鬼。

按照已有的关于鬼的传说所包含的意识，鬼是对立于人的存在，因此，鬼的存身（有形或无形）处就是非人间与非阳间的阴曹地府，所以，越是人迹罕至的偏僻与荒凉之处，就越是魍魉魑魅出没与栖身的世界。但作为鬼的对立极致者却不是人而是神仙，鬼栖身于冥界地狱，更多地意味着黑暗、堕落和永劫不复的厄运，而神仙则位居于天堂与仙境，象征着光明、升华与获救，作为不同的人生的不同的报应，神鬼就是一种具有终极意义的人生的奖惩，世界历史上曾存的大宗教的教义，对此都有着很巧妙及很多的揭示与改造利用。

鬼与人的对立不仅存在于不同的空间中，还在不同的时间序列上表现出来。鬼作为人死后的灵魂的一种转化或作为生命诞生前的游魂投胎于人世的一项依据。鬼不受现世时间的支配，故有既存在于前世又存在于来世的鬼，又有仅存在于前世或来世之一世的鬼。对此，从思想实质的角度言，鬼无疑是人世无常与轮回思想所衍化出的一种虚设的形象。传统文化中常有以鬼喻人之例——此点至今未曾完全消失，正表明传统文化认为人鬼是可以互相转化的，而这又是建立在对三世连续的认识基础上的，其中的关键点就是生与死。

上面从时空方面已说明了鬼是非现实的、不可实证的，鬼的形体问题就更是如此。从对传说实例的考察中，才能看到只有极少数的鬼才是有形体的，而大多数的鬼则是无形的，它们刀枪不入、看不见摸不着，完全不受人世法则的规限。这里的道理很简单，鬼的形象与内涵越是模糊，人对鬼的把握与捕捉就越可以具有随意发挥的成份（所谓“画鬼容易画人难”），鬼也就因此更可以随心所欲地成为混沌粗浅的哲学意识所编捏造设的形象，想想，说一阵已刮过的风就是鬼已路过，这不就是对万物有灵论的最绝妙的图解吗?

论鬼要论得更细致具体，还可注意到鬼像人一般，也有性别之分和美丑之分，这些臆想的意识最集中地体现在描述性的传说与文字艺术中。在这方面，以漂亮狐媚的女鬼为例，或说她们专以色相勾引人，吸人血髓或引人堕入恶道，或说她们倾慕人间的美满幸福，进而不惜斩折自我的修炼之功来换取人世间的短暂欢乐，等等。前者隐含着要人谨慎自重的警世之意，后者则表达了对人间世俗生活的礼赞。而在男鬼之中，因其孔武有力，所以多作为为虎作伥的帮凶，以鲁莽而又粗暴的形象出现。

在对鬼的思考中，最有趣与最耐人寻味的还不在于这些，而在于鬼与人间正义的密切联系，那就是充满着哀怨与伸冤复仇心理的厉鬼，它们出现的依据是伸张正义、索命复仇，而这种想象无疑是针对人世间的不公平与缺乏正义的事例而引出的，所以在情理中，它们的抨击对象总是贪官污吏、昏君以及为富不仁者。完善的想象总是针对着不完善的现实而生成并得以流传的，因此，这种臆造就不可能没有其现实基础，鬼之所以能穿上道德判官（而不是法律判官）的外衣，就是相应的社会时期对能为人间冤情伸冤及主持公道的角色的迫切需要所致。人类的正义与正气有时只能附丽于虚无缥缈的非人间的鬼的身上，从心理依据上说，是借助于鬼对那些为非作歹者所可能产生的那些程度不等的震慑作用——从使人吓了一跳到使人摧肝裂胆、精神崩溃，从而多少起着一些压力与阻力的作用；从社会状况说，这既是对相应社会的一项有力的嘲讽与揭露，又是对人类历史进程中的悲剧的一项艺术化的、想象的表现。既然如此，复仇鬼的形象就是跟社会的缺陷和某些人的作恶行径及意念对立着的，他们并非是跟人过不去，而是跟人世间的作恶者过不去。

值得注意的是，复仇者以鬼而非其他的形象（如神仙）出现，这与其作为任人宰割的人世弱者的形象是密切相连的，所以复仇与冤情申辩也就只能留在仅可能为思想所把握的来世中。中国文化中作为复仇者而出现的鬼的形象，基本上都是女鬼（突出者如窦娥、李慧娘等），这无疑是跟女性在中国历史上的地位、命运及其人生的挫折相一致的。

所以，对鬼的认识与阐发绝不应仅局限于反面的、负的意义上，假如人中的魔鬼是十恶不赦的话，那么，鬼未必是魔，鬼之中的某些成员还自有其轻盈精灵、扬善抑恶的可爱之处（如蒲松龄笔下的那些女鬼）。因此，对鬼的认识把握就应是多义与立体的，就以鬼来喻人的神秘莫测、阴险狡诈来言，论行为有鬼鬼祟祟之说，论言语有鬼话连篇之说，论思想有鬼头鬼脑之说……但这还只是一方面，另一方面，以鬼才来喻人间的怪才奇才（如唐朝诗人李贺），以鬼斧神工来喻人间艺匠工匠们的技艺之精巧，则又显然是褒义的，这种比喻无疑是得益于鬼的敏慧诡秘、精灵古怪而又非凡人所可企及的意象的。至于在大众意识中，鬼原有的与祭祀和宗教的密切联系已逐渐淡化，并逐渐向艺术归拢，鬼的面具被应用于戏剧表演尤其是自娱的假面舞会上，就说明了这一点。此时，鬼对人世和人的无伤大雅的“捣乱和戏弄”，虽有诱发出某些人的神经质反应的可能，但这种调侃的骨子里所包含的却是幽默的意识，所以大多数人对它们的反映都是宽容的嫣然一笑，它们也就因此成为使人生变得更多姿多彩、更有情趣的一种促进剂。

参透了是人将鬼的面具画制出来的现象，鬼的来龙去脉也就明晰了，人对鬼的理智而又全面的态度也就不难建树与构筑了。您说呢？

（1989 年第七期）

读蛇者说

◎河西

凡是经历过“文革”的中国人对这个大字报上的流行语都不会陌生：“牛鬼蛇神”。按照佛教术语的解释法，牛鬼指的是佛教神话中的牛头鬼卒，《五句辛经》上说这种怪物牛头人手，两只脚是牛蹄，力拔山兮气盖世。而蛇神就是天龙八部中最后登场的大蟒神摩睺罗迦，牛头马面之流，纯粹是跑龙套的人物。不知道是不是为了凑数，天龙八部中排在末位的大蟒神也显得面目不清。

道教系统的《拾遗记》上有这么一则故事：大禹治水，凿龙门之山，见一神，人面蛇身，大禹倒也不惧怕，就和他攀谈起来。这位神仙见谈得投机，就送他八卦图。这八卦图与十二个时辰相对应，可以度量天地，大禹就是依靠这件旷世奇珍，平定洪水，而这位人面蛇身的神仙，也就是传说中尝百草的神农伏羲。不知道他该如何行走，是像野战的士兵一般匍匐前进，还是腾云驾雾——无需步行，所以双腿像美人鱼般没有分岔也没有什么大的关系？从汉画像石中，我们不难看到这位伏羲的立像，在没有施展法术之时，大概还是要直起腰杆扭捏而行的吧？而佛教中的大蟒神摩睺罗迦却正好与之相反。鸠摩罗什说大蟒神“是地龙而腹行也”；僧肇也持此说：“大蟒神腹行也”；《法华玄赞》更是为大蟒神正名，说：“梵云莫呼罗伽，此云大腹，摩睺罗伽讹也。”但这种怪物却是人身蛇头，《慧琳音义》十一写：“摩休勒，古译质朴，亦名摩睺罗伽。亦是乐神之类，或曰非人，或云大蟒神，其形人身而蛇首也。”既然是人身蛇首，两条腿都好好的，却要依靠腹部来行走，岂非咄咄怪事？

蛇龙混淆

在东西方的神话系统中，蛇也许是最混乱的一个群体，最常见的就是蛇和龙的混淆。英格兰史诗《贝奥武甫》称毒龙为蛇；晋代的葛洪认为有一种蛇能够变化为龙；双目失明的诗人弥尔顿分不清龙和蛇之间的区别也是情有可原，他认为撒旦是龙和蛇的混合体：“但他仍然是群蛇中最大的，/然后长大成了龙，比太阳/在神谷用黏土造的巨龙要大。”（《失乐园》第十卷）但他没有说明，撒旦是如何像丑小鸭那样从一条其貌不扬的蛇蜕变为至高无上的龙的。在印度神话中，爱罗婆多既是蛇王，也是龙王，而佛经中金翅鸟与毒龙之间不共戴天的仇敌关系更多地和《摩诃婆罗多》中的鸟蛇之争有关。不排除是翻译的原因，印度学者多罗那他在《印度佛教史》中也是龙蛇不分。说提婆波罗王的儿子是龙子，可是又说这个小孩“敬天的时候，翘然显出蛇头”，晚上又有“五蛇头龙王”出来跟他说：我是你的父亲。说富楼那跋陀那地方的婆罗门有兄弟七人。他修大自在天用明咒试图收伏该地的一条龙，但未能驯伏，结果婆罗门夫妇以及弟兄七人都被毒蛇所啮而命终。既然是去收伏龙，干毒蛇何事？莫非蛇鼠一窝的俗语，还可以改成“蛇龙一窝”不成？商俱婆罗门就是七位遭遇灭门惨祸的婆罗门兄弟之子，所以他从小就对龙/蛇之类有着刻骨的仇恨。“他在家中地下室中养了很多猫鼬，家外系着一些名叫悉罗的杀蛇动物，屋顶放置很多孔雀以防蛇，然后努力寻求降龙的真言与物料。”然而，这些准备工作证明都是无效的。一天，天界诸龙突然驾到，它们发出的声音像狂风吹拂，孔雀和悉罗都闻风而逃，这时一条细小的蛇——看来它们还真是一伙——就爬进屋内，将商俱给咬死了。

也许在古人眼中，龙这种虚幻的动物终究没有蛇来得实在。这种实在性是很可观的，在《新科学》中，维柯认为，蛇和狮子一样构成了土地强有力的观念，所以杀死一条蛇是非凡之举。汉高祖刘邦泽中芒、砀山斩蛇起义；而在日本最重要的古典典籍《古事记》中，太阳神和月神的第三个孩子风神取名“须佐之男尊”，桀骜不驯，被天神派去管理黑夜，由于他觉得天神分配不公，所以整夜哭闹不止，还在神殿随地大小便，结果被天神放逐到阴间，却让他得到机会斩杀八条巨蟒一举成名。清代陈尚古在《簪云楼杂说·五里蛇》写到过一种超级巨蟒：明朝万历年间，有位姓沈的大臣出任滇南巡抚，刚到任上，他就为手下一位长相怪异的安参将而惊讶。此人是个秃顶，脸上除了两个眼睛炯炯有神之外，什么眉毛、鼻子、耳朵全都不翼而飞，这让巡抚大人着实吓了一跳。会议结束之后，巡抚把参将留下来单独训话。参将也不隐瞒，就把自己的经历娓娓道来。原来在滇南山中有一条奇大无比的蟒蛇。它身上的鳞片比竹笠还要大。丈量一下有五里长，堪称如假包换的山中之王。它经常在夜晚出动，什么豺狼虎豹碰到这条巨蟒，必定成为它的腹中佳肴。自己曾与其搏斗，虽然杀死大蛇，却遭遇毁容，也可以说是为成功必须付出的代价。

在希腊神话中，杀蛇也是标榜这位英雄的确有其真才实学的好机会。宙斯和阿尔克墨涅之子大力神赫拉克勒斯就靠杀蛇证明了自己非同凡响。他刚出生的时候力大无穷，赫拉派了两条巨蛇，想吃掉襁褓中的婴儿，结果却被他掐死。他长大后终于立下十二大功绩，如杀死涅墨亚的猛狮、斩杀了勒耳那水蛇、活捉了侵害阿耳卡狄亚的厄律曼托斯山的野猪等，干下许多惊天动地的大事业，两条巨蛇看来只不过是他初出茅庐小试牛刀的“开胃小菜”而已。

尽管如此，蛇仍然让人恐惧。多罗那他在《印度佛教史》中写到过一种大蛇：智藏阿阇梨“到迦摩缕波去，他的弟子们走到阿阇伽罗（能吞羊的大蟒）毒蛇的洞穴上，蛇当时熟睡未醒。在路旁住宿时，毒蛇醒来，嗅着人味，前来吞下几个优婆塞，用牙咬了好多人，用口中毒气使逃走的人昏倒”。在古希腊的神谱中，拥有一百个头的勒耳他水蛇海德拉令人不寒而栗，这些蛇头被砍之后就会迅速复原，一个西绪福斯似的砍头工必定要接受徒劳的命运。幸好，赫拉克勒斯是个懂行者，他明白其中的奥妙，所以就用点着火的木头来烧灼蛇头的脖颈，终于将其杀死。

拜伦在《唐璜》第八歌中虽然对这种怪蛇持一种否定的态度，但对这种头颅掉了碗大个疤的本领还是赞赏有加——虽然这种妖怪到了马雅可夫斯基的眼中就成了资产阶级反动派的最佳画像。拜伦写道：

> 像百头的怪蛇，地狱的妖精
> 团队沿着河岸匍匐前进。
> 英雄们即使身首异处，
> 颈项也会长出新的头颅。

事实上，赫拉克勒斯就是一个脚踏两条蛇，身上披着狮子皮的怪人。在英文中，Python（意为巨蟒）这个词来源于古希腊神话：皮同特尔斐保护神喻祭礼的蟒蛇，被阿波罗杀死并剥夺了权力。在这个故事中，权力是由蟒蛇来传递的。研究《西游记》的日本汉学一代宗师中野美代子则发现，在《西游记》中，孙悟空正是通过对龙的权力的剥夺来获得自己的超能力。与此同时，Python 还有一个含义就是能够预言将来的巫师。考虑到龙和蛇的亲缘关系，我们不妨认定，孙悟空和阿波罗一样也是一位“巫师”，他们本身令人目眩神迷的能量也许只是一种幻象，它们的源头来自于另一种动物——龙或蛇。

蛇之化人

从某种意义上来说，《西游记》是一本变化之书。蛇也善于变化，五代谭峭所著《化书》认为蛇和乌龟、雀和蛤蜊其实就是一种动物的不同变体："蛇化为龟，雀化为蛤。彼忽然忘曲伏之状，而得蹣跚之质；此倏然失飞鸣之态，而得介甲之体。斫削不能加其功，绳尺不能定其象，何化之速也。"显然，谭峭并非一个唯物主义者，他被自然界的造化之功冲昏了头脑，不由自主地生出许多稀奇古怪的念头来，回到伏羲/大蟒神这种人和神之间的杂交关系上。

在神话中，人和蛇的互换并不罕见。在加西亚·马尔克斯的《百年孤独》中，霍塞·阿卡迪奥和一位美丽女子邂逅时，后者正在人群中观看一个因为不听父母的话而变成蛇的人。而有史以来最著名的蛇变人以及人蛇恋传奇，非后来被改编成京剧和电影而广为人知的《白蛇传》莫属。《白蛇传》的故事本身是很奇怪的。一方面，作者对白娘子和小青这两个女妖似乎很有些同情，对于人蛇恋也极力加以褒扬，但最终的结果却是佛法战胜旁门左道。对于一个习惯了大团圆结局的国家来说，突然出现一个《罗密欧与朱丽叶》似的莎翁悲剧不免有些蹊跷。《白蛇传》中偷仙草一段也许有助于我们看出一点这个故事的原貌。古巴比伦的史诗《吉尔伽美什》中也有蛇偷吃仙草的段落。吉尔伽美什从海底取走仙草，回家途中看到一眼清泉，便把仙草放在一边，下水洗澡，结果大意失荆州，一条蛇从旁边经过，将仙草吞食，从此，蛇以蜕皮来恢复青春，而人却无法长生。也就是说，在古巴比伦人的世界观中，蛇是一种长生不老的动物，而且它抢走的，正是人类的寿命。那么我们是否也可以反过来认为，吃蛇也是大补特补的事？——而且如果那条蛇恰好是一条修炼千年的蛇精的话。雷峰塔是一个炼丹炉似的容器，中野美代子发现，中国人对洞穴（发展到葫芦和瓶子）的热衷恰恰是因为它与炼丹的容器之间在形态上的相近。在《西游记》中，太上老君试图将孙悟空炼成百转金丹，结果却不可得。但这一次，《白蛇传》的作者就没有那么善良，他似乎铁了心要拆散有情人，只是他的目的却并非除恶扬善。而且，事实上，雷峰塔的设计建造与镇妖无关。"雷峰塔"原名"黄妃塔"、"王妃塔"，创建于公元975年，乃是吴越国王钱俶为庆贺爱妃黄氏得子所建。

但更多的学者认为白蛇传的故事来自印度。赵景深先生还仅仅推测这个故事的原型“大约”来自印度，美籍华人丁乃通先生则于1964年在德国的一家杂志上发表了一篇长篇论文《高僧与蛇女——东西方〈白蛇传〉型故事比较研究》，一口断定白蛇传的故事和欧洲拉弥亚的故事一样都来自印度。“《国王与拉弥亚》首先在《印度口传故事类型》一书中列为一个类型：该书提到了七篇异文，全部出自克什米尔一旁遮普地区”这样的断言似乎下得还早了一些。因为在印度神话中，蛇一直是一种躲在暗处的祸害。也许是因为在热带，这种冷血动物失去了冬眠的兴趣，所以可以不为气候所动地为非作歹，干下比北温带和寒带更多的伤天害理的勾当，终于要让当地的民众谈蛇色变。值得注意的是《白蛇传》中的白蛇形象，已经变得楚楚动人，虽然在《聊斋志异》《平妖传》《封神演义》之类的中国古典小说中并不缺乏狐狸精诱惑书生、修行者和帝王将相的案例，但蛇精的出现却几乎清一色是负面新闻。应该看到，蛇与性的关系是很密切的。《山海经》里的蛇神几乎都是“雌性”，比如《大荒西经》中的始祖母、大母神和女娲。女娲和伏羲的交尾像有性交的含义。日本绳纹时代文化遗留物里具典型性的蛇型器物可以看做是绳纹人对跃动的粗野生命力与性的情念的象征，所以我们常常能够看到，绳纹土偶中的女性神的头上盘着蝮蛇，石制蛇神体则为棒形，前头亦有蛇盘于其上。而在日本最古老的神话典籍《古事记》中，也有一则哑皇子与肥长比卖的人蛇神婚的故事，它们的表现目的基本上是一致的，即对蛇那旺盛的生命力有一种本能的羡慕。蛇精化人的故事始于南朝刘义庆《幽明录》的《薛重》一则，在这个故事中，蛇精化人的目的就是与人淫乱。《集异记》和唐宋传奇《李琯》中的女蛇也以诱惑意志不够坚定的男性的反面角色出场。在冯梦龙的《白娘子永镇雷峰塔》中，白娘子和许仙的夫妻生活似乎有点纵欲过度了：

白娘子放出迷人声态，颠鸾倒凤，百媚千娇，喜得许仙如遇神仙，只恨相见之晚。正好欢愉，不觉金鸡三唱，东方渐白。

正是：欢愉嫌夜短，寂寞恨更长。

蛇如何与人交配？蛇被认为是世上最淫荡的动物。据说任何声音都可以让曹操歌颂过的那种长寿腾蛇受孕，比如驴或者马的叫声、铁匠的吆喝声和蚯蚓在泥土中翻滚的声音。毛元淳在《寻乐编》中记载，青蛇可以和任何动物交配，小到雉鸡和乌龟，大到蛟龙和大雁，都和这种青蛇可以大行云雨。蛇与人之间的生殖器障碍自然不是问题。看来，在古人眼中，蛇是一种天然的春药，并且很快被符号化了。

蛇之象征

由于房中术是道教内丹修炼中一个非常重要的组成部分，用蛇（龙的一种变体）来代替人在某种意义上似乎更有利于道教内丹的修炼。更重要的是，在《白蛇传》中，抛开爱情的表层，蛇是一种寿命的媒介，最重要的证据不外乎许仙起死回生的经典段落，这又与道教内丹的修炼目的不谋而合（请注意，这位男性主人公的名字由原来的许宣被后人改写成许仙，其羽化飞仙的野心已是昭然若揭）。在小说的结尾，许仙大彻大悟，对于凡间红尘之事，早已了无牵挂。在方成培的《雷峰塔传奇》中，迫于善男信女的压力，他在故事最后增加了一个段落，叙述许仙和白娘子所生下的“蛇子”许士麟得中状元，救母还乡皆大欢喜的故事。不论从许仙来看，还是从他的孩子来看，总归是终成正果一路，似乎也可以看做是内丹的一种隐喻，从而，蛇子成了一种威力的象征。

在印度神话系统中，颂扬毗湿奴大神的《薄伽梵往世书》其地位仅次于两大史诗。在这部书中记载了毗湿奴对于人类的十大功绩。其中一条是他和阿修罗用一条巨蟒做绳索缠在搅棒上，每搅一次就会搅到一件宝物，有一件宝物是吉祥天女，她成了毗湿奴的配偶。看来，这里的巨蟒其功能是一种诱饵，和《圣经》中那条备受指责的蛇所扮演的其实是一样的角色。《圣经》中的蛇原来是直立行走的，只是因为它诱惑亚当和夏娃，迫使人类的始祖离开伊甸园。上帝不仅责罚了亚当和夏娃，对这一切因缘的始作俑者——蛇——也没有轻饶，他就诅咒蛇将成为一切牲畜、野兽最讨厌的东西，并只能用肚子蠕行，以尘土为粮，还说蛇将与女人世代为仇，它将遭女人后代的伤害。蛇既然如此可耻和可恨，不知道为什么，当出埃及的摩西在其八十岁时遇到上帝耶和华时，上帝赋予他三种法力：能将手杖变形为蛇，将水变成血，能传染或医治麻风病。手杖与蛇的关联大概还要追溯到古希腊神话中。我们都知道，信使赫耳墨斯—墨丘利的手中拿着一根奇特的手杖，上面盘着两条蛇。在古代，盘蛇手杖是报信者、宣誓者和军队使节的象征，保证他们不受侵犯。后来金庸先生在《射雕英雄传》里写的那位靠蛇和蛤蟆两种动物撑场面的白驼山主人手持一条木杖，以驱蛇为乐，不知道是否有受到古希腊神话中这位蛇杖信使的影响。而在墨西哥神话中，奎查尔特尔乘坐着蛇组成的筏子漂向了特拉巴兰，这里的蛇也有“大乘”的妙用。从中也不难发现，蛇自古是一种传递的媒介。

危险与敬畏

当然，蛇有其危险性。在英文中，还有一个描述蛇的词是 serpent，这个词表示的是大毒蛇，也就是在伊甸园中诱惑亚当和夏娃的罪魁祸首。后来，这个词又成了魔鬼撒旦的指代，于是，蛇和魔鬼就成了一个硬币的两面。在天界，它是撒旦，在人间，它就化身为蛇，诱惑着那些意志不够坚定的人跟随着魔鬼的脚步去做出一些伤天害理有违人伦的事来。在大多数民族的神话系统中，蛇都是邪恶的象征。波斯史诗《列王纪》是菲尔多西的毕生之作，其中有关铁匠卡维的故事被公认是其中最生动的部分。故事说的是祖哈克原为阿拉伯半岛的王子，后受恶魔挑唆，害死父王，夺取王位，为答谢恶魔，他让其吻他的双肩，于是双肩生出两条毒蛇，日益折磨着他，恶魔得寸进尺，又变作医生，让他每日杀两青年喂养毒蛇，才能获得安宁。祖哈克听从了他的旨意杀死了许多青年，当他把铁匠的十八个儿子杀得只剩一个时，铁匠实在忍无可忍，用竹竿挑起自己身上的围裙为义旗，揭竿而起，推翻了暴君。

这种对蛇的恐惧历史悠久源远流长。古希腊的伊索在自己的寓言集中也没有少写蛇，在他的笔下，蛇的形象基本上没有什么安全性可言。《农夫与蛇》的故事家喻户晓，其寓意是所谓的“怙恶不悛之徒，勿因施仁布恩，随即变本易性”。

秘鲁最有影响的土著小说作家西罗·阿莱格里亚 1941 年的小说《广漠的世界》第一章中描写一位老酋长在他行走的路上遇上了一条黑蛇，这使他的心情立即变得沉重起来，他感到了一种不祥的预感，因为在拉丁美洲的印第安人中，蛇是邪恶的预兆。在印第安神话中，格鲁斯卡普是“善”的代表，而他的孪生兄弟马尔塞姆却造出了山、谷、蛇和一切危害人类的东西，从此两兄弟分道扬镳，看来蛇这种动物在全球各地都没有什么好的名声。

当然，以毒攻毒也是可行的。赫西俄德在《神谱》中所描述的蛇发女妖早已深入人心。斯忒诺、欧律阿勒和美杜莎三姐妹都是福耳库斯的女儿，住在世界的西端，她们令人感到害怕的原因在于，她们的目光所及之处，一切都要化作石头。其中，美杜莎是最恐怖的一个。她头上的头发全是蛇。希腊神话还说她很漂亮，被海神波塞冬看中后，和他生下了克律萨俄耳和珀伽索斯，看来古希腊人的审美观是有些不同。这位可怕的女妖并没有因为她的魔法而得到永生，当美杜莎遇到珀涅修斯，她的好日子也就到头了。珀涅修斯砍下她的脑袋，装点在雅典娜的神盾上，从此以后，雅典娜因为这第二个脑袋而获得了一个并不体面的别名：美杜莎。这个被砍下却依然能让人变成石头的脑袋为建筑设计师们提供了灵感。他们将它设计在一幢住宅入口处的屏风上，她的形象依旧可怖：长舌吐出，牙齿外露，蛇发在她的头上继续张扬，却因为可以驱妖辟邪而得到了人们的欢心。

在埃及神话中，蟒蛇是死神的象征。埃及人相信，在夜晚，太阳神拉神要经历黑暗的冥府，才能见到光明。在冥河里，每走一个钟点，都要经历一座死亡城，那里有一条叫阿波非斯的神蛇，它是专门为拉神制造麻烦的。埃及神话表明，蛇具有可怕的力量，即使是最高级别的神，也要惧怕三分。于是，蛇因其神力，从一种最可恨的动物也有可能升格为一种保护神。在埃及的狮身人面像上我们见到了它。这里的狮身人面像和古希腊神话中斯芬克司有着相同的形体，只是它的头上顶着一条具有埃及特色的纹头巾，它的脸庞模仿的是法老的形象，前额上刻有乌莱——一种神蛇，是法老与神的守护者。

但大多数时间里，对于蛇人们总是敬而远之。《摩诃婆罗多》的开头部分有几篇“蛇祭”故事，讲述的故事可以视作远古时代几次大规模的灭蛇运动的一个缩影。在第一个故事中，毒蛇的贪婪是他罪恶的渊薮。镇群王和宝沙王两位刹帝利来了，选中了婆罗门韦陀作他们的祭司，有一天，他为了祭祀的事要到别处去，他就吩咐他的门徒优腾迦，说：“优腾迦啊！如果我家里缺什么，我希望你使他不缺。”因为在这期间，优腾迦拒绝了师父家中的妇女对他的怂恿，为他师母的经期做他“应该做的事”，而得到师父韦陀的赏识。他认为这是一个学徒成熟的表现，于是允许他出师。作为出师的礼物，徒弟向师父请示，他如何才能赢得他的欢心，师父说，你去问你的师母吧。师母说：“到宝沙王那里去，向他要王后戴的那对耳环，把它拿来。从今天起再过四天就是功德日，我想戴上那一对耳环招待婆罗门。”王后很慷慨地赠送给了她的耳环，但她提醒这位初出茅庐的小年轻：蛇王多刹迦也喜欢这套耳环。对此，年轻人显得不屑一顾，他请王后放心，因为蛇王胜不了他。

在回去的路上，他发现一个裸体的出家人忽隐忽现地跟在他身后，他把耳环放在地上，自己走去找水，这时这个出家人就现了原形——原来他正是蛇王多刹迦，和古巴比伦以及《白蛇传》中的蛇一样是一个小偷——突然钻进地上裂开的一个洞里。不知道出于什么样的原因，优腾迦开始赞颂起他的敌人：

既有八千零八蛇
复有蛇群共两万
蛇王持国出行时
护卫随行在身畔

或者行走在其旁
或者分离独远行
爱罗婆多为长兄
我今为之作礼赞

这样的拍马屁并没有引起蛇族的好感。正在烦闷的优腾迦这时看到了两个在织布机上织布的女子、六个在转轮子的童子和一位英俊的男士。他马上对他们大加恭维，使得听者心花怒放，他们问他，你要做什么呢？他说，他要制伏这些蛇。于是那女子说："你对这马的肛门吹气吧。"他就对那马的肛门吹气。一吹之下，这马全身上下凡是能喷出烟火的地方全都喷出火来。多刹迦害怕火烧，只得把耳环还给了优腾迦。

优腾迦后来得知，这位英俊男士就是伟大的天神因陀罗。在这个故事中，蛇王多刹迦并没有显示出他作为一方霸主的神气来，这位除了变化为和尚之外别无他能的蛇王似乎让那些期望着一场恶仗的读者感到些许失望，而他的蛇蝎心肠除了和韦陀夫人一样的对奢侈品的喜好之外，也显示不出他的"过人之处"。

佛经中并没有就大蟒神摩睺罗迦到底有多大有一个量化的表述，《佛本生故事》中有蛇王 Nāgas 或 Muchalinda，估计两者相差不多。蛇之大小，不一而足。屈原《天问》中有"一蛇吞象，厥大何如"之句，伍律先生考证说这种蛇是巴蛇，生活在南方，《山海经》说它长八百尺，能吃象，三年才排出骨头。晋张华《博物志》的蛇也大得惊人："蟒开口广尺余"。《搜神记》中的临淄大蛇和司徒府中的二蛇长"十许丈"，李寄所斩的蛇也有七八丈长。唐段成式的《酉阳杂俎》说“蚺蛇长十丈，常吞鹿，鹿消尽乃绕树出骨”，虽然没有陈尚古所说的那条蛇那么大，那也够瞧的了。《印度佛教史》中说优婆塞去请观音时，路遇深不可测的悬崖拦路，不能退行，只能祈请独髻母大蛇弓身变做桥梁为其前进铺平道路。这是大蛇。当然也有小的，现实中最小的蛇是身长为二十—三十厘米、粗八毫米左右的盲蛇，就跟蚯蚓差不多大。它们生活在外高加索和中亚南部，以蚂蚁和其他小昆虫为食——从神话到现实，蛇那越来越臃肿的身材终于得到了一次减肥的良机。

（2008 年第九期）

智者之见　仁者之心

——“陈文丁画”阅读随记

◎郑雷

多年以来，陈四益先生的杂文小品和丁聪先生的配套漫画一直是《读书》杂志不可或缺的组成部分，被称为“《读书》的开篇风景”。

其实，大到时代，小到《读书》，早就或快或慢、或显明或潜隐地在改变着了。“陈文丁画”与变得越来越商业化的时代、与变得越来越玄奥的《读书》之间，关系显得越来越不协调，从这一点看，它似乎真有点“遗形物”的意味了。这个社会学的名词，当年胡适博士曾用来指称中国戏曲，此处仅是借用，并无褒贬意味。小而言之，“陈文丁画”是沈昌文时代老《读书》杂志的“遗形物”；大而言之，它还应当是二十世纪八十年代思想解放运动的“遗形物”。如果从其知识谱系、精神谱系来分析，更应上溯到五四，名之为五四的“遗形物”。

无论是五四还是八十年代的思想解放运动，楬橥的都是“民主”、“科学”的大旗，强调以理性的眼光看待一切，评断一切。作为五四运动的旗手，鲁迅与胡适在中国文化界同样享有恒久的影响。“陈文丁画”的作者都顶礼鲁迅，但并不诚惶诚恐、亦步亦趋。众所周知，鲁迅杂文具有很大的偏激性，追求的是一种片面的深刻。效法鲁迅的陈四益别有会心，他摄取的是鲁迅观察问题的敏锐识力，文字则尽量洗净愤激，由事入手，以理服人，纯然一派博雅君子风范，虽也偶见金刚怒目的呵斥、菩萨低眉的叹息，但褒贬之间自具分寸，并非一味嘲讽笑骂，而是用九方皋相马的功夫洞察对象的方方面面，借庖丁解牛的手段剖析问题的枝枝节节，总的来说，气盛而言宜，不脱理性色彩，从风格上看，似乎更近于胡适。

且读一读这样的文字——“我们真是生活在一个复杂的国家的复杂的时代……一边是外国搬来的旗号、主义多得令人发怵；一边又大讲‘三纲六纪’，以为这是传统文化的精华。一边是卡拉OK、桑拿浴、现代舞、摇滚歌星；一边又是讨小老婆、抽大烟、吃花酒、看风水”（《世相图·土洋结合》）。三言两语即勾勒出反常世态，笔力直追鲁迅；“或许，民主就是处理国是的程序，一种谁也不能公然违背或随意绕开的程序，一种可以最有效地保证由民做主的程序，一种主要用以限制为政者滥用权力、违背国民意愿的程序”（《世相图·民主是什么?》）。一招一式又总不离启蒙思想，话语神似胡适。“一个民族，没有了讲真话的勇气，是没有希望的民族；一个社会，没有了讲真话的环境，是难以前进的社会”（《世相图·五不怕》）。掷地有声的警示，依稀鲁迅风骨；“一个健全的社会应当有自由、活跃的思想，这才能有创造、有革新、有发展、有进步。欲以思想之僵化来换取社会之稳定，代价实在太大，而且往往得其反，适足造成社会的不安——因为僵化毁坏了社会的适应与调节机能，这是有史为证的”（《世相图·思想纠错》）。条理分明的述说，颇得胡适风神。至于提出“为政者的本领其实并不在一切都要由他们来发明，而在于能通过一种制度，把整个民族的思想潜能充分调动起来，然后从中筛选出适应于当前需要的元素，组成可以实施的治国方略”，则俨然是胡适“三无”主张——“一国的元首要努力做到‘三无’，就是要‘无智、无能、无为’……无智，故能使众智也。无能，故能使众能也。无为，故能使众为也”——的另一种表述；然而尚不止此，接下去笔锋一转，又变成了鲁迅的冷峻：“但是我们这个古老的国家，有一个古老的传统，就是喜欢把一切成功都算到某一个人——比如

‘圣天子’——头上。起初或许是众人的谦逊，也或许是有心的逢迎，但后来便成为一种通例，谁不遵守，就会被清除。于是，一切好主意算在一个人账上，渐渐变成了只有一个人才可以说‘好主意’(哪怕只是个馊主意)，众人则只能唯唯诺诺，听任这一个人胡调”(《竹枝图·跋》)。出语尖新，细思又理路井然，锋利而明快，条畅而通达，激切的意绪与平和的理性在这里得到了自然的统一。

在这个酷评、戏说、调侃、灌水、无厘头搞笑盛行的年代，多的是信口雌黄的轻佻和咬牙切齿的偏执，相形之下，益见出作者清明理性的可贵。在理性的烛照之下，日常习焉不察的各种怪现状一一在作者的笔底现出原形，无所逃遁。批评的锋芒所向，首在体制的弊端："上好事功，下即虚报；上恶阙失，下即噤口；上好形式，下即多生花样”(《唐诗图·天子好年少，无人荐冯唐》)；“一人当官，七姑八姨咸任要职。一人作宰，子女亲友皆有安排”(《唐诗图·何曾见天上，着得刘安宅》)；“上访的人越来越多”，“上面要求下面就地化解矛盾”，“一路转下去，到了乡镇，无可再转，遇到要上访的群众怎么办呢？最便捷的办法就是：霸蛮——一关二罚”(《世相图·就地化解》)；“官位既然成了可以买卖的东西，自然也就形成了市场——不管它是在明处还是在暗里”(《世相图·买官市场》)。

与体制积弊紧密相连的是精神世界的混乱：“算命、看相、风水、圆梦、房中术的书已经印得满街都是，好像这些都是今日亟待普及的国粹。粹与渣在一些人眼中似乎真的要泯灭界线了”(《世相图·粹与渣》)；“据说，孔夫子的教训依旧是今天道德重建的基石。要稳定么？好办，搬出三纲六纪，便可重振纲常”(《世相图·难得摩登》)；“好像又到了另一个浮躁的年代。人人都想发财，而且要暴富”，“于是八仙过海，各逞其能，条条道路通发财：萝卜充参，猪肉注水；昼销假货，夜受贿赂；闯关走私，弄权致富；明偷工厂，暗窃国库；滥捕珍禽，乱挖古墓。等而下之，还有绑架勒索，撬门入户；逼良为娼，聚众滥赌……就连做学问的也骂人图名，抄袭成书”(《世相图·浮躁》)。“陈文丁画”中有一组文字最初发表时曾冠以“精神现象零拾”的总名，即此便不难看出，作者对民族的精神生态有着超乎寻常的关注，其着眼点仍在于五四先贤急欲改造的国民性。鲁迅曾经说过：“有志于改革者倘不深知民众的心，设法利导，改进，则无论怎样的高文宏议，浪漫古典，都和他们无干”（《二心集·习惯与改革》）。有鉴于此，“陈文丁画”大量的篇章都是从生活中常见的现象出发，通过对社会病态的针砭，在精神领域里拨乱反正、激浊扬清，明诏大号地提醒人们警惕封建幽灵作祟，倡导建立健康、合理的政治模式、经济制度、文化生活，以使中国的现代化事业尽快步入可持续发展的康庄大道。

洞悉历史底蕴、富于现实经验的作者惯于以犀利的眼光观照身边所发生的一切，正因如此，他们对许多社会现象的评析往往显示出惊人的预见性。拿丁聪先生的话来说：“那能嘎嚎格，嘎许多年前画格，同现在格事体贴得嘎紧”（《世相图·跋》）。一仍旧贯还算好的，有些现象甚至变本加厉，愈演愈烈，1997年北京的状况是“长安屋贵，居大不易”，“住房一米，售价五千，月薪四五百之小民，毕其一生之积蓄，犹不能购五六十米之蜗居”（《唐诗图·连云大厦无栖处，更绕谁家门户飞》）。那么现在如何？似乎是不待多言而人人心中雪亮的。身处此境，“无大官之位，无大款之财”的平民百姓又岂能不“兴望屋之叹”？

还可以举两个更典型的例子。2004年春天，上海国际赛车场初步落成，“陈文丁画”中有一篇专就此事发表评论：“对于F1赛事，‘烧金’也罢，‘狂欢’也罢，‘刺激和享受’也罢，先别忙炒作，先把这场赛事能否在中国有关法律法规框架内进行搞清楚再说不迟。否则，法律法规不是形同儿戏了吗”（《世相图·忧心F1》）？检点日期，文和图作于2004年3月。两年半以后的2006年10月18日，据媒体报道，号称“中国F1教父”的上海国际赛车场有限公司总经理郁知非被有关部门传召，“协助调查有关上海腐败案及上赛场运作中存在的违规操作事宜”。事实证明，冷眼旁观者的“忧心”并非毫无根据的杞忧。还有一篇谈论节日的文字，看似无关紧要的闲话，其实却触及中西文化抉择的大问题。文章指出，对于从外国引进的节日，排斥者“大体是从卫道的角度出发”，认为“引进外国的节日便会搅乱中国固有的文化”。可是如孔诞之类的中国节日“只是教人磕头祭祀，单调得不像一个节”，“没有群众性参与的乐趣，所以渐渐地被人忘却了”；“倒是圣诞节，又是平安夜，又是赠贺卡，又是大采购，又是圣诞老人给孩子送礼物，热闹得紧，耶稣诞辰倒不过是大家玩乐的由头。于是喜欢热闹的老百姓，不管信教的不信教的，都过起了圣诞，卫道者的排斥归于无效”（《世相图·节日的引进》）。文图发表一年半以后的2006年12月，媒体上出现了十博士的联合署名倡议书，宣称中国人过圣诞是“在文化上陷入集体无意识”的表现，其根本原因是“中国文化的主位性缺失和主体性沉沦”，故而要“唤醒国人，抵御西方文化扩张”。动辄发宣言、喊口号，自以为登高一呼，应者云集，什么样的问题都可以迎刃而解，这似乎是多年的狂热政治所带来的后遗症。维护民族文化的热心诚然可感，但这种做法多少有些滑稽，与作者的善于体贴人情世态相比，不说荒唐可笑，至少是显出了迂阔和偏执。

议赛车，说过节，犹是小焉者也，“陈文丁画”中还有更为严冷的儆戒，针对的是日益倾颓的世风：“今人之忧，在奢靡，在贪贿，少数暴富，多数守穷。及至私囊中饱，国库掏空，则国势弱而私室强矣”（《唐诗图·圣人不利己，忧济在元元》）；“在社会公正的代表者也在蜕化为富人‘追星族’的时候，社会资源短缺的穷人究竟能否共同富裕起来，只怕是比一部分人先富起来难得多的课题”（《世相图·贫富的机会》）。无忌无隐的直言中包含着无尽的忧思，令人警醒，更促人反思。

最为难能的是，两位作者一直葆有活跃的开放心态，总在努力吸收新思想新观念，不断充实和提高自己。出于以往的习惯，作者曾对某些新潮时尚颇有微词，如就染发和品牌命名等问题发出过“黑发何尝不佳，何必染绿染黄？国货名亦称好，何必洋调洋腔”（《唐诗图·岂无青铜镜，终日自疑丑》）的慨叹。然而很快就认识到“人之饮食亦如衣着，易趋新而厌旧”，因而对于“引进快餐”、“引进节日”等新生事物给予了应有的肯定：“引进快餐之卫生、便捷、标准化实旧有小吃店所不及，加之口味适合儿童，桌椅亦添童趣，故能抓住儿童，因便带来成人”（《竹枝图·引进快餐》）；“本土的节日没有了，就从外国引进，也是事理之常，排斥是无效的。与其指责青年男女过洋节，不如想想为什么原先很能给青年人带来些快乐的节日总要弄到归于消失才肯罢休”（《世相图·节日的引进》）。“与时俱进”一词近年忽然时兴，成为使用率极高的流行语汇，但能切实理解个中真义、跟上浩浩荡荡世界潮流的究竟为数几何，也还大成疑问。对照一下丁、陈两位先生，不知有多少坐井观天、故步自封之辈应该愧杀。

以月旦文坛人物为己任的《齐人物论》曾对陈四益作过如下的评骘：“陈四益先生的文字，应该属于国宝级，在我眼里是和大熊猫不相上下的。当然仅指他的‘文言’，不包括其白话小品和近来越写越油的打油诗。这表明，‘搭卖’之道是行不通的，陈四益‘别才’惊天，这既成全了他，也限制了他，使他不具备两栖发展的条件。为什么非得两栖发展呢？套用马克思的妙语：我们羡慕狐狸的诡谲多智，为什么就不能欣赏刺猬的‘只此一招’呢？”陈四益是“只此一招”的刺猬吗？熟悉他的人都可以作证，他绝对是一只标准的狐狸。不必远征旁采，即以“陈文丁画”为例，二十年来，陈先生尝试了各种各样的杂文形式，从“双百喻”、“唐诗别解”到“诗画话”、“杂咏”、“京都竹枝”再到“精神现象拾零”、“准花鸟虫鱼”，由寓言而随笔，由文言而白话，由文而诗而诗文合一，勤勤恳恳，认认真真，轻轻松松，洋洋洒洒，不断变脸，不断转型，充分挖掘了汉语言文字表达上的各种潜能，形成睿智幽默、明快简练的陈氏文风，曲高和众，名满天下。

“陈文丁画”的另一位作者，年逾九十的“小丁”内涵更加丰富，可以说他本身就是一部厚重的大书，从老上海的石库门到战时重庆的“二流堂”，从北大荒的云山农场到团泊洼的干校，他以自己源源不断的漫画创作记录和见证了二十世纪以来中国社会的吉凶祸福、起落兴衰。丁先生自承“好像是个老也长不大的老小孩，屡跌泥坑，仍然不谙世事”，阅尽沧桑而不改其度，不失赤子之心，一如既往地眷恋文化，好学深思，难怪他一下笔总是要带出浓郁的书卷气，也总是那么干净、准确、传神，不见一点赘余的成分，更往往在文字的基础上别出心裁，巧妙地加以发挥，着手成春，自具气象，正应了杨宪益的评价：“丁侯作画不糊涂，笔底才情敌万夫。”像《百喻图》里的《水患》讲一户人家为避水患，多次会议迁徙，毫无结果，最终为洪水所淹；画中一家老小在没颈的大水中徐徐商讨搬迁事宜的情状栩栩如生，将文内“水至，而议犹未决”的结语阐发得一无剩意而又绰有余音，使人忍俊不禁。《言路》中漫画的表现比文字更夸张，故事里的海外国王下诏严禁妄言是非，于是国人“咸缄其口”；画中除国王与执法之吏外，余人皆以布帛封口，一位衣冠中人甚至还戴上了当日所无的口罩，这种《故事新编》式的穿插新奇而有趣，是作者“漫画要有讽刺的东西，如果兼顾幽默更好”（《最后的文化贵族·丁聪》）这一艺术主张的完满实践。《古风》里的刺史某“恶世风之嬗变”，告诫家中女子说：“世风日下，人心不古。尔辈当振古风，不可媚俗。”于是众女“皆被发倮袒，但以兽皮树叶蔽体”，刺史“勃然震怒”，不料众女回言道：“遵大人之命，振远古之风，怒何为?”画中一排“被发倮袒”的女子神情各异，最引人注目的是右侧那个望向刺史的少女，丁先生在她半露的脸上勾勒出一只瞪得圆圆的大眼睛，眸子一点，顿然点活了全图，也点活了整个故事。这只独特的眼睛不单属于画中人，它其实也应当属于旁观的作者，眼神之中几分得意，几分嘲弄，几分不满，几分抗争，果然是“传神写照，正在阿堵中”。

丁、陈从1984年的《荐贤》开始搭档，就此一发而不可收，前后合作长达二十四年，亦可谓是“二十四番花信风”了。两人的合作可以总结归纳出一个显明的特点，就是“中西合璧”。就丁先生而言，是以从西方学来的漫画技法“反映中国人的事情、中国社会的现实”（《最后的文化贵族·丁聪》），进而在此过程中结合进传统的线描手段，熔铸出自己独特的艺术风格。就陈先生而言，则是将古典文学的优秀传统与五四以还源自西方的新文学传统冶于一炉，鉴真破幻，述往思来，以一支生龙活虎的灵妙之笔为时代写照。而两位作者合起来看，中，是“文章合为时而著，歌诗合为事而作”的抱负，是“先天下之忧而忧，后天下之乐而乐”的情怀；西，是“科学”、“民主”价值的理性认同，是社会文化批判的自觉意识。一方面，两位作者始终保持着清醒的头脑，“于繁盛中见萧条，于欢娱中见悲凉，于太平中见动荡，于长久中见短暂，见微而知著”（《唐诗图·何事欢娱中，易觉春城暮》）；另一方面，他们又从未放弃对未来的希望，敦促“每一个人都要努力改变自己，适应并参与创造新的生活——一种主动的、积极的、独立的、自由的生活”（《世相图·克服矛盾》）。冷眼热肠，覃思谠论，睿智的话语中流露出一片掩抑不住的蔼然仁者之心。智者乐水，仁者乐山。文似看山，起伏蜿蜒；思如流水，空明澄澈。眼观六路，神游千载，自然超以象外，得其环中，见山是山，见水是水。乐山乐水，正尔相宜。

述阅读随感既竟，仿“诗画话”法，集《世相图》句，以结全篇。诗曰：

世事洞明皆学问（《隐名法》），风光善与四时同（《难得摩登》）。

盛衰治乱从头捋（《版本今学》），不尽新思气吐虹（《套话的由来》）。

（2007 年第十二期）

不守法的使者

◎止庵

保罗·塞尚

塞尚是一位要求我们景仰而拒绝我们热爱的画家。他与这世界的关系是一种对峙的关系，通过绘画保持着他与所有东西的距离，高高在上，君临着一切。

H·H·阿纳森著《现代艺术史》讲到早期的塞尚，说："他在谋杀与抢劫的场面中，驱散了自己内心的冲突。"但是这种"内心冲突"应该说最终还是为塞尚此后在绘画艺术上的缓慢持久的探索所化解。他不再恨她们，但是也不爱她们，他研究她们，重新创造她们。女性的性别特征对塞尚来说，意义似乎也仅仅在于这里。所以德·斯佩泽尔和福斯卡合著《欧洲绘画史》说："由于塞尚是一个纯粹的画家，他只能发现绘画的问题，当他面对着一个模特儿时，虽然他在画肖像，但他不是一个肖像画家。他对表现他的模特儿的人的特点不感兴趣，而仅对表现体积有兴趣，就好像画水果或瓦罐一样。"所谓"纯粹的画家"，换句话说，也许意味着塞尚是美术史上第一个真正到位的画家。

这一特点同样表现在他给妻子画的肖像画（《暖房里的塞尚夫人》）里。据约翰·利伏尔德《塞尚传》说："必须同意做最辛苦的模特儿的是妻子霍士坦·菲克，因为塞尚要求模特儿不能动。有时工作数小时，模特儿疲劳而感到厌烦，他完全不介意。……塞尚的工作进展是非常缓慢的，在画布上画一下模特儿的轮廓及一些阴影和色调的关系，模特儿必须一周时间每天不缺地来摆姿势。画静物的时候，必须用假花和玩具水果，因为在工作完成之前花凋零了，水果腐烂了。画一幅肖像画要用数百次模特儿，那样的事绝不算稀奇。”

在那些画里，妻子总是漠然地看着塞尚，实际上塞尚也漠然地看着她，但是塞尚是胜利者。他把生命的东西变成永恒的东西。塞尚的画里没有任何浮华成分，他不需要女人表现出愉悦和兴奋。妻子的肖像有二十五幅之多，算来她一共在画布前坐了不少年罢。这可怜的女人，由着塞尚冷静而审慎地把她的头、颈部、手臂和下半身分别画成圆柱体、球体和锥体，慢慢儿地也像一朵花似的凋零了。只有塞尚才谈得上是前无古人，成就这样一位大师谈何容易。

奥布雷·比亚兹莱

《美的历险》概括比亚兹莱的艺术，特别指出“精心雕琢的线条”和“黑白两种颜色不可调和，对比强烈”比亚兹莱的女人就这样被创造出来。“精心雕琢的线条”使她们保持妖媚的姿态，加上表情又总显得有点儿居心叵测，这样的女人呈现于“不可调和，对比强烈”的黑白两色，我们真该说是集美的体现者和善的毁灭者于一身了。我曾用“有毒”来形容美，比亚兹莱的女人则差不多是美得毒汁四溅了。他的版画我最喜欢的是《〈莎乐美〉插图》（1894年），《美的历险》中说的虽然夸张，但是我也相信：“这些插图出自这位二十一岁的青年之手，明显超过了剧本文字的力量，使《莎乐美》成了比亚兹莱的书。”

比亚兹莱的作品常常被批评为“矫饰”，如同一切唯美的艺术一样；这种批评主要因为这类艺术在表现善上的阙如而起。它们又常常被批评为“堕落”，因为表现的是恶而不是善。在我看来，美作为手段和美作为目的，这是根本不同的价值体系；我们该有不同的评判标准。我们不能批评他是否“矫饰”，只能批评他“矫饰”得到位不到位。从某种意义上说，“恶之花”与“善之花”虽然方向是背离的，但是还是在同一价值体系里，在这一点上比亚兹莱和波德莱尔的作品都只是特定时期的产物。

居斯塔夫·克里姆特

克里姆特喜欢赋予他的画以象征意义，比如那幅非常有名的《生与死》（1908—1911 年）就是一例。但是现在看起来，这种象征意义即便不是浅薄的，至少也是简单的。克里姆特的画作另有好处。在二十世纪绘画史上，精美虽然看起来似乎与构成主流的质朴自然是矛盾的，但是如果我们承认它也可以成为标准之一，克里姆特在这一方向上无疑是达到了迄今为止的顶点。实际上现代艺术正是在“可能发生”与“不可能发生”这样两个坐标系上展开，质朴自然和精美是不同的标准、两者均有无限的前景，只是不要相互夹缠了。

克里姆特的作品都有着一种内在的矛盾因素：一方面，女性裸体有着最大的性的魅力，甚至给观者一种切肤的丰满和温暖之感，使他们在心灵上无限趋近这些女人；另一方面，她们置身金碧辉煌的纯装饰性平面图案之中，仿佛被深深禁锢着，是如此不可企及，人们的渴望被阻遏了。这是些壁画里鲜活的女人，是色情的，又是纯洁的。这里结合了最极致的，最世俗的，同时也是最不可能实现的东西，从而有一种近乎绝望的诱惑。最终我们很难分清究竟是愉悦还是痛苦。人世间不可能有的种种美的折磨，美的沉迷和美的太息，是这么丰富饱满地展现在克里姆特笔下。

除了极少数情况，克里姆特的女人似乎都回避着与我们的接触，她们或者闭起眼睛，仿佛已经睡去，或者目光空洞茫然，心不在焉，但是往往摆出最勾魂摄魄的姿态。当她们意欲有所交流，仅仅是那狡黠的眼神就足以穿透一切，毁灭一切。这是些呆在天上的堕落的天使，如果降临人间，恐怕会引起一场肉欲的风暴。这些画确实有着“一种无形的、地狱边缘的气氛”（《现代艺术史》）。克里姆特也确实是非要把永恒置于毁灭的边缘才肯予以表达。

克里姆特的女人可以分为两类：一类如上所述，俗艳，淫荡；另外一类则高贵，典雅。共同之处是都非常美丽。后一类多是非裸体画像（《玛格丽特·施藤布劳—维特根斯坦的肖像》，1905 年；《期待（为斯托克莱特壁画所作样图之二）》，1905—1909 年），他达到了这样的程度：“还没有人给我们提供过一幅某种欧洲女子如此高大完美的肖像。”（《现代艺术的意义》）这时他把她们置于更加珠光宝气的氛围里，她们被不可思议地装饰着，她们本身也成了不可思议的装饰物，与观者遥遥相望、美丽而孤独，和他笔下那些裸女一样，仿佛都是人间缥缈的梦想。

弗朗兹·马克

这个世纪里最美的大自然，十分短暂地展现在马克笔下。此后很快他就转向了抽象，在艺术上或许是新的开拓，但是说到大自然则已不复存在；此后很快他就战死了。一种强大的原始生命感，体现于他画的天空、原野和奔跑的马群。在《原野里的马》（1910 年）中，那匹红马蓦然看到如此美景，大概也吃了一惊；在《蓝色的小马》（1911 年）和《黄色的小马》（1912 年）中它们就尽情享受这份美好了。在他别的以动物为题的画（《雪中的鹿》，1911 年；《林中的鹿之二》，1912 年；《虎》，1912 年）中，大自然同样展现了其无限的美。

马克实现了最高程度上的和谐。对马克来说，和谐不是在美的某一端上做到圆满，它圆满得包容了所有美的极致；不是回避什么，而是一概控制得住，是最高意义上的那种干净。所以在他笔下，最蛮荒的与最高贵的，最华丽的与最质朴的，最跃动的与最有序的，全都融为一体。形容的话惟有“人间天堂”，然而实在无法想象有什么人能进入其中，马克的大自然是最后一处与人类文明完全无关的所在。这倒不是担心骚扰或玷污，它实在太圆满了，所以一准予以拒绝。如果非要与我们拉上关系，恐怕也仅仅属于心灵，而且是在最纯洁的那一刻。这里附带说一句，我平时听自然论者不大讲理的唠叨听得絮烦了，不免有些逆反心理；若是马克的大自然当然心向往之，可是就更觉得返归自然是一句空话了，因为真正的大自然根本在人间之外。

这一时期的马克，好像是有所选择地把高更和凡·高结合在一起，有高更的深邃，没有他的阴郁；有凡·高的热烈，没有他的焦躁。此外得力于野兽派的地方也很多，但是他的色彩饱满大胆而不张狂。他实在是太喜欢那些马了，后来在已经是抽象画的《马厩》(1913 年) 里，还让它们保持着具象状态，这种事情我们见过一次，那是德劳内的埃菲尔铁塔；马克也曾取法于他，他们都无法舍弃自己最心爱的东西。

德·契里柯

德·契里柯早期的那些梦不仅使现实世界变得无法确定、可疑和丧失意义，也使大多数人的大多数梦黯然失色。《二十世纪美术辞典》说："在 1910—1914 年画的'城市广场'油画中，那种怀古的气氛，或者说是奇特的、空白似的空间，其强烈程度是二十年代任何一个超现实主义画家的努力所不能比拟的。"德·契里柯画出了梦的无限可能性，他的追随者不过是分别把其中一种落实了而已。或许只有把他当作最主要的标识，此前此后画布上所有的梦以及我们所有涉及梦的话题才能得以谈论。

《现代艺术史》说，德·契里柯的画"充满孤独、怀旧、无名的恐惧、对于前途的各种预感和自然真实以外的真实"。最为奇异的是在他笔下其实几乎什么也没有发生，一切尽皆交付我们的想象，又仿佛是些不能确定的记忆。德·契里柯的对象是"我"，不是"我们"，观者注定要孤立无援地走进他的画中；这里无论空间，时间，光与阴影，还是那种寂静，都既不可能而又可能，令人不堪忍受，而已经构成观者处境的这一切，好像凝固住了，将永无止境地延续下去。他笔下的雕像、人影和服装人体模型，相互之间或与所处环境之间，无不远远隔离，似乎正陷入这一基本生存状态带给它们的痛苦之中。画家谈到自己的《一个秋天下午的谜》（1912 年）时说："我喜欢把这幅作品叫做瞬间出谜的作品。"

画家还说："一个在阳光下行走的人的影子里面所有的谜要比过去、现在和未来一切宗教中的谜更多。"卡尔文·汤姆金斯在《杜桑》一书中解释道："对于德·契里柯来讲，他这句话就是说绘画主要是召唤蕴藏于存在之中的神秘事物的一种手段。"德·契里柯的世界受到世界之外的严重威胁。他设想过大家"一定看到了到处都存在的征兆，因此他每走一步都浑身发抖"，在他的画里，所有征兆最终都是不祥之兆。真正的恐怖是对恐怖的预感，危险肯定存在，但是不知道它究竟是什么，来自哪个方向，所以一切防不胜防。用《现代绘画辞典》的话说，这是"沉闷而丰富的不安"，"逾越常规的神秘莫测方面的无限可能"。在那一瞬间，观者心里变得空洞洞的，仿佛对危险缴了械，只好等待着它降临。

德·契里柯"忧郁而神秘的气氛"（《西方现代风格演变史》）充满了威胁，他的诗意杀机四伏；作为观者，我们却盼望着能小心翼翼地到他的梦里从事一番灵魂的冒险。是的，谁做过这么诡异，这么精微，这么洋溢着梦的气氛的梦呢。

在我看来，二十世纪最重要的小说家是卡夫卡、博尔赫斯和罗伯—格里耶，读他们的书时都联想到德·契里柯，卡夫卡对现代世界的寓意化概括、博尔赫斯的形而上学构筑和罗伯—格里耶对物的关注，一并也就是德·契里柯画里的意思。而就对观者心灵的震撼程度来说，绘画史上大概也只有凡·高或苏丁和他可以相提并论，虽然其间看起来距离最远。对那两位我们总感到有强烈的情感喷涌而出，德·契里柯却仿佛真空地带，要把我们吸纳进去，力量同样强烈。他们一用加法，一用减法；凡·高和苏丁有如轰鸣，德·契里柯则是"静谧的轰鸣"。

讲到对心灵的震撼，德·契里柯运用智慧，如同其他画家倚仗情感；他早期那些画作是人类智慧迄今在这方面最高级别的表现。德·契里柯后来风格突然变化，大家为之惋惜不已；与人人称道的短短几年“早期”相比，这个“后来”在他整个生涯中所占比例之大简直难以置信，或许这正反映了人类智慧毕竟还是有限度的。但是换一副眼光看，也可以说是他的梦忽然醒了罢。

马塞尔·杜尚

杜尚在《蒙娜丽莎》的复制品上添加了小胡子，成为美术史上对固有审美观念最恶毒的亵渎的《L. H. O. O. Q》时，他实际上否定了作为审美对象的“绘画里的女人”存在的可能，同时也就否定了我们在这里所谈论的话题存在的可能。当然杜尚一生否定的东西比这更多，甚至包括架上绘画这一形式本身。杜尚在《蒙娜丽莎》而不是别的什么画上添上小胡子肯定是有意义的，因为《蒙娜丽莎》曾经被赋予了太多的意义，它几乎成了美的象征了；但这个“有意义”本身不是一种与前述意义相类似的意义，对于既有固定价值的破坏并不意味着一种新的固定价值的实现。

在杜尚看来，一切都是在变化之中；当价值观念被固定了，它就丧失了全部价值。换句话说，基于固有观念所进行的价值判断本身已经不复成立。我们时代的最大特色正在于价值观念上的这种革新。我觉得杜尚的《泉》（1917 年）、《L. H. 0. 0. Q》（1919 年）、《旋转的饰板》（1920 年）和《大玻璃》（1915—1923 年），甚至他后来的停止创作，在对时代本质和艺术本质的揭示上，要远远深刻于其他任何画家的任何作品。一切绝对意义，无论是自认为的或被认为的，都因他而转变为相对意义。

这个时代画家们的光芒都聚焦在杜尚身上；有了杜尚，其实才有现代艺术史可言，否则它只不过是对以往艺术史的某种延续。杜尚也许是惟一可以与人类最初发明绘画艺术的那个人——姑且假定有那么一个人罢——抗衡的人。而正因为这种抗衡，我们才得以理解“艺术是什么”。杜尚的作品，特别是那些“现成品”，粗略一看似乎只有破坏意义，然而正如他所说：“我想揭示一种‘互惠的现成物体’：可以把一幅伦勃朗的画拿来当烫衣板！”前面提到的两个人：人类最初发明绘画艺术的那个人和杜尚，一个假定世界上有种特别的东西叫做艺术品，另一个指出他只不过是在假定。这是隔着时间长河进行对话的两个人。杜尚的艺术都是公案式的，并不针对个别，揭示的是整体。如果没有他，我们就还在画地为牢，固守着那种既停滞又局限的艺术观念。杜尚给我们的启示是变化和无限。这是他最大的建设所在。杜尚以前的所有画家都是置身于艺术之中去体会艺术的意义；而杜尚是第一个真正把艺术作为对象加以理解的艺术家，所以他既是最深刻的，又是最艺术的。

《新艺术的震撼》关于《大玻璃》讲过一段话，也可以用来解说杜尚的所有作品：“《大玻璃》再次表明它永远是适合时代的。二十世纪早期的其他名作早已被固定在历史之中，然而《大玻璃》却一再以最新事物面貌出现。我们这个时代在我们的子孙后代看来很可能是一个方法论的全盛时期：是把方法当做通向一切事物的钥匙的时期。如果是这样的话，我们的子孙后代也会记住奥克塔威·巴兹对《大玻璃》的评论：‘它所给予我们的是时代的精神，即在它自身反省和在玻璃透明的虚无中表现自身的时候产生的方法和批判性观念。’”也许只有见过这幅作品真迹的人才能真正理解这段话，不过我多少也能体会出《大玻璃》对于以往整个绘画艺术的革命或颠覆之处。其中包括这样一点：一向我们只能从对面这一固定方向去看一幅画，不管这幅画出自达·芬奇或毕加索之手，抑或是岩洞里人类最早的壁画，不管绘画技法和内容方面发生了多少革新；而《大玻璃》可以从正反（其实无所谓正反）两面去看，对于观者来说，这是有史以来的第一次。这才是一场真正的革命，有关绘画艺术的一切都被打破了。

（2002 年第五期）

读书时光

读书之道

——2007年11月10日在安徽师范大学的演讲

◎**张公善**

读书之道的“道”有两层含义：一是具体的道路或方法；二是形而上的抽象之“道”。这两种含义往往互相融合，难以分清。下面我取有关读书的最重要的四个方面来谈这些具体又抽象的“道”。

读书的境界

读书的境界因为读书的目的不同而有高低之分，境界如同山峰，虽然高低不同但都姿态万千各有千秋。现在我指出最常见的三种读书境界：

利的境界：为功名利禄而读书

这是古往今来大多数读书人的读书境界。孔子的学生子夏说：“仕而优则学，学而优则仕”。（《论语·子张》）古人要想当官就必须一级级应考（童试/秀才—乡试/举人—会试/贡生—殿试/进士）。要考好就必须要苦读，头悬梁锥刺股什么的，于是就有许多脍炙人口劝勉人勤奋读书的句子：“十年寒窗苦，一朝天下闻”；“三更灯火五更鸡，正是男儿读书时。黑发不知勤学早，白首方悔读书迟”（颜真卿）；“富家不用买良田，书中自有千锺粟；安居不用架高楼，书中自有黄金屋；娶妻莫恨无良媒，书中自有颜如玉；出门莫恨无人随，书中车马多如簇；男儿欲遂平生志，五经勤向窗前读”（宋真宗）；“天子重英豪，文章教尔曹；万般皆下品，唯有读书高”（汪洙）。

现代中国莘莘学子读书好像并不是为了当官，更多的是想着一个“铁饭碗”，终生吃喝无忧。后来铁饭碗被废除后，一度兴起“读书无用论”，似乎读书就是为了吃饭。当今社会，越来越多的人读书只为稻粱谋，不少大学的教育也沦为职业教育，这些着实令人痛心。

读书究竟有什么用呢？从饭碗的角度来说，读书可以提高人的综合实力，加强人的技能素质，这些都为以后找工作打下良好的基础。“书到用时方恨少；事非经过不知难。”读书是有备之用、无用之用。读书之大用何在？这就进入以下两个读书境界了，一是为了个人内心的充实与快乐；一是为了一种崇高理想的实现。

乐的境界：为充实快乐而读书

“学而优则仕”被认为是儒家传统，其实孔子认为读书不应只为稻粱谋而应追求快乐，他的如下言论足以证明：“三年学，不至于谷，不易得也。”“学而时习之，不亦乐乎？”“知之者不如好之者，好之者不如乐之者。”更有甚者，孔子还将“道”放在首要的位置，他说：“君子谋道不谋食。”为“道”而读书是又一层境界了，后面再说。

真正把读书的快乐说得让人神往的人可能是翁森的《四时读书乐》。翁森字秀卿，号一瓢，浙江仙居人，生卒年不详，生活在宋元更替的时代。他学问很好，宋朝灭亡以后，不愿为官，隐居办学，著有《一瓢稿》。他创作的这组诗在后代读书人中影响深远。春：“山光照槛水绕廊，舞雩归咏春风香。好鸟枝头亦朋友，落花水面皆文章。蹉跎莫遣韶光老，人生惟有读书好。读书之乐乐何如，绿满窗前草不除。”夏：“新竹压檐桑四围，小斋幽敞明朱曦。昼长吟罢蝉鸣树，夜深烬落萤入帏。北窗高卧羲皇侣，只因素稔读书趣。读书之乐乐无穷，瑶琴一曲来薰风。”秋：“昨夜庭前叶有声，篱豆花开蟋蟀鸣。不觉商意满林薄，萧然万籁涵虚清。近床赖有短檠在，对此读书功更倍。读书之乐乐陶陶，起弄明月霜天高。”冬：“木落水尽千崖枯，迥然吾亦见真吾。坐对韦编灯动壁，高歌夜半雪压庐。地炉茶鼎烹活火，四壁图书中有我。读书之乐何处寻，数点梅花天地心。”听到如此赞美读书的诗句，谁会不对读书充满遐想与渴望呢？

读书是为了充实自己的内心精神世界并参悟宇宙人生的真谛（悟道）。它已经不再是为了一种单纯的求知而是为了一种智慧的富足。拥有这种境界的人，像鲲鹏一样逍遥于天地之间，大千世界皆可阅览，人间万相莫不为书。清代张潮在其《幽梦影》中说得好：“善读书者，无之而非书：山水亦书也，棋酒亦书也，花月亦书也。善游山水者，无之而非山水：书史亦山水也，诗酒亦山水也，花月亦山水也”；“文章是案头之山水，山水是地上之文章”。法国女作家杜拉斯也说：“生活本身就是一种阅读，是事物的智慧”。

但是这种读书境界旨在个人的圆满透悟，并没有向外实践的行为。古人的知行合一观念可以作为补救。把读书悟道与生活实践统一起来，这是更高层次的境界了。

道的境界：为崇高理想而读书

周恩来从小志高，12 岁就发出“为中华之崛起而读书”的誓言。1919 年 3 月，周恩来为了中国的反帝反封建大业，毅然决定放弃在日本求学的机会，归国加入革命，回国前夕，赋诗一首赠给为他饯行的同窗好友：“大江歌罢掉头东，邃密群科济世穷。面壁十年图破壁，难酬蹈海亦英雄”。这首诗其实也形象地再现了五四那一代知识分子的读书境界。郭沫若、巴金、鲁迅等等，无不胸怀为国家民族繁荣富强、为人类团结友爱而读书的坚强信念。

孔子说：“道不远人”，是说日常生活中处处都有道，但作为文明结晶的好书更是道的源泉。当我们读书不仅仅只是为了自己的内心充实与快乐，而是通过书本悟道，进而传道、践道，那么我们的读书就拥有了一份崇高的意味。

读书的方法

读书之法，不仅仅关于阅读行为本身，更要注意阅读的最终效果。关于读书的方法，人们的谈论可谓汗牛充栋。在此，我结合自己的读书经验简单谈谈。

阅读之法

“书有可浅尝者，有可吞食者，少数则须咀嚼消化。”（培根）有的书需字字精读，有的书可以一目十行地泛读，更多的书可能需要我们精读泛读相结合。中国古人非常强调精读，相当于外国新批评派的“细读”法。精读重在字里行间咀嚼出文章的味道与思想。慢速和重复是精读的标志。“韦编三绝”说的就是孔子读《易》次数之多，竟把编联简策的编绳翻断了多次。朱熹则强调读书要慢慢地咀嚼涵化：“读书切记太匆忙，涵泳功夫兴味长。未晓不妨权放过，切身需要细思量。”那么，哪些书需要或者值得精读呢？主要有三类：古代经典；自己专业经典；痴迷钟情之书。

光有精读还不行，知识爆炸的时代，我们必须发展一种快速的泛读技能。泛读的目的何在？拓展精神空间。哪些书需要泛读呢？休闲性的通俗读物；非专业的经典著作；普及性的知识小品等。如何泛读呢？快速阅读技巧有：首先细看目录和标题；其次精读序言或结尾；最后快速浏览正文，等等。

现代人更多的可能是精读与泛读相结合。有些书我们不知道好不好，不知道自己能否读下来，不妨先快速泛读一遍，如果你觉得比较好，你可以再次阅读，在自己感兴趣的地方精读。还有些书我们知道是比较有名的经典著作，但书中的论证似乎又比较繁琐，我们也可以这样来读，抓住提纲挈领，领会核心思想。比如我读罗蒂的《哲学与自然之镜》。大多数的著作都需要重复阅读才能把握其精华。我个人的读书习惯是：先通读（泛读+精读），再回头选读（精读）。

吸收之法

很多人书是读了不少，可往往不能充分吸收，不能很好积累自己的“精神库存”。为此我们还要在读的同时做以下一些辅助性的工作：做记号、夹纸条、批注、读书笔记（摘录与感悟）。做记号和夹纸条目的是书海拾贝。一本书就是一片海洋，记号和纸条就是一种参照物，方便你定位你所发现的五彩斑斓的贝壳。批注是你阅读时忽然的感悟或启发，随手在空白处写的性灵文字。我国古人很喜欢这种阅读方式。脂砚斋、金圣叹、张竹坡都是古典小说的批阅高手。读书笔记是你阅读一本书最后形成的属于你的一种精神食粮的库存。你可以摘录非常精彩的文字（要注明书的出版社、版本和页码，便于引用查阅），你也可以写一些随感性的阅读体验。这类文字，我们尽可不论字数之多少，单观性灵之有无。

读书的维度

读书是一个非常具有可塑性、独立性的行为，只要读书的人勇于开拓善于挖掘，他完全可以在三个方面做到与众不同，甚至特立独行。这就是读书的多维度带给人的风采。

广度

古人说：“行万里路，读万卷书”。培根说：“读书补天然之不足，经验又补读书之不足”。人生在世，经验与书本要相辅相成，我们既要强调通过游历阅览世事沧桑，也要重视书本阅读的广博。不同的书带给你不同的收获：“读史使人明智，读诗使人灵秀，数学使人周密，科学使人深刻，伦理学使人庄重，逻辑修辞之学使人善辩：凡有所学，皆成性格。”（培根）读书的丰盈还可以使人的灵魂充实气质不凡，此所谓“粗缯大布裹生涯，腹有诗书气自华”（苏轼）。

深度

真正的读书应该触及所读之书的思想核心而不能浅尝辄止。书如人，是有灵魂的。好书往往百读不厌，常读常新。王安忆认为小说写的是作家的“心灵世界”。读小说就是要从字里行间通达作者的心灵世界，才可以说达到深度。比如《老人与海》，如果我们能够穿透文字的表层意义，那么我们就会发现它的内在而深沉的象征意义：大海如同生活，尽管生活中有些东西我们无法控制，但我们可以像老人那样反抗，尽最大努力做到成败皆英雄。艺术作品如此，学术著作也是如此。一部学术著作如果满目专业术语，佶屈聱牙，毫无作者性情之文字，也是一大遗憾。因为真正的思想是有温度的，它让我们温暖，让我们充实。

读书必须要抓住书的主题，那么整本书就好理解了。康德的书，难读，但如果看通康德的精神，那就是他要协调人类知情意，让它们和谐统一，你就能从总体上把握了他的思想。黑格尔的书是逻辑的正反合三段式的演义。海德格尔的书是存在的宣言，存在是他的太阳，一切光辉都是从中发出。如果我们读书能够把作者的思想融会贯通起来，可能就会一通百通了。当然，作者的思想又往往是比较复杂的，前后矛盾的现象也比比皆是。这就需要我们走向另一个读书的维度——高度。高度意味着反思与批判。

高度

“尽信书不如无书”，所以我们要能出入所读之书。有人读《少年维特之烦恼》后自杀，就是太耽溺于书的艺术世界了。读书之人必须要做到清醒与投入同在。不投入不能体会书的韵味；不清醒往往堕为书奴。房龙说的好：“艺术只有一个目的，艺术家要为之不倦的努力，不懈的奋斗。这个目的就是达到艺术的最高境界——生活的艺术。”读书也要从这个生活的艺术的高度出发。

梭罗说："两种文盲之间并没有什么区别，一种是完全目不识丁的市民，另一种是已经读书识字了，可是只读儿童读物和智力极低的读物。"我们不能满足于浅显易懂的书籍，而要给自己的智力向上登攀的体验。庄子的《秋水》意味深长：井底之蛙缺乏的不是深度而是广度；北海缺乏的不是广度而是高度；秋水，没有深度没有广度也没有高度，只是拥有流动的生命，这可能就是我们绝大多数的平凡人。

生命因为有广度才姿态万千，因为有深度才波澜不惊，因为有高度才卓尔不群。追求生命的广度、深度和高度，我们的生命将更加有意味。在此，读书可以助我们一臂之力！

读书的意义

读书究竟有什么意义呢？可能绝大多数的人都不会想这个问题，因为我们读书时往往目的很明确，或是为了打发时间，或是为了汲取知识，或是为了研究写论文等等。这些急功近利的目的并非读书的真正意义。读书应是一种"生活的艺术"，它的非同寻常的意义体现在以下三个方面：

超越日常生活

整体的生活是"生命—生活—存在"三位一体的结合。其中"生命"是整体生活的形而下维度，"存在"是整体生活的形而上维度，而中间的"生活"就是我们通常所谓的日常生活，它主要目的就是生存，它禀赋的是现实原则。当学生们背负重重的课业负担，当商人们在生意场日夜打拼，当政客们殚精竭虑，当无数的平凡人为了吃饭两眼一睁忙到熄灯……如何超越日常生活，立足生命感悟存在便是一个重要问题。

人是一个复杂的多重角色的统一体，兽—人—神的统一体。纪伯伦说："人性就是降临在人间的神性。"梭罗说："我们的整个生命是惊人地精神性的。善恶之间，从无一瞬休战”，“自知身体之内的兽性在一天天地消失，而神性一天天地生长的人是有福的。”人类为了求生和动物没有多少区别，但人不能停留在这个层次。人性地活着就是内心拥有神性地活着。我们内心的神性渴望更高级的生活——精神生活。

读书是超越日常生活的一种有效手段。读书为我们开辟了一片纯净的精神领空，在此我们可以自由地吮吸让我们心灵安宁的甘泉，静静地积攒让我们重新生活的力量！超越日常生活还有一种方法，那就是跳出日常生活，把日常生活当书来读，这样我们便拥有了一份生活的坦然与超然，这就是前文所谓的“道”的读书境界。

认识生活、体悟生活、拓展生活

生活是原生态的书本，书本是结晶化的生活。

读书可以认识生活。一门科学就是生活身上的一根触角，从中我们窥探生活的奥秘。一本书就是生活长河的一条支流，漂流其中，我们便可欣赏生活两岸的风景。读书不仅仅可以借助别人的眼睛看世界，而且也可以书本反观自己的生活世界。生活的困惑，在此疏解；生活的智慧，在此凝聚。我们是活着的书本，书本是变形的我们。我们和书本在生活的舞台上同台演出。我们演绎着现实生活的悲喜剧，好书则往往预示着未来生活的万花筒。读书还可以拓展生活，让我们进入被现实生活时空所束缚的领空。“上下五千年，纵横八万里。”我们可以深入历史，可以周游世界，可以进入生活的每一个角落。

自觉传承人类文明之火

人类一代代繁衍生命的同时，也在传承着人类文明之火。当我们自觉阅读人类历史上流传下来的经典著作并与人分享的时候，我们其实是不自觉地加入了传递圣火的行列之中，为此我们应感到光荣，并对那些伟大的作家心存感激，是他们照亮了我们的道路，让

我们不再孤单、不再迷惘、不再绝望！“多少人在读了一本书之后，开始了他生活的新纪元！”（梭罗）

（2008 年第八期）

读书不必沉重

——祝贺《博览群书》二十年

◎王纪潮

如今想连续性地读一种思想文化类的期刊不容易，一是兴也忽，停也忽，本来发行得好好的，不知什么原因就难以为继。二是在大众文化以影像阅读、快餐式阅读为时尚的今天，文化思想类型的杂志更是难以坚持下来。以思想文化阅读为宗旨的《博览群书》杂志却不知不觉地居然就走过了二十年。不仅在一般读书人的眼中它越来越有趣味，而且在学术界也是越来越引起关注，这就更加难得了。

记得八十年代初，书评类的期刊《读书》已是先声夺人，后继的《博览群书》会成为什么样子，恐怕当时没有什么人会在意。那么《博览群书》会怎样走，会不会成功，如果成功，成功的原因是什么？在《博览群书》成功走了二十年后，喜欢它的人大概都会想一想。最近看到《博览群书》的启事，希望读者谈论二十年来中国思想文化进程的精神轨迹、有社会影响的图书和人文学科各个领域的发展历程。我想也不需要别人来说了，这几点都是《博览群书》这二十年所关注的内容，其实也应该就是《博览群书》办得好的原因。我如果在这里再谈这些就是在犯傻，它们实在应该是杂志的主管或者出资者应该谈论和总结的，总结之后还应该设法给杂志社的同人多发奖金、考虑如何延揽人才做大、做强等等……不过我读了那则启事后总是觉得有什么地方好像不对劲，缺少点什么。最近刚好有两件关于图书和读书的事情我觉得比较有意思，也就借此说点看法。

这两件事情一是图书的市场近来兴旺，但有报道却说阅读率在持续下降。据说全国现在有两千多家出版社单位，每年出版图书有 17 万余种之多。有好事者在 1999 年、2001 年和 2003 年连续三年所做的“全国国民阅读与购买倾向抽样调查”结果却显示，我国国民阅读（图书）率呈下降态势。2003 年的阅读率比 2001 年下降了 2.5 个百分点，比 1999 年下降了 8.7 个百分点，于是就有人出来呼唤“深阅读”（赵敏：“国民阅读率下降”不可怕，学人呼唤“深阅读”，《中华读书报》529 期，2004 年 12 月 29 日，第 3 版）。图书市场兴旺当然是反映买书、读书的人多了，商家有利可图，图书的发行量必然会增大。可以想见，卖书的人怎么会做不赚钱的事情，而买书的人又有多少是只买不看的呢？对照二个数据，这个“科学调查”和报道就有点好笑了。

第二件是有报纸说如今的尊孔读经渐成气候。去年年末朱学勤在《南方周末》有一篇“2004 传统文化思潮起波澜”的文字提到此事，他讲的主要“波澜”就是说有人提倡“读儒家经典”初具规模。据说中国已有五百万个家庭、六十多个城市少年儿童加入读经行列。有意思的是一批原来被认为可能反对的学者，如刘海波、王怡等人也支持儿童阅读中国古代经典，有人由此还提出了儒家宪政主义、科举宪政主义等莫名其妙的主张。朱学勤倒是认为，中国的问题不是文化问题，把读经与国家联系起来，除了转移社会政治层面的注意力没有积极意义（《南方周末》1090 期，2004 年，第 24 版）。本来，读什么和不读什么就是见仁见智的事情，文化的保守主义和文化的自由主义在读经问题上能够一致起来，这是不是有点滑稽呢？

我过去不知道什么是“深阅读”。从报道来看，所谓“深阅读”大概有三方面的意思：一是指读者在读书之后能够增进思考能力、逻辑能力、感悟能力、增进社会文明、增进民族的文化底蕴和创作力的阅读。二是指阅读有文化品位和学术性的书籍。三大概是说要读可以反复品味的书籍，不读或少读看完就扔的“快餐书籍”。这些意思听起来都是蛮有道理的，说实话，这样的读书要求却让我很难理解，如果这是“深阅读”的话，我不知道有多少书能符合要求。我想了一下，最能够符合这些“深阅读”标准的应该是教科书。每个人从做学生时起，其语言能力、逻辑能力和精神文明一类的培训差不多都在教科书里完成了，而教科书是要求反复读的，比如过去的《四书》《五经》，从发蒙、乡试、会试到殿试，儒生们何曾敢懈怠！如今的政治读本，从中考、高考到研究生考试，考生们岂敢忽视？从文化品位来讲，如今人民教育出版社编的中学《语文读本》《美术》并不比任何出版社编的什么散文、美文之类的差。过去我对语文教材没有什么好感，看了现在的《语文读本》之后，才知道它包罗古今、题材广泛，已非二十世纪六七十年代的吴下阿蒙。课本被讨厌，问题出在现代的考试技术上，怪不得教材。这和用八股考《四书》《五经》的情况类似，就是要把活泼的语文变得支离破碎！至于书本的学术性，本身就是一个难以说清楚的问题，如果学术是指思辨性、钻牛角尖和普通人懂不了的话，各种智力试题就是现成的例子；如果是指获得科学的知识（这是学术研究的目的），各种教科书滞后前沿理论并不多，文科的可能晚一些，理工科的就比较快，如电子方面的教科书。如果是说学术书是指权威性和真理性的著作，我想每部教科书差不多都是这样标榜自己的，稍许明白一点的人就不会在意这样的疯话。另外，今天除非有不计较成本之势力的支持，只出版“真理”书籍的出版社就会很快关门，社会承载不了太多的学术和真理。所以我认为提倡“深阅读”的最终结果就是要把读者吓跑。

倡导读经的故事在本质上也和呼唤“深阅读”的意思差不多，不管倡导者本人出于什么动机，只要他们认定儒家的经典是高雅的东西，并且把读书和国家兴亡之类的大事情联系在一起，起码给我的感觉就是在搞笑。如今的世界已不是农耕时代，靠半部《论语》可以治天下的条件已经不存在了，读儒家的书实在不需要再负担那么多的政治、文化使命。那些做研究和搞教学的人为完成论文指标、评等升级或者自娱读点儒家的书、写点吹嘘儒家思想的文章对社会没有什么大碍，但是号召所有的儿童在记忆力强时背诵儒家经典，认为他们长大就会理解经典的内容，按照经典行事，未免迂阔。且不说新文化运动对尊孔读经的批判是否过激，但只要读一读《儒林外史》《官场现形记》之类的小说就可以让人们对从小读经明性、长大则知书达礼的事情抱有怀疑的。类似的现象今天还可以见到，媒体上经常出现人心不古、道德滑坡的报道，可以断言，那些贪官污吏和作奸犯科者在青少年时代都经历过无产阶级先进的教育的洗礼，可它并不能保证其良知的沉沦。这二件事都可以说明用文化保守主义的读经方法来解决社会的道德危机，古代行不通，现代也行不通，保证社会健全最不坏的方法还是法制。

平心而论，鼓励“深阅读”和“读经”的初衷都不算太坏，谁愿意这样做，就这样做好了，但在社会价值多元性和文化多样性面前，阅读更应该是开放式的，无书不可读，亦无不可读之书。记得1979年《读书》杂志开办之初就有“读书无禁区”的讨论，那场成为思想文化解放运动的一部分的讨论，已经说清楚这个问题了。读什么，不读什么，什么样的书可以“深阅读”，什么样的书无需“深阅读”，不同年龄、不同职业的人标准都是不一样的。由个人或某个团体倡导读某类经典也无伤大雅，但由政府出面号召问题就大了，其最终的结果不是走向政教合一，就是导致思想专制。在我看来，改革开放这二十多年来，对读书人最大的好处就是可以自由阅读，不再只是面对“老三篇”和其他的经典。

时代在变化，人的观念也应该顺应变化。而在上面说的二件事情的背后不变的却是读书的沉重和我们这个民族对读书的看重，它既塑造了中华文明数千年史不绝书的文明史，也带给后人挥之不去的文化专制传统。自韩非讲“儒者用文乱法”以来（《韩非子·五蠹》），读书人和读什么书就成了统治者关心的问题。这一关心不打紧，读书的乐趣从此就有了局限。从秦始皇焚书，到汉武帝独尊儒术；从明清的文字狱到“文革”的极左思潮，哪一件事情不是要求人们只能读某一类的书籍呢？而多数人也愿意为博取功名只读经义词章，牺牲掉阅读杂书的乐趣，所以中国的专制时间长久不能全怨统治者，读书人自己倒真应该反省。我读《道咸宦海见闻录》时，对张集馨陛见道光帝的一段对话印象颇深，道光劝其读有用之书，说："汝试思之，词章何补国家？但官翰林者，不得不为此耳！"（张集馨：《道咸宦海见闻录》，中华书局，1981 年，第 20 页）过去的君主尚且明白阅读儒家经典的意义，怎么现代的人反而糊涂了呢？

儒家读书从来是要讲修齐治平和君君臣臣的，对读书人的标准大概就是要能够达到张横渠所言的"为天地立心，为生民立命，为往圣继绝学，为万世开太平"的境地。简言之，这就是功利性阅读。当然，能够读出来的人出将入相，安邦定国；读不出来的人，做西席幕宾，礼仪乡梓，这样的功利阅读实在是没有什么值得批评的。为什么今天的人们阅读出版大量的各行各业的功利性书籍就要受到社会舆论的批评？其实读书只是个趣味问题。正如《中华读书报》的那篇文章说的，阅读率的下降并不可怕。我还要补充一句，而且也不是坏事，这是资讯多样性的标志，实在不需要"学者"来干预。我觉得为了生存的功利性阅读，比抽象地为了赓续中华传统的身份性阅读更人道一点。打个比方来说，前者就好像是市场经济，后者就好像是计划经济。在市场的配置下，功利性的阅读会使读者最终找到自己的趣味所在。而在计划的规定下，任何有趣的书籍读起来都会痛苦。至于文化保守主义和文化自由主义人士一致推崇青少年要阅读儒家经典，就更是让人莫名其妙了。保守主义我们不去说它，如果自由主义也希望以青少年阅读儒家经典来振兴中华，那只好套用一个很流行的说法，他们是些"伪自由主义者"。

说到这里我就想到了《博览群书》。作为在当代中国有影响的思想性书评杂志，这二十年来虽然它以关注中国现代思想文化的进程为宗旨，但我们何曾在它身上看到了教师爷的面孔和阅读的沉重呢？杂志如人，我想它的刊名冠以"博览"本身就能说明问题。最近有学者希望该杂志"担当振兴全民族阅读习惯和理性精神的使命"（散木："心有多大，世界就有多大"《博览群书》2004 年 12 期），我心里就在叫“糟糕”!《博览群书》这二十年一路走来给我的良好印象就是它没有去刻意充当引领民族阅读习惯之精神领袖的角色，不限于只谈论那些“深阅读”的书籍，也不仅仅就书论书，在书评和人文学科的讨论中保持了一种朴素的平常心，使人亲近。读书、读人、读社会，有思想而没有阅读的沉重，有趣味却摈弃了坊间的庸俗，有品格且没有小资的炫耀，有批评亦不乏学术的宽容，是份读起来轻松愉快的书评杂志。那些评介中国思想文化进程、学术发展轨迹的宏大论述固然是《博览群书》的价值所在，但我更喜欢的还是读《博览群书》上的不那么学术性的文字。记得前些年有篇读《潜规则》文字有点趣味，它让我知道了古人所云的“陋规”或“陋俗”如今有了这么典雅和学术化包装的叫法。没有多久，“潜规则”就成为今天人们批评社会不良现象的热门词汇。这是书的力量，也是思想的力量。前面我说《博览群书》在无意间把它自己的成功做了归纳，但总感到它差了点什么，我想这就是《博览群书》以博览为旨，不刻意侈谈思想上的新锐和古怪；同时又以群书为媒，也有心在趣味和学问中架起一座沟通的桥梁。

读书其实有多种读法的，功利性阅读是我们民族的传统，也是今天大众阅读的主要方式。如果号召读什么和不能够读什么，阅读就容易变成很劳心的身份性阅读，读书就成了一个沉重的压力，一点点趣味、一点点闲适、一点点自由也没有了。《博览群书》这二十年做得漂亮在哪里？我认为就是不矫情、故作严肃状，让人读着轻松。下一个二十年的《博览群书》会怎么样？我还是希望它能保有谈论读书时的平常心和轻松劲，评书、评人，当然也要评社会，至于是不是能够承担什么使命，倒不要太在意，读书和评书都是不必过于沉重的。

（2005 年第三期）

读书的欢乐

◎**彭富春**

让我们想象一下读书的情景：坐在窗前，对着明媚的阳光，一边端起弥漫清香的茶杯，一边捧着自己喜爱的读物。读书带来了无言的欢乐，一般被人视为美妙的身心享受。当然还有比这更浪漫的事。红袖添香则是许多男性的美梦，不仅有美文，而且还有美色，其乐也陶陶。但也许这都只是美妙的梦想。事实上读书在很大程度上只是不得不完成的事情。很多书读起来并不快乐。因此有人逃避它，逃学、旷课，如同躲避瘟疫一般。有些人即使不逃避，甚至还不惜一切代价趋向它，其实是因为看到了读书的结果所能带来其他快乐，如学而优则仕，如书中自有黄金屋，书中自有颜如玉等。如果事情是这样的话，那么读书的欢乐则是一件值得怀疑的事情。

1. 书是文字的集合。文字是从哪里来的呢？我们一般的观念认为文字是语言的记录，而语言源于思想，而思想源于存在。这种观念是符合经验事实的。但文字作为语言的记录往往只是适应于它与口头语言的关系，不符合与书面语言的关系。书面语言最早在根本上是写出来，而不是说出来的。这样文字比语言便具有一种无可比拟的优越性。一方面它可以记录口头语言，另一方面它可以创造书面语言。以此文字开启了一个与日常语言世界不同的新的语言世界。正是由此原因，中国的传统从来推崇的不是能说话的人，而是能识字的人。

文字既然有如此的神圣性，那么它自身也许有一种不同于语言尤其是口头语言的本源。

“文”在古汉语中的本意就是万物错综所形成的纹理、轨迹和痕迹。因此它是万物自身的显现，亦即自然之道的显现。作为道之文，它是日月的运转，四季的变化，草木的生长，动物的繁衍等。这也就是在原初意义上的天文地理，是无字的天书。它产生了又消失，既显明又深藏，因此是神秘的、奥妙的。从天书到文字的转变是革命性的。文字是对于天书的摹写。在此摹写过程中，自然的奥妙才真正对人显明。但文字不仅仅是摹写，而且也是偏离。因而它形成了一个开端，这样文字就是文明。文字是一条人类可以行走于其间的道路，它使人由黑暗的世界走向光明的世界。对此曾有仓颉造字，天雨粟，鬼夜哭之说。无文亦即无字的世界是黑暗的世界，因此它是鬼的居所。文字的产生也就是光明的到来，它照亮了人的家园。这当然会导致鬼的悲哀和人的欢乐。文字在它自身的历史上经历了很多变化，如汉字在中国甚至演变成一种独特的书法艺术。

但人们所阅读的并不是某一个别的文字，而是一句话，以及由它所构成的段落、篇章和书。虽然这些书不论大小都有文字所形成的轨迹和道路，但它们具有不同的类型。

对人类而言，最早和影响最大的是一些神圣的书，它们是关于诸神和上帝的，甚至本身就是诸神和上帝所说的话语。虽然它们是关于神的书，但它们并不是神自身写作的，而是人写作的。当然这些人是圣人，也就是说他们不再是凡人，而是被诸神或上帝所救赎的人。这样通过圣灵的感应，圣人说出了神的话。相对于人的话，神言是真理，人言是谎言。所有的神圣的书都是神言和人言争论的历史，不过最后是神对于人的胜利。作为规定性的神言成为人类的指引，并形成不同的世界，如古希腊的世界、基督教的世界，还有犹太的和伊斯兰的世界等。

与西方和世界其他的民族一样，中国也写作了一些神圣的书。不过，不管是原始儒家的书，还是原始道家的书，其主题不是人神之间，而是天人之际。它们是圣人体察了天地之道而书写而成的。中国的圣人是些特别的人，他们位于天道和民众之间，并将所知的天地大道传达给天下的大众，给他们提供一条天地之间和生死之间的真理之路。作为中国思想的主体，儒家的经典主要集中在“四书五经”。它们就是所谓的道，如同天一样是自然的、伦理的和宗教的统一。

上述的神圣之书作为传统保存在我们的现实生活之中，但自近现代以来，却出现了更多的关于人的书和关于自然的书，并主要表现为文学作品和科学技术方面。它们是对于人的生活世界的书写。关于人自身生活的书，描写了人的生命、欲望和自由；关于人所生活于其中的自然的书，探索了其本质、必然和规律。近现代的书将人和自然的主题表达为自由和必然。

在我们所处的时代里，随着信息技术的普遍化，书的形态发生了革命性的变化。书不仅写在纸上，而且也写入电脑的磁盘上，成为电子书。同时，一些书不仅包括文字，而且也包括了图画，即所谓的读图时代的来临。此外写书、读书的界限在网络上正在消失，不仅每人可以成为一个读者，也可以成为一个写者，形成读与写的互动。也许正是在网络的时代里，书自身失去了边界。它没有了禁忌，一切都是可写的，一切都是可读的。这包括将人自身最隐秘的欲望变成敞开的。

2. 读书是人看文字的过程。有人专门以读书为主，以至于成了“读书人”。当然，更多的人只将读书当成生活业余的事情。但凡是识字的人，一生总要读点书。文盲不能读书，有些识文断字的人不屑于成为书虫，然而他们其实也在读书。他们或者在读世界这部无字天书，或者是以听书代替读书。不识字但能听懂书的典范也许可以说是著名的禅宗六祖惠能大师了。

究竟什么是真正的读书呢？我们活在世界上，劳作、思考和说话……读书当然也属于人的生活方式之一，但却不同于日常生活。它是日常经验世界的中断。可以说，从拿着书本的第一瞬间开始，人们就完成了从日常经验世界到读书世界的转变，这有如人们走进了画廊、音乐厅和剧院的大门的时刻。这是一种什么样的转变呢?

我们的日常生活一般都是混沌的、朦胧的和没有区分的。日复一日、年复一年，我们就是如此这般的度过时间。当然也有焦虑和无聊的时候。焦虑的经验似乎是时间在追赶我们，我们没有时间，因此紧张，期待，烦躁不安。与此相反，无聊的时间似乎是我们在追赶时间，我们有时间，我们不知道如何填充这时间的空白，因此觉得什么都没有意义和兴趣。

读书也许是克服焦虑和无聊的有效方式之一。当我们拿着一本《论语》，一本《红楼梦》，甚至是一本流行读物的时候，我们已经和一般的日常世界构成了分离。我们的日常生活世界是生活、死亡、爱和恨等，与人打交道也与物打交道，有斗争，也有和平，如此这般构成了现实。但书本是一个文字的世界、语言的世界。与日常生活世界相比，它就是一个非现实的世界，因而是一个幻象的世界。书是现实的终止和幻相的开端。如我们读《红楼梦》时看到的不是现实男女的真实的爱情故事，而是艺术创造的贾宝玉和林黛玉的爱爱恨恨如此等等。

这样我们就在书本的阅读的经验中发现了其两重特性：一方面是否定性的，另一方面是肯定性的。就否定性而言，阅读要求放弃日常生活经验的直接作用，同时还要放弃人们由于自然和历史所形成的种种先见，因为这些非书本的直接作用会影响对于书本的阅读。对于它们的放弃实际上即是忘却、中断和排除等等。就肯定性而言，阅读要求对于书本的一个简单的事实的承认。这一事实在于：它是一本书，是一个存在者。它存在过并继续存在着，且摆在我们的面前。惟有建立在如此简单的肯定的基础上，书本才能作为书本向我们敞开。这样一种阅读经验极其简洁地表达在“聚精会神”这一语词中。它实际上要求在阅读经验中由否定性达到肯定性，亦即达到人的精神与书本的合一。

但在阅读中人与书究竟是一种什么样的关系?显然，如果人阅读“四书五经”的话，那么他是和古人在一起；如果阅读《荷马史诗》和《新约全书》的话，那么他是和洋人面对面。在此我们看到人和书的关系是人和他者的关系。这个他者是不同于自我的，是陌生的，奇异的，尚未揭开面纱的，因而对于阅读者而言是具有吸引力的。不过，这个他者并不是显现为一个个体，是一个男人或者女人，而是话语，一个用文字书写的已言说的文本。

但无论是对于书本的拒绝还是接受，都没有真正理解在阅读经验中人与书本的真正关系。阅读不是独白，它既不是书本自身的自言自语，也不是阅读者对于文本的独断的任意的阉割和曲解。它是一场对话。在真正的阅读经验中，书本和人都同时在场。当然书本的在场是其文字通过阅读者的看而变成语言而言说的，同时阅读者的言说则伴随着看时的间隙。作为对话关系，阅读者和书本的关系既是平等的又是有差异的。所谓平等，是指都有言说的权利；所谓差异，是指言说者所言说的是不同的，甚至是具有高低级差的。于是我们在阅读经验中看到，所谓的对话在事实上可能是平等的，如棋逢敌手将遇良才，不分高下；但也有可能是不平等的，如同大师和学生的对话，一方引导另一方。那么是什么因素决定了阅读经验中的对话的是否平等呢？关键在于其相关的话语本身，即文本及其阅读的主题或者问题。某一话语当然在文本及其阅读中呈现出来，但是它却是一个不同于书本和读者的第三者。它是一条红线，主导了阅读经验的对话，但同时又往往是一条隐而不显的道路，如同无声的呼唤。因此对话双方的平等和差异完全在于对于话语本身的倾听、理解和对应。由此可以看出，所谓的阅读不仅是人和书本的对话关系，而且也是人和话语本身、书和话语本身的对话关系。比较而言的话，后者比前者更具有一种优越性和根本性。

在这样的关联中，书本身是有生命的。书的生命的获得并不在于其作者，而在于它所言说的话语本身。这个话语相关于人类历史的永恒问题，因此能够穿越历史的时空限制，而向生活在现代的我们言说。当然任何一个具有生命的书本中的文字也都有活着和死去的部分。死的部分是其历史性的话语，活的部分是其非历史性的话语。因此，死的和活的文字区分的根本，是历史与非历史的区分，并因此要求阅读做到“去历史化”。通过对于其历史性的剥离，书本便显露其作为非历史性的话语的独特意义。这些话语作为文字，却敞开了空白。它作为已言说的却保留了许多未言说和要言说的。正是这些空白，激起了阅读者的言说。

由于书本的这种特性，读书便成为作为倾听和言说的同一。阅读一方面是倾听。它实际上要求在阅读经验这一独特的对话形态中，人们必须放弃自己首先言说的权利，而将发言的优先地位转让给书本。因此人们也有必要放弃自己的先见和偏见，而专注于书本所言说的话语。在此，不仅要听到那些已言说的，而且要听出那些未言说的，它们就是文字的“弦外之音”。倾听之后，阅读另一方面是言说。言说当然包括了对于书本的理解和解释。但是任何一种理解和解释都不是对于书本的复制和还原，而是阅读者基于自己的先见对于文本所提出的问题的回答。这里并非如中国古人所说的“我注六经”或者与之相反的“六经注我”，而是形成一个新的语言话题。这个话题正是阅读经验的产物。

3. 我们现在尚未揭示读书自身是否就是欢乐，同时也不知道它是一种什么样的欢乐。

欢乐、快乐、乐趣、喜悦、高兴等等都是一种是肯定性的情绪。人处于情绪之中，表现为某种情态。情态的直接表现不仅是语言性和心理性的，而且是身体性的，是可以被看到和被听到的。而且，人的情绪所表明的情态又是意向性的，即它始终指向某物。情绪总是被某物所激起的，特别是激情更是被激动之情。在激动之中，我们看到的不是人的主动性，而是受动性。

欢乐作为一种肯定性的情绪，有其自身独特的情态。欢乐情态的最高状态是陶醉，以至于我们可以说，人陶醉于欢乐之中。陶醉一方面是人和万物的合一，既没有了人我，也没有了物我。另一方面是人的生命力的亢奋，这呈现为身体的、心理的和语言的等方面。

欢乐的情态同时表明了其意向，它要和它所欢乐的合而为一。欢乐与痛苦不同。痛苦是分离，痛苦虽由分离所引起但又是对它的拒绝。与此相对，欢乐是聚集，是还乡，是久别的重逢，欢乐由某物所激起但同时又向往它，它构成了人类智慧追求的目标。西方人最高的欢乐是人神同在，而中国人的大乐则是与天地同和。

这种欢乐也发生在阅读经验之中吗？世间有许多爱书者，他们将书本看成自己的生命一般。那些书迷和书虫们把自己的生命简化为漫游在文字的海洋里，他们乐在其中。这是为了什么呢？这是因为在阅读中，人完全进入了书本所书写的世界，甚至灵魂远离了人身体及其所在的时空，这种可以称作入迷和“出窍”的奇异现象甚至会产生一系列身心活动，如心跳的加快、自言自语等。拍案叫绝就是一个鲜明的例证。这些欢乐是读书自身的欢乐，而不是读书之外的欢乐，也就是说它只是文字的欢乐。

读书的欢乐显然是一件不容置疑的事实。但他们源于什么而欢乐同时又为了什么而欢乐呢？当然，对此我们可以回答说，他们无非是因为那些文本所书写的话语，这是读书的欢乐这一情绪的意向性之所在。然而它们是些什么样的话语？

首先是智慧性的话语，就是我们所说的道、真理和真知等。这些话语不仅是陈述性的，而且也是虚拟式的、命令式的。智慧是一种知识，特别是关于人的规定的知识。所谓知识就是知道什么是存在的，什么是不存在的。这就形成了哲学上的存在与虚无、是与非、真理和谬误等的对立。关于人的规定的知识的获得，不仅依靠于人与动物的区分，而且建基于人与自身的区分。通过这种区分，人成为作为人性的人。凭借如此，人类开创了他的历史，建立了他的世界。

与智慧性的话语相对的是欲望性的话语。人不仅有欲望，人甚至就是欲望。欲望表现为需要、匮乏、意愿和愿望等。人的欲望从自身出发，但又指向自身之外。因此欲望是意向性的和对象性的，并始终呈现为对某个东西的欲望。人的欲望原初性的是身体的欲望，即本能。所谓的基本本能无非是食欲和性欲，前者指向特别的物，后者指向作为异性的人。身体性的欲望逐渐发展成心理的、社会的。最后欲望以致成为对于欲望的欲望，这种无边的欲望就是人们所说的欲壑难填。欲望性话语的赤裸裸的言说往往是魔鬼的邪恶的语言，它诲淫诲盗，从而受到禁止。历史上的有些禁书即属此列。但是恶往往是推动历史的动力。

最后是工具性的话语。不管是智慧性的话语，还是欲望性的话语都有赖于工具的运用。技术性话语的本性是确定的，即保证智慧性的话语和欲望性的话语实现。工具是手段，它服务于某个目的。在工具的使用过程中，计算或算计具有决定性的意义。人们会思考，如果我使用这种手段，目的会如何；如果我使用其他手段，目的又会如何。

文本就是由上述三种话语所编织的。如果智慧性的话语是光明的话，那么欲望性的话语则是黑暗的，而工具性话语不过是镜子般的。这三种话语形成了一个游戏。它们是道、欲、技三者的无穷无尽的生与死的斗争。欲望是无边的，技术也是日新月异的，而智慧也在不断生成，去照亮欲望和工具的边界。因此书本书写了这个游戏，阅读进入了这种游戏。阅读的快乐就是参与这种游戏的快乐。

亲爱的读者，你在阅读这篇文章时产生了快乐吗?

（2004 年第四期）

梭罗的阅读和梭罗的生活

◎潘小松

假如不是长途旅行归来后的不适应感觉在作祟，假如不是伤风感冒带来的慵懒，我恐怕不会在这样一个阳光充足的初冬的上午赖在床上阅读李文俊先生编的北美散文集《与荒诞结婚》（2000 年 1 月百花文艺版“世界经典散文新编”的一种）。我是在太阳底下阅读徐迟译梭罗（1817—1862，美国随笔作家）的那篇《阅读》时接到约稿的电话的，其时心里面正酝酿着写点什么。关于梭罗以前读过点什么，也写过点什么，但是他的谈阅读的文字，却是第一次读。梭罗很赞成某诗人的说法：“要坐着而能驰骋在精神世界的领域内。”诗人说这种妙处得自书本，“一杯酒就陶醉；当我喝下了秘传教义的芳洌琼浆时，我也经历过这样的愉快。”梭罗则以为自己的小木屋比大学更宜于思想，更宜于严肃阅读。虽然要到湖畔造隐居的木屋，“同时有豆子要锄”，但整个夏天他还是间歇地读了荷马史诗《伊利亚特》。在他看来，能读希腊文荷马的学生“会将黎明奉献给他们的诗页”。近代印刷所的翻译文本把英雄史诗弄得怪异而稀罕，使“古代的英雄作家”寂寞无比。希腊文是值得少年花费光阴学习的，因为那是“从街头巷尾的琐碎平凡之中被提炼出来的语言，是永久的暗示，具有永恒的激发力量”。梭罗认为古典作品是崇高的人类思想的记录。读好书意味着“在真实的精神中读真实的书”。这是一种崇高的训练。“书本是谨慎地，含蓄地写作的，也应该谨慎地，含蓄地阅读。”

人类的语言有两种：一种是听的语言——“我们可以像野蛮人一样从母亲那儿不知不觉地学会”；另一种是阅读的语言，“是前一种的成熟形态与经验的凝聚”。阅读语言是“父亲的舌音”，是经过洗练的表达方式。近代欧洲文字语言虽然粗浅，却“足够他们兴起他们的文艺了”。

梭罗是超验主义在美国的代表人物之一，他论述阅读时都不忘“超验”：“最崇高的文字还通常地是隐藏在瞬息万变的口语背后，或超越在它之上的，仿佛繁星点点的苍穹藏在浮云后面一般。”圣物中最珍贵者是文字，所以亚历山大行军时宝匣里要放一部荷马史诗。古代人的思想可以成为近代人的口头禅，“书本是世界的珍宝，多少世代与多少国土的最优良的遗产。书，最古老最好的书，很自然也很适合放在每一个房屋的书架上。”书籍启发读者，“它们的作者……成为一个社会中的贵族”。在梭罗看来，作者对人类的影响比帝王还要大。商人们苦心经营，赢得了闲暇，有了财富后“不可避免地转向那些更高级，然而又高不可攀的智力与天才领域”，结果只发现自己不学无术，发现一切财富都是虚荣。于是望子成龙，“要给他的孩子以知识文化，这正是他敏锐地感到自己缺少的；他就是这样成为一个家族的始祖的。”

古典作品在梭罗眼里“美丽得如同黎明一样”，他称古代作家的劳动为“英雄的文艺劳动”，其完整、永生与精美是后来的作家无法比拟的。“伟大诗人的作品人类还从未读通过呢，因为只有伟大的诗人才能读通它们。”群众阅读伟大的作品在梭罗看来有如繁星之被群众观看，那“至多是星象学地、而不是天文学地被阅览”。阅读是一种崇高智力的锻炼；大部分人是浅尝辄止或干脆一无所知。“我们必须踮起脚尖，把最灵敏、最清醒的时刻献给阅读才对。”

梭罗对大学教育冷嘲热讽，认为大学里的人“对于最好的书，甚至英国文学里一些很好的书”，也所知甚少，甚至全然不知。大家读报纸，读《灰姑娘》之类的“小读物”。“于是我们的读物，我们的谈话和我们的思想，水平都很低，只配得上小人国和侏儒。”

据同时代人如爱默生的记述，梭罗相貌奇古，有着农民渔夫般的体魄，不喜交游，对工业文明及其制度采取非暴力抵制的态度，曾因不交税而入狱。此人有大量观察自然的日记传世。

梭罗 1845 年 3 月在瓦尔登湖畔建隐居住的小木屋的遗址还在。我曾于三个秋天大地落满红叶时来到这里凭吊。当年他向写《小妇人》的阿尔柯特借了把斧子自砍建材而成此屋，一共花了 $28.12，比哈佛学生宿舍年租还低。他在小木屋周围种豆、萝卜、玉米和马铃薯，然后拿这些到村子里去换大米。大米对梭罗再合适不过了，因为他热爱东方圣人们的著作。

梭罗早就想过森林里的生活了。为了省钱，他在小木屋里生活了一年，把省下的钱买了希腊文书籍，付了去德国学习的费用。梭罗曾在友人的这间小木屋住过六个星期，所以他自己建屋并不是什么新鲜事，真不明白周围的人为何觉得他此举怪异。有些人的话像是梭罗故意在寻找冻馁。爱默生在瓦尔登湖的两边都买了地，打算修消夏别墅的，他的别墅没建起来，倒是梭罗的心愿实现了。在这里陪他的有小鸟、红色的松鼠和知了，地窖里还有鼹鼠。野兔子有时也造访他。晚上他坐在门前，想象自己是古希腊人的后裔。他是尤利西斯式的游荡者，湖畔就是他的伊萨卡。

梭罗在湖畔小屋每周平均生活费用是二十七美分，这些钱用于他自己不能供给的生活必需品。每年工作几天就有得剩余了。为什么人们都要那么辛苦地生活，然后津津乐道自己所得呢？假如人人能过宇宙法则规定的简朴生活，哪里又会有焦虑呢？世上最有智慧的人实际上过的是比穷人还简朴的生活，古代东西方哲人的教诲都白费了？空间、空气、时间、几件工具、一个笔记本、一支笔、一册荷马史诗，更有何求？太阳升起时在湖里洗个澡，然后像斯巴达人那样打扫庭院，然后再进行一番“心知浴”，读一读《吉檀加利》，这样瓦尔登湖的水和古印度恒河水就融合在脑子里了。整个白天属于自己，可以做任何野游。有时在夏日的清晨，他在松树间阳光下一坐就是几个小时，他感觉自己像玉米一样在生长。梭罗看见的世界不是现实，而是它的潜能，这一点他堪称瑜珈师。他的现实是婆罗门的现实，他也蛮可以写《奥义书》。一时的利益何劳操心?放自己一个假去发现上帝。日落时分他跳上小舟划到湖心，在那里吹笛子。月亮钻到湖底，与森林的倒影相依伴。康科德的夜像天方夜谭一样奇异，在这夜里寻找天籁真是别有洞天。

诗人和批评家们总是抱怨美国本土没有古迹让人联想到往昔，梭罗却发现了印第安人打猎时留下的足迹和器物。冬天来临，大地冒着寒气，梭罗在雪地里行走几英里只是为了去同白桦树约会。冬天是他自己选择的季节，寒冷和孤独是他最亲爱的朋友。他看人们在湖上采冰，这些冰将被商船运往印度。暴风雪的日子里坐在炉火边是多么的写意；这样的夜晚是最好的读自然时刻。《康科德河和梅里美克河上一周记》就是这样写成的，还有无数观察日记。

梭罗并不是性情上的隐士，他只是选择了一种生活方式而已。他也常去镇上的酒吧，也拿豆子去换米，也去修靴子，也去打听家人的消息。有时回木屋很晚，他就带了一袋麦子或印第安人吃的东西，在月亮下朝自己的港湾行进。梭罗不喜欢张家长李家短，他对人们津津乐道于此深恶痛绝。政府支持蓄奴制，他就反对政府……总之，他并非不食人间烟火。对梭罗的生平著作和瓦尔登湖周边历史地理环境感兴趣的读者，我建议你们去读凡·韦克·布鲁克斯写的《新英格兰花季》。这本书我在秋天里的康科德和冬天里的新英格兰树林里读过，那是怎样一种享受哪!

(2003 年第十二期)

武侠小说关键词

◎李欧

勇

武，是侠的最重要资源之一，但却不是必要的构成，对于武侠文艺它才是不可缺的要素。勇，则与侠不可分，无侠不勇，无勇非侠，勇在武之上。

何谓勇？按照蒂利希的思想，勇，就是不顾“非存在”的威胁而对“存在”进行肯定（见蒂利希著《存在的勇气》）。行侠，无论是报恩仇，平不平，还是为国为民，必然有死亡、伤残、危险等“非存在”时时伴随。勇，就是在自我肯定中把“非存在”的威胁与焦虑担当起来。

这种肯定首先来自伦理精神，即道义所在，则必有所为。孔子非大侠，但也断言：“见义不为，则无勇也。”侠之勇，在于敢于去死，去为他人，为某种伦理原则去死，是对牺牲和奉献理念的肯定。反过来，就正因为有了勇，大侠们才能在分担他人的苦难与凌辱的行动中，表现出不愿屈从于人生苦难的必然性，并誓死与这种必然性抗争的精神。勇，才使大侠们不相信“命运”的合理性，要以自己的存在使不可能成为可能。正因为有了勇，才使得侠的意义和价值得以彰显。勇气中所产生的意义感和价值感，使大侠们在“非存在"的威胁中，即使处于绝望状态，也能肯定自己的生命进程，"身首离兮心不惩"，如郭靖死守不能守的襄阳。

侠之勇，还应做本体论的思索，离开本体论的证实，侠之勇的价值不能完全理解。勇，是生命本身的诉求，只有生命在与压迫、摧残、灾难的对抗时，才有勇存在。勇，是人的生命反抗不自由的生存状态的表现。而且，蒂利希称"在勇敢的行为中，我们存在的本质部分压倒了较次要的部分"。这就是说，有勇，才能使人的本质得以发挥，从而超越限定的状态。勇是一种生产性的力量，它改变了生命自身，也改变了世界，有勇，人才成其为人。

勇，是人性本身所具有，但为何仍有无勇？当面对凶残、危险、苦难时，人性退缩了，怯懦就压倒了勇。因此，勇，是坚强而完满生命的象征；不勇，则是萎缩生命的表现。大侠之行为，向我们显示了勇是什么；大侠之勇，则向我们显示了生命应是什么。

游

武侠小说横行，但"武"与"侠"相连甚晚。二十世纪初，才有"武侠"一词，而且据说是从日本进口，远迟于"任侠"、"豪侠"、"仁侠"、"义侠"、"隐侠"，甚至"女侠"这些概念的产生。"游"与侠则关系久远。太史公叙侠之事，特标明"游侠列传"。侠客者，行侠之"客"也，必然在"游"。游之义大焉、深焉。

游有三义。其一为地理空间之游：游荡。"别我不知何处去，黄昏风雨暗如磐"。仗剑行天下，为侠之本色。虽追求"执杯酒，握君手，意气相倾死何有"，但相聚就是为了相离。

其二为社会空间之游：游离。入庙堂不成或不愿，隐山林不甘或不能，只能"游"。在身份、地位、阶层、群体之间游，在法律、伦理、规训、禁忌的边缘游，在"显"与"隐"之间，在秩序网络的缝隙间游。

其三为精神空间之游：游神。大侠精神的核心要素是自由：自己与他人之自由。如不愿意被既定处境所压服所控制，就必须游。游之精神即自由之精神、超越之精神。

侠是“先验的无家可归之人”。侠的出场，是为了重建正义秩序。但秩序一旦建立，侠就难以存在。哪怕是“梁山泊”那样的“世外桃源”式的秩序世界，其正义和自由也是极其有限的，侠只能再游。隐，是侠的退场。但是，隐，绝非是侠的本然性质，而是一种无可奈何的“忍”，真隐是无侠可言的。

游的结局是归家，但侠是无家可归，只好永远“天地为逆旅”。但是，游的过程，即为侠的价值意义所在。游，是对自由的追索；游，才能超脱日常情境，从限定的生活模式中突围。侠的生命就在游之中。侠之勇，也在游之中存在。而武侠小说，离开了侠之游，又讲述什么呢？所以武侠小说的结构均建立在侠之“游”上。而读者，陪同大侠们浪迹天涯，获得诗意的欣悦。

帮派

勇，是一种可再生的资源，但在特殊情况下，它有可能匮乏。于是，侠就需要朋友，朋友一扩大，就成了“帮”。一般来讲，侠，看重的是情义相投的同性联系，家庭则隐退为背景。“借躯交友”，“为朋友两肋插刀”之类，就成了他们共同的风范，以及建立帮派的游戏规则。

其实，即或纯粹是由朋友组成的帮派，仍是对“家族聚居”的一种呼应，一种源远流长的集体记忆的无意识呼应。似乎永远在“游”的侠士，孤独会形影相伴，他们会通过参与一个更大的实体来缓解回归家族的心理压力。

侠有帮，其史也久。墨子集团，战国养士，两汉豪侠群体，以及武侠的收徒，皆为帮派的雏形。

国家失序失范时，大侠们希望恢复正义的秩序，建立帮派也是一种建立秩序的尝试，如梁山泊之类的独立王国。当然，也可能暗含着“侠而优则仕”的情结。

其次，侠，都是生命力极强之人，生物性层面的攻击性也必然强大，尤其是有大武功时。通过一些仪式化的行为，如“结拜”来交友建帮，按照洛伦兹的理论，必然会大大减少攻击性的盲目发泄。数百万年来，生物族类对同种的攻击性，就是用仪式行为来规范和缓解的，人也难以例外。

不过，一旦入帮，一旦建立起某种秩序，对自由和个性的压抑就开始了。基于自由而形成的侠士人格，当他以“入帮”的方式来肯定自己时，就可能不是一种勇，而是一种软弱。因为即或是“正义”的帮派，仍有可能意义得救了，自由和自我却牺牲了。

建立帮派，意味着必须建构一个心理整体。侠士们坚守的先验的正义、道义就必然逐渐转为团体的象征物，以维系这个心理整体。如“忠义堂”、“杏黄旗”、“打狗棒”之类。正义会逐渐成为团体利益的掩饰，甚至要用团体利益来验证权衡。这些象征物（包括什么“镇帮之宝”之类）就成为图腾，而显得神圣，凌驾于个体和正义之上，以此来维系团体。超验的正义原则就会在这些象征物和团体利益的腐蚀下，逐渐变异。就如武侠小说所述，凡是牵涉到帮，无论是“正派”，还是“邪派”，实质上已很难泾渭分明。

再则，无论以前，在经历、个性、生活方式有多少差异，一旦入帮，侠士们的性质就部分地由这种“参与”所决定。自我意识的人格淡出，无意识人格凸现，思想情感、言行风范由于相互感染而不自觉地趋于共同。梁山诸多好汉上山前，与在山上坐稳了交椅后，判若两人，个性与人格都被帮派异化了。甚至对自己同类，如对方腊群体，其手段之残忍，与对先前的仇敌，如高俅之流的友好容忍，形成鲜明的对比。

因此，大侠对帮派深怀戒心。即使身在帮内，也心在帮外，一种若即若离的态度，如洪七公等。或者，在帮中日久，对帮派必然带来的人格异化感触日深，常寻找机会脱离，如鲁智深、武松、燕青等人。他们的历程是大侠的标准模式之一：游—入帮—再游。

更有甚者，当代武侠小说受无孔不入的经济意识影响，文本中的武林“帮”、“派”，无论是其组织结构，运作机制，还是管理规则，以及团体理念都类似当代社会中的公司财团。

关怀

侠，不同于牛仔、骑士，他不是一种职业角色，而是一种文化角色。他的根基在于对世界的强烈关怀，在这种关怀中，侠，才其为侠。

关怀世界，意味着参与世界。侠的关怀，不仅仅是一种信念，更重要的是去“行”，即“有所必为”。侠有“武”，其个体生理能量强大，正因为有这种对世界对他人的关怀，才能控制这种能量，即“有所不为”，才不至于伤害世界以及自身。《天龙八部》中的少林无名老僧，就是如此去点化武功卓绝的萧远山与慕容博的。只不过称其为“佛法”，“慈悲之心”罢了。

侠对世界的关怀，其动力来自于三种情感。其一，正义感。他们始终对世间的不公正有着强烈的敏感和焦虑。这种正义感甚至压倒了对自己生命的珍惜，自愿去担当世界的痛苦与荒诞。

其二，义务感。人进入社会，必须承担各种义务，而义务又有积极（助人）和消极（不伤害他人）之分，积极义务的实行顺序一般为由亲到疏。大侠天生强烈的责任感和义务感，视积极义务为自己的本分和使命，并且是亲疏一律。当“天”无视草民们的眼泪、哀叫、悲伤时，这种义务感促使他们挺身而出，自掌正义，“替天行道”。

其三，耻辱感。侠士们是典型的“耻感取向人格”，无论是重然诺，报恩仇，还是救困厄，皆以耻辱感为基础。耻与辱常是他们生命中不能承受又必须承受之重。

正义感、义务感、耻辱感，使大侠们在困境中坚守对世界的关怀，坚持按原则来抵抗邪恶，甚至敢于随时“单身鏖战”，对抗世人之昏昏。

人们信奉侠，出于对这种关怀的尊重，特别是当爱心、善事都成为一种被操作的技术行为时，基于正义、义务、耻辱的大侠就成了一种拒绝麻木和沉沦的象征。当大众被市场法则、工具理性压抑得精神萎缩，口将言而嗫嚅，足将行而趑趄，终日应对，满脑筹划，滞于物，囿于己时，哪怕仅仅是在小说中与大侠们笑傲江湖，一剑在手，四顾茫茫，为人格和弱者，不惜以生命相搏，以热血来穿透生存之虚无，追索正义之所在。虽为凡人，也岂能不咋指砍案，投袂而起，获得抚慰与激励。

无论红尘滚滚，变幻烦嚣，关怀、爱心、助人、同情总是高价值的资源。因此，大侠的世界，是中国人灵魂受伤后回归的家园，是生命受挫后的憩息处。在这个神话世界中漫游，能荡其浊心，振其暮气，“豪气一洗儒生酸”，使应对性的个体具有超应对性。

侠气

中国式的英雄不一定是侠，但一定得有侠气，否则难以得到普遍的认同；反过来，只要侠气浩然，无论其具体功业如何，就能得到普遍的尊敬。李白“天子呼来不上船”，谭嗣同“流血请自嗣同始”，豫让“漆身吞炭”、“击衣出血”，以及“生于编伍、不闻诗书”却能“屈豪杰扼腕墓道”的“苏州五人”，千载之后都能令人“高山仰止”，皆因其侠气逼人。这种群体共同感，应归功于两千年来武侠文学对侠意象的建构。侠形象实际上已成了各阶层人士共同期待的一种理想人格，侠义精神已成为民族价值观的核心，“大有侠气”就成为英雄标志。这是中国人特定的英雄情结，它决定了武侠小说的长盛。

侠气根基于侠性，侠性就是对无辜的眼泪和鲜血无法无动于衷。没有侠性，即使有心为侠，皆为伪侠。而气之凛然沛然，气之丰盈多彩，还得力于侠胆、侠情与侠识。侠胆就是敢作敢为、自承责任；侠情则是凡有爱恨，皆是出于至情至性，而没有被功利心所污染；侠识就是对自己的使命有清醒的意识。这三者的不同比例的结合，就构成各具特征的侠形象：乔峰，赵半山，胡一刀，陈近南……。在不同的时代，侠意象也会有不同的变式和面貌，但其内在精神始终是侠性，侠胆，侠情和侠识，并以多姿多彩的侠气呈现出来。有侠气就是有血性，就是鲁迅所称道的“中国少有的……敢于单身鏖战”的英雄，“虽千万人，吾往矣！”

在“有所不为，有所必为”的侠气的映照下，老庄的“以无为本”，佛禅的“清静无为”，孔子的“毋必”、“无可无不可”，民众的“难得糊涂”，均是懦弱退缩，均应在扫荡之列。侠文化是对中国传统文化柔性、水性的一种补充，是中国文化勇猛刚强的一面，是中华文化历经劫难而不灭的原因之一。尤其在外忧内患、生死存亡之际，岂能不呼：侠气安在？

武功

实际生活中的侠，不一定“武”，太史公笔下的侠士就还不如其刺客“武”；但在小说中，却是“非武不侠”。小说中的武功似乎是虚实相生，既有“乾坤大挪移”式的奇幻，又有太极散手之类的实战套路，但实际上都是文人的意念与想象的面壁或“面籍”的构造，一种话语功夫而已，其意义在于所蕴含的文化价值与文学价值。

武功与巫术有相似之处。在技术层面，它们都是通过某种程序，运用意志和意念能力，来控制掌握更大的力量，即都是一种控制术。在精神层面，他们都具有某种超越性，是人们为对抗外在的压迫或压抑，超越自身被限定的存在，获得更大自由度的追求。但是，它们控制的对象不同，巫术是企图控制外在世界中的自然或超自然的力量；武功则是“反求诸已”，要控制自身的身体，激发出潜在的生理和心理能量。控制的目的也不同，巫术主要是应对物质生活的挑战，故成为科技的前身；武功则是用于应对社会生活，有着更强烈的伦理意义。

科学昌明，巫术消遁，实际生活中的武功也逐渐淡出，而文艺中的武功似乎更兴旺发达，这是因为它仍能满足人们对超越性的心理要求。小说中，侠的成长总是与习武相伴随，学习武功就是学习成长。并且，习武的过程就是克服人类先天的生理局限，去把握生命的自由的过程，即战胜自身，从而超越自身的过程。——人类在生物性层面上的进化已基本停止，要想在生理上进一步优化，习武就是方式之一。再者，武功作为行侠的技能，作为实现价值关怀的手段，还蕴含着更高的一种超越性、即对自身处境的超越，去担当他人的不幸，去承受人类的苦难。

在武侠大手笔中，武功还成了内涵丰富的文化象征，既是人格、胆气、情操、心胸的凝聚，又是对文化传统的追忆和人生境界的领悟。甚至，成了谈禅论道的载体。例如，获得绝顶武功，就如同修禅成佛，都是由“戒”生“定”，由“定”生“慧”；并且，需要机缘，需要顿悟。同时，特定的武功又来自于主人公独特的生活经历以及对生命的感受，是他的心灵情感和生命的外化形式，即武功的使用受特定的侠气支配，而特定的侠气又是练武的结果。

除了文化魅力外，武功描写更有其不可替代的文学魅力。故事情节要用武打来建构，人物性格要靠武打来呈示，可以说，在剑气纵横中，武侠大家们的诗情文心才得到最充分地展现。即或是杜撰的武学术语，也颇具典雅美。在这方面，后起之秀温瑞安，似乎更着力于此。——论枪术，有“残山剩水夺命枪”；用暗器，有“写意大泼墨”、“留白小题诗”；还有什么“颠倒众生，授人以柄”的刀法，“高处不胜寒”的扇法，“平沙落雁”的身法，“晴方好，雨亦奇”的剑法……

小说中的武功作为文化象征，还有一些无意识层面的意味。——武功增强加大了人的生理能量，但也可能激活人的生物性层面和无意识层面的攻击性，甚至“死本能”。出于这种恐惧，金庸等人就称，武功到了绝顶，就可能反噬自己，即所谓“走火入魔”之类的说法。《鹿鼎记》中的“无名老僧”就大谈必须用佛法来化解武功必然带来的戾气，武功必须与禅心相伴随，即技术与能量的增长，必须与精神境界的提高相随。实际上这是希望能将这种能量导向社会规范，从而消解攻击性。其次，新派武侠大家都贬低物质能量的重要，肌肉高度发达者，其武功大都不入流。进一步，还贬低武器——物质装备的价值，异口同声地认同内功胜过外功，精神境界的领悟胜过技术的高超。或许，这是在西方物质文明的强大冲撞下，一种东方式的文化反弹。

大侠　浪子

侠意象的发展史大致是一个逐渐神化，不断崇高化的过程，到金庸、梁羽生则达顶峰。大侠的举动甚而关系到国家兴亡，民族生存。金庸的主要魅力之一，就在于生产出一系列“侠之大者”。从陈家洛始，中经袁承志、郭靖、张无忌、乔峰，他们均“为国为民”而担天承地，到陈近南，更是志在扭转乾坤，再造天下。

陈近南几近完人，是标准大侠。与以前的大侠所不同的是，他死于平庸小人之手；而且，此人是他鞠躬尽瘁效忠维护的对象。郭靖、乔峰死得轰轰烈烈，他却死得凄凉。他的悲剧性就植根于他坚守的信念与原则中。他始终坚信自己信念的正义性，义无反顾地接受信念的召唤，哪怕这种信念反噬了他。甚至临终宽恕郑克塽，也不是对人，而是对信念，对原则。他宁可自己荒谬地毁灭，也不愿丝毫损伤信念与原则，这正是大侠的本色。

陈近南追求“应该是什么”，而不愿正视“是什么”。当他坚守的价值形态由于内在的某种虚妄性，而必然置侠的使命于荒诞时，他虽然“问心无愧”，却也于事无补。或许，这些悖谬、矛盾本来就内在于中国的传统文化观念之中。或许，如鲁迅所叹“到后来，真老实的逐渐死完，且留下取巧的侠”（《三闲集·流氓的变迁》）。因而，走向韦小宝具有必然性。或许，金庸也为这种悖谬，这种必然性所赫然，不敢再推演，只好退出“江湖”。

不过，陈近南仍是顶天立地的大英雄，确实，“为人不识陈近南，就称英雄也枉然”。韦小宝之流即或是无往不胜，也不过一市井好汉而已。满篇韦小宝，武侠小说休矣！毕竟人们崇敬侠，是由于其人格风范的磊落浩然，而不是事功的成败利钝；侠的光彩在于人生境界的绰厉追求，而不是现实中的实战策略。在尘世中寻找英雄，在平庸中追问神圣，是人类永恒期盼。

于是，古龙另辟蹊径。虽然，他也是从制造大侠来开始笑傲江湖的行程的，但是，至迟在他形成了独特风格，卓而特立之后，“浪子情怀”就如影相随了。特别是后期小说，与其称之为“武侠系列”，不如称之为“浪子系列”。他推崇的是：“一个人，一柄剑，浪子的豪情，也不知有多少人羡慕”（《大地飞鹰·序》），他也自述：“我是个江湖人，也是个没有根的浪子。”（《三少爷的剑·序》）

大侠总是常怀“忧患意识”。他们坚信自己的行为的正义性和生存的价值意义，敢于去担当黑暗而“哀我世人，忧患实多”。浪子也常常大有侠气、侠性、侠胆、侠情，而且也坚守“有所不为，有所必为”的侠义原则，不像韦小宝那样滑头。但是他们对自己的使命却有疑惑，对自己的生存价值也无法确信。对大侠所遵奉的信念，他们察觉出某些虚妄与悖谬，但他们又找不到新的精神资源，于是他们焦虑，孤独，甚至空虚。

忧患中，大侠确证自我；大侠扮演的是文化中的理想角色，在群体意识的认同中，实现自我；他们的人生追求是成为“你们所希望的我”。焦虑孤独中，浪子确证自我，因为这意味着他们仍有强烈的价值关怀和意义求索，“浪子三唱，只唱英雄；浪子无根，英雄无泪”。但是，他们的个体性和自我意识更强烈，人生目的是成为“我所希望的我”。

大侠是“我思故我在”，在坚守信念中担天承地；浪子是“我焦虑故我在”，在怀疑意义中仗义行侠；韦小宝之流则是“我消费故我在”，在物质快乐中偷巧。

（2005年第五期）

武侠小说关键词（二）

◎李欧

义

义，无疑是侠文化的核心理念。赞大侠，“义薄云天”；行侠江湖，须“义气当先”；侠士风度，“见义勇为”；大款式的大侠，还应“仗义疏财”；侠办公地点为“聚义厅”；侠消闲会所为“义和轩”……故李德裕一言以蔽之：“侠非义不立，义非侠不成。”对于侠，义之意深矣！大矣！

考“义”，可知为中国文化的核心理念之一。不但指陈蕴涵多值，边界富有弹性，而且疏通流转，历久弥新。各个流派，各种思潮均可据为己有。钟鼎文中已有“义”字，意为“威仪”；《尚书·康诰》中有“用其义刑义杀”。《春秋》《国语》《战国策》则频繁使用，先秦儒、道、墨、法、名、杂的典籍均有各自的论述，甚至专章探讨。学者们认为“义”与“礼”、“德”等为先秦伦理学中的“全德”之一。但究其实，各思想流派的“义”的内涵差异甚大。孔子断定“君子喻于义，小人喻于利”；而墨家则宣称：“义者，利也”；王安石还接着说：“理财所谓义也”。孟子认为“敬长，义也”；《礼记》称：“义者，宜也”；故程颐接着说：“顺理而行，是为义也”；但洪迈则认为“至行过人曰义”……真是，千古“义”字难明白。

太炎先生曾论到："侠无学，故不彰"。但是，侠可用各个思想流派的资源来建构自己的"义"，并以文艺形象和虚构叙事表现之。例如，以下论述，均是侠之"义"的构成：

不义而富且贵，于我如浮云。(《论语·里仁》)

义者，正也。(《墨子·贵义》)

争一言以相杀，是贵义于其身也。(《墨子·天志下》)

义之所在，不倾于权，不倾其利，举国而与之，不为改视，重死持义而不挠。(《荀子·荣辱》)

君子可以有势辱，而不可有义辱。(《荀子·正论》)

其气也，至大至刚，以直养而无害，则塞于天地之间。其为气也，配义与道；无是，馁也。是集义所生者，非义而袭而取之也。(《孟子·公孙丑上》)

当生则生，当死则死；今日万钟，明日弃之；今日宝贵，明日饥饥，亦不恤，惟义所在。(张载：《语录》)

……

当然，有所取，也有所舍。不然，被张耒赞为"尚气好侠"(《司马迁论下》)的司马迁居然会做出这样的判断："今游侠，其行虽不轨于正义……"此"正义"，为儒家之"义"，而异于侠义之"义"。不过，对墨家之义，侠大都遵奉。闻一多的观点："墨家失败了，一气愤，自由行动起来，产生所谓游侠了。"(《关于儒道·土匪》)虽有调侃味，却实有其内在理路。

在大众文化中，侠之"义"常等同于正义，大侠则成为正义之象征，唤起正义感的激励器。一般而论，正义有"社会结构的正义"与"人之关系的正义"之分，即"群体性的正义"与"个体性的正义"之分。前者之正义，通常表现为试图去改变非正义的社会结构和制度，侠者常不涉及于此，大侠们很难有"敢教日月换新天"的壮志。"替天行道"，不过是奉行"天之道损有余以补不足"而已。即或大侠"杀己以利天下"也没有制度革命的雄图。或许，建立帮派，是建立正义的社会秩序的一种尝试，但收效甚微。使侠气得以千百年流传、弦歌不辍的正义是个体性的正义，主要体现为陈平原所概括的“平不平”与“报恩仇”。而另一行侠主题“立功名”，则是对社会制度的直接维护，大侠们并不特别留意于此。

但是，侠客的存在本身，就会构成对现存的秩序的威胁；因其“游”，因其“以匹夫之细，窃杀生之权”，必然引起制度维护者们的某种焦虑。班固一面赞侠“温良泛爱，振穷周急”，一方面又担忧“守职奉上之义废”（《汉书·游侠列传序》）。大有侠气的王夫之也叹道：“有天下而听任侠人，世不乱者，鲜矣！”（《读通鉴论·卷二》）。其实，侠之“义”更符合罗尔斯的《正义论》中的“正义”。罗尔斯强调自由比起其他人类的存在要素更具有优先性，正义是对个体正当自由的保护，“每个人都拥有一种基于正义的不可侵犯性，这种不可侵犯性，即使以社会整体利益之名也不能逾越。”而且，“由正义所保障的自由权利决不受制于政治的交易和社会利益的权衡。”——儒士们的“正义”，主要是从社会整体利益和现存制度出发；而大侠们的“义”，则超越普通的社会规范，例如，为了正义，可以冒犯法律等，是正义的超越性的极限表现。

同时，这种个体性的正义，与儒家之“仁”也有异。虽然，“仁者，人也”；也是对个体间的关系的正向规范。但儒家之“仁”，是由亲及疏；而侠之“义”，当然还不是荀悦所贬的“薄骨肉之恩，而笃朋友之爱”（《汉纪·游侠论》）。但是，至少亲疏一律，是所谓“陌生人的伦理”，是“管闲事”的伦理。所以，在民间，在下层社会，在“无恒产者”中，更能引起强烈共鸣。更重要的是，侠之“义”须落实在“行”上。“义，人路也”（《孟子·告子上》）。如果“仁”为思想理念，义则为践行。所以文天祥才认定“惟其义尽，方为仁至”。其次，行侠之“义”主要为个体性的担当，大侠独往独来，敢作敢为，舍生取义，并无“团结就是力量”的思量。结帮拉派，常是无可奈何的选择。

武侠小说中的“义”，细分起来有两种：帮弱者和相互帮。前者如鲁达“拳打镇关西”，胡斐万里追杀“南霸天”之类；而后者是否符合正义，则要因情景而定。《水浒》中诸多好汉的“相互帮”

的一些行径，恐离正义远矣。无论怎样，义又是对“武”的一种控制。“士之任气而不知义，皆可谓之盗”（李德裕：《豪侠论》）。以勇、武为能量为资源的侠士，没有义的控制，如“恣欲自快”，如郭解“卒发于睚眦”（《史记·游侠列传》），则危害他人更烈。

信

“信”起源于宗教禁忌，是人神沟通的道德要求。“祝史正辞，信也”（《左传·桓公六年》），“诚信生神”（《荀子·不苟》）。“信”比“义”晚出，甲骨文，金文均未见。西周后的文献则频繁出现。《小雅·祈父之什节南山》中有“弗躬弗亲，庶民弗信”，《春秋·昭公六年》中有“信以为本，循而行之”……先秦各派思想家均有论述，《吕氏春秋》还有专章《贵信》篇。而且，与“义”不同，各思想流派的“信”的内涵趋于一致，简言之，即遵守承诺。

中国主流思想一直强调“信”。孔子的“四教”，孟子的“五伦”，贾谊的“六美”，董仲舒的“五常”，皆包括“信”。宋明理学诸子更是大肆论述。不过，儒家对“信”并非全“信”，孔子一方面称：“民无信不立”（《颜渊》），“人而无信，不知其可也”（《为政》）；另一方面又称：“言必信，行必果，硁硁然小人哉！”（《子路》）。孟子补充道：“大人者，言不必信，行不必果，惟义所在”（《离娄下》）。总之，先秦儒家重视“信”，但将其置于“仁”、“义”之下。宋儒大家，周敦颐、朱熹、张载等，又抬出一个“诚”字，置于“信”之上。本来，如《说文》，“诚”与“信”可互训，“信者，诚也”，“诚者，信也”。而宋儒则将“诚”推及到宇宙本体精神的地位，“诚，五常之本，百行之源也”（《通书·诚下》）。而“信”则仅是“诚”的发挥。而且“信不足以尽诚，犹爱不足以尽仁”（《朱子语类·卷六》）。

但是，对于侠则不然，“千金一诺”、“一言既出，驷马难追”等均可与侠挂上钩。“言必信，行必果”正是侠士的标准风范，不管是赞同侠还是不赞同侠，皆肯定此点。行侠是践行，并不需要过多的形而上的理念。所以对于“诚”、“仁”之类，必然疏离；躬行的是“义”与“信”。即“关爱”与“守信”。

无信，就无侠！哪怕侠士因守信，使自身处于荒诞甚至悲剧性的状态，仍要“信”。温瑞安小说《白衣方振眉》中，大侠“我是谁”为守信，救自己所不齿所恨之人，斗自己所仰慕所亲近之人。侠气所激，他所能做的是故意败亡而守信持义。其对手大侠方振眉，理解他，也试图故意战败以全其“信”。另一方面，武侠小说中的反派人物，因守信，也能令读者产生好感。如金庸《笑傲江湖》中的采花大盗“千里独行”田伯光，《天龙八部》中的“四大恶人”之一“南海鳄神”，《侠客行》中善恶不分，滥杀无辜的“摩天居士”谢烟客，都是把“信”坚持到底的人物。当然，这可能是行走江湖的需要，但更重要的是，他们认为这是保持自己的“荣誉”和“自尊”的方式。而且，叙述“背信”与“守信”，常常成为武侠小说构建情节的主要策略之一。如《侠客行》中谢烟客的守信：“玄铁之令，有求必应”，成了整部小说展开情节的基础。

尊崇“信”，其社会心理背景是互不信任。但社会要能正常运转又需要信，这就需要“担保”。担保有两种：人格担保和制度担保如法律、契约等。侠坚守“信”，就成了“人格担保”的象征。社会学家祖克尔（Zuker）认为信任产生的机制有三种：声誉产生信任，社会相似性产生信任，法制产生信任。侠之“信”由名头产生，而声誉与信任又互为因果互为动力。更重要的是，经济学家认为个体间的相互信任，常是长期博弈后的预期，再由“路径依赖”固化而成。而飘然来去的侠，却是超越此规则，甚至超越契约、法律，超越社会责任的承诺，超越功利性，超越血缘、熟人，是一种无条件的即超验的道德自律的象征，故更为珍贵。

经济学家还认为，信任是降低社会系统中行为风险的“简化装置”，它能大大降低由于信息不对称所引起的机会主义而产生的社会成本。在当代，制度化的信任是主流，但是，纵观历史，“天网”恢恢，常是疏而又漏，何况“法网”。远在西周，就有“天不可信，我道惟宁王德延”（《周书·君奭》）这样的担忧。而且，难免不会有“制度缺席”，尤其是在社会转型期。人类的社会行为，包括经济行为，已是如此的复杂，只有私人信任与公共信任，即人格化的信任和非人格化的信任相互协调，才能有利于社会正向发展运转。故司马迁曾慨叹：“以功见言信，侠客之义又曷可少哉！”两千年前是如此，现在呢？

暴力

暴力是制造肉体痛苦和生命死亡的技术。武，就意味着暴力，武侠小说去掉所有的暴力话语还会剩下什么呢？大众文学两大主题：暴力和性爱，对于武侠小说而言，性爱只不过是漂浮在字里行间的幽灵或者装饰。打与被打，杀与被杀是所有武侠小说的基本情节。暴力话语，尤其“杀人叙事”是武侠小说的生存基础之一。

其实，侠客们杀人如割草，大有其历史。侠气干云的李白要“笑尽一杯酒，杀人都市中”（《结客少年场行》）；曹植这王孙公子，是侠的“粉丝”，也长啸“利剑手中鸣，一击两尸僵”（《侠客行》）；连寒伧清苦的孟郊也要“杀人不回头，轻生如暂别”（《游侠行》）。——为什么杀，杀什么人，不清楚。似乎也不重要，津津有味的是杀人的豪爽。难怪有论者认为侠客尊重并高扬个体人格和情性，却轻视个体生命。

当然，暴力话语有其特定的社会功能和审美价值。现代行为学的创始人洛伦兹认为：“今日文明人正为攻击冲动不能充分释放，而感到痛苦。”进入高文明时代，对生理或心理层的攻击性，主要可利用仪式化行为来消解。洛伦兹指出：“由仪式而产生的驱力……常反对攻击性，使攻击性进入无害的道路。”（《攻击与人性》）武侠小说的神话性质和程式化的结构，使其话语成为一种文化仪式。在这种意义上，优秀的武侠小说，因其高文化的描述，正确的价值导向，能够规范攻击性的释放从而缓解暴力冲动。同时，武，武功，是生命能量极限的突破和身体的自由操控，具有强烈的审美意味。

但是，暴力话语应该在质与量上予以控制，这取决于作者建构文本的价值取向，以及作者本身的心理结构。如果文本成了作者攻击性的病态发泄，反而会强化了作品中攻击性的心理能量，成为一种心理污染。弗洛姆在《恶的本性》一书中，分暴力为五类，其中直斥为“病态”的有三种：“游乐性暴力”——主要是炫耀技能；“补偿性的暴力”——弱者病态性的替代行为；“原始嗜血渴望”——“倒退到前人类的存在状态，通过变成动物那样摆脱理性的重负来寻求生的答案，嗜血成为生命的本质——杀与被杀都是生命的完成，原始意义上的生命的平衡。”——对这三种暴力的处理，金庸称不上优秀，古龙，温瑞安走得更远。

他们并非无自觉，古龙宣称：“武侠小说里写的并不是血腥与暴力，而是容忍、爱心与牺牲”，而且还认为“血和暴力虽然永远有它的吸引力，但是太多的血腥和暴力就会令人反感。”甚至，古龙还创造出“从未杀一人”的大侠楚留香。温瑞安创造出“从未杀一人”的大侠方振眉。可惜，他们小说中最有魅力还是“飞刀一现，生死立判”，“西门吹雪吹的不是雪，而是血”，“老叫花一生杀过二百三十一人……”之类的暴力话语。更有甚者，是对“剥皮”、“断肢抽筋”等等惨不忍睹的场面的津津有味的描述——有意识的反思，难以战胜无意识的心理能量。于是，古龙又提倡“优雅的暴力”，试图将血腥、惨叫、挣扎、眼泪优雅化，将暴力动作的描绘诗意化，将暴力内涵神圣化。好在侠士们实行的是些正义的宰杀，优雅一下也似乎无大妨。

洛克不无偏激地称：“任何暴力都不是正当的，不管它们冠以任何名称托辞，或法律形式。”（《政府论》）当然，暴力在特定时空，特定情景还是正当的，正义的，合理的。但是绝不可欣赏暴力，一味地谴责心灵的软弱，蔑视哭泣的眼睛，以平常心看血流五尺，行侠的内涵转换成攻击性的发泄和杀人技能的炫耀，那也大为不妥！至少，弗洛姆所述的病态性的暴力，不可“优雅”成审美对象，而放弃对丑恶暴力的反思与戒心。侠义始终是与爱心、同情、关怀相关联。而“喜武，非侠也”（《淮南鸿烈·说山训》），有一定道理。

中原　海岛

小说与地域的关系，大致有三：小说家的生活地域，小说情节涉及的地域和小说传播的地域。这是一个远未充分探讨的领域。武侠小说与地域的关系相对简单，但仍有一些有趣的话题。

武侠小说中的人物活动的地域主要是中原。有意思的是，韩国人本土创作的韩语武侠小说，仍是以中国的中原为活动地域，几乎无例外。如韩国著名武侠小说家“剑弓人”、司马达、“夜雪绿”、金刚等创作的《九州江湖》《中原日志》《铁血刀》《绝代至尊》等等。泰国人以泰语创作的武侠小说大致如是，马来语、越南语的创作则不清楚。台港武侠小说诸大家采用同样格局。金、梁固不用提。成名之前从未到过大陆的温瑞安，终身未履大陆的古龙，描绘起大陆风貌，淋漓尽致，色色动人，而其描绘不过是基于从书本或影视中生长出来的知识与体验。但对于他们生于斯、长于斯的海岛，则要么语焉不详，要么模式化，要么怪诞化，真是实察不如想象！寻根乎？大陆情结乎？

中原是中心，海岛、川滇黔桂藏、大漠、西域是边缘。这既有地理意义，又有特定的文化含义。武侠小说常描绘两种运动：一是向中心的运动，边缘高人“问鼎中原”，向主流文化挑战，欲在更广阔的舞台上一展身手，如“昆仑三圣何足道”留笺称“少林派武功，称雄中原西域有年，昆仑三圣前来一并领教”（《倚天屠龙记》）之类；一是向边缘的运动。当中原形势不佳，或者到边缘去重建秩序，是中心文化向边缘文化的扩散，如虬髯客、李俊等人的行径（《虬髯客传》《后水浒传》）；或者归隐，这是所有在小说中未死去的大侠的必然结局，而且多选择海岛来逃避尘世，逃避江湖。如袁承志（《碧血剑》），沈浪（《武林外史》）。

中原与海岛的互动，中心与边缘的互动，是武侠小说基础情节之一，也是主要叙事策略之一，这种对逆运动，令刀光剑影的武侠江湖生气激荡。

神话

经儒家清理后，中国文化中的神话性大为减弱。保存神话想象较多的典籍《淮南子》《山海经》难入士大夫正宗经典之列。神话性逐渐“在野”，主要由“民间话语”形态的小说来承担，而绵延两千多年的武侠小说则是主要承担者。同时，我们只有从神话性的角度，才能理解把握武侠小说的意义和功能。只有认识到我们仍有强烈的神话渴望，才能理解当代武侠小说的盛行。

当代世界，科学主义的地位难以撼动。但是，仍然有相当多的杰出思想家强调神话对于文化，对于人类的重要性，如尼采、荣格、海德格尔、雅斯贝尔斯等。仅以卡西尔为例，他多次强调“神话是人格化的共同意愿”，“如果我们抛弃神话中的诸神，我们仿佛突然间失去了根基，我们将不再生活于充满活力的传统社会生活氛围中”。(《国家的神话》)“神话意象，这曾经作为坚硬的现实力量撞击人的心智的东西，现在抛弃了全部的实在性和实效性；它们变成了一道光，一团明亮的以太气，精神在其中无拘无束无牵无挂地活动着”。(《语言与神话》)——一个民族，可能失去国土，甚至失去语言文字，但是只要他们的神话还在，这个民族就存在，例如犹太人，他们在以神话为基本内容的宗教信念的凝聚下，以神话性的文本《旧约》为依据，历经诸种大劫难，却仍保持了独特的民族性，以犹太人的名义生存。

原生态的神话，毕竟是一种远古文化。文明演进，神话只能以神话素的形式存在于其他话语形态中。武侠小说中人物行为超自然，其武功相当于原始巫术——借助于一些特殊的动作来获得超自然的力量。神话英雄大都有一个“佯死而后生”的阶段，而大侠们或者主动地“闭关”、“隐居”，或者被动地进入一个与世隔绝的境域（坠入悬崖等）“佯死而后生”来获得超自然的能力。神话英雄遵循“漂泊惯例”：“离别—指引—回家（归隐）”，而大侠则是“行游惯例”：“离家—游—回家（归隐）”。神话中的“工具崇拜”，英雄“特异父母”模式等等，都作为神话素均存在于武侠小说中。可以说，武侠小说是远古集体记忆的延续和连续书写，是半人半神的神话英雄的延续书写。它养育和发展着共同幻想，成为中华民族“宏大叙事”的恒久面相之一，虽然是一种“另类”的宏大叙事。从现代以来，小说主流和理念是“现实主义”、“真实性”等，暗含着“去神话性”的倾向。所以，只有处于边缘状态的武侠小说承担起续写“神话”的责任。而且，在神话性的背景上，传统文化的各种要素能被充分激活而转化为文学资源，从而使其具有一种所谓“超凡”的魅力。

当某种“在野”的文化形态成了气候，士大夫们就会试图将其“招安”和“收编”，改造进主流意识。武侠小说也不例外。金圣叹对《水浒》，俞樾对《三侠五义》等的改写，就属于此类行为。当代武侠小说正在或已经完成“收编”工作。但是，只要武侠小说仍然植根于神话性中，就仍然能保持旺盛的生命力，而不至于由于“驯良”而萎缩“去势”。

当然，神话性的武侠小说也是在特定时代的群体的共同心理焦虑的刺激下生产出来的，甚至是生长中的群体和个体解脱精神困境的一种心理诉求。古希腊人面对重大恐惧时，引入奥林匹亚诸神。而从文化史文学史来看，中国人在面临普遍精神危机时，就会制造出武侠来承担存在的焦虑、压抑和无意义。当代，当政治资源所支撑的现实性的英雄，经膨胀到极限而幻灭后（所谓“告别崇高”），神话性的武侠英雄就纷纷登场。当代武侠小说大家，其实存性质类似于工匠——文化工业的制造师，但其功能类似于远古的巫师：用特殊的话语来召唤神灵，来应对特殊的生存困境。有意思的是，当精神资源相对贫乏时，当代美国人主要用科幻电影来延续神话。而中国人仍是千年不变地用武侠应对，这既表现了文化的差异，也是值得追问的课题。

（2007 年第六期）

“懒人的春天”和《枕上随笔》

◎龚明德

鲁迅有一组五言绝句，题曰《教授杂咏四首》，第三首是针对章衣萍的，头两行为——

世界有文学，
少女多丰臀。

人民文学出版社1981年十六卷本《鲁迅全集》第七卷第436页对这两行的注文是——

章衣萍曾在《枕上随笔》（一九二九年六月北新书局出版）中说：“懒人的春天哪！我连女人的屁股都懒得去摸了！”

就这第一句引语，算是给“少女多丰臀”作了注；注文不加分辨地沿袭了前一两代人的传言，而且一点也不费劲就把章衣萍牢牢地钉在了“摸屁股”的耻辱柱上，以致现今的几代人都仍以轻蔑的口吻把章衣萍派作“‘摸屁股’诗人”、“‘摸屁股’文人”。

其实，1981年十六卷本《鲁迅全集》上的这条关于章衣萍的注文，它的来源先后可以找到不下几十处，最早的要数距其半个多世纪前川岛的一封私信。川岛即章廷谦，他1929年秋与章衣萍同在杭州疗养。这年9 月4 日川岛给周作人写信，信中说——

> 衣萍还是病，比方我和他谈天，他的手总常从衣里进去摸他的胸膛，伸出手来时便看他的手，似乎又从手臂上看出这忽儿是否又比刚才瘦一点来。摸胸膛者，大概是在摸他的心脏还跳不跳吧。——他，病是不大要紧，“摸”下去，可不大好。我劝他要静养，不要静想。其实也不必静养，叫他去做两个月苦工，他忘了病。就好了。

川岛私信中那个“‘摸’下去”的“摸”，就是暗示当时非常流行的《枕上随笔》那名言“懒得去摸”的“摸”，当然是一句诚恳的玩笑话。几年后。到了1933 年5 月，章克标的自印著作《文坛登龙术》在《著作》一节提及“摸屁股”的话时，就含一点讥讽了。章克标讲到写“随笔”，他说：“叙述自己的风流也无妨，不过不是一定要讲摸屁股才是随笔。”

再过十年，到了1943 年，这年5 月1 日出刊的第二卷第一期《万岁》上周楞伽的长文《文坛沧桑录》第八章《太阳社说起》扯到章衣萍，用了一个长定语，为“瞎动脑筋，摸不着女人屁股，反说懒得不要摸女人屁股的章衣萍”……

不必历述下去，已可见当年的“众口一词”。在这“众口一词”的大环境下，文坛上地位非同寻常的鲁迅一时兴起，写了几首专供朋友之间看着好玩的打油诗，打油诗中冒出“少女多丰臀”一句，却被小题大做的人一传播，章衣萍便难逃劫运。自有鲁诗注解起，对“少女多丰臀”的释说均与后来“集大成”的1981 年人民文学出版社十六卷本《鲁迅全集》第七卷上的注文一致。直到如今难以计数的“研究”这诗的文字都不假思索地抄录《鲁迅全集》上的这段“权威”注文。其实。这注文的引语至少与事实不符。更不用说也无法把那节引语与“少女多丰臀”有机地必然联系起来。

“懒人的春天……”一句话不是章衣萍本人说的，在《枕上随笔》中，这一句话是有引号的，标示是录存他人话语。那么这话是谁说的呢？章衣萍的同时代人曹聚仁曾撰文专门回忆、考证过这"名句"的诞生史，结果是不了了之。在香港三育图书文具公司1972年初版《我与我的世界》一书中，曹聚仁忆及20年代后几年胡适的三位绩溪青年同乡章衣萍、汪静之和章铁民时这样写道——

> 他们三人都在暨南教过书，三人的故事，许多人张冠李戴，即如"懒得连女人的屁股都不想摸了"的名句，究竟是谁写的呢？只有让上天来断定了。

有趣的是北新书局1933年1月出版的章衣萍的长篇小说《友情》里有这"名句"的出处，安放在主人公黄诗人（即下引文中的"他"）头上——

> 他说，《呐喊》上说阿Q为了摸女人的大腿而飘飘然，这是不对的，阿Q摸的应该是女人的屁股，他也曾有两句妙语：
> "懒人的春天呀，
> 我连女人的屁股也懒得摸了。"
> 这诗。后来是被某君收入"随笔"的。

"某君"。即章衣萍自己，这是无疑的。"黄诗人"这个小说人物在生活现实中的原型是谁呢？从曹聚仁提供的三人名单中来推测，很可能是汪静之，当时二十岁左右的汪静之正大写关于女人和爱情的诗，"懒人的春天……"出自他之手笔应当是可以相信的，但查遍汪静之的诗集也不见此"名句"，更不曾看过汪氏有这方面的自述性回忆文字。

然而，即使查不到出处，也不能武断地栽赃在章衣萍的身上。有一处旁证可以对上案来一个反拨。北新书局1931年8月第四版印行的章衣萍著的《作文讲话》，第135页上写道——

> 章铁民、汪静之读了我的小说《友情》上卷，来信大骂，说不应该如此描写，有点像写“黑幕”。

这段话让我们知道《友情》是有现实生活作依据的，与曹聚仁的表述高度一致。

章衣萍的实际情况完全不是像几代前辈“研究家”们那样由“枕上”联想到专写摸女人屁股之类东西这般“色意盎然”。

写《枕上随笔》时，二十八岁的章衣萍因肺病卧床治疗，加之头痛，就如章衣萍在《〈枕上随笔〉序》中说的，“什么书也不能看，什么事也不能做。整天躺在床上无聊极了，就拿起 Note—Book 来随便写几句。不久，就成了这样薄薄的一册《枕上随笔》”。之后，他又写了《窗下随笔》和《风中随笔》，先分别单行出版，再合并为《随笔三种》，深受欢迎。

据 1934 年第六期《现代》杂志记载——

> 他（龚按即章衣萍）的随笔尤能使读者在微笑中觉到好像受了苦的矛盾味。年来因卧病遂使他的随笔益增丰富精彩，《枕上随笔》、《窗下随笔》、《风中随笔》等风行一时，几乎爱好文学的青年，都有人手一编之概。

胡适赞扬章衣萍的随笔“颇有味”，林语堂誉为“此项著作在中国尚为第一次”，周作人更是推崇鼓舞。这些议论均见章衣萍当时的书信。

章衣萍的随笔不止这三种，就我见到的，还有《倚枕日记》（也是作家的病中著述）、《春秋杂感》。章衣萍的随笔，大多用质朴简练生动的短章或记述他之所闻、所见、所感，或回忆故乡往事，或记录名人言行，或叙说凡人哀乐，于平常文字见出高贵雅致的格调。

由于他曾为胡适的私人秘书（当时称为书记），又与一大批名人如周作人、鲁迅、孙伏园、陶行知、汪精卫、王品青、林语堂等过从甚密，所以他的记述独到、真切，加之文笔精美，具有很高的史料价值和欣赏价值。

举个实例。章依萍与鲁迅的交往极为频繁，光《鲁迅日记》1924 年 9 月至 1930 年 1 月记下的就有一百五十多回交往，鲁迅还多次亲自回访、往访章衣萍。章衣萍在其随笔里保存了一些少为人知的鲜活活的鲁迅性格习惯等可信史料。抄录《枕上随笔》关于鲁迅的段落，让我们看看章衣萍病中卧在“枕上”所写究竟是什么内容——

> 壁虎有毒，俗称五毒之一。但，我们的鲁迅先生，却说壁虎无毒。有一天，他对我说：“壁虎确无毒，有毒是人们冤枉它的。”后来，我把这话告诉孙伏园。伏园说：“鲁迅岂但替壁虎辩护而已，他住在绍兴会馆的时候，并且养过壁虎的。据说，将壁虎养在一个小盒里，天天拿东西去喂他。”
>
> 大家都知道鲁迅先生打过巴儿狗，但他也和猪斗过的。有一次，鲁迅说：“在厦门，那里有一种树，叫做相思树，是到处生着的。有一天，我看见一只猪，在啖相思树的叶子。我觉得：相思树的叶子是不该给猪啖的，于是便和猪决斗。恰好这时候，一个同事的教员来了。他笑着问：‘哈哈，你怎么同猪决斗起来了？’我答：‘老兄，这话不便告诉你。’……”
>
> 鲁迅先生在上海街上走着，一个挑着担沿门剃头的人，望望鲁迅，说：“你剃头不剃头？”

关于茅盾、汪静之、周作人等著名作家的描述，也同样鲜活可信，而且在轻松生动的笔调中都表露着或崇敬或亲切的情感。

（2000 年第三期）

电脑时代的钱锺书

◎章益国

李泽厚先生又臧否人物了，这次轮到的是钱锺书，原话如下：

> 互联网出现以后钱锺书的学问(意义)就减半了。比如说一个杯子，钱锺书能从古罗马时期一直讲到现在，但现在上网搜索“杯子”，钱锺书说的，有很多在电脑里可能就找得到。
>
> 严复说过，东学以博雅为主，西学以创新为高。大家对钱锺书的喜欢，出发点可能就是博雅，而不是他提出了多少重大的创见。在这一点上，我感到钱锺书不如陈寅恪，陈寅恪不如王国维。王国维更是天才。(《李泽厚：哲学家只提供视角》，载《新民周刊》2005年10月5日。该文后注：此稿未经李泽厚先生本人审阅)

听李泽厚先生月旦人物——早不是第一次——历来是很过瘾痛快的（其实听钱锺书也一样，可惜听不到了），像这里推崇王国维为高人一等的天才，笔者就心有戚戚焉（学者业有专攻、功力各异，难分高下，但若强排座次，以天分为评价标准，私意以为上世纪仍当以王国维为第一。陈寅恪质性内敛，有时过于苛细固执；钱锺书才华太过发扬，有时迹近刻薄；而王国维的忧郁气质，恰恰和他的敏感悟性，成一平衡，以至一生迁转于文史哲诸领域，少有敌手）。只是“电脑把钱锺书影响力打对折”的说法，倒是令人想起“哪种治学家数更能够长期存活”之类的话题，这是我等以文字谋生者有暇时都可以计较计较的问题。

李泽厚先生的意思，大概可分两层次：首先，“钱锺书的治学风格和电脑同类”，所以，“钱锺书的影响容易被削减”。“钱锺书和电脑同类”这个判断，其实还是很得味道的。我们就顺手现成地拿李泽厚、钱锺书两先生说事吧。至少可列出三点：首先，论学风格上，李好凸显相异；钱喜罗列相同。电脑的“模块识别”技术，能够聚“同”，却无法识别出“异”，所以近于钱而异于李；其次，李的学说，从哲学到美学、到思想史，均内外严整，俨成体系；而钱的论说，总是“咳唾随风”、“七缀”八凑、“管窥锥指”。电脑给出的知识，也是鸡零狗碎的，所以近于钱而异于李；最后，李以创新的思想家自诩，而钱似乎是博雅的学问家。电脑自然是能积累而不能创造的，所以近于钱而异于李。

但是，由此得出“钱锺书的影响容易被削减”这个判断，却有可议之处。如果按上述三点来看，我们甚至可以发现，就“学术风险”高低而言，钱的路子要比李的安全得多，影响力或许反而能更持久。其实李本人的定位倒是就在不写50年后可写的书。(《中国思想史论》，安徽文艺出版社，1999年版，第328页)

首先看“聚同”VS“说异”。钱锺书罕见说异的文字，翻开《管锥篇》《谈艺录》，均是古今中外，张三如此说、李四也是如此说，即使在如《中国固有的文学批评的一个特点》这样钱著中罕见的以说中西之异为主旨的文字中，仍是开篇就批评中西之别被弄得烂污了，真正称得上中西之别的少，亦中亦西的多。钱文说到异，一般都是同中之异。而李泽厚则不同了，李十分擅长以简要的核心概念概括中西差异，例如以“乐感文化”、“实用理性”等等标举中国文化异于西方之处，拈出一词，豁然开朗，那般登高一呼的概括力，真是令人折服。

考虑到有《庄子·天下》中所谓“大同异和小同异”的差别，“聚同”和“说异”两种论述路径很难在一般意义上比较出高下。

然从风险比较上来讲，说相同的风险小、谈相异的风险大。因为说同，往往是一个就事说事的具体判断。而说异，则涉及对事物的本质性认识。说阿猫像阿狗的地方，总是有限；说阿猫不同于阿狗的地方，说得完吗？同的集合是既定的、闭合的，异的集合却是开放的，聚同是罗列，说异是概括。像历史学中有一条很滑头的规则："尽量少说否定话"，因为说某事发生过容易，有一条记载就可以，说某事没发生则难，因为100本书无记载也不能说明101本书无记载。（严耕望：《治史经验谈》，辽宁教育出版社，1998年版，第27页）聚同说异在风险指数的差异和这个也有点类似，"聚同"有几条资料说几条，而概括性的"说异"，却总有疏漏的地方。

其次看"体系"的风险。做学问的，一般都有"体系性建构"情结，体系建构的长处在于简约化、标准化、可重复性、有概括力，但其实是高风险的活儿。钱锺书常常被讥讽为没有理论体系，殊不知这才是保险稳妥的手法。钱本人在《读拉奥孔》中曾经对"体系性建构"做了个风险评估："不妨回顾一下思想史罢。许多严密周全的思想和哲学系统经不起时间的推排销蚀，在整体上都垮塌了，但是他们的一些个别见解还为后世所采取而未失去失效。好比庞大的建筑物已遭破坏，住不得人、也唬不得人了。而构成它的一些木石砖瓦仍然不失为可资利用的好材料。往往整个理论系统剩下来的有价值东西只是一些片断思想。脱离了系统而遗留的片断思想和萌发而未构成系统的片断思想，两者同样是零碎的。"

最后看"思想"VS"学术"。此点不必多说。当年李泽厚先生对二十世纪九十年代学界的一句评语"思想家淡出，学问家凸显"，曾经引起学界关于"思想与学术"的大争论。"思想与学术"各自的价值不是本篇小文讨论的，但其生命力、存活概率的差异，却很明显。一般来讲，学术容易成千秋之业，思想却因紧扣时代而容易成明日黄花，李泽厚先生这句话本身就是最好的诠释。

单单从影响力来看，钱锺书的策略其实很高明。钱锺书曾经把著者比喻为下蛋的鸡，我们顺着他这个比喻讲，他是从来不把下的蛋放到一个篮子里的。钱锺书不同著作的读者群人数形成一个梯度、构成一个序列。认真读过《钱锺书手稿集》《宋诗纪事补正》的自然最少，品阅《管锥篇》《槐聚诗存》则多一些，读《谈艺录》更多一点，再就是《宋诗选注》《七缀集》《人·兽·鬼》，然后是《写在人生边上》，再后，将各个文化层次一网打尽，统统圈进《围城》。最后，没有看过《围城》书的，至少看过电视版，如果连这也没有看，那也总知道那句家喻户晓的"城里的人想出去，城外的人想进来"。"围城"这个简单意象概括的道理，普遍而不深刻，恰恰合大众的口味。钱著的妙处在于，在你能接受的层次上，它都比你高那么一点。

当然以上种种，钱锺书绝非有意为之。就像我们看一个老政治家的手腕，粗看是四平八稳的保守，再看是炉火纯青的圆滑，三看才明白其中洞明世事的人生哲理——钱锺书好聚同而似无创新、未曾建构体系等等，根源于中国传统学术习惯，都包含了他对学术的深层次理解。从根本上说，钱认为"南学北学，道术未裂；东海西海，心理攸同"，而且"心同理同根源于物同理同"（《管锥篇》，中华书局，1986年版，第49页），是"同样的挑衅、同样的反应。"（《人生边上的边上》，三联书店，2002年版，第177页）同时，像他那样博学的人，当然知道"言古人皆未言"的难度，像歌德说的那样："这个世界现在太老了。几千年来，那么多的重要人物已经生活过、思考过，现在可找到和可说的新东西已经不多了。"（《歌德谈话录》，译林出版社，2002年版，第372页）钱也曾经引用下述诗句对学术和文学上的"重复发现"调侃："文章大抵多相犯，刚被人言爱窃诗"、"叵耐古人多意智，预先偷了一联诗"、"得句浑疑先辈语"。（《管锥篇》，第1198页）这种明智，自然比轻言创新的无知无畏者深刻得多。钱锺书以"博闻强记"闻名于世，但其实他以为"多闻之学"不等于真学问，"参考书式的多闻者"距离"大学问家"甚远，"大学问家的学问跟他整个的性情陶融为一片，不仅有丰富的数量，还添上个别的性质；每一个琐细的事实，都在他的心血里沉浸滋养，长了神经和脉络，是你所学不会，学不到的"，而"反过来说，一个参考书式的多闻者，无论记诵如何广博，你总能把他吸收到一干二净。”（《人生边上的边上》，第78页）可见，少创见不一定无智慧。电脑可以储存知识，但是不能产生智慧。所以，电脑不可取代钱锺书。

话说回来，本文“哪种治学家数更能够长期存活”这样的提问，本身就是一个学术从业者开小差般的游戏式提问，当不得真。因为学术“为己”之事，影响力却在人，所以影响力不是判断学术价值的唯一标准。即使在理想的学术共同体内，因为有曲高和寡的情形，学术水平高下与影响力大小也不一定成正比，更何况在我们这个学界鉴别力早已相当混乱的时代。影响力说穿了就是关于大众品味的统计数据，学者们大可不必太在意。至于选择哪种学术路径，跟钱还是随李，完全是个人喜好。钱锺书说过：“在某一意义上，一切事物都是可以引合而相与比较的，在另一意义上，每一事物都是个别而无可比拟的。”（《人生边上的边上》，第200页）我们可以依样画葫芦地说：在某一意义上，中西文化是相同的；在另一意义上，中西文化又是相异的。在某一意义上，体系建构是有效的；在另一意义上，体系建构又是无效的。在某一意义上，学术比思想重要；在另一意义上，思想比学术更有价值。在某一意义上，李泽厚高于钱锺书；在另一意义上，钱锺书高于李泽厚。

但是，无论从哪种意义上讲，钱锺书、李泽厚都高于电脑。

于是我等有福的读者，最好的方法，还是把自己的爱慕心和关注度，打个对折，分别给予李泽厚、钱锺书两先生。有这两位先生的佳作等着我们读，这可是像等候赴宴一般开心的事情，正好让我们像钱锺书在《吃饭》一文中说的：

> 努力奉行猪八戒对南山大王手下小妖说的话：不要拉扯，待我一家家吃将来。

（2006年第八期）

虫儿们：语言的狂欢与盛宴

——读《虫儿们》

◎**田松**

戈革先生说过一个典故，说一次鸟类学家开会，请一位非常非常著名的生物学家到会，不过这位名人研究的是虫，不熟悉鸟，到他发言，他就说：有些鸟是吃虫子的，然后他就开始说虫子如何如何，口若悬河，不绝如缕，再也缕不出一个鸟字。半夏先生不是昆虫学家，却喜欢谈虫儿。他当年在《南方周末》上的专栏，赫然就叫“昆虫记”。每期读过去，不知不觉中，竟然就成了他的范斯(fans)。

半夏先生谈虫儿，必譬以人情人事，但见字里行间，含沙射影，指桑骂槐，说的是虫儿，却处处扣着人，杀机四伏，险象环生，然而通篇看去，说的还是虫儿。比如他写蝉的生产：

> 这一切就发生在埋头撇腿生孩子的蝉娘子眼皮底下，但她居然照旧无动于衷地只顾生产，并不肯拨冗维护一下自己正在横遭践踏的作品。

说的是蝉产下的卵，会被“蜂蚕一类的后来者”鸠巢鹊占，并以蝉卵为食。然而——

> 不要误会，天聋地哑的蝉娘子有着敏锐的目光，三个单眼两个复眼，足够扫描到大腿下面发生的惊心动魄，可是她依然憨厚地熟视无睹，继续着本能的程序，不愿改变稍许的什么。她只能默默地用持续的高产，做不抵抗的补偿。悲哀的母亲。（第 149 页）

这样的描述必已唤起了人的同情，尤其是末了一句，做足了煽情的功夫。此半夏先生之典型文字。

半夏先生说虫儿，与沈宏非先生的写食主义有惊人之似，他们在《南方周末》上的专栏也常常 hand in hand。沈宏非自云，他的写食其实是写给美食的情书，既然是情书，就难免热情洋溢得虚张声势，八分的美说成十二分。不过半夏先生写虫，文字虽然华丽多彩，汪洋恣肆，却也有规有矩。

> 家大人正巧是生物专业背景，本书虽不敢忝称科普，但却丝毫不能犯常识错误，因此常得父母大人的贴身指导，并不时提供更专业的线索和提醒。（第 207 页）

所以读半夏之说虫儿，浓郁的人文关怀之中，不时显露着精制的生物学细节，比如他说蝼蛄：

> 脑袋和胸脯构成一个椭圆，这是它个性体现的核心所在。椭圆的脊梁向上隆起，像一面盾牌，盾牌的中央，有个凹陷，上面涂抹着一颗暗红色的心脏，构成类似贵族骑士的族徽，标志的意味，胡乱揣摩，大约应该是血脉绵长的爱心 族了。（第 140 页）

以这样的方式描述蝲蝲蛄，更容易让人想象它的尊容。然而，半夏先生还没有说完：

> 盾牌下面伸出的，是充满爱心的狗骑士张牙舞爪的双手，宽扁粗大，向外弧形宛转。末端装置着凸刺，坚硬如木，不是利剑，宛如钉耙，这是它的独门兵器，学名叫开掘足。风快爽利，丝毫看不出徽章上强力标榜的拳拳爱心，乖张。靠近腋窝的胳膊上，还隐隐约约划着一道裂隙，那是乖张骑士听风辨器的耳朵。手上长眼，是上了封神榜的妖精；把耳朵按在兵器上，却是圣斗士也不具有的异秉，倒的确方便了顺风。

这样的文字已经有了走火入魔的嫌疑，我已经说不清半夏是为了说虫，还是为了炫耀他的贫嘴和博识。读半夏文，如同吃川菜，不管吃的是什么，一定会被厚积薄发的调料香得口涎四溢，失了警惕，一路吃下去，直弄得不知道自己吃的是什么——只有老食客才有可能绕过叠床架屋迷阵重重的调料，品出正主儿的本味。又如游颐和园，倘如只顾着辨识长廊上上下下浓妆淡抹的彩绘图案，辨得越多，就越看不到颐和园的面目。半夏先生东征西引，东拉西扯，上至诗经圣经大藏经，下至市井流言黄段子，中有流行电视时尚海报，无不入味儿，无不入典。典非典，非常典。不管是蝉娘子，还是蝲蝲蛄，经与半夏一煮，就全成了一个味儿——半夏味儿。

> 这就像治咳嗽的半夏，得名原是因为生于夏天的中间儿。（第 171 页）

此中之“治”，非治疗之治，乃是压制之“制”。一锅半夏炖虫儿，完全是半夏的话痨，压住了别人的咳嗽。所以欲读半夏的文字，须有打持久战的准备，读一遍只是半夏，读两遍以上才能见到虫儿。反过来说，虫儿只是引出话痨的由头，随便一个线头儿放出来，半夏先生在那边倒啊，倒啊，就倒出一篇花团锦绣来。东北话把讲故事叫说瞎话，民谚云：“瞎话瞎话，说起没把儿，一根牛毛，捻双毡袜。”说的就是半夏这种情况。时下专栏作家著名文人之中，刚刚说到的沈宏非也有此好。他们的用典，他们的行文，都基本上采取这种浓盐重酱土洋不拘荤素不吝的猛药策略，由是造就了斑斓绚烂的文本。按照时尚的强调文本的阅读理论，斑斓的皮毛之下，是虫是虎已在其次。刘兵先生撰有著名广告语："阅读霍金，懂与不懂，都是收获。"用到这里，该是"阅读半夏，虫与不虫，都治咳嗽。"

博物学近年来在国内日渐兴旺，继法布尔《昆虫记》出了全本之后，威尔逊的《蚂蚁》，"猴猩猩"也纷纷入境。在中国本土，不仅有刘华杰等人一边呼吁博物情怀，一边身行博物创作，甚至有了半夏这样以说虫儿为乐的文人。从宏大叙事的角度怎么表扬都不过分。人与自然的关系已经紧张得如满开的强弓，脆弱得如初春屋檐下的悬冰，经不起一点微扰。当此之时，博物，作为人与自然最原始的沟通渠道，也是当下最为可行最为根本的渠道。博物学的要义在于观察，观察就会产生了解，了解就会产生同情，犹如看黑帮电影，即使主角是个百恶不赦的坏人，由于你知道了他的来龙去脉，就难免会在大是大非面前失去了原则，暗暗期望他漏过恢恢的天网了。法国大导演雅克·贝汉（Jacques Perrin）有一部专门说虫儿的电影《微观世界》，可谓博物学观察的典范，全片一个小时，竟然只有一句台词，全以画面自身告诉观众虫儿们的各种行为。但作者并非无动于衷，在一对蜗牛云雨缠绵如胶似漆的当儿，雅克·贝汉配上了花腔女高音；而一只蚊子的诞生，被他渲染得如仙女下凡一般，清丽高贵，超凡脱俗。可见观察之中不仅渗透着理念，也渗透着情感。半夏先生虽然调料凶猛，基本上也是这个路子。闲来如我者，尚能发现二者之见堪为文体比较的材料。雅克·贝汉有一个超长镜头描写了一只屎壳郎跋山涉水披荆斩棘的几分钟，与半夏对蝉的一段叙述颇有可比之处。半夏写道，蝉的前世幼虫在地下生活，除了饮水，就是撒尿，并在撒尿的同时以其尿液制作自己的土中工事。

> 这样劳作不止的乏味生活，不是朝夕就随便打发的，而是整整四年的光景——哪里有光和景，那是暗无天日的洞穴苦捱，

活脱脱的有期徒刑。……撒尿本是一种排泄，快感自然伴随其间；喝酒更是让人羡慕的欲望，要不大家还花钱买醉做甚。可如果这些个快感欲望成了一种日复一日必须完成的疲惫负担，又哪里还会有什么感觉。更有甚者，还有一位仁兄，这种漫漫苦难的生活，竟然会持续不可思议的十七年，几几乎就是转世投胎一根好汉的预产期，那真是看不见任何希望的日子，和无期死缓没什么两样了。所以这位十七兄脑袋上的数字就成了他行走江湖的官名——十七年蝉，和那些用排行标榜的骚客雅士依稀仿佛。（第 151 页）

十七年，这个数字让人唏嘘，何人修得十七年禅！

半夏先生文字跳脱，文风飘荡，也常常卖弄文史。比如说蜈蚣：

红楼里演说荣国府的冷子兴说过："百足之虫，死而不僵"。这是句蛮出名的话头，只是原都以为那不僵的"僵"是僵硬的意思，连权威的现汉词典也如此举例。其实不然。那"僵"该是倒下之意，说那倒下之意，说那蜈蚣之类的虫子，腿脚多，就是死掉了也支棱着不会趴架。三国时有个和这写红楼的人一个姓的曹元首，他也用过这话，只是后面多了一句："扶之者众也。"这扶之者众，说得就是腿脚众多，扶持着不倒下。

言以及此，半夏还不甘心罢口，接着说：

大诗人陆游的名句，"僵卧孤村不自哀，尚思为国戍轮台"，那僵卧的"僵"，也是一个意思，不是躺着不动，躺着不动，那是尸首，尸首是戍不得轮台的。（第 16 页）

其贫嘴若此，正是文人的惯性。就是这样，半夏先生以人说虫，由虫说人，不仅说到了人和虫，也说到了人和虫之间的事儿，过去的事儿，现在的事儿，一本正经的事儿，荒诞不经的事儿，有鼻子有眼的事儿，没鼻子没眼的事儿，而书中的配图更是虚虚实实，不但有虫儿们的玉照，剪纸、风筝也纷纷出场。仿造人文地理的构词法，半夏先生虽然不是昆虫学家，却可以说得上一个人文虫学家。

（2004 年第八期）

唤醒人类记忆深处的种植“本能”
——评赵本夫的《无土时代》

◎**贺绍俊**

在《无土时代》中，赵本夫以匪夷所思的想象为我们讲述了一个都市生活中的现代神话：

在木城这个已经高度现代化的大都市里，一夜之间竟长出了361块麦田。茁壮的麦苗迎风飘拂，拔节生长，扬花抽穗。当金灿灿的麦穗压弯了头时，新麦的香味溢满了木城，全城的人看到身边的麦田个个都欣喜若狂，像过节一样。同样也是一夜之间，人们纷纷拥向麦田，这城里稀罕的麦子就被人们抢收得精光。

这个神话无疑表达了作者深深的忧思和理想的愿望。他的忧思是对城市文明病症积重难返的忧思，因为城市被钢筋水泥和沥青严严实实地包裹了起来，人们再也感受不到氤氲的地气。而他的愿望来自土地，他希冀通过在土地上长出的麦苗来抚平城市的伤口。但赵本夫又把这个神话讲述得充满现实性。因为城市里长出来的麦田靠的不是神力，也不是幻想，而是到城里来打工的一帮农民工亲手种植的。市长将城市里的绿化工作交给农民工来做，于是他们玩了一个狸猫换太子的花招，麦苗换绿草，将本该种植草皮的空地全部种上了麦苗。如此挑衅城市规则的行为，竟然让思想开明的周市长宽宏大量地容忍了。

也许中国作家的内心都留着一片空间种植绿色草木，这样他们才与悠久的历史文化保持着密切的联系。在城市里种植麦苗并不是赵本夫的独创，我记得几年前曾在一篇小说中也读到过类似的情节。但那只是一个农民工在他打工的餐馆门前偷偷扔下几颗麦种而已。难得像赵本夫这样在城市大规模地种植农作物，甚至将这样的行为合法化。你看他笔下的木城："这个城市的各个角落，凡是有土的地方，早已长出各种庄稼：高粱、玉米、大豆、山芋、谷子、稷子、芝麻、花生……还有各种蔬菜：黄瓜、茄子、辣椒、丝瓜、扁豆、青菜。甚至还发现了西瓜、南瓜、甜瓜……一时间，这成了木城人最重要的话题。"赵本夫在这里透露出他心目中最理想化的城市模样。

面对城市化带来的巨变，作家们不是多了一份欣喜，而是多了一份忧思。于是城乡冲突就成为当代文学的一个重要主题。这证明文学的灵魂并没有泯灭。在城乡冲突的文学叙述中，作家的情感立场多半是站在乡村的一边。有人曾以此讥讽作家们感情不真实，因为他们基本上都生活在城市，享受着城市的一切舒适和便利，却说着城市的坏话；还因为他们大多来自乡村，嘴上对乡村极尽赞美之词，却没有一个人愿意真的返回乡村去。其实这样的讥讽完全是错怪了作家们。正因为他们生活在城市，才会对城市化带来的弊病有着切身的感受；也正因为他们大多来自乡村，所以他们在设想如何匡救城市化的弊病时，乡村精神就成了他们最现成的武器。赵本夫也是一位对城乡冲突和城市化弊病深怀忧思的作家，有一个写作"地母"系列的宏大计划。《无土时代》是系列的第三部，前两部分别为《黑蚂蚁蓝眼睛》和《天地月亮地》。前两部的主要场景是乡村，城乡冲突以隐性的方式存在于其中。赵本夫在这两部作品里表达了他对乡村精神的缅怀和对乡村日益凋敝的忧虑。当然，这样的主题表达并不是赵本夫所独有的，他不过是加入到反思现代化和城市化的庄严大合唱之中。但《无土时代》是这大合唱中的一段清丽悦耳的独奏。独奏的旋律是那样的陌生又那样的让我们似曾相识。说它似曾相识，是因为小说仍然围绕着城市文明最显在的问题展开，用赵本夫自己的话说，就是“城市文明越是高度发展，城市文明病就越多，如厌食症、肥胖症、性无能、秃顶、肝病，以及无精打采、焦虑失眠、精神失常、互相攻讦、窥视等。”而这些城市文明病的表现症状在许多小说中都被描述过。说它陌生，是因为它虽然可以归结到城乡冲突，但它处理冲突的方式不再是通过对立来解决问题，而是要通过融合来解决问题。赵本夫理想化的城市就是通过融合来实现的。在赵本夫的笔下，城市与乡村的边界已经模糊。你看看当木城各个角落都种上庄稼的时候是什么情景吧：庄稼成了木城人最重要的话题，“以前是说张三道李四，现在是说高粱道茄子。大家都很亢奋”。而且赵本夫坚信，他的这一宏伟理想必将载入史册。小说中的周市长就是一位认同赵本夫理想的先知先觉者，所以市长相信若干年后，人们只会记住第一次为城市种植庄稼的天柱，却不会记住他这位大市长。

赵本夫的自信缘于他对土地的深刻理解。土地可以说是乡村文化的根本。离开了土地，乡村文化也就失去了灵魂。农民与土地的关系是血与肉的生死存亡的关系。因此在以往的乡土小说中，土地带有某种图腾的形态主宰着作品的精神走向。作家反思现代化对乡村的破坏时，也主要是从土地入手的。许多小说都表现了急剧扩张的城市化对农村土地的侵吞所造成的恶果。在赵本夫“地母”系列的前两部作品中也表达了类似的主题。但问题总有其两面性。我们在批判城市化的恶果时，并非要彻底放弃城市化进程，回到前现代的乡土社会。从文明发展的角度看，城市化似乎是一个不可逆转的历史进程。难道就没有办法解决城市化的问题和城市对乡村的破坏？赵本夫在写作“地母”系列的第三部时，笔锋一转，试图对此作出自己的回答。这就说到“无土时代”的含义了。赵本夫将今天的城市化时代命名为“无土时代”，这实在是一个伟大的创见。在赵本夫看来，城市吞并了农村的土地之后，还要用钢筋水泥沥青砖块等现代物质将土地覆盖，彻底切断了人与土地的关系，这“就像电流短路一样，所有污浊之气、不平之气、怨恨之气、邪恶之气、无名之气，无法被大地吸纳排解，一丝丝一缕缕一团团在大街小巷飘浮、游荡、汇集、凝聚、发酵，瘴气一样熏得人昏头昏脑，吸进五脏六腑，进入血液，才有了种种城市文明病，才有了丑陋的城里人”。为此，小说写了几位痴迷于土地的人物，一位是出版社的主编石陀，他在政协会上不断呼吁要拆除高楼，扒开水泥地，让人们亲近土地。为了实现这一主张，他拿着一把小锤头，有机会就到大街上破坏路面。还有一位是进城打工的天柱。他进城以后就不愿意回去了，但他留在城市不是迷恋城市的物质生活，而是因为他怀着一个野心，想要把整个木城变成一片庄稼地。他不像其他的农民工那样尽量寻找更能挣钱的工作，而是到人们不愿意去的绿化队，他在这里找到了种庄稼的感觉，而且也实现了他给城市种上庄稼的梦想。

赵本夫写的这两位痴迷于土地的人物都是从乡村草儿洼走出来的。赵本夫特别强调他们的乡土身份，强调他们为自己的乡土身份而自豪。他们虽然融入城市生活之中，甚至像石陀，其生活早已适应了城市的方式，但他们在记忆深处还保留着土地的芳香。我们嘲笑一位城里人缺乏修养时，往往就说他骨子里还是一个农民。但谁又能否认中国城市人口与农村的血缘关系？因此在当代小说的人物系列中，具有城市文化和乡村文化双重性格的人物占有很大的比例。不过以我阅读的经验来看，作家在把握这种双重性格的人物时，往往将乡村文化置于弱势和守势的位置。但赵本夫在《无土时代》中完全改变了这一思路，他塑造的石陀、天柱是充满进取心和自信心的人物，而他们的进取心和自信心恰恰来自他们内心的乡村文化，来自他们对土地的信念。土地的信念之所以能够让他们充满信心，就在于土地恰恰是城市人的死穴。他们发现，城里人实际上在心里也把土地当成宝贝。城里人费尽心思弄来一点土，在阳台上摆几个花盆或隔出点空间种植花草。这是“对祖先种植的记忆”，对土地的记忆。赵本夫将这种对于土地和种植的记忆也看成是人的“本能”。显然，城里人一直压抑着这种本能，而乡下人却任其本能自由地伸展。因此，赵本夫所谓的“无土时代”从根本上说并不是指现实生活中失去了土地，而是指人们缺乏了一种土地的观念。当人们的内心处于“无土”的状态时，当人们的对种植和土地的“本能”被压抑时，才会导致那么多的文明病。小说中的石陀、天柱，也包括潜在的柴门，是赵本夫为我们提供的一组崭新的人物形象，这组人物形象都具有相同的土地意识。这种土地意识使他们变得强盛，这种土地意识也是解决城市问题的武器。他们凭着各自的努力，唤醒了木城人对于种植和土地的记忆，“木城人似乎又恢复了一点对大自然的敬畏之心”，于是诗意又回到木城来了：“满天繁星下的木城，从来没有这么安静过，忙碌了一天的人们，心终于沉静下来。这一夜，几乎所有人都睡得那么安稳，那么香甜。”

《无土时代》的思想价值就在于，赵本夫站在现代性的高度上赋予土地新的哲学意义。我以为，当现代化、城市化的问题不断纠集起来后，土地就成为一个症结，我们必须要认真加以处理。这也是生态学以及生态美学的核心。美国学者奥尔多·利奥波特还提出了“土地伦理学”的概念，认为要把社会意识的尺度从人类扩展到土地，他将土地和人类的关系统称为一个“大地共同体”，呼吁人们应该以谦恭和善良的姿态对待土地，尊重土地。赵本夫在《无土时代》里表达了与利奥波特相类似的观点，而且我以为赵本夫在对待土地的态度上更加积极乐观。他将土地理解为具有灵魂和生命的存在，具有自我的意愿。因此土地与人类的沟通，就是生命与生命之间的沟通。那位孤儿院的金阿姨，并非理论家，却悟到了这一点，所以她说她的很多想法都来自土地。不必说她给谷子取了一个这么“土气”的名字，就是她收养谷子的善举，也可以说是听从土地的召唤。所以赵本夫借金阿姨之口，以最通俗的语言表达出最深刻的哲理：“其实‘土气’是个好东西，土气土气，是说大地有气息，有灵魂，有生命的呀！一个人有了‘土气’，人就厚了，就有了根基，就有了营养，就会不怕风雨，多好啊！”

小说的结构也是值得我们关注的事情。赵本夫将他对土地的独具智慧的阐释隐藏在一系列扑朔迷离的有关寻找与遗弃的故事之中。

首先是石陀委派年轻编辑谷子去寻找作家柴门，其次是村长方全林和天柱共同在寻找二十多年失踪的天易。还有谷子对自己父母的寻找，梁朝东与黄鹂一起走进四川大山对谷子的寻找。因为遗弃才会有寻找。谷子的父母遗弃了自己的骨肉，年少的天易遗弃了自己的家乡。当然最大的遗弃是人们在茫然的兴奋之中就遗弃了与自己生命息息相关的土地。各种遗弃和各种寻找交织在一起，一个寻找与另一个寻找重叠在一起，从而使寻找变得更为复杂。比方说，石陀要寻找的作家柴门似乎就是方全林和天柱寻找了二十多年的天易。但是，谷子在寻找柴门的过程中又寻找到主编石陀的踪迹。以至始终关注寻找柴门的许一桃得出结论，柴门、天易和石陀就是一个人。显然小说包含着太多的玄机，赵本夫最终并没有破解这些玄机，而是把层层疑惑留给了读者。我以为，赵本夫选择这种充满玄机的故事结构，并不单纯是为了增加小说的可读性，而是体现了他对世界的理解和认识。现代化和城市化是建立在理性主义基础之上的，人类自认为知识就是力量，可以征服自然，征服世界。现代化的时代就是一个理性时代。但随着现代化进程中暴露出的种种弊端，让人类开始认识到理性的局限性。赵本夫所命名的“无土时代”，其实就是理性时代的表征之一，他在批判“无土时代”的同时也就是在质疑理性的绝对权威。所以他的小说结构是一种充满玄机的结构，现实世界的很多玄机是无法用理性来破解的。在这些玄机的背后也许就有一种神奇的力量在起作用。小说中有一个细节也许就是赵本夫领悟到神奇力量的作用而设计的。政协主席马万里几十年前在大学被团支书约到城墙上谈心。在朦胧的月色下，一桩奇事在他们眼皮下发生了，成千上万只黄鼠狼一只衔着一只的尾巴鱼贯着走过去。马万里当时就想到，这是一个不可泄露的天机。后来马万里当了十年的木城市市长，木城的现代化成就显然有他的功劳。但当他处在政协主席的位置上后，在委员们的影响下，也习惯于从负面看问题。于是他对“自己打拼十年建造的木城”也有了反省。马万里的经历印证了一个重要的“天机”：人类一手制造的“无土时代”将要使人类自食其恶果。为什么是由黄鼠狼来传达这么重要的“天机”，因为黄鼠狼就是土地上的神灵。在民间曾经盛传“五大仙”的崇拜。五大仙即狐狸、黄鼠狼、刺猬、蛇、老鼠五种与土地密切相关的动物。民间认为这些动物亦妖亦仙，比如黄鼠狼是可以左右人的精神世界的，人类如果侵犯了它们，就会受到不同程度的惩罚，如果敬奉它们，则会得到福祉。或者我们会说，这类动物崇拜的民间信仰不过是神性时代的产物，随着神性时代的终止，这样的民间信仰自然也会消失。但赵本夫把几乎让人们都遗忘掉的民间信仰化用到小说结构之中，他并不是要倡导神性，而是想以此唤醒我们记忆深处沉睡的关于土地和种植的“本能”，让我们懂得如何去敬畏自然万物。小说结尾再一次出现黄鼠狼的行踪，我们不妨看成是又一次的天机泄露，它是对木城人走出“无土时代”的肯定。

人类一味地臣服于神性固然是不行的，而一味地鼓吹理性也无助于人类的幸福。赵本夫的《无土时代》告诉我们，应该以智慧的方式去面对神秘莫测的自然天地。因此我想为赵本夫的这部小说做一个总结：走出无土时代，进入智性时代，人类的未来前景顿时广阔明亮起来。

（2008 年第五期）

书游天下

带回来一个剑桥

◎**吴慧**

关于剑桥的文字很多，关于剑桥的情绪却更深，当我试图从书柜里找出几本和剑桥有关的读物时，我发现搬出来的原来是一抱情怀。这样一叠有形有状的物品贴着某个带有强烈感情色彩的标贴，小巧精致不事张扬，细看来，不是云乡水影，倒是苔痕深处印着的“康桥”二字。

小桥流水，月华流照，先民的情歌潺潺流经家门口的小河，过山、过海，遥远他乡的河水同样奔唱着诗人的迷醉，也许是拜伦，但是徐志摩说，那是康桥。康桥的名气实在太大了，大到一座叹息桥可以有那么多的传说，大到当我站在思源河畔，发现有一闸水域晕染的居然是康桥的情绪。

起初可能是一个广东人将Cambridge译成为剑桥，因为当地方言还保留着“cam”的古音，桥却是义译，两相混合着用，在翻译里也算别具一格。徐志摩将其发音为“康”，写出来一系列关于康桥的文字，和着他的爱情故事，将几代人的阅读培养出了“康桥见情”的习惯，“剑桥”却是身份证上的名字，另外包含着一些学术的意味，剑桥大学是绝对不会被叫成康桥大学的。

刘兵先生将他在剑桥做访问学者时的一些文字结集出版，取名“剑桥流水”，其义自见。按后记里的说法，还颇有点“流水账”的取义。以为是一本英格兰玫瑰式的软语温香还配有大量的图景照片，隐隐青山迢迢流水，流出来的却是十一个博物馆、几个实验室，教堂、墓地还有些学院的体制和掌故。我没有去过英国，听形容，仿佛如此繁密的文化聚集就是当地的日常生活。的确也可以想见，因为这群位于欧洲西北外海的列岛，对世界科学与文化曾产生过如此重要的影响。书的副标题为“英伦学术游记”，行万里路读万卷书，辛苦了脚力还要辛苦一下脑力，一页一页翻，熟悉的名字和场景，权当一场科学史的考试。——你还认得我吗?

某君出门在外，回来说，想家了，听着艺人的笛子，骑着车直愣愣地差点掉沟里，这是我听过的一则动人的“走神”经历。而如果可以在英伦，可以在文化氛围如此浓厚的情境下，天马行空地走神随想，那实在是要令人艳羡不已的。

先是要看，看大英博物馆的藏品和传说中马克思惯用的书桌联想到科学文化的传播要旨；看格林威治天文台的零度经线以及人类对经度的追索联想到科学普及的形式和意义；看剑桥和牛津的科学史博物馆的建立运作联想遥远故乡。这一路走来，看了不少，想了不少。

后是要听，在书店听讲座，在剑桥听讲座，在学院听科林斯讲座，在剑桥听两门课。某次刘兵来我学校做一个题目类似女性主义和科学研究的报告，提起在剑桥时曾参加一个女性主义研究的读书小组，称自己是惟一一个听完全程的男性同胞，书里提供了一张照片，一圈人围坐，只空一张椅子，我猜想，这就是他的“座位”了。书里提到的一个名为“文学与科学”的讨论课引起了我的兴趣，牛顿派的诗歌、牛顿与笛福、自然史与殖民主义的诗歌以及磁的隐喻，我设想不出这样名字怪诞的讨论课具体是怎么个内容，颇为好奇。看过听过想过，还要继续感受。

我始终无法想象出大名鼎鼎的威斯敏斯特教堂内的情景，虽然听过很多描述，甚至包括它的门票还很贵。也许是万神庙的感觉?牛顿、麦克斯巍、法拉第、卢瑟福、达尔文……神灵创造了心灵的世界，可是想想，再想想，这个世界原本是什么都没有的呀，操持着和前人差别不大的口音，生活在他们的智慧空间里，你要不要诚心叹服呢。连素来以脑子写文章的刘兵也在这册书的不少章节里冥想感性起来，你就可以知道剑桥的魅力有多大。

书里图片很多，彩色的黑白的。如果让我选，最有现场感的是爱迪生的电灯泡；最具微妙情感的是李约瑟研究所门口的通道，画幅右下角的花坛上有蓝色的标牌：李约瑟的骨灰葬于此处；最漂亮的还是叹息桥。表现欧洲文化的游记很多，本想套用熊秉明一个著名文章的题目，写一个“看刘兵看”，讨巧却不贴切。《剑桥流水》与其说是个游记，不如说它是个工作笔记。旅人看着风景，想着自己的会心之事，“看”表达着一种不介入的对峙，这里是一个参与其中的过程，刘兵带回来了一个他世界里的剑桥。

（2003 年第七期）

不相同的树叶

◎**袁希**

欧洲人相同吗？他们有共同的本能、特征、美德和瑕疵，他们被大体相似的诱惑所打动，能够表现出同样的崇高牺牲、壮烈的英雄气概、卑鄙的怯懦无能、行为丑恶和残忍无情。欧洲人不同吗？每个男人或女人都不同于所有其他的男人或女人，正如同一棵树上每一片叶子都不相同一样。路易吉·巴尔齐尼在《难以对付的欧洲人》（生活·读书·新知三联书店，1987 年出版）一书中是这样区分欧洲人的：沉着的英国人、反复无常的德国人、好争吵的法国人、灵活的意大利人、谨慎的荷兰人……

在欧元开始启动，欧洲一体化进程向前推进的今天，读读巴尔齐尼这本描述准确而又生动有趣的书。想想相同又不相同的欧洲人和他们生活的美丽土地是件很有意思的事情，也是一种享受。

先说英国人吧，书中是这样说的：英国人认真、俭省、谨慎、勤勉、作为上策的诚实、账目正确、严守时刻、无私的爱国主义、勇敢无畏、在战斗中视死如归、顽强、自制、光明磊落，但与此同时，适者生存、追求利润等等。他们都有一些完全相同和普遍的观念牢牢地印在头脑里，这就是为什么过去和现在，在与上级失去联系的遥远地方，英国的海陆军将领、总督、大使、年轻的行政官员、商船的船长、孤立哨所带兵的尉官、甚至普通平凡的英国人，当面临危险的紧急关头，总是确切地明白怎么做，同时肯定女王、首相、外交大臣、坎特伯雷大主教、任何酒店里喝啤酒的人或《泰晤士报》的编辑都会衷心称许。英国人曾是欧洲大陆人的楷模，从宪法、议会民主到黑色服装，“黑衣服只是一种象征，表现了对英国在抽象哲学、音乐、烹饪、调情以及几乎所有方面的至高无上的默认和对英国人财富、权力、精明和必要时的残忍的羡慕和妒忌”。大英帝国的辉煌一去不复返了，但这个民族值得“羡慕和妒忌”的精神还在。

有这样的诗句：“幸福的乐土，沃野良田；欧洲的珍珠，人间天堂！”这就是法国。这是一个独特的、活跃的、有创造力的、富有勇气的、才华横溢的、不安静的国家。戴高乐说：“法国是世界的光明”，“她的命运是照亮宇宙”。的确，没有法国，世界的历史与当代文明就绝不可能是现在这个样子。法国给人类的贡献是无价的、决定性的。实际上，所有欧洲国家今日的政治基础全都归功于法国大革命的思想。当然今天的法国还得背着它那千年遗产的重负。巴尔齐尼写道：法国的“对手们前进时当然轻松得多，它们没有这许多需要耗费重金以保存、刷新并恢复的‘往日荣耀’。”

德国是思维的故乡，它的思想和它的音乐一样传遍世界。巴尔齐尼战前战后都在德国常来常往，见过希特勒，也见过阿登纳，他以沉重的笔调写出了德国人民怎样整齐地走上了希特勒的战车，付出了惨痛的代价。在写了战后德国人步履沉重、东张西望和深刻的忏悔后，他又以欣喜的口吻描述了德国又奋力登上了顶峰，重新成为欧洲最富有、最强大、最有效率、最有秩序、最有生产能力，具有最现代化科学技术的国家。并预言：“欧洲的未来仍将再一次主要取决于德国的未来。”今天统一的德国确实在欧洲起着重要的主导作用。

意大利人巴尔齐尼是这样说自己的国家和同胞的：他们的烹调——老三样：橄榄油、大蒜、和番茄酱，他们的政府——既无能又短命，他们的天赋——艺术上的，他们的美德——私下的，他们的罪恶——公开的……“意大利人说话的含义与字典上所说的并不永远不变”，“在这里没有一成不变的法则”。是不是有点严于解剖自己？

巴尔齐尼把美国人也算在欧洲人之中，他认为，从哲学意义上讲，美国是欧洲的属地或延伸。美国人是这样想的：欧洲是西方种种思想和希望的诞生地，是其故乡。美国人要捍卫欧洲无非是因为他们知道，没有它生活就没有过头，没有那些共同的西方价值，生活就没有意义。这就是为什么不讲交情、只顾生意、只关心自己的美国人在没有领土纠纷，没有旧恨新仇的情况下，在两次世界大战中都是军号嘹亮、旗帜飘扬——像西部的美国骑兵一样赶来救援。这二十多年中，美国牺牲了多少生命和金钱。两度救了欧洲。欧洲人又怎样看美国呢？巴尔齐尼说，在当代欧洲人眼里，美国的理想和希望是他们共同道德的一部分；他们公认，绝大部分美国人的希望不仅仅是美国人或欧洲人的希望，而且也是全人类的希望。

巴尔齐尼生活在欧洲人中间，同包括美国人在内的各国人民的直接交往，他用准确的、并带点儿幽默的语言勾勒出每个民族的形象，就像在介绍自己的家人。这种介绍不是一条一点地概括总结，而是把社会生活的各个方面穿插在一起叙述历史和现实的种种事件，大到世界大战、政府更迭，小到家庭琐事、个人经历，当你读完一章时，一个民族的形象就出现在你面前，既是活生生的每一个，又是概括的群体。

如果把不同的国旗、邮票、警察制服置之度外。在法国人、意大利人、奥地利人、瑞士人和德国人眼里，白雪覆盖的阿尔卑斯山同样巍峨；在莱茵河多瑙河两岸的绿荫里，到处都可以认出共同的乡土；走到哪里都有明暗相间、烛光摇曳的小教堂和水晶吊灯下金白两色交辉的歌剧院；还有这块大陆的精髓——葡萄酒……欧洲相同的东西太多了。统一的欧洲一直是一个梦想，多少世纪以来，君主、皇帝、政治家、思想家、诗人都这样想，从康德、诺瓦利斯、伏尔泰、卢梭、拉马丁、米什莱、雨果、科布登、圣西门、边沁、马志尼到克勒门斯·梅特涅和皮埃尔·蒲鲁东……

天下大势本来就是中国人说的分久必合，合久必分。

树叶尽管不同也要共生。

巴尔齐尼在书中写道："尽管存在着无穷的差异，多种不同的历史、宗教、烹调术，数不尽的语言和方言，我们基本上是同一类的人，在相互的国家和家庭里并不感到拘束。这无疑是个暖人心房的想法，使人充满希望。假如取消了国界，欧洲人过去的一切战争，随之就会变成虽则血腥然而是无足轻重的家庭内讧，谁也不再是战败者，而只有一个胜利者即欧洲。"

可是联合的欧洲为什么是一个萦怀了多少世纪而没有实现的梦想，是什么左右了欧洲？是根深蒂固地存在着的敏感的民族自尊心；是每个成员都有充分的理由留恋自己的光荣历史，留意防护并警惕地保卫自己独特的遗产（戴高乐就私下承认他担心自己国家的宝贵特征会消失在大饭锅里）；还是多少个国家就有多少种不可侵犯的利己主义……欧洲人都有这样的缺点：悲观、谨慎、吝啬、讲求实际，犹如老式的银行家。巴尔齐尼说，他们是明智的，但经常失算是失之于过分明智。

第二次世界大战后，冷战的阴影笼罩着整个欧洲，一想到生猛的苏联大兵和那个国家拥有的核武器就让人不寒而栗。生存还是毁灭？在这一抉择面前，联合起来是每个明智的欧洲人想到的求生之策。"欧洲联合起来。"丘吉尔、阿登纳、戴高乐都喊出了这样的口号。（丘吉尔甚至把自己涉及许多国际问题的讲演集定名为《欧洲联合起来》。）丘吉尔说："我们必须达到的目的正是整个欧洲的联合。""在危险和需要的压力日益增长的情况下，一些在今天看来是不实际的设想，很可能在几年之内就成为显而易见的和不可避免的事情了。"戴高乐说：欧洲"各国联合起来，就能够成为，而且也应该成为前所未有的、有利于人类的、最强大的政治、经济、军事和文化力量。"

在现实的压力下，尽管是一片争吵声，战后几十年中欧洲委员会、欧洲共同体成立了，成员国也逐步增多，欧洲联合的步伐在慢慢迈动。

冷战结束，没有了苏联的军事压力，欧洲人发现美国、日本的经济压力同样沉重和紧迫，在经济上同样面临生存还是毁灭的抉择。欧洲各国的共识是：联合的步伐不能减慢，而是要加快，其他任何国家利益只能服从于此。《马斯特里赫特条约》的签署就基于这样的背景。

戴高乐曾有这样的理想："首先，经济的欧洲；其次，政治的欧洲；然后，欧洲人的欧洲；最后，友爱的欧洲。"今天的欧洲联盟是经济的，也是政治的。戴高乐的理想刚刚开始实现。

冷战结束后的欧洲能不能没有美国而独立存在？在未来的世界上能不能成为在政治、经济、军事诸方面制衡美国的力量？这对欧洲和世界都至关重要。

得过诺贝尔文学奖的丘吉尔曾写下这样漂亮的文字：欧洲统一"这一事业要不是成为关系重大的事业，就是仅仅变成一场空谈。如果成为空谈，那么它就会在路边凋萎下去，但如果它是处在这种黑暗时刻的欧洲和世界的重大需要，那么火星就会开始燃烧，火焰就会在许多国家男男女女的内心里和思想上发出更加明亮和更加炽烈的光芒"。二十世纪末，虽然早已不是"黑暗时刻"，但欧洲统一事业仍是"欧洲和世界的重大需要"，火焰可能会在新的世纪发出"更加明亮和更加炽烈的光芒"。

(2000 年第五期)

韩国的雪泥鸿爪

——读詹小洪《告诉你真实的韩国》

◎**卢周来**

读詹小洪先生的新著《告诉你真实的韩国》，让我感受到了消失很久的阅读愉悦。

詹小洪先生十几年前就与吴敬琏先生一起编《改革》杂志，那本杂志在推动中国经济改革进程中发挥了重要的理论牵引作用；后来又一直在《经济研究》任副主编，见证了中国经济学范式的现代转型过程。除了玩“高雅”之外，近年来，詹小洪先生还不遗余力推动现代经济学原理及精神的通俗化与普及工作，主编了有名的《经济学家茶座》。当然，我也见过他的文章，对于经济学家与经济学界旧闻新事如数家珍。但在我们印象中，他一向被视为经济学界的“地保”。此次他借韩国之行一年，以日记方式推出的《告诉你真实的韩国》一书，使得我们对他又添一层了解：看来，他不仅仅是个经济学界的好编辑，而且是个行走者与书写者。这本书就是他将行走时所看到的风景，以文字的形式留下来与我们共享。

其实，当詹先生在韩国任教期间，他就已经陆陆续续将其部分日记传给国内的朋友，我也得以先睹为快。现在读完全书，感觉还是很愉快，我想，这一方面固然有因为城市中壁垒分明的生活使得每个人多少都有急于了解他人如何生活的欲望，而这种书的日记体方式很好的部分满足了这种欲望；但更重要的是，对这本书的阅读愉悦，首先产生自它满足了我这些年对于韩国的好奇心。

我对韩国的兴趣从 1997 年亚洲金融风暴开始。其时，处于风暴眼中的东南亚诸国乱象频生，惟独韩国国民抱成一团，共渡难关：为了对付韩元不断贬值，韩国国民甚至主动将家中的美元拿出来倒炒韩元，以抬高韩元对美元比率。有了这样的国民，韩国很快就从风暴中复苏。

最近的关注则是关于日韩关于独岛（日本称其竹岛）之争。据媒体上一篇传得非常广的《独岛的光荣》的文章称，独岛在韩日关系中的地位，恰如中日之间的钓鱼岛。二战前，日本占有该岛。独立之后的韩国宣布对该岛拥有主权。1953 年 5 月，日本右翼人士趁韩国正为朝鲜战争所困之时，登上了这无人的小岛，修建起了标志物。在日本人登上独岛之后，一个二十三岁的韩国青年洪淳七趁战争期间枪支管理不严，通过非法手段采购了一批枪支，召集了几个热血青年，渡海登上了独岛，赶走了日本人，在岛上升起了第一面韩国国旗。在那之后，洪淳七靠着一杆步枪，独自一人守卫独岛三年零八个月之久。在他的日记里，记载着无数次和日本舰艇、渔船对峙的记录。后来，韩国政府彻底从战争中脱身出来，派出海上警察上岛，洪淳七才结束了神圣的“守护国土大业”。韩国政府没有惩罚他的“无组织、无纪律行为”，反而颁发勋章，表扬他的爱国行为。目前，韩国军队已牢牢控制了这个小岛。韩国外交部反复宣称，为此小岛的主权将不惜牺牲韩日关系。但奇怪的是，韩国人的刚烈居然没有影响韩日关系的“大局”，日本人频频向韩国人示好，日韩经贸关系飞速发展。早在 1995 年，两国的双边贸易额已达四百八十五亿美元。两国还一起举办了足球世界杯。更为奇怪的是，死不道歉的日本人居然单单向韩国人正式道歉。到现在为止，日本还没有正式向韩国以外别的国家就历史上的侵略行径正式道过歉。

这是一个不一般的国家！然而，我对这个国家的所有的了解都来自于正式的公开的报道，这些报道如此难得，且都是“大场面”。再有就是通过韩剧，但工作的紧张使得我没有时间多看韩剧，倒是将《博览群书》上连载的《影像阅读——韩流生态报告》全看完了。

詹小洪先生研究韩国问题多年，此次又赴韩任教一年，他在《告诉你真实的韩国》一书中记载的仅是看似很庸常的生活，算是韩国生活的雪泥鸿爪，但也的确可以让我们了解到真实的韩国。我们都知道，过去一年多时间，韩国发生了许多大事，比如韩国总统遭弹劾、韩国党派斗争、议会选举、伊拉克人质被杀事件、迁都风波，甚至历史上的“5·18”事件余波等等，但我们接触到的新闻报道都是以“鸟瞰”的方式在写，我们并不清楚普通的韩国民众对于这些事件的真实感受及在这些事件中的个人行为表现。詹小洪先生从一个“在场者”的角度，将这些大事件回拆成普通百姓的具体感受与行为。比如他日记中描写到了烛光晚会上愤怒的学生与民众、学生墓前悲伤无助的母亲等，无疑极大地丰富了我们对韩国的认识。甚至其中提及的韩国电影及电影演员在本国的地位与收入、韩国学生的校园生活等，相信也能部分满足“哈韩”一族对自己青春偶像的“偷窥欲”。

詹小洪先生写的是韩国，但作为一个关注并参与中国改革开放与现代化进程的经济学人，詹先生时刻不忘由韩国观照中国。在比较后他有喜有忧。比如，他看到了中国在男女平等方面做得好于韩国，中国人在诸如守时守约等部分细节方面也胜于韩国人；尤其是通过韩国人对中国的看法，他更是欣喜地看到了中国经济发展与国力强大后在亚洲地位的提高。但他更有忧患，这是因比较后看到的差距。比如，他看到韩国公务员职业操守非常好；他更通过时隔六十多年，韩国人仍然以政府政策的形式清查当年的亲日“韩奸”而看到韩国人的历史意识远超过中国人；他还通过对韩国几乎每日都上演的不同阶层民众为不同的诉求而进行的“街头政治”的观察，了解到表面的“小乱象”背后，政府在协调与化解民众矛盾方面有较为成熟、妥帖与自信的渠道。而这些，都是中国人需要向韩国人学习的地方。

最后，也是很重要的一点，尽管这本书的确只能算是韩国生活的雪泥鸿爪，但詹小洪先生借此书其实引出了一个很宏大的问题：中国与韩国在全球化时代如何相处？在詹先生看来，两国同处东亚，有着共同的传统文化：书中专门写了韩国人祭孔与尊孔之事；有着相似的历史经历：在近现代史上都曾被日本侵略与占领；甚至面临相同的政治与历史课题：书中尤其提醒的是两国都面临如何实现祖国统一，如何清除政治腐败，以及如何化解发展进程中各种社会矛盾等；再加上两国经济互补与依赖性很强，因此，为了对抗全球化可能带来的种种弊病，中韩两国应该走向更加务实、全面与亲密的合作。为此，詹先生在书中反复强调。两国必须相互学习，相互借鉴，同时还要处理好个别现实与历史问题，尤其应该避免国内对对方的过激民族主义情绪。詹先生在日记中也记载了他为推动两国在文化交流与合作（比如推动召开音乐家郑律成纪念会等等）所进行的努力。詹先生的这些观点非常有价值。

美国麻省理工学院管理学院院长梭罗（Lester C. Thurow）几年前曾写过一本书《Head T0 Head》（可译为《短兵相接》），在不少学者鼓吹亚洲太平洋时代将到来的时候，这本书却认为，真正到来的是“欧洲世纪”，这是因为，“欧洲人已经消除了历史上彼此的自负、猜忌与仇恨”，“决心以区域经济、政治与文化的全面整合来对抗全球化挑战”。以梭罗观点反观东亚占先导地位的中、日、韩三国，按理说也应该向欧洲学习。但日本仍然不能对历史问题进行检讨与清理；其军国主义步伐甚至使得它再度成为东亚和平的威胁。在这种情况下，中韩之间首先进行深度合作并以此提升整个东亚合作，无疑是优先选择。也因此，看詹小洪先生的旅韩日记，也就有了更高一层的意义。

（2005 年第四期）

山水的润泽

——劳伦斯心灵的风景

◎**黑马**

劳伦斯在1912年二十六岁时与三十二岁的弗里达私奔离开英国后就很少再回国。浪迹天涯，临终前在意大利，他开始怀旧思乡，满怀深情地写信给去英国的朋友，让他去看看自己“心灵的乡村”。那是与他的出生地煤镇伊斯特伍德一水之隔的镇北面的一片乡村，他的初恋情人杰茜一家住在山后风光旖旎的海格斯农场，那里还有矿主巴伯家的花园别墅，有烟波浩淼的莫格林水库，墨绿的安斯里山林。

这一切曾经是少年劳伦斯的另一个广阔世界，为他以后的创作提供了更大的背景空间：《白孔雀》的故事全部发生在这山林湖畔；《儿子与情人》伤感的爱情故事在这里的乡村和城镇之间穿梭发生，在某种程度上是劳伦斯和杰茜初恋时来往的记录；《恋爱中的女人》则几乎囊括了这里的一切风物并向伦敦和欧洲辐射；《查太莱夫人的情人》里令人回肠荡气的故事在这片森林里上演——还有不少不朽的中短篇故事和话剧以此为背景展开，早期的诗歌更是对这里田园风光的礼赞。没有这一片风景，劳伦斯的创作就会是另一番情形，甚至他能不能在写作上成功都会成为疑问，尽管他是个文学天才。

海格斯农场，右边是波光粼粼的莫格林水库，谷底是汩汩流淌的小溪，小溪通着水库。放眼眺望，是遮天蔽日的山林。安斯里山和高地公园一带的森林雄奇伟岸，是绿林好汉罗宾汉和伙伴们出没的舍伍德原始森林的一部分。海格斯即 Haggs，英文的意思是“森林中的一片开阔地”。劳伦斯第一次来到这样的山林谷地，这种田园与原始森林的奇妙组合对他这样一个从小生长在丑陋煤矿小镇上的孩子产生了巨大的美感冲击。这幅雄浑与阴柔并济的风景从此成为他心灵的风景线。海格斯农场，这里才是劳伦斯梦想中的“老英格兰”！青山绿水的风景，朴素纯洁的人，这两者浑然天成。劳伦斯的笔一经触及这里，就变得风情万种，无论写景写人，写情写意，盖情动于中，师法自然，成就了他最美的散文。他因此获得了“了解英国乡村与英国土地之美的最后一个作家”（福克斯语）的美称。

置身于这强大的气场中，我深深地感动了，既为这百年不变的风景，更为了劳伦斯一生的执著。一个人一生都心藏着一幅风景并在这风景上勾勒人的生命故事，那该是一种怎样的爱、怎样的情？劳伦斯应该感到莫大的幸福，他从来没有走出自己的“初恋”，一直在更新着这种恋情。

现在游客们看到的是一个世纪前少年劳伦斯眼中旧农业英国的自然景色。左边的山峦正是拜伦二百年前和恋人流连忘返的安斯里山林：他的恋人居住在劳伦斯的故乡。拜伦和恋人背负安斯里山林，眺望的正是海格斯农场这边的风光。比他晚生一百年的劳伦斯，居然能欣赏到同样的景色。拜伦当初没看到的是后人在此拦河修起的莫格林水库，烟波浩淼，真该用蒙古族的话称之为“海子”才形象。

只有身临其境，我才真正理解了矿工的儿子劳伦斯的情调缘自何处：劳伦斯天生超然，是这山水之间的天然贵族，他自成一体，独立于任何尘世的阶级阶层，是个贫穷的精神贵族。这种心性是与自然的陶冶分不开的。但令人万般难解的是：一个矿工的儿子何以生就这样纤敏的心灵，何以在天昏地暗的黑煤粉笼罩的矿乡附近寻到自己眼中世界上最美的景致，从而凭着本真的人性，将这片风景化入他的文字王国，以此作为对人性恶的强烈批判。由此，我们不得不承认劳伦斯具有天赋的贵族气质。而劳伦斯之为英国人难容，盖出于这种天赋的贵族气：左派文艺家们（如最初的《英国评论》杂志主编福德）无法理解这个矿工的儿子何以如此的布尔乔亚；而贵族们压根就看他不起。人们忽视了这样的真理：任何选择了艺术为上帝的人，无论他出身于哪个阶层，都多少有着天赋的贵族气。

在这里我们能体验到伯特（劳伦斯的乳名）当年背负丑陋的工业小镇，把胸口贴近大自然怀抱的痛苦与欢乐。劳伦斯选择了这样强烈的对比，实际上是选择了他文学的母题：摧残自然与复归自然。从《白孔雀》《干草垛中的爱》《牧师的女儿们》《菊香》到《儿子与情人》等一系列他二十六岁离开故乡前写下的作品，还有名著《虹》和《恋爱中的女人》，其风景“是人物活动的背景，亦是其评论者，时而又是优于人物生活的某种道德或非道德的力量。”（沃森语）我们由此明白了，劳伦斯不是吟风弄月的酸诗人，他的风景描写是能动的、对非人的工业化的抗衡。不是精神贵族，何以能超越阶级的利益，承担起道德批判的重负？劳伦斯选择了这里的风景作为超越阶级的道德标准，这对于一个穷工人的儿子是多么难能可贵！

尽管人们都把以海格斯农场为主要背景的《儿子与情人》看做是劳伦斯的代表作，事实上这片山水首先孕育出的是劳伦斯的长篇处女作《白孔雀》。其真实背景是与海格斯农场比邻的费里农场及其磨坊池塘。仅小说中对自然界的花鸟草木栩栩如生的描写，就足以令大作家福斯特发出赞美和惊叹，称之为风景描写的杰作。对这片山水和林中万物，劳伦斯可以说是了如指掌，信手拈来，皆成美文。从中可以看出他敏锐细微的观察力和对自然生灵的似水柔情。《白孔雀》一书虽嫌稚嫩，描写略嫌矫揉造作，但它奠定了劳伦斯全部文学的基调，以后的创作事实上是不断修改《白孔雀》的过程，逐步强化有教养的自然人的形象和主题。多少年后，劳伦斯重读这小说，承认感到陌生了，但他仍然感到：“我在风格和形式上虽然变了，但我从根本上说绝没有变。”

特别是书中短暂出现的猎场看守安纳贝的形象，简直就是20多年后《查太莱夫人的情人》中的猎场看守麦勒斯的雏形。历经“文明”的教化和荼毒后看破红尘，重返自然，“做个好动物”，以自然人的身份挑战“文明”这把双刃剑，这是自《白孔雀》开始传达的重要理念，到《查太莱夫人的情人》的麦勒斯，这个人物简直就成了这种理念的活生生符号。麦勒斯代表着劳伦斯的最高理想。这真应了著名理论家韦勒克和沃伦在《文学理论》中的一句话："一个作家早期作品中的'道具'往往转变成他后期作品中的象征。"

森林在劳伦斯眼中象征着人与自然本真的生命活力，更象征着超凡脱俗的精神的纯洁。与之相对的是工业主义的玷污，既玷污了自然也玷污了人心。森林中万物的生发繁衍，无不包孕着一个性字。劳伦斯选择了森林，选择了森林里纯粹性的交会来张扬人的本真活力，依此表达对文明残酷性的抗争。

令人深思的是，劳伦斯没有选择他情感上最为依恋的矿工来寄寓这种理念，而是选择了"猎场看守"。这种职业的人游离于社会，为有钱人看护森林和林中的动物供其狩猎，另一方面还要保护林场和动物以防穷人偷猎或砍伐树木。这样的人往往过着孤独的生活。他们是有钱人的下人，是劳动者，但又与广大劳动者不同。在劳伦斯看来，这类人脱离了俗尘的阶级利益、一身儒雅同时又充满阳刚气，最适合用来附丽他的崇高理想。而从根本上说，矿主和矿工虽然是对立的，但他们是一种对立统一的关系：双方都受制于金钱、权利和机械，在劳伦斯眼里他们都是没有健康灵魂的人了。在此劳伦斯超越了自身阶级的局限，用道德和艺术的标准衡量人，用"健康"的标准衡量人的肉体和灵魂，才选择了麦勒斯这样的人作自己小说的英雄。

劳伦斯真是用心良苦，也真是书生气十足。他创造的是成人的童话！但他始终不悔。郁达夫在劳伦斯逝世后不久就读了劳伦斯的作品，他英明地指出：劳伦斯是个积极的厌世主义者。此言极是。所谓厌世，自然是面对汹汹人势表现出的超然与逃避；所谓积极，当然是在看破红尘的同时依然顽强地表现出对人类的信心。于是劳伦斯选择了安纳贝与麦勒斯这样孤独隐居但性力强健的男人作他的理念传达者。这样的男人与世界的结合点只有自己最为本真的性了，他只与脱离了一切尘世丑陋的女人之最本真的东西接触，这就是超凡脱俗的性，与鲜花、绿树、鸟禽一起蓬勃自然地在大森林里生发。谁又能说，麦勒斯不是一棵伟岸但又柔美的橡树？一个复归自然的文明男人，集强健的性力、隐忍的品质和敏感的心灵于一身，对女人和自然界的鸟兽花表现出似水柔情。郁达夫，中国只有郁达夫才能在劳伦斯刚刚逝世不久就做出了一个这样的判断。劳伦斯在中国热了这些年了，中国人对劳伦斯的认识，还要数达夫透彻。这不能不归功于达夫的优秀作家资质。

劳伦斯选择了纯净的森林，在此让文明人恢复自己最原始本真的生命活力，这种选择自然与他对这片风景的熟悉有关，自然与他熟悉的这片风景中的人有关。这种稔熟与选择绝对取决于劳伦斯少年时代与海格斯农场和钱伯斯一家的交往。没有与海格斯农场亲如一家的交往，劳伦斯就不会有机会深入这片地区，了解这里乡民们的生活，从而找到了这一片风景，以附丽自己的理念。这片山水是解读劳伦斯的索引。

沿着湍急的小溪，穿过阴森的林子，我向莫格林水库走去。我必须去那里，因为那是劳伦斯的大作《恋爱中的女人》的重要原型地，我出版的第一部翻译小说就是它。这部小说凝聚了劳伦斯太多的情结，蕴含着劳伦斯太多的哲学思想，写实与思辨并重，表现时代与心理探索并行，是一部现实主义与现代主义手法相得益彰的先锋小说。这样重要的小说，相当一部分以故乡的水库一带为原型背景展开，与沉重阴郁的伦敦城形成了鲜明的对比。

这片林子幽深阴冷，与外面的温度差别极大。透过林隙，能看到点点水面，直到走出林子，眼前才豁然开朗，看到了波光粼粼的大片水面。这座水库三面环山，农田和森林倒映水中，一派自然景象，不像水库，倒像一鉴自然湖泊。在《恋爱中的女人》中，它是威利湖，在《白孔雀》和《儿子与情人》中它都是纳泽米尔。“米尔”是水塘的意思，英国湖区就有很多地名的后缀是米尔，如温德米尔和格拉斯米尔等。“纳泽”是地下和阴间的意思。《白孔雀》的初稿书名就叫《纳泽米尔》。

仅仅一山之隔，当年山的那边就是乌烟瘴气的煤矿和丑陋的煤镇，而山这边则是纯净美丽的湖水和墨绿色的山林，反差之大，令人惊诧。正如《迷途女》的开头向读者交代的那样，煤矿主早就逃离了煤山煤海，躲到山清水秀的乡下，在那里管着煤矿，发着大财。而那些矿工之家则只能糗在煤镇和煤矿附近自生自灭。

如果从“阶级”的角度出发，劳伦斯似乎应该以巴伯家为原型，写出一部资本家残酷剥削煤矿工人、后者奋起反抗的血泪斗争史来才是。但矿工的儿子劳伦斯让所有人失望了，特别是让伦敦的小资产阶级“左派”文学家们失望了。他们厌恶了中产阶级的为艺术而艺术的文学，希望有来自草根、富有旺盛生命力的文学给这个血脉枯竭的高雅文学界注入新鲜的活力。但劳伦斯没有这样写，他的笔下没有出现人们盼望的那种阶级斗争的故事。从一开始写作他关注的就是人本身，特别是自然环境的恶化与人的心灵异化堕落的主题，而这种堕落在于任何阶级都是一样的。前面已述，在劳伦斯眼里，从根本上说，矿主和矿工都受制于金钱、权利和机械，都是没有健康灵魂的人了。他超越了自身阶级的局限，用道德和艺术的标准衡量人，用“健康”的标准衡量人的肉体和灵魂。在《恋爱中的女人》里，劳伦斯写到工人的大罢工，这样叙述道：“沸腾的人群在行动，人们脸上露出似乎参加神圣战斗的表情，同时脸上挂着一种贪欲。一旦人们开始为财产的平等而斗争，如何分得清哪是为平等而战的激情、哪是贪欲的激情？”

到1922年劳伦斯写《袋鼠》时，他的这种观点就更加彰显无余了：“他们并不恨资本家。他们知道，如果他们自己有机会赚到一笔大钱并以此当上资本家，他们会不顾一切去做的……他们是不会仇恨资本家的，您无法让他们这样做。他们顶多嘲弄嘲弄资本家而已。”（《袋鼠》第11章）

这样的文字如果与整个小说割裂开来，足以说明劳伦斯“背叛”了他的阶级。但我宁可说劳伦斯超越了阶级的偏见，完全从人的完整性高度上把握他笔下的人物和故事，因此就写出了新意：既不是传统意义上的“左派”战斗文学，也不是脱离生活的纯艺术小说。他的作品有来自草根的良心与生命力，又有深厚的哲学底蕴与审美价值。

正是从“人的完整性”（卢卡契语）角度出发，劳伦斯小说《恋爱中的女人》里的主人公之一的年轻矿主杰拉德才没有被简单地塑造成一个喝工人血的铜臭资本家，而是一个更为复杂的人：一个为赚钱而失去同情心的人，其心灵如此空虚，甚至连爱情——无论异性的还是同性的，都无法将他温暖，最终只能葬身于奥地利的冰谷中，而他自己根本不懂自己何以如此与世界隔膜。

同样，写到矿工时，劳伦斯更注重的是他们无助、无奈和无望，劳伦斯丝毫没有把解救世界的希望寄托他们身上的意思。从《儿子与情人》中的“父亲”，到《受伤的矿工》里的那个矿工，到《一触即发》和《迷途女》里面的群体矿工们，劳伦斯笔下的矿工绝非“无产阶级文学”里那种英雄人物。他们质朴、善良，但也堕落甚至浑浑噩噩。劳伦斯超越了自己的出身，他看到的是整个“文明”的悲剧，在这场悲剧中，有钱人和穷人都是可怜的受害者，都是心灵堕落的产物，都不是完整的人。

如果《恋爱中的女人》不让很多故事发生在乡村和湖畔，这部小说就会失去很高的审美价值。是这些山水的灵气氤氲其间，缓解了故事的紧张，造成了叙述的平衡。而作为一部写实与心理探索并重的小说，这些山水之间的叙述，有利于人物心灵故事的展开。还有，这明丽的山水本身就是一面镜子，映衬着书中人物的心灵。无论有钱人还是穷人，他们堕落的灵魂在这山水映衬之下一目了然。正如前面我提到的沃森教授评论《白孔雀》的那段话，用在这里亦很贴切，这里的山水风景“是人物活动的背景，亦是其评论者，时而又是优于人物生活的某种道德或非道德的力量”。劳伦斯看世界用的是审美和自然的眼光，这种眼光不仅超越了阶级，甚至超越了道德，超越了社会准则。

谁又知道，或许劳伦斯的创作冲动本身就来自于这山水，因为从他的一生创作看来，他从来就没有走出这片山水。山水的浸润，山水的哺育，山水的启迪，造就了劳伦斯纤敏的审美心灵，他的眼睛永远是透过这片山水观察世界，世界永远叠印在这片山水上，这就是劳伦斯的审美目光。

如今我走进这山水之间，就是来借劳伦斯的目光，似乎自己看世界时，世界和我的眼睛之间依稀就弥漫起这幅山水画来。

（2008 年第十一期）

推开文学家的门

◎**徐鲁**

1913年8月15日，卡夫卡在自己的日记里写道："我将不顾一切地与所有人隔绝，与所有人敌对，不同任何人讲话。"六天后他又这样写道："现在我在我的家庭里，在那些最好的、最亲爱的人们中间，比一个陌生人还要陌生。近年来我和我的母亲平均每天说不上二十句话；和我的父亲除了有时彼此寒暄几句几乎就没有更多的话可说；和我的已婚的妹妹和妹夫们除了跟他们生气我压根儿就不说话。理由很简单：我和他们没有任何一丁点儿的事情要说。一切不是文学的事情都使我无聊，叫我憎恨……"三年之后，这个不仅和整个世界格格不入，而且也和自己格格不入的犹太人，虽然尚未进入完全与世隔绝的城堡，却终于从家庭里逃出，为自己找到了一条窄得像西服袖子一样的幽深的死巷。这就是如今在布拉格颇为知名的黄金巷（又译为"炼金术士巷"）。黄金巷22号的连栋屋中间，有座建于十六世纪的、只有一个房间和一间小阁楼的小小蓝屋，墙壁很薄，房舍低矮得伸手便可触及天花板。这是被他的好友马克斯·布罗德称之为"一个真正的作家的修道士般的密室"的处所。卡夫卡在这里继续用谜一般的文字构筑着自己灵魂的城堡。

和卡夫卡所拥有的这间古老的屋子一样，1919年6月，维吉妮亚·伍尔芙也看中了一座据说曾经是十五六世纪僧侣们的避难所的老房子。它的名字就叫"僧侣屋"。房子很旧，内部橡木梁柱上尽是岁月磨损的痕迹，房间格局也太小，甚至没有壁炉、澡盆和卫生间。但伍尔芙却深深地喜欢上了它那老旧的烟囱、摆放圣水的壁龛，尤其是那个花草茂密的花园。她和丈夫李欧纳用700英镑买下了这座“僧侣屋”，然后根据自己的需要进行了较大的改造。使这座老屋从此得以不朽的是，伍尔芙在花园围墙边为自己搭盖了一间造型简单的小木屋，实现了她心中的一个夙愿：“一个女人如果想从事写作，除了有私房钱外，还要有一间自己的屋子。”她在这间“自己的屋子”里度过了整个后半生，直至1941年告别人世。在这里，她写出了那本有关女性主义的传世名作《一间自己的屋子》。书中通过对女性社会地位的历史和现状的分析，回答了诸如“女人应该怎样生活”、“女人应该怎样认识生活”等等问题。她列举了许多例子来说明女人生存空间的狭小与艰难。女人若想有所建树，就必须先为自己争取到一个独立的空间，在经济上和精神上都拥有一定的自主权。除了《一间自己的屋子》，伍尔芙还在这里写出了《雅各的房间》、《到灯塔去》等“意识流”风格的不朽作品。由于伍尔芙从童年起就患有“精神躁郁症”，身体一直虚弱，并且十分讨厌性生活，所以她“自己的屋子”里一直放着一张单人床。她每天清晨开始写作，写累了时，就会随意挪动一下书桌的位置，以便观看窗外花园里的景致。她和她的丈夫感情十分融洽，用她自己的话说，他们夫妻间有一种“珍珠般的感情”。她去世后，丈夫把她的骨灰埋葬在她所依恋的“僧侣屋”花园里的一株榆树下。这株榆树和另一株榆树的根盘结交错，难分彼此，伍尔芙生前曾和丈夫一起为这两株榆树分别取名为“维吉妮亚”和“李欧纳”。

乔治·桑在《我的生活史》里这样说过：“如果世界上有那么一个人，他能够完全摆脱浮华的时尚，能够使用少许的物质，甚至几乎是两手空空，单凭自己的梦想便为自己创造出一种生活，那么，这个人就是艺术家。这是因为他的身上具有一种天赋，他可以让哪怕是最微不足道的东西也充满盎然的诗意，可以用自己一贯的情趣和天生的诗情，为自我建造起一座朴素的草棚。”仿佛要为桑夫人的假想做一个例证，几乎就在乔治·桑写下这段文字的同时，在美洲新大陆，一个28岁的梦想家，自封为“风雪和风雨的观察员”的亨利·戴维·梭罗，拿着一把斧头，独自来到离波士顿不远的瓦尔登湖边，借爱默森的一块荒地，为自己盖起了一座可供灵魂栖息的小木屋。其时为1845年7月4日，美国独立日的当天。梭罗选择这一天来宣告了他个人生活与精神上的“独立”。他在这个被爱默森称之为“神之滴”（神的一滴眼泪）的湖边打猎、种豆、伐木、捕鱼、收获，也在湖边倾听风声、观察四季的物候变换、沉思人生和抚慰灵魂。“生活有千百种，为什么我们只过一种?”他要用一种简朴得不能再简朴的方式，来进行他自己的人生实验——简化生活、回归自然的实验。颇有意思的是，他搭建这栋小木屋，以及相连的一个小柴堆棚，只花了27.94美元的材料费，其中包括：板子8.03美元，屋顶和墙壁用的废木板4美元，两扇旧玻璃窗2.25美元，一千块旧砖4美元，两桶石灰2.4美元，鬃毛0.31美元，门闩0.10美元。根据自己如此精确的计算，他得出这样一个结论：如果一个人能满足于基本的生活所需，那么他是完全可以更从容、更充分地享受人生的，否则就会变成追求物质的“工具的工具”，满载着人为的忧虑，忙不完的粗活，却不能采集生命的美果。“除了做一架机器之外，他没有时间来做别的。”梭罗在美丽而寂静的瓦尔登湖畔独立生活了两年加两个月又两天的时间。他根据自己在湖边写下的观察和思索的日记，整理了一本被后人公认为独一无二的散文名著《瓦尔登湖》。如今，一个半世纪过去了，不仅《瓦尔登湖》这本书的魅力越来越大，已经成为整个人类的一部文学经典，而且瓦尔登湖以及湖边的那座小木屋，也都因为梭罗而成了不朽的文化遗迹。

文学家之于他们的故乡、故居或人生中途迁徙与客居过的地方，正如同骏马之于草原、鸟之于栖息的树林、云之于流浪的峰巅，有时候我们无法解释这是出于偶然还是必然，但它们却足以让我们展开丰富的想象的翅膀，以心灵，以思想，去感受、领略乃至猜想那些不期而遇的时刻和激动人心的年代，还有由此开始的那些伟大的创造的胜境。比如诗人佛洛斯特，假如命运不曾使他从自己的出生地旧金山迁往新罕布夏州的德律乡村，他未必会在一次林中散步时获得一个伟大的灵感，从而写出那首名诗《未走的路》：“金色的树林里分出两条路，可惜我不能同时去涉足。当我选择了人迹更少的那一条，从此决定了我一生的道路。”正因为有了这不朽的诗篇，德律农舍和它旁边的“未走的路”，从此有了令人向往的和无限的意义。再比如说，如果勃朗特姊妹没有在英格兰北部的约克郡荒原上生活过，不曾感受到那苍凉的旷野上的凄厉的阴风的吹袭，世界上也许就不可能产生一部充满了生与死、爱与恨、复仇与毁灭的《呼啸山庄》。艾米莉的深刻与伟大，也许只能由约克郡残酷、峥嵘、阴晦和萧瑟的大地和天空造就。而反过来，因为有了《呼啸山庄》，约克郡荒原那呼啸的狂风又获得了更持久的、足以穿越汗漫时空的法力。

如果我们有足够的时间和必要的条件，去追寻更多的文学家的足迹，遍访那些散布在世界各地的诗人和作家的故居和客居之地，亲身进入那些伟大的文学名著的诞生现场，我们也许会惊奇地发现另一部活着的“潜文学史”和“潜文化史”，它们比写在纸上的和留在人类文学宝库里的那一部，更加丰富和有趣。它们是立体的、形象的、互动的，而决非单调的、沉闷的和僵固的。而且我们还会发现一些深隐其中的关于作家与作品的身世之谜、生存之谜和发展之谜，它们使一些原本很平常的土地、街巷、山水和屋舍因此而具有了神圣的和不朽的灵性，充满了千古流芳的文化意味。自然，能够在这样一部立体的“潜文学史”中徜徉和漫游，能够去这样一些不朽的文学现场顶礼和朝拜的人，属于司汤达所说的那种“少数幸福的人”。在我看来，《推开文学家的门——漫游全世界作家的屋子》一书的作者成寒，即是“少数幸福的人”之一。

成寒，台湾省彰化县人，在彰化、新竹、台北度过少年时代，然后去德国和美国念书，美国亚利桑那州大学英语教学硕士，现为自由撰稿人。曾翻译出版过《流动的飨宴——海明威巴黎回忆录》、

《建筑大师莱特》（梅莉·希可丝特著）、《欧姬芙——美国女画家传奇的一生》（霍格瑞夫著）等作品。这是一位天资敏感，喜欢以文字和摄影记录自己每一段生命历程和每一次精神飨宴的漫游者。因为热爱文学和旅行，尤其爱看建筑，所以跑遍世界各地，朝拜了许多心仪已久的文学大师的故居和文学名著的诞生现场。《推开文学家的门》即是她十多年来的朝圣之旅——也是她的“流动的飨宴”的文字与摄影的记录。

这本书里还写到了诗人狄伦·托玛斯在故乡威尔斯的美丽小镇劳夫尔恩的故居，那座著名的“船屋”。“船屋”面向海洋，它是诗人一生最后的家。每当午后时分，诗人就把自己关在书房里，用那浑厚的声音朗诵自己的诗，直到找到最满意的韵脚为止；像能听见海浪声音的“船屋”一样，海明威在佛罗里达州西礁岛上的故居，也是“一个洁净明亮的地方”，那是位于怀海德路907号的一座西班牙殖民地风格的房子，是作家第二任妻子宝琳带来的嫁妆；惠特曼在宾州长岛出生时的农舍，是一座有着浅咖啡色木头围篱的小庭院，那柔弱的草叶就在这里变得茁壮。当苦命的凡·高在创作《多星的夜晚》的时候，他手里拿着的正是法文版的《草叶集》；而在亚特兰大著名的桃树街上，有玛格丽特·米切尔将一叠不朽的手稿交到麦克米伦出版公司的编辑人哈罗德·莱塞姆手上的地方，如今那里成了一个使人流连忘返的“乱世佳人博物馆”；同为家喻户晓的童话作家，格林兄弟的足迹所到之处，已经成为一条起于哈瑙而终于北方的不莱梅，全长有五百九十五公里的“童话街”，并且这条街还正是当年那个花衣吹笛人诱拐小孩出走的路线；而安徒生在故乡欧登塞生活过的红瓦黄墙的旧居，也早被人们喻为“天鹅的窠”，如今它被修整得宛若一个真正的童话世界；马克·吐温在哈特福的家仿佛是“一艘红色蒸汽船飘荡在绿海洋上”，似乎在告诉人们，房子的主人就是密西西比河上那位最有航行经验的水手；而他家对面那座有着十七个房间的大房子里，正住着一位曾经引发了一场大战争的小女子——斯托夫人。据说，有时候她写《汤姆叔叔的小屋》写累了，就会走到邻居马克·吐温的院子里偷偷摘上一大把鲜花……；纽奥良本是爵士乐的发源地，1924 年 11 月，二十八岁的福克纳来到这里，和几位艺术家一起在海盗巷 624 号合租了一间小屋，开始写作。如今这里已成了一家专售文学书籍的“福克纳书屋”；福克纳离开纽奥良十三年后，田纳西·威廉斯又来到这里，住在圣彼得街 632 号一间公寓的三楼上，借着从天窗透进来的光线，写出了名剧《欲望街车》。晚年时他在回忆录里说，等时候到了，他希望自己能睡着死去，最好就死在纽奥良；《红字》的作者霍桑出生在离波士顿不远的小镇歇冷——个有着神秘与恐怖的女巫传说的地方。歇冷的一座建于十七世纪的“七角楼”是霍桑自幼年起就多次出入过的地方，他从这里获得灵感，写下了小说名作《七角楼》，如今七角楼一楼客厅里辟有“霍桑之角”，摆放着小说家的书桌、椅子和肖像画……

这本书中写到的中国作家的故居不多，只有两处。林语堂在台北阳明山上的白屋，是文学家自己设计的具有西班牙风格的“精舍”，如今那可以远眺山水的阳台下，有作家安静而朴素的陵墓。整个白屋也已改为“林语堂纪念图书馆”对外开放；北京清华大学校园内的荷塘，是诞生过朱自清的《荷塘月色》的地方。荷塘依旧在，月色还迷人，但神情忧郁的散文家却已经远去半个多世纪了……

跟着成寒去朝拜这些大师的故居、名著的摇篮，有如躬赴一场场流动的飨宴，在享受着这些华贵的文学恒产的同时，我们也仿佛目击了人类精神领域里巨星升起、天才闪光的瞬间，认识了一只丑小鸭怎样变成白天鹅、一部文学作品如何改变一个时代和改写一段历史的种种真相。也许是因为呈现在作者笔下的都是文学天才的缘故，所以她写起任何一处圣殿的景象、描绘任何一部名著的诞生的时候，都是沉醉其中，文思翩然。她写米切尔的桃树街：

> 桃树街没有桃树，过去没有，现在也没有。然而，如果街道有记忆的话，到如今，桃树街上想必依然充满着关于玛格丽特·米切尔的回忆。这里依稀留下她的足迹，空气中似乎还回

响着她脆亮的笑声，即使走到人生旅途终了，她也是躺在街心，仿佛舍不得离去。

在勃朗特三姊妹的故乡，她写道：

> 初秋微寒的午后，云层压得低低的，宛若山雨欲来风满楼，萧瑟已近在眼前，荒冷逐渐从远方涌至大地。我走了很长的路，站在苍凉的 moor 上极目远眺丘陵起伏的曲线尽头，我忽然领悟了勃朗特三姊妹为什么会写出她们的作品。……惟有生活在这样的环境里，勃朗特姊妹才写得出《呼啸山庄》那种生死与共、凄悠悱恻的爱情。这时风吹过，手臂浮起阵阵凛冽寒意，发丝有些散落在颈项边，双颊泛起红晕。我仿佛听见凯萨琳凄厉的叫声：我回家来了，我在旷野中迷了路！

感同身受的亲临场景，优美细腻的文字描述，视角独特的现场摄影，弥足珍贵的档案图片，读着这样一本书，我忍不住想改写一下博尔赫斯的一句名言："许多年间，我一直认为几近无限的文学集中在一个人身上。"把"一个人"改为"一本书"即可表达我对这个"文学组合"的喜爱了。它也将是每一个读书人的"流动的飨宴"。

（2001 年第四期）

在天的那边
——西藏“望果节”上的大鼓舞

◎**巫允明**

在藏语中“望果节”的“望”字，意为“田地”，“果”为“转圆圈”，“望果节”的整个意思便是：围绕丰收的田野歌舞。

从资料上我们早就知道：西藏农区逢青稞丰收，必举行“望果”活动以祭祀神灵，其中有酬神之舞蹈的记载。据我的调查，基本上可以认定，能保留到今天的一大部分民间舞蹈，几乎都延传于古老的祭祀活动。也正是由于人们对信仰和祭祀的虔诚，祭祀中的舞蹈代代相传才得以保留和发展。

能有机会亲眼目睹藏族民间节日中纯原生态的“娱神”舞蹈，真使我们兴奋得夜不能寐。因为对“望果节”的历史和仪式中到底跳什么类型的酬神舞蹈所知甚少，所以在节日之前我们完全投入到资料查询和采访中，结果还真在《笨教历算法》中找到了“望果节”的来历。传说在公元五世纪末，藏王布德贡坚向笨教教主请教保佑作物丰收的办法时，教主指出：让耕作的农民在即将收获的田地周围绕行并舞蹈娱神，上天将会赐予丰收。从此，每年收获之前，笨教僧侣充当祭祀队伍的先导，高举幡旗、手拿缠绕哈达的木棒“达达”与羊右腿，率领着各个村落手持青稞麦穗的农民和盛装妇女，她们肩背插各色小旗、盛满青稞的小木盆，排成长长的队伍，围绕农田地界进行“收敛地气、祈求丰收”的法式活动。在这浩荡的大游行过程中，人们不停地高呼赞美神灵和祈求丰收的口号，直到最后回到村中，把手中的麦穗和小旗插在谷仓或神龛上为止。

西藏农区的“望果”活动在八世纪中期前，只有十分简单的祭祀仪式。至八世纪后半叶因黄教的创立，“望果”活动被加入了更多的宗教色彩，形成具有一整套宗教祭祀仪式的欢乐活动。也就是从这时开始，包括“绕田游行”和“庆典”两部分，进行预祝丰收的“望果节”被列入了藏族农区的节日。

后藏农区“望果节”活动的日期，随青稞麦的成熟而定，节日一般为三至五天不等。庆祝活动的规模大小和举办时间长短，根据各乡的经济能力而定。可由几个乡联合举办，也可单独举办。经联系，我们将参加离日喀则市不远，由司马、望堆两乡联合举办的“望果节”活动。

节日的当天，晴空万里。我们一早便遵照向导的嘱咐，带上给两乡主人的礼品：三十斤青稞酒、十五斤糖果和哈达等，早早来到望堆乡的打麦场上。

麦场四处一片宁静，人们好似还在梦乡之中。田野蒸腾的浓雾，化作霓彩轻纱飘浮在金色的海洋上，刚才还是满目青绿的远山，瞬刻间披上了青莲紫的缀金绣袍。一望无垠齐腰高的青稞麦已由青泛黄，阳光下被微风摇曳的肥硕穗头，像层层金子般的海浪相互追逐地涌向远方。场院四围的小屋顶上，终于出现了袅袅青烟，乡民们苏醒了！妇女们点燃场院的炉灶，开始忙碌着煮茶、捣奶……；男人们忙着支撑帐篷、布置铺满兽皮的“观礼”坐席，还有的在场院南边已垒起的高台上插着柳枝和青稞麦。大约近中午时分，“望果节”的庆典会场终于布置就绪。在主人热情的招呼下，我们恭敬不如从命地坐入了嘉宾席。在接过澄清的青稞酒后，按照蒙藏习俗我们用中指蘸酒向天地挥弹三次，来表示对藏族天地诸神的敬重。我们对藏族礼仪熟悉的举止，使两位乡长格外高兴。酒过三巡，随风飘来阵阵手扒肉和奶油糌粑的香味，使辘辘饥肠的我们馋涎欲滴地盼着美味佳肴的到来。

“望果节”的庆典仪式，以我们向两乡代表敬献哈达、礼品和乡长特为我们到来而作的简短讲话作为开始。随后由各乡代表一一走到插有柳树枝和青稞麦的高台前，虔诚而认真地把各自带来的茶、酒、食品供奉在高台上的柳枝和青稞前，以此表达百姓对神灵赐予丰收的感激之情。

蒙藏两族虽然不属同语系、语族，但由于自古以来共同的原始多神崇拜、信仰藏传佛教和其他多方面的因素，致使许多民间祭祀形式和风俗习惯相同。例如，他们都崇敬高大的树木，认为大树具有连接天地、沟通神与人的功能，因此许多崇拜仪式都在大树前的空地上进行，以达到祀神和娱神的目的。蒙古族的这种祭祀习俗我以前看到过，而对藏区这种习俗的了解还只见于资料。

西藏的后藏地区自古就有“高原粮仓”的美称，农田一望无际，要想在这里找到一片林地是十分困难的，因此农区的“望果节”活动一般都在村边的场院举行。为了与神灵沟通，人们只好在场院边临时搭建个高台，台上用插放披挂彩色布条的柳枝来象征祥云围绕的参天大树。

礼仪结束后是我们切盼的“娱神”活动。伴随着激烈的鼓声，一位头戴画有星辰蓝色藏戏面具、身着五彩藏袍的老者首先登场亮相。他肩上斜挎铜铃和宝剑、手持缠白色哈达被称为“达达”的神杖，踩踏着鼓乐节奏向场院中心舞来。这位崇高的神灵代言人站定位置后就开始挥动神杖，承担起指挥娱神舞蹈的职责。在老者的一个手势之下，四周早已待命即舞的八名鼓手，便大步流星地向着场地中心疾鼓而来。这些百里挑一的剽悍男子，枣红色脸堂配上盘在头顶夹杂着殷红丝线的油黑发辫，更透着神采奕奕的阳刚之气。他们身披五彩短披肩、脚登红黑间色高腰藏靴、腰旁横挎直径约六十厘米绘有五彩花纹的大鼓、双手各持马蹄槌，在边击鼓边双脚不停地跳跃下，进行着快速而灵巧的队形变化。他们忽而组成圆圈旋转飞舞，忽而排成两队穿梭驰骋，以队形的变化达到渲染气氛、表现舞蹈力度的目的。然后通过舞者所采用的各种姿态，即“舞蹈语言”来体现每个舞段的主题。

日喀则大鼓舞的编排，首先以热烈的圆圈舞队形，呈现着人们和谐而稳定的生活情景。转而在快速击鼓的节奏下，鼓舞以大段相互穿梭和跑动的队形变化，来表现好男儿搏击沙场、英勇抗敌，直至凯旋的征战过程。无论是音乐还是舞蹈，没有强弱起伏的变化，就没有对比和高潮。在刚才一段激奋人心的鼓舞之后，接下来的便是一段抒情的慢板。刚才还是剽悍、英武的勇士，顷刻间竟文静得好似闺房中的绣娘。随着神杖“达达”的摇动，鼓手们的舞步也因悠扬的鼓乐变得轻快，投入了技艺精湛、仪态万方的“四人小场子”表演，再次回复到人们对和平家园的赞美与向往之中。

隆隆的鼓声中，我的眼前似乎出现了雅鲁藏布江南岸，桑耶寺金城公主殿壁上巨幅《桑耶寺落成庆典图》中大鼓舞的场面。

这幅我在任何寺院都不曾见过能与之比拟的《桑耶寺落成庆典图》，其画面以桑耶寺为中心，将全部庆典活动的内容和过程，分别展现在若干幅小画面中。而分割这些不同内容小画面的，恰是前来参加盛典的形形色色、排列成行的人群。细看每个小画面，有前来贺喜的各国使节，正在一一注册交送礼品；有坐在观礼楼台上下，服饰华贵艳丽，情态各异的王公贵戚、文武百官和各路嘉宾；有正忙于后庭，进行烹调准备宴享的庖厨……更使我们兴奋不已的是，在围绕画面中心上部的几个小画面中，不但有头戴羊皮白面具的早期藏戏艺人正在舞刀弄枪进行武艺表演；有类似内地“耍狮子”、表现牦牛相斗的精彩舞蹈“西容仲孜”，还有挥动鼓槌、旋转击鼓作舞的大鼓舞场面。这些精美的小图新颖别致、各具风采，而整体看去，小画面又拼合为整体庆贺场面，毫无烦琐与杂乱之感。《桑耶寺落成庆典图》内容之丰富、构图之奇巧，画技之精美，无与伦比，可以说是同时期寺庙中举世无双的绘画珍品。

在这距今一千五百年前的大鼓舞画面中，鼓手们也是个个身着彩条服，手持马蹄形鼓槌，围成圆圈擂动着腰间圆鼓，舞之蹈之。除鼓面略小外，其姿态与今日司马望堆乡的日喀则大鼓舞简直是同出一辙。只是画面中立于鼓手旁侧，头戴羊皮套筒白色面具的领舞者，是持弓箭指挥鼓舞。唐代金城公主殿壁画所反映的情景至今已逾一千多载，在这漫长的岁月中，藏传佛教的兴起与演变、黄教教派势力的上升和人们希望在祭祀中达到娱神与娱人双重目的的推动，使民间舞蹈被赋予宗教色彩，融入祭祀礼仪而发生了在形式和功能上的变化。各民族的“鼓舞”多来自于古代军中鼓乐。驻防边寨的将士，战时以擂鼓助军威、增士气，平日以习奏鼓乐增补生活乐趣。屯兵人员的更替，使军中鼓乐进入民间，并逐步得到发展成为“鼓乐”和“鼓舞”被一代代流传下来。从壁画大鼓舞领舞者所持道具分析，可能得出两种推论：一、画面中的大鼓舞，是在表现藏戏中的军中乐舞；二、当时的大鼓舞，无论存在于军中还是流传于民间，其功能只停留在“娱人”的阶段，领舞者的职能也只是单纯负责指挥表演，再无其他。而今天在日喀则地区司马望堆乡流行并用于“望果节”庆典礼仪的日喀则大鼓舞，已不再是单纯的“娱人”，它已成为具备既“娱神”又“娱人”两层功能的舞蹈。同时，领舞者的面具也由早期藏戏的白面换成了后来的蓝面；手中的弓箭改为具有沟通神人功能的通天神杖“达达”。此外，不能忽略的还有：至今领舞者腰间悬挂的宝剑并非是一般的饰物，而应是大鼓舞曾经为“征战鼓舞”属性的遗存。由此可见，“鼓舞”最初领舞者本身的人格属性和职能变化为“普通人”和祀神、娱神时的“巫师”两重人格；而神职人员“巫师”通过神杖“达达”的指挥，将日喀则大鼓舞，从民间鼓舞转变为祭祀性的鼓舞。

经过了解和调查，西藏的大鼓舞一般鼓形都为中等，与西藏寺庙壁画中的描绘相同。只有日喀则地区的司马望堆乡独此一家的大鼓舞鼓形最大，舞蹈动态也最为豪放、粗犷，更能体现藏族男鼓手的气魄。能看到具有鲜明特色的日喀则大鼓舞，大家都深感这次来藏后的福分不浅。

“日喀则大鼓舞”之后，“三弦琴说唱”和青年男子在六弦琴伴奏下的踢踏狂舞几乎同时登场。在狂欢气氛中，我们也情不自禁地唱啊，跳啊，直到炊烟再次升起，才告辞了金色麦海中的乡村，驱车赶往拉萨，去迎接绝不可错过的重要节日——“雪顿节”。

（2002 年第一期）

昆仑迷雾——于阗

◎**马方**

我猜想《昆仑迷雾于阗》的作者一定在新疆生活过，至少他游历过这方古老、神秘而又焕发着无限生机的土地，因为只有亲历新疆，体验过这片热土上神奇的山川风物，在历史遗迹前沉思过的人，才能有如此真挚的述说。不同于以往一些在罗列历史事件时穿插“故事”以增加其可读性的历史读物，本书作者在描述历史事件和引证史料时，笔触中流露出的对于阗古国历史文化的悠然神往，在描绘西域文化历史的众多著述中令人耳目一新。

音乐 早在汉唐时期，受印度影响的于阗佛教乐舞就已经传入内地，著名的“西域佛曲”从张骞通西域开始，传入中原很快风靡大唐朝野，对中原文化的影响长达八个世纪之久。唐朝宫廷名曲《霓裳羽衣曲》，经过杨贵妃出神入化的演绎，让唐明皇迷醉不已，而《霓裳羽衣曲》就是经一个于阗乐工改编并演奏才得以流传的。古代的于阗国的地域就是今天昆仑山下的和阗。直到今天，于阗歌舞仍然是新疆这个歌舞之乡一朵最婀娜的奇葩，这里人人能歌善舞。他们的血管里，似乎天然流淌着跳动的音符，“学会走路时候就学会了跳舞，学会说话的时候就学会了唱歌。”至今，和阗每年还都向内地输送大量的歌舞人才。

绘画 隋唐时代，受多种外来艺术形式影响，于阗的绘画艺术高度发展，以中西合璧、兼收并蓄的风格而著称于世。意大利学者马里奥·布萨格里在其《中亚绘画》一书中论述于阗画派时说，“……唯一能够夸耀的并为中国艺术家和评论家欣赏的画派是于阗画派。于阗画派证明它吸收了印度、萨珊波斯、中国、粟特甚至还有花剌子模的影响。”唐贞观六年，于阗国王推荐出身丹青世家的尉迟乙僧到唐朝做宫廷画家。一直生活在东西方文化荟萃的于阗，接受了多种文化熏陶的尉迟乙僧到达长安后，如鱼得水，很快以高超的画艺、独创的精神、学习吸纳的勇气和智慧而饮誉中原画坛，进而与阎立本并称为初唐画杰。尉迟乙僧的一大贡献是把西域绘画中的晕染凹凸法带到了长安，令中国画惯用的线描手法产生了突破性的变革。西域绘画中的凹凸法，就是利用色彩深浅的晕染造成明暗对比关系，使画面呈现立体感。这种新颖奇特的画技传到长安立刻轰动唐朝画坛。画圣吴道子、水墨山水画家王维都深受其影响。

丝绸　于阗又是西域最早的蚕桑基地，是西域锦绢的生产重镇。探险家斯坦因在1900年发掘一处佛教遗址时，发现了一幅被人们称为“传丝公主”的木板画，画中的公主因当时中国严禁蚕种出口，故将蚕种藏于帽内，暗自携出……这个古老动人的故事说明内地的养蚕缫丝技术很早就传入了于阗，又通过于阗传入西亚和欧洲。当时的罗马诗人赞叹道：“丝国人制造的宝贵花绸，它的颜色像野花一样美丽，质料像蛛丝一样”纤细。庄严的《古兰经》甚至称颂“丝绸是天国的衣料”。直到今天，和阗出产的艾得莱斯花绸，仍然让香妃一样体香袭人的维吾尔族姑娘成为整个中亚最为迷人的女人。

佛国　佛光在玉河上闪烁、流泻。佛教进入于阗早于中原，并通过于阗传入东土大唐。公元643年，西天取经的唐玄奘，翻越葱岭天险，历尽登危履险之难，经疏勒国到达佛国于阗，受到于阗国王和民众的举国恭迎。在于阗期间玄奘遍游佛寺，发现该国“崇尚佛法”，佛寺有百余所，僧徒有5000人之多。当玄奘应邀在各大佛寺讲经弘法时，每天来的僧众有上千人，国王和王公贵族都来屏息听讲。从众多的佛教遗址来看，于阗不失为名符其实的祥瑞“佛国”，佛光曾经照耀玉河两岸千年之久。直至1006年以后，于阗佛国日落西山，继之而起的是一弯拥抱苍穹的新月——伊斯兰教的旗帜。

美玉之邦 于阗自古以来就是美玉之邦，是驰名天下的“瑶玉之所在”。屈原在他的千古绝唱《九章·涉江》中放歌：“驾青虬兮参白螭，吾与重华游兮瑶之圃，登昆仑兮食玉英……”足以证明昆仑之玉远在春秋战国时期就已经誉满天下。《穆天子传》中记载的传说，风流倜傥的周穆王，曾驾八骏之乘，漫游西域。在昆仑山得遇美丽的西王母，与她对歌作舞，情意缠绵。返回时因不能携美人同归，周穆王遂“命随从攻玉，载玉万只而归。”考古发现表明，早在丝绸之路开通之前，就有一条通向中原输送美玉的玉石之路存在，它始发于西域诸国的崇山峻岭，若隐若现在河西走廊的漫漫戈壁上，穿越玉门关，抵达都城长安。它以西域平和温润的美玉来交换内地迷人的丝绢，是连接中原和西域玉石贸易的重要纽带，比闻名于世的丝绸之路更古老、神秘。两千年来，运输玉石和驮运中原丝绸的驼队商旅川流不息，战乱和匪盗的侵扰，都不能阻隔它的驼铃声声。

今天，冰雪昆仑下的玉龙喀什河两岸，已经成为爱玉的人们心驰神往的圣地。音乐、绘画、丝绸、佛国和美玉，穿越汗漫的历史时空，像一个留存在记忆深处的童年的美丽梦境，吸引来自四面八方的人们来到这里，抚慰自己疲惫的身心，寻觅灵魂中的一片净土。察合台文化时期著名诗人，十二木卡姆作者之一的鲁格非，在他的《格则勒》里吟唱到：“香獐子窃取你秀发的芬芳，在于阗酿成麝香”。今天，于阗人使用紫葡萄和玫瑰花瓣酿成的梅塞莱斯甜酒的清香，依然令人沉醉……

作者对于阗历史宗教沿革的描述偏重于公元十一世纪前的佛国历史文化，对十一世纪后喀拉汗王朝后期伊斯兰教和伊斯兰文明对于阗的深远影响，吐蕃与唐朝对于于阗国统治权的争夺等介绍的不多，这是本书的一个遗憾。

（2005 年第七期）

走近河南老城

◎**维民**

河南有老城

河南有不少老城，但真正为外人熟知的却不多。前几年，江苏美术出版社策划出版了一套“老城市系列”，至今已面世十几本，其间竟然没有一个河南老城。不知是河南老城不招人喜爱，还是河南古都、名城太多，使人易生惶惑，无处下笔；总之这给读者留下些遗憾，也使河南的文化人感到不安。

的确，古代河南城市辉煌的地位，是今天的中原无法比拟的。郑州商都、新郑黄帝故都、开封七朝古都、登封王城岗夏都、偃师尸乡沟商都、禹州夏都、洛阳九朝古都、安阳殷都、许昌汉魏古都、西华女娲故都等，都向我们昭示了中原这块沃土的历史之久远、文明之厚重。二十世纪八十年代中期，陈桥驿先生主编的《中国历史名城》中，收入河南名城最多，有四个：开封、洛阳、许昌和南阳。然而，在河南人眼中这是否嫌少呢？答案是肯定的。目前，幸好有《大河报》策划创作、中州古籍出版社从2003年至今已推出四辑的《厚重河南》，用新闻的视角关注中原文化，把河南众多老城的历史风采源源不断地展现至读者面前。

在如今的现代或后现代的语境中，老的字眼大多不合时宜。而若真正走入中国，扎根民间，老的事物可就常常成了宝。现在，越来越多的人在创造和享受现代文明生活的同时，也注重文化寻根、民俗考察、节庆探源，河南老城也日益受到关注。文学评论家、原河南文学院院长孙荪先生说："近年到河南旅游观光、文化寻根、朝圣拜祖的中外客人与日俱增。他们为何而来？正是因为我们不仅有丰富多样的自然风光，更有古老中原得天独厚的历史文化资源。而这些正集中在郑州、安阳、洛阳、开封、南阳等老城。仅仅是到3600年郑州商都一段厚厚的城墙上走一走，到洛阳瞻仰一下龙门石窟瑰玮慈祥无比的奉先寺大佛，到安阳琢磨一下甲骨文字的出土和产生，到开封徜徉清明上河园遥想东京时代的繁华，到南阳汉画像博物馆随着飞天们做梦中飞翔……就会约略体悟到这些老城是何等的辉煌与丰厚，是多么的让人留连忘返！"

老城的读法

读城，并非易事。城市为文明发展、分化的产物，其层次之驳杂，内容之繁丰，把握起来殊不易。并且，由于中国农业传统影响的深远，对于城市文明、工业文明的写作尚欠积累。现在兴起的旅游热中的景观介绍文字，大多为走马观花，浮光掠影，有的甚至给人以误导。这一点，在赵毅衡所著《对岸的诱惑》中有所批评。因此，若要真正对城市有所感悟，不惟要行走其间，还应研读其历史和文化。

读城可分为两种，一是偏重分析型阅读。如古人推崇《洛阳伽蓝记》《东京梦华录》《梦粱录》等，读来确实津津有味。"现代徐霞客"曹聚仁先生有《万里行记》，史地结合，诗文相间，思古惜今，自然流畅，韵味无穷，惜限于战时条件，读城之计划有参差，且文中缺图。当今作者读城深刻者，当属厦门学者易中天先生，他把城市当成人来读、来交，研磨其结构、魅力以及个性和风味形成的原因，给人以艺术的享受。易先生的《读城记》不断为人寻索和抄袭，一定程度上可看出其对城市研读的功力。

可以看出，较为深厚的文史地功底，或者说学者型作家，是此类作品作者的特点。他们遵从了中国历史地理学发展的一贯方法——左图右史，继承了中国文人的优良传统——行万里路，读万卷书，因此，其作品在对人文地理学家所说的景观文本考究的基础上，都较注重城市文化与历史的双重观照，从而使作品增添了诸多生命力。于是有品位，成了诸多学者的最爱。

二是偏重情感型阅读。前面提到的江苏美术出版社的“老城市系列”当贴近此列。因为作者多为当世著名作家，所以作品中多优美的文笔，缠绵的思绪，自由的章节，多向的情感。手头还有陈丹燕的《上海的风花雪月》、王旭峰的《走读西湖——从湖西开始的风雅之行》等，大抵归入此类。

当下，此类作品的写作策划性较强，作者往往以一个探寻者或怀旧者的姿态，徜徉于老城的历史中。或寻访散落在大街小巷中历史遗迹，或回望不曾经历过的旧日时光，或在名人故居遥想、揣度古人的人生往事，慨叹无尽的世事沧桑，或透过近代的新风气把握当代老城人的生活情趣和微妙心态。

这类作品多文学家所为，所以注重的多为人文地理学家所说的口传文本和书写文本，文笔优美，感情充沛，加上出版社提供的老照片，体现了一种商业性意识、小资情调和世俗文化的结合，作品可读性较强。

两种类型的阅读虽各有侧重，但都较为关注中国的独特城市结构和个性，这是文化人对城市研究的独特贡献。其中，贯穿始终的则为对城市灵魂的关注：城市文化需要不断得到保护和创造。著名作家龙应台女士说得好：看一个城市有很多很多线索，其间应注重从政府到民间、从政治到文化的转移。（见《台北在发生中——从景观看文化》）

走读河南老城

在中原这片农业的沃土，有好多人正生活在城市，也有更多的人正准备进入城市，因此加深对城市的认知和了解，即使不能说是一项迫切的事情，至少也是一件必需的事情。而对于不准备进城，或一生永远都不会在城里面生活的人们，多了解些城市的风物，也能更好的观望儿孙离乡的背影，惦记他们匆匆的行程。

目前，中原正面临两种转型：从乡村到城市的转型，城市自身的转型。现代化的剧烈转型使许多人都不适应，农业意识和自然气息浓重的中国人常以朴素、简单的眼光看待城市。于是，城乡之间的对立意识始终是中国城市化进程的一个待解决的课题。如何使问题得以为公众所知，并使他们的自我意识从自知走向他知，走向自觉和自制，既要考虑到现实的方案，更不能忽略历史和文化的钩沉。

“河南老城系列丛书”从探索中原城市精神着眼，试图寻找人们进入城市的路径，把握人们进入城市的心灵，回顾人们进城后的活动。于是，那城市的老街道、老车站、老景点、老学校、老店铺、老照片、老故事等，就在作者的沿街穿巷、辛勤纪录、深入回忆和思想反思后，历历呈现在我们面前。对于正着力打造中原城市群的建设者们，对于正因“礼失而求诸于野”的文化人，这些都是一种历史的参照；对于那些在城市中忙碌的年轻人，读一些关于老城的文字和图片，是忙碌一天之后，复得返自然的好方法；而对于生活于城市多年的老年人来说，温故似乎是自己回到青春或少年的好途径。

近世以来，在游历性文章中，南人居多，因其行动多，故眼界开阔，越发激发其游历之志向和能力。“河南老城系列丛书”则是本地的文化人策划的，作者也都是本地的知名作家和学者。

不同于江苏美术出版社“老城市系列”整体的大气宏阔、单册的自由散淡，“河南老城系列丛书”整体性和聚焦性结合较紧密，为的是深刻挖掘中原这块深厚地域的文化精神。后者较多的关注河南近百年来的发展——老城的现代转型，从中可以寻找古老文明遗存的保护、兴毁和挖掘，近现代文明的生长、历练和反复。也难怪，河南古代曾经辉煌的城市发展虽需继续彰显，其近代以来的风雨飘摇、沉沦与梦想、沧桑与蜕变，更应是我们猜想、探究与回味的主要内容。

这里，每个城市都是老的，而且是有个性的。让我们走近《老郑州：商都遗梦》，商都和商城内涵的双重演绎，火车拉动的急剧变奏，二·七精神的光芒照耀，显露了老郑州的动感和跳跃。看到《老开封：汴梁旧事》封面，你立刻会想到开封黄土般的气质。这"七朝古都"的政治经济地位现在虽已江河日下，但其具有浓郁韵味的文化，淳厚的市民气息，热烈的特色小吃，仍然是中原老城中最亮丽的风景。南阳素被人赞为"物华天宝、人杰地灵"，那里独山之玉，享誉天下，于是，温润如玉的质地是《老南阳：旧事苍茫》给人的第一印象。总之，"这些'老场面'的再现，都在诉说着各地永恒的真理，暗示者今天生活的方向"。

老的照片是有模糊的，记忆也是有误差的。但比起大多数旅游书来，这些模糊和误差让我们容忍。

前途漫漫，老城何往?

读城给人的感觉是多种多样的。巴西作家贝蒂·米兰的《风情万种是巴黎》，其间城里漫游，移步换景，到处风情万千，如同一桌丰盛的宴席，历久不散；著名学者、诗人叶维廉先生新作《幽悠细味普罗斯旺》，像一首爱的赞歌，如诗如画，任自然与人文交融，给人至美的享受……然而这些毕竟是他乡的游走，异域的风情！

对于真正的旅行者来说，行走于河南老城中，感情其实常常是复杂的。你可以从古诗中陶冶浪漫，你也可以从沧桑中学会从容面对现实，你也可能从无助中生发出后现代的感慨。听听《老开封》作者张鸿声教授的心声："寻找（老城）的过程一直很痛苦。我曾无目的地游走于古风犹存的开封小巷，希望它曾给我的温暖仍然能够直抵我内心的深处……我想，或许有一天，生活与摩天大楼水泥方格子中的我们所有的人，都会碰到这种痛苦：我们曾经日夜厮守的那个精神家园，我们民族，或者一座城市的集体记忆，想要找回，已经不容易了。”

笔者曾一页一页地翻看河南老城，一字一句的编辑河南老城，也一步一步行走过几个河南老城，许多次回味中原大地曾经的辉煌，更多的是感慨河南近现代发展中太多的沧桑和迷茫。一个问题也一直在心中驻留：河南老城，将向何处去？

的确，放在更大的城市空间来看，河南老城目前在尴尬中，在矛盾中。老城缺城，与北京、西安相较，传统之味淡薄，甚至索然寡味；老城少市，与广州、上海相比，现代之感贫乏，依然为乡土中国；老城也缺自然风光，仅此一项，亦不能与杭州、南京相提并论。老传统的遗失，现代性的缺位，自然景观的稀少，是河南老城命运中的不和谐变奏，显示了它们的尴尬和矛盾。于是，河南老城也越来越没有个性。

河南老城也在思索、盘算中。老城一方面在大肆盖楼，大量搬家，使人越来越对它陌生，另一方面老城也在不断仿古，经济效益考虑在前头，意义却不多。学者唐晓峰说：“几十年来，中国城市的属性一直模糊不清，或抓革命，或促生产，或开市场。这些都与纪念性无关。”缺少了纪念，老城怎么能叫“老城”呢？郑州还在拼命地花高价请专家，论证3600年前的商都的存在，同时在不断地建设新的商城，雄心勃勃地开发郑东新区，实现着区域大都市的梦想，摆出一副赢家通吃的样子；开封从二十世纪九十年代初期，就开始论证其定位，议论其发展，提出“开封为何不开‘封’”的深刻问题，却始终在旅游城市和工业城市间徘徊……“景观变为金钱的宠物，旁边依然有小姐的笑声。”（唐晓峰语）河南老城模糊了其本来的面貌。

是的，在慢慢摸索。由于对城市文化和内涵认识的缺乏，老城新的成长常常让人捉摸不透，从而在渐渐失去其独特的历史文化内涵，模糊了其本来的面貌。郑州刚刚跻身于中国八大古都之列，可是它的古都气象何处寻？难道靠“郑州郑州，天天挖沟”来支撑这巨大的文化命题吗？开封，这一河南最具市民气息和最有文化味的老城，背着经济发展落后的沉重包袱，难道仅靠人造的清明上河图来完成这新的城建使命吗……这些曾经的中心城市，在被边缘化的今天，实质上在完成一种脱胎换骨的蜕变和革新过程，然而它们完成得怎么样了？让人满意吗？

不！它们要么骄傲自大，在吹嘘自己的业绩如何辉煌，在拼命花钱买自己的历史光荣（需要这样做吗?），要么自怨自艾，慨叹生不逢时，这种落后的自大和自卑意识，缠绕着人的心灵，淹没了许多人踏踏实实的文化思考，阻碍了兢兢业业的城市建设。

既是老城，就要有传统，就要有区别于新城的内容。文化人似乎对老城最为敏感。记者王军在著名的《城记》一书中，把北京老城的建设写得危机四伏，因古都文化的受损和丢失而痛心疾首。似乎越来越多的人都意识到了老城的重要性，笔者一位同学的博士后论文是关于古城墙的，而另一位在香港大学的同学博士论文是研究城市的历史功能变迁的。老城毕竟是连接中国农业文明和现代工业文明、城市文明的重要桥梁啊！

许多人关注城市发展的情怀，也使城市的发展变得复杂起来。在经历过政治和市场的无数次欺凌后，文化正在从老城打开，一步一步走向民众。这抓住了文明发展的核心与前沿。城市的发展是一种矛盾，城市的内涵丰富但不断裂变和成长。走近城市，回望乡村，独特的感受，而这恰恰就是中原老城的特色。同时，城乡都在变化，人们越来越无法把它们截然分开。于是，老城就是老城，这儿有城的灯，也有村的树。这儿应尊重文化，尊重古人，不能随意涂抹和修改历史。正像北京的一位中学生所说：一页一页叠加才是历史；一页替代一页，得到的只是灰色的现实。有谁愿意生活在被人任意涂改的城市中呢？老城，真的就像一本尘封已久的书，一旦打开，它就不能再合上；一旦破损，修复不易。

老城，是书亦是人，它有性灵，它会说话。人们善待它，它也会给人以诸多温情和机遇的。“城市是一门科学，它像人体一样有经络、脉搏、肌理，如果你不科学地对待它，它会生病的。”（梁思民语）

然而，老城的确在不断地变老。老的本身，没有好坏之分，只有位置摆放的问题。既然老城把自己放在“老城”的行列，就应该能长期保持和维护自己的特色，并且能印证自己的标榜，说明自己的来源。

实用之后复归平静和自然。这儿有建筑，有人，还应有诗，有画，有自己独特的性格。如此，这本“打开的书”才好看。这是笔者自己对河南老城走读后的期盼。

（2005 年第七期）

没有终点的旅行

——《无轨旅程》读后

◎**聂茂**

“也许有一天，我要告诉人们，我一生中一无所有，只是用一腔澎湃的热血游历过远方，那是一个虚幻缥缈而又生动神奇的远方。”就这样自言自语，带着梦游般的轻淡，却又是那样的令人心颤：“我活着，不会有无上的荣誉；我死了，也不会留下墓志铭。”这种自醒式的独白，这种经历沧桑却又不把沧桑当作教训他人谈资的淡泊者，他用执着的行为和语言诠释出他对生命的深刻认知。“我愿将我的灵魂放逐在旅行中，让生命化作自由的野风，在哪里飘散，就在哪里把我最后的一口气吐向茫茫的天空！”如此的洒脱、豪气、锐利和激情，与竹林七贤之一的刘伶发出“死便埋我”的洒脱有何区别！这样纯粹透明的文字沁人心脾，叩击着人内心深处最柔软的部位。

《无轨旅程》就是这样一本充满诗情和奇趣的书。作者的身份十分普通，既无高权重位，更无家财万贯，他所拥有的只是一颗漂泊的灵魂，他紧握的也只有这不屈的灵魂。他要旅行，这种旅行不是一次性消费，不是去看一座城市或某个景点，而是他毕生的追求。换句话说，这是一个没有终点的旅行，也是一个没有明确方向的旅行，唯一的目标就是远方。远方有多远？远方在哪里？他不知道。因为不知道，他就要去探寻。在他生命的字典里，远方的天空、远方的人们、远方的风景高于一切。

19 岁的一天，孙心圣去当刑警的哥哥家，拿枪玩耍时不慎走火，一颗子弹钻入他的小腿。刹那间，他被死亡的阴影罩住了。也就是从那时起，他感觉到生命的可贵，并下定决心，走一条属于自己的路。

他出发了，朝着朦胧的远方，每走一步都是那么坚定。这是自己选择的人生，选择的生存方式，这条路别人没有走过，他不惧怕，更不后悔。他一生只做一件事，那就是旅行，是对世界的丈量，是对灵魂的追寻，是对意志的拷问，是对传统的叛逆。他似乎从未登过人生的舞台，可他又是在一个无垠的天空演绎着自己的生命。无论精彩与落寞，都无所谓；无论有无掌声，也没有关系。他的行动原本就不是为了精彩，不是为了掌声，不是为了鲜花，更不是为了不属于灵魂的虚荣。他用孤独对抗孤独，对抗世俗加在他身上的羁绊。他放飞思绪，放飞梦想，他用放飞的方式获得心灵的自由。他要让人们知道，生命是有意义的，活着是有理由的。他行走、行走，这就是活下去的理由，就是支持他努力走下去的动因所在。

这本书不是用手“写”出来的，而是用脚“走”出来，用一颗永不言败、永不放弃、永不退却的勇敢的心，滴着汗、滴着泪、甚至滴着血，一笔一画地“磨”出来的。这是一本奇怪的书，比起那些风花雪月的游记，这里有棘刺、有骨头、有痛疼，失望与希望都由自己承担。他告诉人们，世界究竟有多大，远方究竟有多远。似乎一出发，他就老了；但似乎老了的时候，他仍旧像刚出发的时候对世界充满好奇。

他不是要征服名山大川，他要探寻那些被无数人赞美过的名山大川幕后的故事。每一天，他都离天堂很近；每一次行走，他都在向天堂靠近。这是一个有信仰的人，这是一个有着童话和荒诞、真实与虚幻相结合的生命体，这是一个探险者的零乱足迹。随着旅途的一次次延伸，他的生命逐渐饱满。流浪者对于未来持久的热情，对于生命极限的开拓，对于人类命运的关怀，都跃然纸上。他不是专业作者，甚至没有经过必要的写作训练，这就注定他的写作是即兴式的、随吟式的、毫无拘束式的。正如作者自己所说：这本书是“乱写的”。这种“乱”是一种无序状态，与他选择的生命方式极度契合。这样，他的一生就是一部行为艺术的大书。所有经历过的人和事、月与星、巫与鬼，乃至潮起潮落、山山水水，都成为这部大书的文本内容。

在漫无止境的无轨旅程中，他不是走马观花地看看风景，而是背负空空的行囊和难以卸下的疲惫。他体验了人生冷暖，感受了人间真情。通过这种执着的行走，他感悟到一种哲理：“一个人最可怕的并不是痛苦，而是痛苦的时候非常清醒。”以及哲理的深化：“世界上只有热闹产生寂寞，拥挤导致孤独。”当吃、住成为生命中的第一件大事的时候，生存成为当务之急，他到哪里都要想着，今天吃什么、住什么地方，这是每天考虑的大事。远离了喧嚣的市声，远离了拥挤的楼群，却不能将人与人之间的心远离：“人啊人！应当怎样才能学会把胸腔里的那颗心，铸造得火热透明而拂去防人或害人之心的阴影?”这种反思是发人深省的。特别是当他邂逅深山里的风妹并对她占有后，却不能给她一个家，他自责，内疚，但这种自责和内疚的心情很快被“风妹没有文化”所稀释。难道文化这个东西就足以扑灭爱情的火焰？这种细节彰显出作者并非圣者，他仍然是一个平凡、甚至是平庸的人。

但是，一个原本平凡、甚至平庸的人做出了不平凡的事就是了不起的，这是该书的价值及其作者生命价值之所在。当然，书中有许多轶闻趣事，有淘金者的苦恼，有不同个体的情感挣扎和心灵创伤，有帐篷、草地、野狼和破败的残阳，笛声渐远，鼓角已逝，时间的碎片一绺绺地掉下来，令人浑然不觉。因为生活的人们都在忙碌，为生存本身而忙碌。灯红酒绿的闪烁消逝殆尽，生活变得如此艰险而又厚实。他经历了许多事情，看到了许多东西，包括丑陋与黑暗，但他并不炫耀自己的经历。他不是消闲的看客，他是苦难生命的经历者，这种苦难是自己选择的。大人、小孩、卡车司机、古老的灯语，雪山、佛像、牦牛、峡谷、青稞酒、盘旋在空中的鹫鹰、陌生而痴情的“殉情花”，近乎原始的倮倮族、荒凉的死人沟、奔放的藏民弦子舞、昌都街头的朝圣者……奇奇怪怪的人和事交织在一起。在这个被一次性消费品充斥的现代世界上，那些永恒的东西越来越少，但毕竟还是存在的，幸运的是，他触摸到了这种珍贵的存在。

总之，这不是一部游记——如果是游记，路线不会如此模糊；这也不是一部传奇——如果是传奇，情节不会如此平淡。应当说，这是一部弹奏灵魂的绝唱，是一部敲打精神的奇书，更是一部离天堂最近的生命献辞。

(2008 年第十二期)

再坐春风（代后记）

杨柳风吹面不寒，春天来了。

今年春天，我们奉献给读者两本新书：《懒人的春天》和《西方拂来的又一阵风》。这是继去年推出《情怀与风度》、《追忆与感怀》后，《博览群书》的又一次文章精选结集出版。

纵观中国近代史，被侵略受凌辱与反抗、争取民族独立、国家富强和人民的幸福贯穿始终，多少爱国志士为了独立、民主、自由前赴后继。先贤们面对千年未有之变局，从“师夷长技”到“中学为体、西学为用”，从器物层面到制度层面，从被动到主动，不断向西方学习。学习的高潮由九十年前的五四新文化运动和三十年前的改革开放而引发。

知识、科技、思想，有先后之差、精粗之分、高下之别，但无论东方西方，谁先进我们就向谁学习。建设有中国特色的社会主义，我们必须学习西方的先进科学文化和人类一切先进文明成果，把世界一切先进技术、先进成果作为我们发展的起点。今天的时代，是一个思想多元、社会转型的全球化时代，又值我国的改革开放向纵深发展，我们更要大胆吸收和借鉴人类社会创造的一切文明成果，对国外的思想进行更深入更全面的了解。拿破仑说：“世界上有两种东西最有力量，一是宝剑，二是思想，而思想比宝剑更有力量。”的确，思想，不事张扬，化人无声，力量无穷。

《西方拂来的又一阵风》选取的，大多是与西方思想文化相关的文章，既有介绍西方名人事迹的，也有阐述西方思想文化精神的，旨在引领读者走进西方思想领域。我们希望就像巴金所说的那样，读者们“读书是在别人的思想的帮助下，建立自己的思想”。今天，重读这些文章，与罗素、莱布尼茨、怀特海等这样的大师神交，岂不是再次感受如坐春风?

让我们有如坐春风之感的，还有国人写的那些有趣的美文。

现代作家、翻译家章衣萍在《枕上随笔》的一句“懒人的春天哪！我连女人的屁股都懒得去摸了”，为自己赢得了“摸屁股诗人”的骂名。殊不知，这句名言的作者张冠李戴了，最有可能的是他的同乡、“湖畔诗社”的代表诗人汪静之。我们用它作为精选集之一的书名，主要是突出选文的标准：一个“趣”字。这个趣味，当然不是低俗的趣，而是通俗的趣，雅俗共赏的趣味。至于“连女人的屁股都懒得去摸了”是否低俗，我们也懒得再辩驳，大家可以去读姜德明先生的文章《“懒人的春天”和〈枕上随笔〉》。

所谓趣味，是使人愉快、感到有意思、有吸引力的特性。《懒人的春天》集中的文章大都浅近易读、风趣幽默，还有一定文化内涵。希望这本精选集，别像章依萍那样冤枉地为他人背恶名，因为一个书名而被读者白眼。套用一名广告词：不要太愉快哟！

鉴古识今，温故知新。将过去的文章结集，既是对杂志二十多年发展的小结，更重要的是出版它的现实意义。读者诸君可从中获取知识、资料，再寻旧趣，从而获得升华启迪。这四本精选集，或缅怀前贤，呼唤大师；或重温西方思潮，为进一步推进全民读书活动而鼓与呼。在全民阅读率持续低迷的情势下，这也算尽我们书媒体的一份责任。

陈品高

2009 年 3 月于京华

编者敬启

由于本精选集中的文章时间跨度大，部分作者的通讯地址、电话等发生了变化，我们几经努力仍联系不上。烦请知晓人士或作者见书后及时与《博览群书》杂志社联系，以便致奉薄酬和样书。联系电话：（010）67078104。

组稿编辑：范慧华
责任编辑：陈鹏鸣
版式设计：郭清霞
封面设计：李岩相

图书在版编目(CIP)数据

懒人的春天/陈品高 主编. —北京：人民出版社，2009.6
ISBN 978-7-01-007971-4
Ⅰ.懒… Ⅱ.陈… Ⅲ.随笔—作品集—中国—当代 Ⅳ.I267.1
中国版本图书馆CIP数据核字(2009)第087872号

懒人的春天
LANREN DE CHUNTIAN
陈品高 主编

人民出版社 出版发行
（100706 北京朝阳门内大街166号）
http://www.peoplepress.net

香河华林印务有限公司印刷 新华书店经销
2009年6月第1版 2009年6月第1次印刷
开本：880毫米×1230毫米 1/32
印张：10.5 字数：279千字

ISBN 978-7-01-007971-4 定价：23.80元

邮购地址：100706 北京朝阳门内大街166号
人民东方图书销售中心 电话：(010)65250042 65289539